DIÁRIO VERMELHO

TONI BLAKE

DIÁRIO VERMELHO

Tradução de Carolina Caires Coelho

L&PM EDITORES

Texto de acordo com a nova ortografia
Título original: *The Red Diary*

Capa: Ivan Pinheiro Machado. *Ilustração*: Tuna SARIKAYA / Shutterstock
Preparação: Marianne Scholze
Revisão: L&PM Editores

CIP-Brasil. Catalogação na publicação
Sindicato Nacional dos Editores de Livros, RJ

B569d

Blake, Toni
    Diário vermelho / Toni Blake; tradução Carolina Caires Coelho. – 1. ed. – Porto Alegre, RS: L&PM, 2015.
    360 p. ; 21 cm.

    Tradução de: *The Red Diary*
    ISBN 978-85-254-3185-1

    1. Ficção americana. I. Coelho, Carolina Caires. II. Título.

14-17160   CDD: 813
                                     CDU: 821.111(73)-3

© 2004 by Toni Blake

Todos os direitos desta edição reservados a L&PM Editores
Rua Comendador Coruja, 314, loja 9 – Floresta – 90.220-180
Porto Alegre – RS – Brasil / Fone: 51.3225.5777 – Fax: 51.3221.5380

Pedidos & Depto. comercial: vendas@lpm.com.br
Fale conosco: info@lpm.com.br
www.lpm.com.br

Impresso no Brasil
Outono de 2015

*Para Deidre Knight,
por sempre acreditar em mim e neste livro.*

*E para Meg Ruley,
por dar ao livro uma vida completamente nova.*

Caro leitor,

Não tenho palavras para expressar como estou encantada com esta nova edição do *Diário vermelho*, um livro que tem todo o meu carinho.

Ao reler o livro para prepará-lo para publicação, me surpreendi ao ver quantas mudanças ocorreram no nosso dia a dia desde que o escrevi, então fiz pequenos ajustes aqui e ali para atualizá-lo – mas peço desculpas caso tenha deixado passar alguma coisa.

Também me surpreendi ao ver como a minha voz literária e o tom da minha narrativa mudaram desde o lançamento do livro e ao mesmo tempo pude relembrar tudo o que ainda amo sobre esta história e estes personagens. O *Diário vermelho* é definitivamente um livro muito sexy, mas à medida que o lia fui sendo projetada para as várias camadas para além desse aspecto da história, à qual sinto ter conferido profundidade e significado.

Espero que novos leitores que não tiveram a oportunidade de entrar em contato com o livro da primeira vez que foi publicado possam se sentir ligados a Lauren e suas paixões, tocados pela transformação de Nick e também ligados ao irmão dele, Davy. E para aqueles que já o leram, espero que vocês se apaixonem novamente pela história de Lauren e Nick, assim como aconteceu comigo.

Com carinho,
Toni Blake

Um relato do diário vermelho...

Flutuo em um mar azul cristalino, nua, não vejo nada ao meu redor por quilômetros além de água e céu. Ondas frias batem em meu corpo, e o sol quente beija minha pele.
    À distância, algo ganha forma no horizonte. Vejo uma vela se aproximando – um triângulo branco e imaculado no topo de uma escuna branca. Sinto-me invadida, como se o mar fosse apenas meu, mas o sol me satisfaz tanto que não fico muito incomodada.
    Fechando os olhos, escuto o som delicado do barco atravessando as ondas conforme chega mais perto. Ouço o bater das ondas, abro os olhos e o vejo ancorado não muito longe, apesar de parecer vazio.
    Começo a tentar imaginar onde as pessoas estão quando um homem sai da água a minha frente, como um deus maravilhoso do mar.
    Ele é belo, muito bronzeado, musculoso, tem olhos castanhos que me invadem como um feixe de luz de farol cortando a neblina. Não diz nada, não sorri. Com uma das mãos, joga para trás os cabelos molhados e escuros. Em seguida, usa as duas mãos para abrir minhas pernas.
    Quando me acomodo, abrindo-me para ele, a água cobre minha pele, acumulando-se ao redor do quadril e das coxas. Ele me observa ali e então olha em meus olhos. O calor une nossos olhares, e por um momento longo e arrepiante, isso basta. Então, fecho os olhos de novo e ergo os braços acima da cabeça, pronta para mais.
    Assim que a língua dele toca o meio de meu corpo, abro as pernas ainda mais. Ele escorrega as mãos sob meu corpo e se aproxima, beijando e lambendo ainda mais profundamente. Ouço meus

gemidos, altos em meio àquele silêncio, ergo o corpo para sentir ainda mais sua língua e seguro com força seus cabelos. Em minha mente, cores aparecem: amarelo, laranja, vermelho... Meu mundo arde e foge do controle enquanto me entrego às sensações.

Quando olho de novo, ele continua me beijando ali, com os olhos grandes mirados em meu rosto, observando cada reação. Quando nossos olhares voltam a se encontrar, o calor se transforma em raios que me atingem entre as pernas. Mais um movimento de sua língua e me afundo, derreto, grito, meu corpo parece emergir do fundo do mar, rompendo a superfície fria mais uma vez quando o prazer intenso começa a se esvair... E o mundo começa a voltar ao normal.

Então, ele flutua comigo, e a água invade o espaço entre nós dois quando me aconchego em seus braços fortes para descansar ao sol.

CAPÍTULO 1

– Acabou o vinho. Vou pegar mais. – Os dedos dele cobriram os dela na haste da taça.

Entregou-a para ele.

– Não, obrigada. Tenho que dirigir.

Chad inclinou a cabeça e abriu um sorriso conquistador perfeito. Aquele salva-vidas loiro e bronzeado parecia caído do céu, mas seu olhar tinha um quê de vendedor de carros usados, e seu toque lhe era muito familiar.

– Adoraria levá-la para casa. O que vai beber?

Pensando bem, Lauren se deu conta de que *tudo* naquela noite lhe parecia familiar demais, mas, mesmo assim, forçou um sorriso.

– Nada. Não vou beber nada. Obrigada, com licença.

Era hora de ir embora, antes que sua vida a engolisse por inteiro.

Na sala ao lado, sua melhor amiga, Carolyn Kraus, dançava ao som de uma música sedutora enquanto as mãos de um homem, posicionado atrás dela, percorriam as curvas de seu corpo esbelto. Os cabelos ruivos de Carolyn cobriram seu rosto quando ela virou a cabeça para receber um beijo lento e ritmado, e Lauren sentiu um aperto no peito. Em seguida, olhou para a barriga malhada de Carolyn, para a cintura da calça justa de veludo, para os três golfinhos azuis que nadavam ao redor de seu umbigo. Lauren já tinha escutado, de pelo menos uma dúzia de homens, que aquela era a tatuagem mais sexy que já tinham visto.

Ela já tivera vontade de fazer uma tatuagem – mas lembrou que acreditava na sensualidade vindo de dentro e que não queria ser sexy para o mundo todo. Não queria ser sexy para os inúmeros Chads que entravam e saíam de sua vida. E como pelo visto *só* Chads apareciam em sua vida, concluiu que não queria ser sexy para ninguém.

O parceiro de dança de Carolyn era outro do tipo surfista, com rabo de cavalo e a pele morena de quem vive ao sol. Lauren observou, assim como todo mundo, enquanto ele passava uma das mãos bronzeadas pelo seio de Carolyn. A outra brincava com o cós da calça.

Lauren virou-se de repente, pretendia se despedir de Carolyn, mas mudou de ideia. Quase trombou com um rapaz bonito vestindo terno e com a gravata frouxa. Os olhos dele brilhavam um pouco demais, principalmente quando levou a mão ao seu pulso.

– Quer dançar?

– Não, obrigada – disse ela com firmeza, afastando-se. Parou na sala da frente para pegar a bolsa debaixo de um casal que estava aos amassos no sofá e caminhou até a porta sem olhar para trás. Aquela era a sua vida, e ela a detestava.

Pobre menina rica. Ela sorriu com ironia para si mesma, surpresa por incorporar aquele conceito tão bem. *Ótimo, virei um clichê.* Mas aquilo não mudava o fato de que o dinheiro não podia comprar felicidade.

Momentos depois, sentou-se ao volante do Z4 prateado, e os faróis abriram caminho na escuridão em uma estrada que margeava a Costa do Golfo. A Costa do Sol era como os turistas chamavam a porção de terra que ia do norte de Clearwater Beach e passava por St. Petersburg, mas Lauren, naquele momento, só conseguia ver a lua prateada e as lanternas do carro a sua frente, que a impedia de avançar com a rapidez desejada. Ainda assim, o vento fresco e salgado batia em seu rosto, e a brisa que soprava seus cabelos trazia uma sensação de liberdade. Pelo menos por enquanto, estava livre da própria vida, livre da noite.

Chega de ir a festas com Carolyn, repreendeu a si mesma.

Claro que sempre fazia essa promessa, mas Carolyn sempre a convencia.

– Vai ser divertido. Você tem algo melhor para fazer além de ficar sentada trabalhando a noite toda?

Carolyn era sua melhor amiga, mas, ao longo dos anos, as duas tinham se tornado muito diferentes.

Havia dois tipos de mulheres: aquelas que conseguiam fazer sexo sem compromisso com inúmeros homens e achavam divertido, e aquelas que não conseguiam. Carolyn conseguia, e Lauren acreditava que provavelmente era bom ser tão livre, tão parecida com um homem –, mas também se envergonhava quando as pessoas pensavam que as melhores amigas tinham *tudo* em comum.

Lauren, sem dúvida, se encaixava no grupo das que "não conseguiam". Durante seus 27 anos, dormira com apenas três homens – fora apaixonada por todos eles, e todos a magoaram. Além disso, tivera algumas outras relações que terminaram de modo doloroso, mesmo sem sexo, e devagar e sempre ela ia ficando mais esperta. Sempre que um cara de olhos sensuais e sorriso sedutor arrasava seu coração um pouco mais, ela compreendia melhor as injustiças da vida e do amor. Nesses momentos, *desejava* ser como Carolyn, *desejava* ter a capacidade de separar sexo dos sentimentos, mas sua alma não permitia. Só precisava de um beijo. Ou ele passava uma impressão ruim e ela sabia imediatamente que nada mais aconteceria, ou passava uma impressão deliciosa e ela se apaixonava perdidamente, sem esperança de retomar a razão... até tudo terminar.

Ao virar à esquerda na ponte que levava de Sand Key a Clearwater Beach, desviou o olhar das águas escuras e brilhantes para os casais e famílias que pontuavam a calçada sob a luz dos postes. Uma noite de verão no lado sul de Clearwater Beach era sinônimo de sorvete de casquinha e mãos dadas. Observar tudo aquilo fez ela se sentir solitária.

Ao sair da rotatória e entrar na rua, Lauren acelerou para retomar a sensação de liberdade, e o vento quente e tropical a envolveu. *Chega de ir a festas com Carolyn*, repetiu para si mesma. *Chega desses caras de olhar faminto que pensam que se você está usando roupa justa é porque está a fim de transar.* Estava sendo sincera. Não toleraria mais idiotas, de uma vez por todas.

Mas seria difícil escapar, porque não eram só os conhecidos de Carolyn que faziam com que ela se sentisse tão estranha e sensível. Seu próprio pai namorava mulheres da mesma idade que ela e esperava que Lauren achasse isso normal. E apesar de ela e o pai nunca falarem sobre sexo (graças a Deus!), se ela perguntasse, ele provavelmente diria acreditar que ela dormia com vários caras e consideraria isso normal também. Podia parar de ir a festas com Carolyn, mas e as festas de negócios do pai? Ou as festas que seu sócio, Phil, sempre organizava? Por ser funcionária de alto escalão na Ash Construtora, tinha certas obrigações, gostando ou não. Sua vida era uma pseudofesta hollywoodiana.

Depois de dobrar à esquerda em Clearwater, percorreu o bulevar ladeado de palmeiras que levava a sua casa, enquanto a baía reluzia no escuro ao longo do caminho. Ao fechar o portão da garagem, minutos depois, entrou em casa e encontrou Isadora esparramada sobre a almofada de veludo cor-de-rosa, no sofá branco.

– Oi, Izzy – ela arrulhou, abaixando-se para acariciar o queixo da gata angorá branca. Isadora se mexeu, mas continuou dormindo, como se dissesse *Me deixe em paz*. Não podia contar nem mesmo com a gata de estimação para lhe fazer companhia em um momento de necessidade. – Ah, sua chatinha.

Feliz por estar no conforto e na segurança de sua casa, subiu as escadas e tomou uma ducha para se livrar do cheiro de cigarro. Depois de pentear os cabelos úmidos, vestiu uma camisola verde-jade que, de repente, notou ser sedutora demais para quem dormiria sozinha; mas gostava do toque da seda em sua pele.

Caminhou até o escritório, sentou-se na cadeira de couro macio junto a sua mesa, conferiu os e-mails e desligou o computador, feliz por nenhuma grande crise financeira ter ocorrido na Ash Construtora desde a tarde. Estava prestes a desligar a luminária quando viu um caderno vermelho acetinado entre um relatório da empresa e um dicionário grande, de cinco quilos, na estante do outro lado da sala.

Era seu diário de fantasias sexuais.

Não que *tivesse* feito sexo nos últimos tempos – na verdade, já fazia dois anos desde que terminara o relacionamento com

Daniel, o último homem com quem fizera amor. Talvez por isso ela *precisasse* de um diário de fantasias sexuais.

Ela o deixava no escritório para evitar que alguém o visse, como por exemplo Carolyn, que poderia ter a curiosidade de abri-lo para ler o que estava escrito. O escritório era seu local de privacidade: além dela, raramente alguém entrava ali.

Apesar de achar que o caderno se misturava bem aos outros livros, naquela noite, por algum motivo, a lombada vermelha chamou sua atenção.

Ela riu com cinismo e balançou a cabeça. Se as pessoas soubessem... era muita ironia. A moça que todos acreditavam ser má era boazinha, mas tinha um lado secreto. Um lado que ninguém via. Um lado que desejava poder ser como Carolyn – ou quase.

Mas ela precisava de muito mais do que Carolyn quando o assunto era sexo. Precisava do *depois*. Sem isso, o resto não era nada.

Registrava suas fantasias sexuais no caderno vermelho, mesmo sem saber por quê. Em momentos como aquele, quando pensar em sexo praticamente lhe causava repulsa, escrever suas fantasias era quase sujo, imaturo.

Porém, talvez servisse como lembrete de que *tinha* fantasias, de que era uma mulher saudável e forte, não alguém que fugia de todas as situações que envolviam sexo, como ultimamente acontecia.

Ou talvez porque sonhasse em encontrar um homem que fizesse com que todas as palavras que ela escrevia parecessem pertinentes, e não apenas picantes.

Suspirando, Lauren caminhou até a estante e pegou o caderno. Não o abriu, apenas correu a mão pela capa macia. A parte mais profunda e obscura de seu coração permanecia escondida naquele caderno, seus desejos mais íntimos. Era o único segredo que escondia do mundo todo: ninguém mais o conhecia.

Talvez fosse o motivo pelo qual mantinha o diário, pensou. Porque ninguém mais sabia. Talvez apenas precisasse reconhecer que aquela parte de si existia.

Colocou o diário de volta na estante, desligou a luminária e caminhou em direção ao quarto, ainda sentindo-se bastante solitária em um mundo no qual as pessoas provavelmente pensavam que ela tinha tudo.

Nick olhou para o relógio no painel, enfiou o último pedaço de rosquinha na boca e acionou a seta, tudo ao mesmo tempo. Depois de entrar com a van na Bayview, engoliu a massa com o gole que restava do suco de laranja de caixinha comprado na loja de conveniência. No rádio, "Sour Girl", do Stone Temple Pilots, que ele deixou em volume baixo. Normalmente gostava de ouvir música em volume alto, mas não tão cedo – apesar de acreditar que mudanças sutis como aquela eram os primeiros sinais da chegada da idade. Aos 32 anos, em alguns dias Nick se sentia com dezenove e, em outros, como um senhor de quase setenta. Naquele dia, percebia os dois extremos se aproximando.

Ao deixar a rua pontuada por mansões que se estendia ao longo da baía, o vento que entrava pela janela aberta mudou, pareceu mais pesado. O calor começava cedo naquela época do ano. Mas, na verdade, aquele não era o motivo pelo qual começava a suar um pouco.

Sentiu um aperto no peito ao ver a mansão Ash. A casa de Henry. Nick não via o homem havia vinte anos e o conhecera muito pouco antes disso, mas era assim que pensava nele, como Henry.

A casa de Lauren Ash era ao lado da de Henry, a que Nick considerava a Propriedade Ash. Não era tão opulenta como a do pai, mas, sim, cinco vezes maior do que qualquer casa na qual a família dele já morara, uma versão mais simples do templo grego do pai dela.

Lembrou-se da história que seus colegas de trabalho haviam lhe contado anos antes – ela decidira que queria uma casa só sua, então o papai construiu uma minimansão para a princesinha, com uma pequena fonte na frente. Nick sorriu com ironia, percebendo que sua noção de tamanho estava se tornando distorcida. A fonte

— Sinto muito, eu...

Ele vestia um macacão branco de pintor, com manchas de tinta, mas as roupas não diminuíam sua beleza masculina. Cabelos escuros, longos e despenteados saindo de trás da bandana vermelha que cobria sua cabeça, e olhos pretos que a paralisavam como uma borboleta de colecionador. Ele não havia feito a barba, o que deixava a pele morena na parte inferior do rosto escura. Ele tinha pelo menos um metro e noventa, os músculos bronzeados sob a camisa de manga curta, e praticamente derramava uma sensualidade que se acumulava entre suas coxas.

— Lauren Ash?

— Hum, sim.

— Nick Armstrong. Sou o pintor.

Ela olhou para frente e se forçou a ver aqueles olhos escuros e atraentes. Se fossem mais escuros, seriam pretos.

— Peço desculpa pelos trajes.

Ela tentou fazer uma piadinha, mas Nick Armstrong não sorriu. Bem, e daí? Por baixo da roupa de pintor, era só mais um homem repleto de arrogância e sensualidade, o tipo que ela pretendia evitar a qualquer custo a partir de então.

— Eu... eu estava esperando outra pessoa.

Percebeu que estava tentando se desculpar por algum motivo.

— Sinto muito decepcioná-la.

Ela suspirou, tentando vencer o mal-estar na situação.

— Eu só queria me desculpar pelo modo como abri a porta. Não sabia que você viria hoje. Devo ter marcado errado na minha agenda.

Ele ainda não esboçava sorriso algum, então ela decidiu que já estava cansada de ser boazinha — mas desviou o olhar, incomodada por fixar os olhos dele. Será que nunca piscava?

— Talvez devêssemos falar sobre o trabalho — ela sugeriu.

— Claro.

Ela saiu nos degraus da entrada e fechou a porta. Já era bem ruim o fato de estar vestindo apenas um robe de seda, mas de repente sentiu-se um tanto desarmada ali, segurando a porta aberta com aquela roupa, como se estivesse insinuando um convite.

Nick Armstrong levantou a prancheta que ela não percebeu que ele segurava.

– Pérola para a casa toda, café com leite nos detalhes. Certo? – ele não olhou para ela, manteve os olhos em seus papéis.

– Certo – disse, desnecessariamente orgulhosa por estar trocando o tom rosado que seu pai havia escolhido quando construiu a casa para ela. – O muro também. Dos dois lados.

Abaixando a prancheta, Nick Armstrong olhou ao redor por bastante tempo, percebendo que o muro se estendia por três lados do quintal amplo.

– É um muro grande. Vai ser bem difícil pintar o outro lado com as árvores tão próximas.

Ela olhou para ele com incredulidade, pensando, *e daí?*

– Não me entenda mal... não tenho problema com isso.

Ela poderia jurar que ele não tinha, mesmo.

– Mas o resto da equipe está ocupada nas próximas semanas, por isso não terei ajuda. Eu não sabia que havia esse muro, então precisarei de mais tempo e custará mais. E não cobro barato.

Ela olhou para a van dele no meio-fio, com o nome da empresa – HORIZONTE PINTORES – estampada com as cores do arco-íris na lateral. Na parte de baixo: NICK ARMSTRONG, PROPRIETÁRIO.

– Sei disso. Vi as notas fiscais.

– Então dinheiro não é problema?

Ela assentiu rapidamente.

Ele jogou a cabeça levemente para trás, murmurando:

– Foi o que pensei.

O que aquilo significava? Bem, ela não perguntaria. Na verdade, pretendia voltar para dentro e seguir com seu dia. Já estava cansada do pintor espertinho e fortão. Estendeu a mão na direção da maçaneta sem olhar para ele.

– Se precisar de mim, estarei no banho. – *Ai, não... diga outra coisa, rápido!* – Ou melhor, se tiver alguma dúvida, estarei lá dentro.

Incapaz de se controlar, ela arriscou olhar para ele pela última vez ao entrar. E *agora* – droga – ele esboçava um sorriso.

– Bom saber.

Ela fechou a porta na cara dele e recostou-se contra a madeira, com o coração aos pulos dentro do peito. Levando a mão para trás, virou a chave. Estava com medo? Ou apenas o considerava o homem mais irritante que já tinha visto na vida? Não sabia *o que* sentia, só que algo nele a havia desestruturado totalmente.

Pensou em telefonar para Sadie no escritório central e pedir a ela que encontrasse outro pintor para o trabalho. Mas isso seria ridículo e, para ser sincera, ela provavelmente teria pouco contato com Nick Armstrong a partir de então – ele ficaria do lado de fora fazendo o seu trabalho e ela estaria do lado de dentro fazendo o dela. Ainda assim, pelo menos cinquenta empresas de pintura trabalhavam para a Ash Construtora, e de todas elas a recepcionista de seu pai havia escolhido *aquele* cara?

Lauren balançou a cabeça levemente, incrédula. Então subiu a escada para voltar ao banho – mas, antes de se despir, conferiu se todas as cortinas estavam fechadas.

NICK NÃO VIA LAUREN ASH desde que tinha doze anos. Ele se lembrava de alguém ter lhe dito, na época, que ela tinha sete. Era engraçado perceber quais pequenos detalhes perduravam na vida. Ela fora ao velório da mãe dele em um vestido de cetim preto e os cabelos longos e loiros desciam em ondas por suas costas. Ela segurava a mão de Henry, e os dois se aproximaram do caixão. Lembrava-se de ter visto Henry erguê-la em seus braços para ela poder olhar – outro detalhe que havia ficado gravado em sua mente sem nenhum motivo específico, apenas porque tinha sido mais fácil concentrar-se em *qualquer outra coisa* naquele dia e não em si mesmo.

"Você se lembra da esposa de John, Donna, querida?", Henry havia perguntado a ela. "Da empresa de piquenique? Ela empurrava você no balanço e ajudava a mamãe com a comida."

A pequena Lauren assentiu sem emoção.

"Ela está no Céu agora." Henry parecia forte, determinado e consolador, tudo ao mesmo tempo, e por um momento Nick desejou que Henry fosse *seu* pai.

A menininha parecia confusa – o que era compreensível, pensou, já que ele próprio se sentia muito confuso naquele momento. Ela olhou para o pai, que vestia um terno preto, com as pontas dos cabelos sobre o colarinho de sua camisa branca.

"Mas ela está bem aqui", disse ela com a voz fina.

"O *espírito* dela está no Céu", Henry começou a explicar.

Mas Nick parou de ouvir naquele momento; sua tia Erma se aproximou e o prendeu em um forte abraço, amassando seu rosto contra seus seios enormes e deixando-o totalmente envergonhado. Começou a resmungar algo sobre perdas trágicas e que o pai de Nick precisaria que ele fosse forte, talvez até precisasse que o filho se tornasse o homem da casa por um tempo, mas o garoto não deu ouvidos àquilo. Já tinha escutado o suficiente daquela ladainha e não queria mais pensar em nada, não queria pensar em ser forte depois que enterrassem sua mãe, nem em como a vida mudaria a partir de então... Quem cozinharia para eles ou quem o ajudaria com a lição de casa. Não queria tentar adivinhar por quanto tempo mais seu pai o ignoraria como vinha fazendo nos últimos dias desde o acidente.

Um barulho leve e passageiro em algum ponto acima de onde ele estava fez Nick se retrair e perceber que estava parado olhando para a porta da frente da casa de Lauren Ash, que logo ficaria bege – isto é, se ele começasse a trabalhar. Ainda assim, ao olhar para cima e ver as cortinas sendo fechadas na janela do segundo andar, sentiu uma satisfação estranha. Ou ela estava olhando para ele, ou queria ter certeza de que ele não espiaria pela janela.

Caramba, ela havia crescido. Ele sabia disso, claro, mas havia crescer e havia *crescer*. Lauren Ash havia crescido do jeito certo. Ele havia chegado ali esperando encontrar uma *prima donna* fresca, e foi bem o que encontrou, mas não pensou que se tornaria tão bela. Sim, sabia que seria atraente – mulheres ricas conseguiam alcançar isso –, mas não pensou que isso o *afetaria*.

Quando ela abriu a porta, com seus olhos azuis aveludados tomados de irritação, ele se surpreendeu. Cachos compridos e indomados emolduravam seus traços delicados, inegavelmente lindos, mesmo com raiva. O robe de estampa animal estava justo em seus seios, marcando os mamilos, apesar de ela estar vestindo alguma outra peça por baixo, que se insinuou através do robe, em seu decote, uma peça verde.

Ainda olhando para a janela, ele a imaginou tirando aquele robe, livrando-se da peça verde que envolvia seu corpo, deixando-a cair a seus pés. Sabia instintivamente que ela teria a pele sedosa, o corpo cheio de curvas e branquinho, o sonho de qualquer garoto.

Mas permanecera ali por bastante tempo, olhando para a janela dela como se fosse um garotinho apaixonado, e então pensou que era melhor começar a trabalhar, já que tinha muito o que fazer. Além disso, teria muitas outras chances de ver a Princesa da Ash Construtora.

Ela era linda, mas ele não gostava dela. Talvez tivesse criado a ilusão de que a consideraria uma mulher surpreendentemente gentil e conseguisse enterrar o ressentimento que tomava conta de sua mente. Mas isso não havia acontecido. E apesar da amargura, agora que tinha espiado o mundo dela, não podia negar que queria mais.

Mais do mundo dela? Ou mais dela? Ele não sabia ao certo. Sentiu o peito oprimido de desejo, e desejos antigos se misturavam de modo estranho dentro de si.

Desejo... droga. Só Deus sabia que ele não estava ali com *isso* em mente. Mas, mesmo assim, havia levado um tapa na cara, dado pela última pessoa por quem esperava sentir qualquer coisa *aprazível*.

Olhou mais uma vez para a janela do segundo andar antes de virar a cabeça para a van de equipamentos, sabendo que aquele, definitivamente, não seria só mais um trabalho.

CAPÍTULO 2

Nick sentou-se à mesa do fundo no O'Hanlon's, um pub escuro que atendia os moradores de Dunedin. Pegou algumas batatas fritas do papel oleoso envolvendo o que restava dos peixes e das batatas e as engoliu com o último gole de seu caneco. Fez um sinal para o velho Grady O'Hanlon para que lhe trouxesse mais uma cerveja e voltou a atenção para a papelada sobre a mesa. Qualquer dia desses, ele entraria no século XXI e finalmente tornaria seu trabalho computadorizado, mas por enquanto tudo era feito de modo modesto com papel e caneta, assunto que ele costumava resolver à noite. A Horizonte Pintores estava sempre muito ocupada para desperdiçar dias de sol em algo que podia ser feito quando escurecesse.

Um pouco antes de ele sair de casa, Elaine o havia convidado para jantar.

– O papai vai? – perguntou ele.

A hesitação dela foi discreta, mas evidente.

– Sim, Nicky, ele vem.

– Desculpe, Lainey, mas não estou a fim. – Elaine fazia um ótimo assado, mas continuar comendo batata e iscas de peixe, sem se irritar, parecia uma opção melhor.

O silêncio dela fez com que ele se sentisse um péssimo irmão, mas estava cansado de se sentir responsável, uma vez que era Elaine quem insistia para que o pai fizesse parte da vida deles.

– Passo para ver o Davy depois – disse ele, por fim.

Elaine havia respondido com o tom maternal que sempre usava com o irmão.

– Ele vai ficar feliz.

Ao desligar o telefone, percebeu que fazia quase uma semana que não o via, e sentiu um aperto no peito. Davy sentia saudade dele.

Grady colocou um caneco de cerveja sobre a mesa, fazendo respingar algumas gotas sobre o bloco de pagamentos.

– Tome cuidado – Nick alertou, pegando algumas folhas do porta-guardanapo cromado para secar a cerveja.

– Desculpe, Nick – Grady disse distraidamente.

Nick assentiu de modo igualmente insincero quando Grady se virou e voltou para trás do bar.

Ele preencheu os últimos cheques, enfiou todos eles na pasta puída de couro, mas deixou o bloco para fora, para secar. Em seguida, começou a preencher as notas fiscais da semana, a maioria das quais iria para a Ash Construtora pelo trabalho no novo condomínio em Sand Key, e mais algumas casas caras na Palm Harbor. Ele sempre preparava as notas da Ash primeiro, não porque fosse o cliente principal, mas também porque a Ash pagava depressa.

Parou para tomar a cerveja depois de completar a nota fiscal. Nunca pensara que suas notas – seu nome – passavam diante dos olhos de Lauren Ash, até ela o mencionar, mas é claro que passavam. Toda semana. Apesar do que ele pensara, suas vidas permaneciam ligadas, mesmo que tenuemente.

Ele não quisera fechar um acordo de trabalho com Henry, mas com o tempo os negócios o exigiram. Quando começou a trabalhar sozinho, sete anos antes, evitara trabalhar com a Ash por orgulho e princípios, mas em pouco tempo começou a prestar serviços para a Ash de vez em quando. Agora, a *maioria* de seus negócios era feita com a Ash Construtora, porque eles eram a maior e mais proeminente construtora na Sun Coast. Que ironia, pensou, tomando mais um gole antes de pousar o caneco na mesa. Ele odiava o homem e seu dinheiro, mas, de certo modo, Henry acabou pagando todas as contas de Nicky.

Estava claro que a princesa não sabia quem ele era, não reconheceu seu nome. Seria de se imaginar que ela perceberia, uma vez que os pais dos dois já tinham sido sócios.

Ela era uma menininha na época, mas Nick tinha a sensação de que isso não fazia qualquer diferença. Suspeitava que Lauren Ash só prestava atenção em si mesma, sua vida, seus luxos. Ele percebera a textura do cetim de seu robe sensual – o tipo de peça que Elaine provavelmente cobiçava ao passar por vitrines de lojas, mas nunca comprava. O piso italiano sob os pés descalços dela no vestíbulo, além do candelabro de cristal que reluzia acima de sua cabeça. Ele já tinha visto todo o excesso que Henry não quisera dividir, e pensar nisso fazia com que velhas feridas voltassem a se abrir dentro de si. Era exatamente isso o que temia; talvez tivesse sido um erro aceitar trabalhar na casa dela, um erro espiar seu mundo.

Mas não. Ele havia passado a vida toda ressentido com Lauren Ash, e se aproximar dela não era o problema. O problema era muito mais profundo e enterrá-lo dentro de si não fazia com que desaparecesse. Estava contente por ter ido até a casa, contente por ter visto. Apesar de tudo, estava satisfeito porque voltaria na manhã seguinte. Só não sabia o motivo.

Peço desculpa pelos trajes. O comentário engraçadinho dela ainda percorria suas veias e o deixava se sentindo submisso. Sem nem ao menos reconhecê-lo, ela acreditava ser melhor do que ele.

– Minha nossa! Se não é o Nick Armstrong!

Nick olhou para frente na direção do riso de Lucky McClaine, um velho conhecido da Geórgia, que era pedreiro da Ash Construtora. Ele percebeu, um tanto surpreso, que Lucky ainda trocava o capacete de proteção pelo chapéu de caubói ao fim do dia, e não havia perdido nem um pouco do sotaque, apesar de estar morando na Flórida pelos últimos cinco anos, no mínimo.

– O que está fazendo nesta parte da cidade, Lucky? – Nick abriu um sorriso simpático. – O fim de semana ainda não chegou.

Lucky morava em um apartamento em Island States, perto da Clearwater Beach, e quando queria uma cerveja, havia muitos botecos mais próximos de sua casa.

Lucky sentou-se na frente dele, pousando a long neck na mesa.

– Vou encontrar uns caras de Tarpon, e aqui é o meio do caminho. – Ele parou para tomar um gole da garrafa. – Quase não o reconheci, cara. Você precisa cortar o cabelo.

– Tenho coisas melhores a fazer – Nicky disse, passando a mãos pelos cabelos.

Ele sabia que estavam compridos e despenteados comparados com os de Lucky, que eram curtos e loiros em algumas partes que escapavam por debaixo do chapéu, mas ele não prestava muita atenção a coisas assim. Quando os cabelos ficavam compridos demais, ele os prendia em um rabo de cavalo. Quando o rabo de cavalo ficava comprido demais, ele finalmente reservava um tempo para cortar os cabelos.

– Sério? Poxa, gostaria de saber que coisas melhores são essas. Não tenho visto você ultimamente. Por onde tem andado, afinal?

Há alguns anos, eles frequentavam as mesmas festas, mas, hoje em dia, Nick só o via de vez em quando – normalmente quando estavam trabalhando na mesma obra. Lucky acrescentou com uma piscadela:

– Não está enrolado com ninguém, está?

– Não por escolha – Nick disse com um sorriso. – Mas o trabalho tem me mantido ocupado.

Ele apontou para os papéis que ainda cobriam a mesa.

– Droga, cara – Lucky riu –, você precisa dar um jeito de se divertir, senão não vale a pena trabalhar tanto.

– Não se preocupe comigo, Lucky. Quando quero me divertir, sei aonde ir.

– Ei, você está fazendo algum trabalho na Dolphin Bay, em Sand Key? Vou construir por lá no mês que vem, provavelmente.

Nick balançou a cabeça.

– Uma parte da equipe está trabalhando naquele primeiro prédio que acabaram, mas estou preso em uma obra a alguns quarteirões daqui, em Clearwater, pelas próximas semanas.

Lucky mostrou-se perplexo.

– Não tem construção nova *ali*, cara.

Nick manteve o rosto inexpressivo quando acrescentou:

— Estou passando uma nova demão de tinta na casa da filha de Henry Ash.

— Caramba — um sorriso maldoso apareceu em seu rosto magro. — Você está pintando a casa de Lauren Ash?

Nick assentiu e então bebeu um gole de cerveja.

— Você a *viu*? — Lucky ergueu as sobrancelhas. — Aquela mulher tem um traseiro... é um filé.

Nick nunca tinha gostado de caras que comparavam mulheres a cortes de carne, mas achou mais simples ignorar o comentário e mudar de assunto. Fez questão de parecer indiferente.

— Sim, a vi hoje de manhã. Bem gostosa.

Lucky deu mais uma piscadela.

— Faça tudo direitinho, amigo, e pode ser que consiga alguma coisa.

— Acho que não — Nick riu baixinho. — Não nos demos muito bem.

Mas Lucky balançou a cabeça e lançou a Nick um olhar de quem sabia o que estava falando.

— Se ela for como a amiga dela, Carolyn, isso provavelmente não vai importar.

O comentário chamou a atenção de Nick, mas ele tentou não demonstrar.

— O que tem a amiga dela?

— Ela tem cabelos compridos e ruivos que quase chegam ao traseiro, e uma pinta no rosto, igual a Marilyn Monroe. Seios pequenos, mas um corpo lindo e...

— Vá direto ao ponto.

Lucky arregalou os olhos.

— A mulher é *selvagem*, cara. Eu mesmo — ele disse, meio arrogante — já transei com ela mais de uma vez, assim como *vários* caras que conheço. Ela vai com qualquer um e... sempre que a Carolyn vai, parece que a Lauren vai junto.

Lucky piscou de novo:

— Ligue os pontos.

Quando Nick jogou a mochila no banco do passageiro de seu jipe e dirigiu até a casa de Elaine, que ficava a alguns quilômetros dali, ele pensou no que Lucky havia dito sobre Lauren Ash. Apertou o botão play no CD player e a canção "Girls Got Rhythm", do AC/DC, começou a tocar, e pareceu bem pertinente.

Mas era estranho – garotas assim costumavam ser... mais simpáticas.

Mas ele *havia* batido à porta quando ela provavelmente estava dormindo, e como contara a Lucky, não tinham se dado muito bem. Ele provavelmente *queria* que tivesse sido diferente. De forma que talvez ainda não tivesse visto esse lado dela. Ainda.

Lucky também havia dito que vira Lauren Ash em mais de uma festa selvagem, normalmente bebendo, e sempre dando bola para o primeiro cara que aparecesse. Segundo ele, ela usava roupas provocantes e sensuais para chamar a atenção dos homens. E, pensando bem, ela não havia se incomodado em atender a porta com aquela roupa inadequada, certo? Então, talvez Lucky tivesse razão.

Alguns minutos depois, ele entrou em seu antigo bairro – fileiras de casas pequenas e idênticas de rancho que já tinham vivido épocas melhores. Estacionou o Wrangler vermelho na entrada curta e estreita da garagem de Elaine, a poucos centímetros do velho Chevy Cavalier dela para deixar o jipe longe da rua. Ao descer do carro, notou uma calha caindo e percebeu que a pintura do portão da garagem começava a descascar. Droga, teria que incluir aquela tarefa na lista de afazeres. A bicicleta de Davy estava na grama alta perto da calçada rachada.

Ele abriu a porta da casa na qual havia crescido sem bater.

– Davy – disse ele em voz alta, entrando –, você precisa começar a guardar sua bicicleta, ou ela vai enferrujar se ficar na chuva.

– Humm... o quê?

O pai se remexeu dormindo no sofá mole de Elaine, se não fosse por isso Nick não o teria notado. Ao longo dos anos, algo dentro dele aprendera a não ver o pai, que praticamente desmaiava depois do jantar.

– Continue dormindo, velho – murmurou ele quando Davy partiu correndo para a sala, com um boné do Tampa Bay Devil Rays virado na cabeça.

– Nick! – disse Davy, e então olhou para trás, em direção à cozinha. – Elaine, o Nick chegou!

Aos 29 anos, ele era alguns centímetros mais baixo do que Nick, não era tão musculoso, e Elaine mantinha os cabelos dele curtos como os de Lucky McClaine, mas à exceção desses detalhes, os dois eram quase idênticos. Bem... Davy quase sempre estava sorrindo também. Nick não sorria muito, apenas, talvez, quando estava perto de Davy.

O brilho nos olhos do irmão aqueceu seu coração quando ele menos esperava. Mas *devia estar acostumado* – era sempre assim quando passava alguns dias longe. Reprimiu a emoção quando esticou o braço para ajeitar o boné de Davy.

– Onde você conseguiu isto?

– Elaine comprou para mim no fim de semana passado. Numa venda de garagem.

Ele sorriu orgulhoso, como se o boné tivesse sido comprado na Saks da Quinta Avenida.

– Ah, Davy – disse Nick, abrindo um sorriso brincalhão –, já te ensinei que o Devil Rays não presta. Cadê o boné do Cincinnati Reds que te dei no Natal do ano passado?

Apesar de o Reds não treinar em Plant City, perto dali, desde que Nick era criança sempre tinha sido torcedor deles e tentava despertar esse interesse no irmão também.

– Diga a ele que seu boné novo combina com sua camiseta – disse Elaine, secando as mãos em um pano de prato ao entrar na sala.

A calça jeans que vestia estava puída, os cabelos escuros, na altura dos ombros, estavam sujos... ela parecia ter mais que seus 33 anos.

Em resposta, Davy segurou as pontas da blusa com listras horizontais verdes e pretas.

– Isto também é novo.

– Venda de garagem? – perguntou Nick. Não o fez com má intenção, mas Elaine revirou os olhos.

Davy balançou a cabeça.

– Wal-Mart.

– Camiseta legal – disse Nick, e então voltou a atenção para o pequeno aquário de peixes do outro lado da sala. – Como estão os peixes?

Davy sorriu.

– Napoleão está bem mais feliz agora que tem uma nova esposa. – Infelizmente, Josephine, a fêmea do casal de peixes dourados que Nick havia comprado para ele no mês anterior, não durara muito, mas a substituíram por Josephine II.

Apesar de Nick preferir falar um pouco mais sobre os peixes de Davy, olhou para o sofá.

– Pelo visto, papai está normal hoje.

O pai estava deitado com um braço esticado acima da cabeça, e a respiração saía pesada. Os poucos cabelos que ainda tinha estavam despenteados em todas as direções, e ele transpirava. A camiseta desalinhada revelava um barrigão de cerveja.

– Por que não vamos para lá? – Elaine sugeriu, e ele pensou, *boa ideia*. A última coisa que queria era acordar seu velho. Se o homem continuasse dormindo, podiam fingir que não estava ali.

Apoiando uma mão no ombro de Davy, Nick o direcionou com gentileza para a cozinha, atrás de Elaine.

– Juro que não sei por que você o convida – disse Nick, baixinho.

Elaine jogou o pano de prato no balcão gasto da cozinha e então se virou para ele com uma carranca.

– Somos tudo o que ele tem, Nick. O que eu deveria fazer? Ignorá-lo?

Ele também já foi tudo o que tínhamos. Nick não disse isso, mas quando olhou nos olhos da irmã percebeu que ela lera seus pensamentos.

– Por que você não veio jantar? – perguntou Davy.

Feliz por mudarem de assunto, ainda que fosse para fazê--lo se sentir culpado, Nick forçou um sorriso.

– Eu tinha que cuidar de uma papelada do trabalho – disse ele, e Davy sorriu com os dentes brancos e aqueles olhos adoráveis, pois sentia muito orgulho do fato de Nick *ser dono* de um negócio.

Para Davy, ele era o equivalente a um astro do esporte ou do rock; Davy não conhecia a realidade, e Nick não conseguia se acostumar com a dor que sentia com aquilo, com a incapacidade do irmão de perceber o mundo real. E talvez fosse uma benção – era o que ele tentava dizer a si mesmo –, mas não era o que pensava na maior parte do tempo. Sempre que Davy sorria para ele daquele jeito, mais uma parte de seu coração se quebrava. Nunca seria tudo o que Davy pensava que ele era.

– Davy me ajudou a preparar o jantar – Elaine anunciou, pegando um pano para limpar o fogão.

Nick ergueu as sobrancelhas de modo brincalhão para o irmão.

– Está aprendendo a se virar na cozinha, hein? Como você ajudou?

Elaine disse:

– Ele mexeu as panelas e fez os brownies.

– Coloquei gotas de chocolate neles – Davy acrescentou.

– Isso mesmo – Elaine se virou. – Coma um brownie, Nick.

Ela apontou para um pote que estava sobre o balcão.

– Você fez tudo isto sozinho? – perguntou ele enquanto abria a tampa.

Davy assentiu animado.

Nick sorriu.

– É seguro? Tem certeza de que colocou todos os ingredientes? Não é um plano maligno para se livrar de mim?

Elaine revirou os olhos.

– Nick, coma um.

Depois de todos aqueles anos, ela *ainda* não entendia o relacionamento dos dois. Davy era esperto o bastante para saber que o irmão estava brincando, e riu. O sorriso de Davy podia ferir o coração de Nick, mas ele *adorava* fazê-lo rir.

Deu uma mordida no brownie e mastigou cuidadosamente, fingindo avaliar a qualidade, como se fosse um crítico. Por fim, assentiu.

– Davy, estão ótimos. É melhor a Elaine escondê-los, ou vou comer todos.

Mais uma vez, Davy abriu um sorriso. Nick sentiu uma pontada no peito.

Não fique triste pelo Davy. Está tudo bem no mundo dele. Era o que Elaine sempre dizia quando Nick lamentava o problema de Davy tantos anos antes. E às vezes ele até acreditava que era verdade – nunca tinha visto ninguém tão orgulhoso por ter feito brownies. Tentou aproveitar o momento e se esquecer da dor.

– Quer brincar, Nick?

Uma imagem surgiu na mente de Nick. Ele aos doze anos, Davy aos nove. Apesar da voz do irmão estar mais grossa agora, ele falava exatamente do mesmo jeito. Fingindo pensar na pergunta por um minuto, Nick pegou mais alguns brownies e disse:

– Corra.

E por um momento, ele *tinha* doze anos de novo, quando ele e o irmão partiram pelo corredor estreito até o quarto de Davy. Ali, eles se sentaram no carpete puído ao lado da cama e jogaram três partidas de Trouble – o preferido de Davy durante toda a vida; ele nunca enjoava dele. Nick ganhou a segunda partida, já que conseguiu vários *seis* no dado e não queria que Davy percebesse que ele perdia de propósito sempre que jogavam.

– Você é bom demais para mim, Davy – disse ele depois de guardar o jogo e se preparar para ir embora.

Davy sorriu e lhe deu um soquinho no braço, e Nick puxou o irmão para abraçá-lo. Nick não era muito afeito a abraços, mas sabia que Davy *precisava* ser abraçado.

DAVY PERMANECEU EM SEU QUARTO olhando para o pôster da linha do horizonte de Tampa à noite pendurado na parede aos pés de sua cama. Ele também tinha outros pôsteres – do Reds, da Faith Hill e um calendário enorme, e marcava um X com a Caneta Mágica em cada dia que se passava. Mas a imagem de Tampa sempre chamava mais sua atenção do que os outros, com as linhas suaves e os contornos dos prédios misturando-se em uma silhueta que parecia feita de cartolina.

Ele já havia tentado fazer algo parecido com cartolina certa vez, mas não teve muito sucesso – os cortes não ficaram muito retos, e outros não ficaram curvos o bastante. Mas ele acreditava que alguém com mais habilidade com a tesoura conseguiria fazer aquilo. Saber que a cidade podia ser reduzida a uma única camada fina de papel fazia o monte de prédios altos parecer mais simples e menos assustador. Não que ele já tivesse ido à cidade, mas queria estar preparado. Não gostava de novas situações, de novos lugares. E como via fotos da cidade por todos os lados – no noticiário da noite, no jornal – e sabia que pessoas trabalhavam e faziam compras ali, acreditava que seria inteligente de sua parte se preparar. Principalmente porque Nick dizia que ele precisava ir a novos lugares. Ele piscava e dizia: "Você precisa sair mais, amigo".

Um dia, do nada, eles tinham ido a Tampa Bay Downs para ver a corrida de cavalos. Ele não gostou do lugar, a princípio – era muito grande e havia pessoas demais –, mas ele havia escolhido um cavalo de nome engraçado, e Nick apostara cinco dólares nele. O cavalo venceu e ele acabou tendo um dia divertido. Em outra ocasião, Nick o levara ao Epcot Center, em Orlando. Havia tanta coisa para ver que ele ficou atordoado, mas viu como os desenhos eram criados e assistiu a alguns shows em 3D muito bacanas. E naquela noite, comeram em um restaurante mexicano com estrelas no teto e um vulcão na parede que parecia mágico, porque as estrelas e o vulcão pareciam de verdade, e ele se esqueceu de que estavam dentro de um prédio. O vulcão entrava em erupção várias vezes e ele fizera Nick tirar uma foto. Então, quando Nick dizia que ele precisava sair mais, Davy acreditava. Era assustador, mas normalmente era bom também.

Pensar em Nick dava um aperto no peito. O irmão sempre agia como se estivesse feliz quando estavam juntos, mas às vezes seus olhos ficavam tristes mesmo quando ele sorria. Ele sabia que Nick não era muito feliz... mas não entendia o motivo.

Talvez fosse porque trabalhava muito. Davy não conseguia entender como uma pessoa podia trabalhar tanto quanto o irmão.

Perguntava a si mesmo se Nick tinha tempo para dormir, ler ou assistir TV. Davy tinha uma rotina que ele seguia na maior parte do tempo – certos programas que assistia, certas horas que reservava para cuidar do jardim ou fazer compras com Elaine. Era uma vida bem ocupada, então não conseguia imaginar como era corrida a vida de Nick, tendo que administrar a empresa, além de todas as outras coisas.

Ou talvez, pensou, fosse por causa do pai. Nick ficava bravo com o pai porque ele bebia cerveja e dormia muito, mas Davy amava o pai *e* Nick, então era difícil entender por que cerveja e sono deixavam o irmão irritado. Claro, Davy sabia que o pai deles não era como os outros pais. Dennis Cahill, da rua de cima, estava sempre andando de bicicleta com os filhos, e às vezes Davy andava com eles. E quando Steve, da casa ao lado, voltava do trabalho, Tara e Tyler sempre corriam para fora para recebê-lo, e Davy percebia, só de observar, como ele amava os filhos. Tinha que admitir que não via muito amor nos olhos do pai há muito tempo, mas talvez entendesse isso melhor do que Nick, porque entendia como era ser diferente.

Davy não conseguia ser o que as pessoas esperavam que ele fosse e não entendia por que, mas havia se acostumado com isso. Sabia que o pai também era diferente.

– Ei, amigão, vou embora já, já.

Davy virou a cabeça no travesseiro e viu Nick na porta. Sorriu.

– Tudo bem.

– E quando a Elaine não estiver vendo vou pegar mais alguns brownies. – Nick falou mais baixo.

– Não vou contar – ele sentiu o coração cheio de orgulho.

– O que está lendo?

Ele seguiu o olhar de Nick para o livro velho que estava virado para baixo em seu peito.

– *A ilha do tesouro*.

Elaine havia encontrado aquele livro em uma caixa de cadernos da escola, na garagem, alguns meses antes, quando ele

vira um programa sobre o Gasparilla Pirate Fest, em Tampa, na televisão.
— É bom?
Ele assentiu.
— Sobre piratas.
— Bacana.

Apesar de Nick ter piscado com alegria para se despedir, Davy ficou pensando no nó que existia dentro do irmão. Pensava que havia uma nuvem preta de tempestade dentro do peito de Nick. Mas Davy *nem sempre* sentia a tempestade. Às vezes, quando Nick e ele ficavam sozinhos, mais parecia uma daquelas pancadas de chuva à tarde, que vinha com o calor do verão e logo passava, deixando o céu azul de novo.

Mas o pai sempre fazia a nuvem preta aparecer. E Elaine sempre convidava os dois para os mesmos momentos. Sempre dizia: "Nick provavelmente não vai gostar, mas somos uma família e...". Nunca terminava essa parte, e Davy sempre tentava adivinhar o que ela queria dizer.

— Pode levar o pai para casa?

Nick e Elaine haviam acabado de chegar à sala de estar, onde o ronco do pai quebrava o silêncio.

Ele a olhou com seriedade. Ela sabia que não deveria ter perguntado.

— Ora, Nick, me ajude com isso.

Ela usou o tom ríspido para fazê-lo se lembrar que era o filho mais velho e que isso deveria servir para alguma coisa, apesar de ter parado de se importar logo depois da morte da mãe.

— Como ele chegou aqui?

Elaine apertou os lábios.

— Davy e eu o buscamos antes do jantar.

— Então, talvez, você devesse levá-lo de volta. Posso ficar com o Davy até você chegar.

— Eu peço coisas demais para você? — perguntou ela.

Os dois olharam para o corredor, na direção do quarto de Davy. Ele já tolerara gritos demais na vida; gritaria o irritava.

— Acho que não — disse Nick com sinceridade.

Olhou nos olhos de Elaine para ter certeza de que ela estava prestando atenção quando acrescentou:

— Mas não gosto de me ver nessa situação. Agora, ajude-me a colocar esse bêbado dentro do carro.

Cinco minutos depois, Nick dirigia depressa demais a caminho do apartamento desorganizado do pai. Quanto mais velho ficava, menos suportava ficar perto dele. Odiava o cheiro do homem — suor e álcool — sentado no banco do passageiro. Odiava o modo de ele ficar jogado no banco como uma boneca enorme de pano, encostando o joelho no câmbio de vez em quando. Duas vezes Nick empurrara a perna do pai dizendo: "Cuidado". Agora, seu pai estalava os lábios a cada poucos segundos, e o barulho era irritante.

— Jesus — dizia Nick, irritado.

Não acreditava que havia sobrevivido a vinte anos daquilo, mas há vinte anos tudo tinha começado — o dia de chuva no qual o carro da mãe foi fechado por um caminhão de entrega em um cruzamento com um farol quebrado.

Ele se lembrava com clareza da felicidade e da *paixão* dos pais — sempre se beijavam, abraçavam, acariciavam, mesmo quando os filhos riam deles. "Nojento", Davy havia se referido ao comportamento deles. O pai rira e dissera: "Espere para ver, David. Um dia, você vai entender."

A morte da mãe deles havia enfiado o pai em um buraco tão fundo do qual ele nunca tentou sair. Foi então que ele começou a beber, a ser hostil e negligente. Aos treze e doze anos, Elaine e Nick tiveram que aprender a lidar com a negligência e silenciosamente assumiram os papéis de mãe e pai de Davy antes mesmo que fosse totalmente necessário. Mas a *hostilidade* do pai acabara com tudo. E isso era culpa de Henry Ash.

Depois do acidente, John Armstrong caiu em uma depressão que o deixou de cama por dias e dias, mas só quando Henry o enganou e roubou sua metade na Double A Construtora, a empresa que tinham construído juntos, foi que a coisa ficou irremediavelmente feia. Perder tudo pelo que batalhara foi o golpe que fez o pai entrar em desespero a ponto de querer matar alguém. Esse alguém deveria ter sido Henry – mas Nick, Elaine e Davy eram alvos mais fáceis.

Meu Deus, Davy, por que você entrou na garagem? O que disse a ele? Por que se aproximou dele? Nick não conseguia lidar com os horrores das lembranças daquela noite. Ainda sentia o frio dos corredores do hospital, o medo que o imobilizara enquanto os enfermeiros levavam Davy, impedindo Nick de acompanhá-los.

Nick quase passou o sinal vermelho, mas olhou para a frente e teve tempo de brecar depressa. O pai escorregou para o chão, mas nem percebeu, apenas se ergueu silenciosamente e voltou a encostar a cabeça no assento de couro, voltando à posição de boneca de pano. Nick simplesmente balançou a cabeça e afastou as lembranças. Elas doíam com a mesma intensidade e certamente não ajudavam em nada.

Quando o sinal abriu, pisou no acelerador, passando por barracas de fruta vazias e negócios decadentes em uma faixa deserta da Alternate 19, que antigamente era movimentada. Queria levar o pai para casa e seguir com a vida.

– Como estão os negócios, filho?

Nick olhou para o banco do passageiro, onde o pai estava desperto, ainda que meio sonolento. Era assim, às vezes o pai passava horas apagado e então abria os olhos de repente e agia como se estivesse conversando normalmente.

Ele voltou a olhar para a estrada.

– Estão bem, pai. Bem.

– Tenho orgulho de você, Nicky – disse ele. – Você sabe disso, não sabe?

Nick sentiu uma pontada no peito.

– Sim, claro que sei. – Eles faziam isso às vezes, tinham a mesma conversa. Ele achava que o pai, ao elogiá-lo, tinha a intenção de compensar tudo, mas nada consertaria o passado.

Logo depois, ele observou o pai se arrastar do jipe para dentro do prédio em ruínas que ele chamava de lar. Na década de 60, o Sea Shanties – um condomínio de quatro prédios – provavelmente tinha sido novo e bonito, mas agora o local abrigava beberrões e mães solteiras que viviam com a ajuda do governo. Ele partiu, sem se preocupar em verificar se o pai ficaria bem; estava feliz por estar sozinho de novo.

Estacionou o jipe na garagem de seu apartamento de frente para o mar, alguns minutos depois entrou, tirou os sapatos e caiu na cama, ainda de calça jeans e camiseta. Os números vermelhos do relógio a seu lado indicavam que eram só dez e meia, mas o dia parecera extremamente longo.

Levantou-se o suficiente para tirar a camiseta e voltou a se recostar no travesseiro e fechou os olhos. Não queria mais pensar no pai, nem em Davy, nem em Henry – e quando o sono começou a tomar conta dele uma imagem muito mais convidativa voltou a invadir sua mente: Lauren Ash.

Seus pensamentos se firmaram, concentraram-se e uma fantasia rapidamente ganhou forma. Nela, ele estava afastando todo aquele cetim macio, correndo as mãos pelas curvas e vales atraentes, moldando os seios dela nas mãos, beijando seus mamilos endurecidos. Ele a lambeu e chupou e se deixou guiar por seus gemidos de prazer.

Ele imaginou a si mesmo deitado na cama, exatamente como estava agora, mas Lauren Ash estava sobre ele, roçando o corpo no dele, com os fios dourados escorregando por sua pele. Ela o beijou com lábios carnudos e sensuais, desceu por seu queixo, em seguida pelo pescoço. Foi beijando o peito, barriga... até finalmente abrir sua calça jeans e tomá-lo em sua boca macia. *Isso.*

Nick não conseguia acreditar na mulher linda que ela havia se tornado, nem que estava adormecendo pensando em sexo com Lauren Ash – ele não tinha ido à casa dela pensando em sexo. Mas era tarde demais para voltar atrás, e ele deixou as imagens de sua mente levarem a sonhos quentes.

CAPÍTULO 3

Quando Lauren tomou uma ducha morna na manhã seguinte, ainda não conseguia acreditar nas palavras que dissera ao pintor. *Se precisar de mim, estarei no banho.* Ela revirou os olhos para a própria estupidez. Teria sido um ato falho? Esperava que não. Mas, então, por que ele não saía da sua cabeça?

Bem, ela pensou, porque ele estava *ali*. E com exceção do rapaz que limpava a piscina, e do rapaz que cortava grama, e do rapaz que cuidava das plantas – pessoas que costumavam permanecer uma ou duas horas em sua casa –, ela não estava acostumada a ter companhia *ali*. Antes de entrar no banho, escutara os barulhos que ele fazia trabalhando do lado de fora, como fizera ao longo do dia anterior – o barulho de escadas sendo encostadas na parede, latas de tinta no chão. Sempre que quase esquecia dele, ouvia um novo barulho.

Enquanto corria a esponja macia cheia de sabonete líquido com aroma de framboesa pelos braços, lembrou sua fantasia no mar e pensou que talvez devesse escrever um *novo* texto no diário. Era isso o que fazia para diminuir suas frustrações sexuais – e certamente sentia-se frustrada, considerando a reação que havia causado no cara. Surpreendentemente, escrever suas fantasias parecia ajudar, pelo menos até certo ponto. Escrever não era fazer – mas era *algo*, uma maneira bem vaga de viver a situação.

Se precisar de mim, estarei no banho...

E se ele a tivesse seguido no dia anterior? Ela sabia que tinha trancado a porta, mas e se não tivesse? E se ele a tivesse seguido casa adentro e escada acima, até seu quarto, até o banheiro?

E se os dois, silenciosamente, tivessem tirado as roupas e entrado no banho juntos? Ela não conseguiu evitar o desenrolar de mais uma fantasia – ainda que apenas em sua mente – enquanto se lavava.

Estamos nus – a água escorre por nossos corpos – e não nos tocamos, até ele pegar a luva de banho que está pendurada no gancho do chuveiro. Ele olha em meus olhos ao passar o sabonete na luva, cobrindo-a com uma espuma grossa. Só então seu olhar desce para os seios, forte como um toque, fazendo seus mamilos endurecerem.

Ele passa a luva lentamente em cima de meus seios, deixando para trás um rastro de espuma branca que brilha enquanto as bolhinhas de sabão começam a descer por minha pele. Mais um passar da luva, dessa vez embaixo dos seios, faz com que eu suspire de prazer até ele descer por minha barriga, parando perto do ponto de junção de minhas coxas.

Ele deixa a luva cair no chão e segura meus seios com as mãos grandes e quentes, acariciando, massageando, enquanto eu tento não gritar, para não demonstrar como seu toque está me afetando – mas suas mãos parecem veludo em meio à espuma abundante, e eu me remexo como louca, desejando desesperadamente que ele volte a me acariciar com a luva ensaboada.

Então, ele vira o meu corpo contra o dele, sobe as mãos por meus braços molhados, mostrando como devo me segurar na parede de azulejo. Suas mãos passam para meus quadris, e ele me penetra, enorme, me preenchendo de um modo incrível, e agora não tenho outra opção além de gritar, soluçar de prazer a cada movimento intenso.

Suas mãos continuam acariciando, apertando, um toque mais macio do que o outro. Mesmo onde o sabão não cobre minha pele, os dedos dele parecem toques suaves de um tecido fino – principalmente quando se afundam entre minhas coxas.

Eu me mexo de acordo com seu movimento, arqueando as costas cada vez mais, até parecer que seus dedos macios são tudo o que sinto, tudo que sou, e quando retomo a sanidade, gemendo enquanto gozo, uma sensação confortável, como o toque de veludo, parece tomar conta de mim.

Meu prazer o faz atingir o clímax também, e seus toques são mais intensos, seus gemidos mais fortes em meus ouvidos enquanto a água rola por nossa pele – e só então me lembro de que estamos no chuveiro, não no mundo delicioso ao qual ele me levou com apenas alguns toques quentes e delicados.

Oh, pare já com isso!
Estaria louca? Fantasiar com *ele*, o pintor mal-humorado?
Se quer ter fantasias sexuais com alguém, certamente pode encontrar um cara melhor.

Ele era o máximo da masculinidade, sim, mas sua personalidade era péssima. E ela não dizia a si mesma, o tempo todo, que não se interessava pelo físico, mas sim por todo o resto – as emoções, a conexão íntima, o elo que era mais profundo do que dois corpos em contato por alguns minutos?

Com tais pensamentos em mente, ela se lavou, pronta para tirá-lo da cabeça e seguir com sua vida. Não costumava se tornar uma idiota por causa de um homem só por considerá-lo atraente – ou pelo menos não era como pretendia ser.

Nick Armstrong podia ser bonito aos olhos, mas uma coisa era certa: ela não permitiria que ele lhe comprasse um refrigerante, muito menos que tomasse um banho com ela.

LAUREN CAMINHOU DE UM CÔMODO A OUTRO, com o telefone na mão, aplicando maquiagem e se preparando para sair enquanto conversava com Phil a respeito das últimas remessas de notas fiscais.

– Nossos custos com terceirização aumentaram exorbitantemente nos últimos tempos – disse ela, passando uma escova nos cabelos.

Ao se abaixar em direção à mesa de marfim, olhou rapidamente no espelho acima da penteadeira para as janelas do outro lado da sala, e as cortinas ainda estavam fechadas desde a manhã anterior. Significava que Nick Armstrong não podia vê-la, o que era bom, mas também era sinal de que *ela* não podia vê-lo. Ele estava em algum lugar lá fora, pintando, e apesar de ela ter tentado esquecê-lo dentro do banheiro, irritava-se quando pensava que estava próximo.

— Isso foge totalmente ao meu controle — disse Phil quando ela afastou o telefone dos lábios e usou a mão livre para passar batom vermelho um pouco mais claro do que a saia que vestia. — Os custos com construção estão aumentando em todo o Estado. Oferta e procura. Contratamos os melhores e precisamos estar dispostos a pagar por eles.

Ela calçou um par de sapatilhas de tiras.

— Bem, está diminuindo bastante a margem de lucro. E quando os números do segundo trimestre saírem, *você* terá que responder a Henry e aos sócios.

— Você se esquece, queridinha — disse ele de modo provocador —, que *eu sou* um sócio.

Ela sorriu enquanto revirava os olhos depois de escutar a provocação que não permitiria de mais ninguém no mundo — além de seu pai, talvez.

— Não, não esqueço. Só queria que você tivesse tanto controle quanto pensa que tem.

— Eles vão ter que acreditar em mim. Conheço essa empresa do avesso e estou perdendo dinheiro aqui, também. — Phil era o segundo maior acionista da empresa, depois de Henry.

— Deve ser bacana ter tanto poder — disse ela.

Ao descer a escada, ela manteve os olhos nas janelas da antessala, que estavam bem abertas para que a luz do sol do meio-dia entrasse. Nem sinal do pintor, mas a van permanecia estacionada na frente da casa, então sabia que ele ainda não tinha saído para almoçar.

— Cuidado, querida — respondeu Phil —, ou você será desconvidada da minha festa.

Ah, droga, a festa de Phil. Como conseguira se esquecer dela? Memória seletiva, talvez. Seria muita sorte não ter sido convidada.

— Você vai estar lá amanhã à noite, não?

Ela hesitou. Podia mentir? Nunca tinha sido boa mentindo, mas agora talvez fosse a hora de aprender. Caso contrário, como ia escapar dessas festas ridículas que apareciam em sua vida?

Naquele momento, ela viu uma escada manchada de tinta encostada na parede da casa, perto da janela da sala de jantar, mas não havia pintor nenhum ali.

– Jeanne ficaria arrasada se você não fosse – disse Phil com seu modo brincalhão de sempre. – Você sabe que ela adora falar sobre roupas e todas essas coisas de mulher.

Phil e a esposa tinham quase quarenta anos e, apesar de Jeanne ser um pouco mais velha do que Lauren, gostava de sua companhia. Algumas festas de Phil acabavam sendo meio malucas – ela havia visto mais de uma stripper em eventos passados (parecia obrigatório quando algum de seus amigos do sexo masculino comemorava um aniversário), e também já tinha encontrado preservativos usados dentro do vaso sanitário. Mas Jeanne sempre lhe parecera uma pessoa normal, quase tão deslocada em tais eventos quanto a própria Lauren.

– Além disso – Phil acrescentou –, Jeanne encontrou Carolyn na academia, dia desses, e também a convidou. Acho que o grupo todo vai: Carolyn, Holly, Mike e aquele tal de Jimmy.

Lauren suspirou ao se sentar no sofá amarelo e antigo de dois lugares na sala de estar. Infelizmente, não eram o grupo *dela*; eram... a *turma* de Carolyn – era a única palavra adequada para descrevê-los. Eles adoravam Carolyn, e Lauren não sabia quem dormia com quem, mas certamente sentia o forte clima sexual que tomava conta deles quando ela estava por perto.

Ainda assim, saber que eles tinham sido convidados em nome dela fez com que se sentisse obrigada a ir. Além disso, como havia dito a si mesma na noite anterior, a política do bom coleguismo exigia que fosse.

– Claro, Phil – disse ela por fim. – Estarei lá com a cara e a coragem.

– Com roupas também, espero – ela quase conseguiu ver a piscadela dele.

– Olha, eu não quero chamar a atenção – ela provocou em uma tentativa de ser simpática –, por isso vou vestir umas roupas também.

– Eu, por outro lado, *adoraria* que você chamasse a atenção. Só não sei bem como o Henry reagiria a isso.

Ela riu com ele – já que era mais fácil do que brigar – até encerrarem a ligação. Mas pensou que seria muito estranho ir à mesma festa maluca que o pai, e que se abrisse uma porta e encontrasse um homem mandando ver com uma modelo bonita, as chances eram grandes de que esse homem fosse Henry Ash. Ela amava o pai, mas ele havia mudado muito desde o falecimento da esposa, oito anos antes.

O fato de Lauren querer morar sozinha tinha sido mais do que apenas um grito de independência; estava cansada de encontrar mulheres jovens e desconhecidas na mesa do café da manhã. Ela tentou imaginar se o pai realmente se *sentia* tão jovem quanto agia.

Durante os anos da transformação dele, quando passou de empresário comum e pai a um Hugh Hefner de Tampa Bay, Lauren havia se ocupado com sua vida. Depois de formada na faculdade, assumiu a vaga de contadora na empresa e logo avançou para consultora-chefe, subordinada apenas a Phil na administração do dinheiro da empresa. Phil havia se unido ao pai dela nos negócios dez anos antes, e ele era dono de 25 por cento da sociedade. O pai dela era dono de 51 por cento bem calculados; ele havia tido um desentendimento com um sócio antigo quando ela era criança e, desde então, jurou que manteria controle de sua empresa. Os outros 24 por cento eram divididos entre investidores da região e alguns funcionários de longa data. Ela própria não tinha *nada* da empresa. A parte de seu pai na Ash Construtora seria-lhe passada quando ele morresse, e ela não via motivos para investir mais; já se sentia mais do que rica.

– E se ele se casar com uma coelhinha da Playboy e mudar o testamento? – perguntou Carolyn, certa vez.

– Ele prometeu que, se decidir se casar de novo, deixará outros bens para a esposa, mas a empresa sempre será minha.

Carolyn revirara os olhos, cética.

– Fácil para ele dizer, mas se *ela* quiser a empresa, e se *ela* mantiver o velho safado feliz...

— Carolyn, *não* fale do meu pai desse jeito.
— Desculpe — respondera a amiga, com um riso fácil.

Mas a verdade era que, apesar de o pai ter mudado, eles ainda eram próximos, e ela sabia que ele nunca a enganaria — não havia dúvidas em relação a isso. *Essa* parte de sua vida estava garantida. Mas quando pensava no *resto* da vida que ela sempre se ocupou em construir, não sabia muito bem.

Apesar de a última festa não ter sido incomum, seus sentimentos em relação a ela — a necessidade desesperada de escapar — a haviam afetado e feito com que reavaliasse as coisas. Era a dona da casa, que adorava, e arrependia-se de não ter feito mais para merecê-la. Tinha o emprego no qual ganhava bastante dinheiro e que administrava de modo inteligente: economizava, investia e dava uma boa quantia às instituições de caridade que cuidavam de crianças e da arte da região. Então, só faltava sua vida *social*.

Quase riu quando finalmente se levantou do sofá e foi até a cozinha alimentar Isadora. Quem poderia ter imaginado que seu pai teria a agenda cheia de eventos sociais e que ela, aos 27 anos, não teria namorado, apenas uma amiga íntima, e pouco a esperar nessa área?

Mas não, você sempre esquece que pode ter todos os namorados e todos os caras que quiser... você só não gosta das ofertas que recebe.

Naquele momento, Isadora entrou feliz na cozinha ao escutar a lata sendo aberta.

— Oi, Izzy. Pelo menos, eu tenho você, certo? — ela se abaixou e rapidamente coçou atrás da orelha da gata. — Enquanto eu continuar a alimentando, *e* se você quiser companhia, serei sua melhor amiga, não é mesmo?

Izzy soltou um miado forte e, por um momento, Lauren pensou que a gata estava respondendo, até perceber que estava segurando uma lata aberta de comida de gato e demorando para colocar o alimento na tigela de Izzy.

Ela pegou o pequeno prato de vidro do jogo americano que servia de mesa de jantar para Izzy, serviu a comida às colheradas e o colocou no chão, e Izzy praticamente pulou em cima do prato. Então, olhou para o relógio no micro-ondas; era melhor que se apressasse ou se atrasaria.

Encontraria Carolyn para almoçar, depois precisava ir ao escritório para deixar algumas coisas e pegar outras e... ah, sim, também planejava repreender a querida Sadie por mandar Nick Armstrong a sua casa.

Foi naquele exato momento que ela olhou para a janela grande do canto da mesa e viu um par de botas em uma escada. Ficou paralisada. Ela não o encontrava desde a desagradável apresentação do dia anterior, mas quase estremeceu ao vê-lo.

Talvez porque soubesse como era o *resto* do corpo dele.

Talvez porque soubesse exatamente onde ele estava agora – bem ali, a menos de trezentos metros dela, se ignorasse o vidro que os separavam.

E talvez porque ele fosse seu deus do mar e ela tivesse fantasiado com ele no chuveiro algumas horas antes.

A história do deus do mar era o que mais a incomodava. O homem em sua fantasia no mar não tinha exatamente o rosto dele, seus traços. Era mais a *ideia* do rosto – e assim que viu Nick Armstrong na porta da frente ele havia encaixado as peças que faltavam com perfeição.

Quando ele começou a descer a escada, ela se retraiu. Não *queria* ver aquele rosto de novo pela janela. Pegou a bolsa do balcão, a maleta e disse:

– Até mais, Iz.

Então, passou pela porta da garagem sem olhar para trás.

Depois de apertar um botão na parede e esperar que a porta da garagem se abrisse, seu coração voltou a acelerar; a van bloqueava sua saída. Ele havia estacionado de um lado da passagem, mas o carro dela estava naquele mesmo lado, e o resto da garagem estava tomado por equipamentos de jardinagem, uma bicicleta e o jet ski de Carolyn, de modo que não conseguia passar. Droga. Não *queria* ver o rosto do deus do mar, mas parecia inevitável.

Jogou a bolsa e a maleta no banco do passageiro, respirou profundamente e deu a volta na casa, com as chaves na mão. *Não* é nada de mais. Ele é só um homem trabalhando, e você é só uma mulher pagando por esse trabalho.

Ele olhou para a frente assim que ela surgiu. Havia uma escada, um pano e várias latas espalhadas ali, mas ela só conseguia olhar pra ele. Exatamente como na manhã do dia anterior, vê-lo quase a deixou zonza – ele transpirava masculinidade dos pés à cabeça.

Uma camiseta branca moldava seu corpo musculoso e também revelava uma tatuagem: dois fios de arame farpado entrelaçados circulavam o antebraço direito. Mais uma vez, ela não soube ao certo se sentia medo ou tesão por ele, ou as duas coisas. No mínimo, sentia-se intimidada e, quanto mais se aproximava, menos podia negar que se sentia excitada. Para sua surpresa, uma atração forte, diferente de tudo o que ela já tinha experimentado, corria por suas veias, fervendo seu sangue.

– Você tem rosas trepadeiras aqui – ele apontou para a treliça tomada por flores vibrantes cor-de-rosa, parecia irritado.

Esse cara não gosta muito de bater papo.

– Sim – respondeu ela, pensando, *ai, meu Deus, lá vamos nós*.

– Tem ideia de como poderei pintar com essas trepadeiras?

Ela realmente não tinha pensado nisso, mas disse:

– Você nunca pintou uma casa com plantas nas paredes?

– Na verdade, não. Costumo pintar casas novas, sabe?

Ela suspirou irritada e observou a treliça. Vinha cultivando as rosas havia quatro anos e não queria matá-las apenas para que a casa fosse pintada.

– Talvez você possa puxar a treliça com cuidado, colocá-la no chão sem arrancar as rosas até pintar a parede.

– Não sou jardineiro – disse ele de modo seco.

Não, você é um idiota.

Ela começou a pensar em dizer isso a ele, quando ele disse:

– Mas posso fazer isso, desde que não seja responsabilizado por algum dano que possa ocorrer às rosas.

– Obrigada – respondeu ela automaticamente, apesar de achar que ele não merecia seu agradecimento.

Detestava pensar que aquele homem tinha saído por cima da situação nas duas vezes em que eles tinham se encontrado.

– Gostaria que você tirasse sua van da frente da casa. Está bloqueando minha saída.

Ele se virou para olhar para ela naquele momento, e sua intuição lhe disse que era a primeira vez que ele a via, de fato, desde o início da conversa. Seus olhos escuros olharam profundamente nos dela, e então desceram por seu corpo, analisando-a. Ela sentiu um calor desconfortável tomá-la por dentro. Ele não estava sendo discreto, e ela queria se sentir ofendida, mas seu sangue ficou mais quente ainda. Sentia-se presa sob o olhar dele, e o silêncio tornava o clima ainda mais tenso.

– Claro – disse ele de modo sucinto, os olhos intensos tomados por uma sexualidade inegável que, de repente, pareceu... *pessoal* para Lauren.

Ver um rapaz olhando para ela com a intenção de seduzi-la costumava deixá-la muito brava, mas por algum motivo, com Nick Armstrong, seu deus do mar, ela hesitou.

Droga, droga, droga. Não queria desejar aquele homem. Ele era grosseiro e desagradável sob todos os aspectos. Menos visualmente falando.

– Estamos esperando alguma coisa? – perguntou ele, e Lauren se deu conta de que ele estava esperando que se virasse para segui-la, mas havia permanecido no lugar como as rosas, olhando-o, tomada pelo desejo.

– Não – disse ela, balançando a cabeça levemente ao voltar à realidade. – Eu só me distraí.

E soube, no mesmo instante, que havia dado a resposta errada; ele sabia bem o que acontecia silenciosamente entre os dois.

– Distraiu-se? – perguntou, esboçando o mesmo sorriso arrogante do dia anterior.

O mesmo olhar de certeza, quase a desafiá-la a ser honesta e dizer exatamente com o que havia se distraído.

Mas ela apenas olhou nos olhos dele por um segundo a mais e virou-se para dar a volta na casa, sem fitá-lo de novo até chegar à garagem e entrar no carro.

Ligou o motor, segurou o volante com força e esperou impacientemente enquanto ele tirava a van. Seus movimentos estavam trêmulos e mecânicos quando ela deu a ré, apertou o botão que abaixava o portão de garagem e pisou no acelerador para fazer o Z4 descer a Bayview Drive em alta velocidade.

Parecia uma fuga, a mesma liberdade de quando saía de uma daquelas festas horrorosas. Mas diferente, pior. Porque ele sabia – ela *sabia* que ele sabia – que ela o desejava. Seu coração estava aos pulos.

Mas aquele desejo absurdo, as fantasias ridículas com o pintor estavam encerradas, a partir daquele momento! O cara era um cretino!

Se ao menos conseguisse fazer seu corpo parar de formigar...

Você é muito mentirosa, Lauren. Nada terminou. Não é uma decisão que possa tomar; é uma reação, uma reação que você não pode deter por mais que queira. Talvez ele fosse o maior e mais imbecil arrogante de todos os tempos, mas também era o tipo de homem que despertava seu desejo se ela não tomasse cuidado, o tipo de homem que conseguiria fazê-la se esquecer do que *precisava*, para dar o que ela podia acreditar que *queria* em uma noite.

Se não tivesse acabado de fazer um juramento a si mesma, mas ela fez. Nada mais de homens como ele. Planejava manter-se firme à decisão, independentemente da atração. Esperava que ele fosse um pintor rápido e que saísse de sua vida antes que ela fizesse alguma coisa idiota.

NICK OBSERVOU O CARRO CONVERSÍVEL e caro da princesa descer a rua, e então voltou a colocar a van na frente da casa, dessa vez, do outro lado.

Estava tão irritado com as rosas que havia se esquecido da forte atração que sentia por ela... até observá-la com atenção. Ela vestia uma blusa branca sem mangas que revelava os contornos de seu corpo. Um leve decote podia ser percebido atrás do botão que fechava a peça sobre seus seios. Na parte inferior do corpo, ele viu uma minissaia vermelha sensual e pernas lindas, esguias, bronzeadas e sedosas, quase implorando para serem tocadas. Seus cabelos loiros não estavam enrolados como no dia anterior, mas caíam por suas costas em ondas mais compridas e suaves.

Ele se aproximou da treliça, ajoelhou-se e começou a tirar os pregos do chão, lembrando-se do momento em que percebeu que ela olhava para ele exatamente do mesmo modo como ele olhava para ela. Para Nick, não havia sentimento melhor do que desejo mútuo, que percorrera seu corpo como uma chama. Apesar de ela *ter* demonstrado irritação em seguida, nada apagava aquele olhar intenso.

Ele colocou a treliça na grama, com as rosas pressionadas no meio, ainda incomodado por ter que fazer aquilo. Mas, ao mesmo tempo, tentou imaginar se ela própria cuidava das rosas, se uma moça como ela reservava um tempo para cuidar de coisas daquele tipo. Jogou um pano em cima da treliça, pegou o rolo e voltou ao trabalho, cobrindo o gesso cor-de-rosa com tinta marfim.

De certo modo, acreditava que ela tinha motivos para estar brava com ele. Não sabia por que continuava sendo tão mal-humorado com ela... mas sempre que se encontravam ele lembrava do passado, do ressentimento que sempre sentiu em relação à família dela. Então, o desejo vinha e a fera tomava conta dele.

Não pensou que ela sairia de casa, mas agora que não estava ali ele se sentiu mais imerso em seu mundo. E enquanto trabalhava, sua percepção mudou levemente: saber que ela não estava dentro da casa e não poderia espiar pela janela fazia com que se sentisse mais livre para observar, analisar o lugar.

Havia ainda mais árvores do que ele havia notado, e a barba-de-velho que pendia dos carvalhos oferecia um pouco de sombra em meio ao sol da Flórida. Assim como as rosas, as outras flores eram bem-cuidadas e o jardim, bem-podado, e ele voltou a imaginar se ela mesma tomava conta das plantas ou se tinha um jardineiro.

Sentiu a essência invisível de Lauren Ash ao seu redor; a casa parecia estar impregnada por sua presença. E ele certamente ainda não tinha visto tanto quanto queria de seu mundo, mas o resto permanecia escondido por dentro, fora de alcance.

Soltando o rolo de pintura, tirou uma garrafa de água da pequena caixa térmica que levava consigo sob o sol. Tomou um longo e gelado gole antes de recolocar a garrafa no gelo semiderretido. Estava prestes a sair para o almoço quando a curiosidade o atiçou o suficiente para guiá-lo na direção oposta, rumo aos fundos da casa.

Ele havia visto o quintal rapidamente no dia anterior, mas agora demorou-se observando. A piscina grande e retangular era perpendicular à casa, criando ângulos que contrastavam com a delicadeza da paisagem e com as árvores. A água brilhava sob o sol como milhares de diamantes reluzentes, e Nick pensou nas inúmeras vezes em que ele, Davy e Elaine tinham sonhado em ter uma piscina no quintal. Palmeiras em vasos e outras plantas salpicavam a área ao redor da piscina e o quintal enorme dos fundos, feito com a mesma pedra lisa que circundava a piscina. Móveis de teca completavam a cena, que mais parecia uma foto de revista de decoração.

Duas portas francesas levavam para dentro da casa, e ele notou que as janelas pequenas e quadradas não eram cobertas por cortinas. Sentiu-se um pouco culpado ao se aproximar, observando por dentro como um ladrão. Mas não queria roubar nada; queria apenas ver o mundo dela mais de perto.

O sol o impediu de espiar pelas portas – mas viu uma cozinha imaculadamente branca com o mesmo piso italiano do vestíbulo, uma mesa de café da manhã de vidro e ferro forjado.

Virando-se, a ponta de sua bota bateu em algo e ele olhou para baixo. Viu um pequeno vaso em forma de tartaruga que sem querer empurrou alguns centímetros, distanciando-o do vaso de barro de petúnias cor-de-rosa. Abaixou-se para colocá-lo de volta no lugar e, quando o pegou, encontrou uma chave.

Hesitou, olhando para a chave e para a porta. *Continue trabalhando, Armstrong*, disse a si mesmo.

Então, balançou a cabeça, sentindo-se desequilibrado, como se outra pessoa tivesse acabado de tomar seu corpo. Não conseguia acreditar que estava mesmo pensando em entrar.

Não podia fazer isso, de jeito nenhum.

Mas, ainda assim, sentiu uma forte curiosidade. E, com a chave na mão, ele a repreendeu mentalmente por ser tão irresponsável, por facilitar tanto seu acesso.

Você vai mesmo fazer isso?
Meu Deus, pelo visto, sim.

Seu peito ardeu quando ele enfiou a chave na fechadura, mas disse a si mesmo que não planejava fazer nada de errado; só queria ver a casa por dentro.

Só quando entrou e fechou a porta, temeu que ali houvesse um sistema de segurança. Analisou as paredes para tentar encontrar uma caixa de alarme e não encontrou nada; esperou que algo acontecesse, mas nada aconteceu. Que bom. Talvez conseguisse explicar-se para a polícia, mas com certeza perderia seus contratos com a Ash Construtora.

Pensar nisso deveria tê-lo feito sair, mas ele não saiu. E foi então que percebeu que estava obcecado pela vida de Lauren Ash. Passara anos pensando em tudo, sentindo que, por direito, aquela deveria ser a *sua* vida, e agora que estava diante da oportunidade de explorá-la, a tentação era grande demais para resistir. Não sentia orgulho de sua atitude, mas ali estava.

A imensa sala de estar, que se estendia da cozinha à mesa de café da manhã, ostentava uma enorme lareira de pedra cinza, linda, mas quase inútil no clima tropical. O resto da sala era quase tão branco quanto a cozinha – carpete branco, sofá branco, uma poltrona de couro para combinar. A única cor que se via ali era a das almofadas de veludo, turquesas e cor-de-rosa, além flores sedosas e velas da mesma cor.

Então ele viu o gato, quase invisível no sofá branco, com a cabeça recostada na almofada cor-de-rosa maior. Tão bonito quanto o ambiente em que se encontrava, o felino tinha longos pelos brancos e, no pescoço, uma coleira brilhante de strass. Só Lauren Ash, ele pensou, podia ter um gato tão chamativo.

Quando se aproximou, o animal se mexeu, deitou-se de costas e fitou-o com olhos azuis enormes, claramente pedindo atenção.

– Desculpe, gato, mas não tenho muito tempo.

Avançando pelo palácio da princesa, ele encontrou uma segunda sala de estar, com móveis antigos vitorianos em tons de amarelo e verde-escuro, um forte contraste em relação aos cômodos que havia visto.

E então, viu o vestíbulo, e a escada extravagante que subia por trás do candelabro que ele havia visto na manhã anterior. Quase sem pensar, colocou a mão no corrimão e subiu os degraus largos.

O que diabos está fazendo? A recriminação ecoou em seu cérebro, mas seus pés continuaram em movimento. Não sabia como havia chegado ali – na casa dela, pelo amor de Deus, subindo a maldita escada... Era como estar em um sonho, meio fora de controle.

Mas quando viu o escritório dela no topo da escada, ele parou, percebendo que *ali* provavelmente estava o que o havia atraído mais do que qualquer coisa que pudesse encontrar no quarto de Lauren Ash. Coisas da empresa. A empresa cuja metade deveria ser dele, de sua família. E se pudesse encontrar algo ali, uma maneira de provar que Henry os havia enganado? Ele sabia que a chance de encontrar algo do tipo era ínfima, mas entrou na sala escura mesmo assim, aproximando-se da mesa de aparência sofisticada.

Pilhas de notas fiscais estavam sobre um teclado, apesar de o computador estar desligado. Por não ser especialista em computadores, nem sequer pensou em ligá-lo.

Abriu o pequeno arquivo que ficava encostado em uma parede e correu os dedos por cima de pastas, procurando... alguma coisa. Seu sobrenome. Armstrong. Talvez pudesse encontrar os papéis que Henry fizera seu pai assinar tantos anos antes. Não sabia como isso ajudaria, e era improvável que tais papéis estivessem no escritório da filha, mas o mesmo desespero que sentira ao longo de anos quando pensava no que Henry tinha feito o tomava por inteiro agora. Não sabia o que procurava, mas queria *encontrar*. Alguma coisa. *Qualquer coisa.*

Os arquivos não mostraram nada de interessante, então ele fechou a gaveta e começou a procurar na estante. Observando as prateleiras, encontrou livros sobre contabilidade, administração de negócios, vários relatórios anuais e trimestrais da Ash Construtora... e um caderno pequeno e vermelho sem palavras na capa. Deslocado, chamou sua atenção.

Ele passou a ponta do dedo pela borda, não sabia por quê. Mas a capa era macia como seda e, de algum modo, parecia convidativa. Pegou o caderno da estante e o abriu aleatoriamente.

Viu tinta escura, uma caligrafia com contornos femininos precisos. A caligrafia de Lauren Ash; soube com a mesma certeza que tinha de que o pai beberia hoje. Relutantemente atraído, ele se sentou em uma cadeira perto da parede e começou a ler.

CAPÍTULO 4

Estou a cavalo, atravessando uma longa serrania, *quase deserta, com apenas algumas árvores em meio à vegetação rasteira que dança ao sabor do vento. O sol está se pondo, o vento está agradável ao meu redor, e os vales de ambos os lados são repletos de árvores e pontos escuros.*

Um homem está atrás de mim; consigo sentir seu calor em minhas costas. Quando ele apoia as mãos em meus quadris, por cima da saia fina, não reajo, não falo nem olho para trás. Simplesmente continuo cavalgando e deixo o toque dele tomar meu corpo como pequenos espinhos roçando minha pele delicadamente.

Em pouco tempo, percebo que ele está segurando minha saia com força, amassando o tecido lentamente, fazendo-a subir. O tecido fica acima de meus joelhos, coxas, expondo minha pele à brisa quente do fim de tarde.

"Levante-se", ele sussurra, e sua voz é grossa, como um cobertor sobre mim. Eu me levanto o suficiente para que tire o tecido que ainda está embaixo de meu corpo, e quando volto a me sentar, minha pele nua sente o couro quente da sela.

Ele passa as mãos por meus quadris e coxas nuas por baixo da saia, e começo a sentir um desejo forte de que toque entre minhas pernas, abertas na sela. Mas ele continua me acariciando, provocando, passando bem perto do ponto central de meu desejo com as pontas macias dos dedos.

Quando começo a pensar que vou enlouquecer, ele sussurra mais uma vez:

"Incline-se para a frente."

Quando inclino o corpo em direção ao pescoço grosso do cavalo, as palmas das mãos dele tomam meu traseiro e me empurram ainda mais. O ponto de união de minhas pernas fica bem pressionado contra a sela no momento exato em que ele me penetra por trás. Começo a gemer, consciente de que se trata do primeiro som emitido, mas a mistura de sensações é muito forte e não consigo me controlar. Seus movimentos assumem o mesmo ritmo dos passos lentos e firmes do cavalo, ressoando em meu corpo como a batida de uma bateria enquanto a ponta da sela vibra contra meu corpo.

O sol está se pondo rapidamente, aparentemente mais rápido conforme os movimentos dele aumentam de velocidade também. Vejo que ele desce cada vez mais diante de meus olhos, um círculo quente de luz laranja que observo a cada batida forte.

Quando o sol se esconde totalmente, vou com ele em uma explosão que pulsa pelo meu corpo com intensidade enlouquecedora e me deixa fraca.

Então, ele envolve meu corpo com os braços e, quando a noite vem e a escuridão ao nosso redor aumenta, sei que nada pode me ferir e que estou segura.

Nick permaneceu olhando para a página incrédulo. Longos segundos se passaram enquanto tentava absorver o que acabara de ler. Seria um sonho? Não, mais parecia um *desejo*. E ficou muito excitado ao saber que a princesa havia escrito sua fantasia sexual... talvez fosse um diário inteiro de fantasias sexuais?

Sim, Lauren Ash era mais do que aparentava ser. Se isso fosse um indício, talvez Lucky estivesse certo a respeito do que dissera sobre ela. Nick mal a conhecia, mal a vira, mas a desejava muito.

E então, uma verdade mais profunda lhe ocorreu.

Sem querer, ele havia acabado de tomar algo dela, algo enorme, algo que não poderia devolver se quisesse. Independentemente do que pensasse sobre ela, e apesar de ter entrado em sua casa, ele não tivera a intenção de invadir sua privacidade e não conseguia imaginar encontrar nada mais íntimo. Perceber esse fato foi como uma punhalada no peito, pois a culpa o invadiu.

Feche esse caderno, droga. Feche. Você não deveria estar aqui.

Aquilo era muito errado.

Mas seu coração estava acelerado como o de um adolescente com sua primeira *Playboy*, e ele achava muito difícil resistir a descobrir o que mais a princesa imaginava quando se deitava para dormir.

Feche. Agora.

Um barulho o assustou e ele se levantou da cadeira, afastando o olhar do caderno.

O portão da garagem. *Merda.*

Fechando o caderno, ele o enfiou no mesmo lugar de onde o havia tirado, e seguiu em direção à escada, com o coração ameaçando escapar pela boca. Quando chegou à sala, ouviu o barulho da porta e soube que era tarde demais.

Permaneceu parado como uma estátua sob o candelabro, esperando ser visto. Tentou pensar em um motivo plausível para explicar o fato de estar dentro da casa dela. Não conseguiu pensar em *nada*.

Mas então seu cérebro finalmente começou a funcionar com rapidez, formando uma imagem mental do andar inferior. Se ela fosse para a cozinha, talvez ele pudesse sair pela porta da frente. Se ela entrasse pela sala de jantar em direção à escada, no entanto, talvez ele conseguisse dar a volta por onde havia entrado, se fizesse silêncio.

Permaneceu totalmente imóvel, com os sentidos em alerta, torcendo para que, de algum modo, fosse capaz de prever os movimentos dela. Não conseguia acreditar que havia se enfiado em uma situação tão inacreditável. Apesar de ter tido uma juventude descuidada, nunca tinha feito nada criminoso.

– Oi, Izzy, cheguei. Sentiu minha falta?

Izzy. Devia ser o gato. Ele acreditava que a voz da princesa vinha da cozinha. E, mesmo em seu estado de pânico, não deixou de perceber o afeto, a doçura autêntica em sua voz, um timbre totalmente diferente do que já tinha escutado... seria reservado apenas ao felino?

– Ah, tudo bem – disse ela, parecendo chateada. – Vá correndo para a sua linda almofada. Eu nem ligo. Tenho muito trabalho a fazer, mesmo.

Trabalho. *No escritório do andar de cima?* Ele não teve escolha além de acreditar que estava certo e agir conforme o planejado. Moveu-se perto da parede com movimentos cuidadosos, parando no corredor que levava aos fundos da casa, por onde havia entrado, e esperou bastante até escutar os saltos batendo no chão em direção à escada ampla.

Apenas quando teve certeza de que ela havia chegado ao segundo andar, partiu em direção à porta dos fundos. Passou rente à parede de azulejos, girou a maçaneta com cuidado, abriu a porta francesa levemente – e ela *rangeu*.

Em vez de esperar para ver se ela correria escada abaixo, ele saiu para o quintal, pegou a chave de dentro do bolso e trancou a porta.

Colocou a chave embaixo da tartaruga de cerâmica com begônias no casco, deu passos pesados ao redor da casa em direção à van e decidiu que seria um bom momento para almoçar.

As pessoas só passavam a olhar para Davy de um jeito esquisito quando ele começava a falar. Ele nunca tinha entendido muito bem por que isso fazia com que percebessem que era diferente, mas era sempre quando a mudança ocorria.

Uma moça bonita podia sorrir para ele em um restaurante, mas se ele criasse coragem de dizer oi, os olhos dela congelavam, e ele via o sorriso congelar em seu rosto como se tivesse sido cortado e colado, escondendo algo por trás dele. Podia vir com um leve entortar de cabeça, uma expressão de incerteza, mas sempre vinha com aquele *entendimento*, algo que todo mundo parecia saber, menos ele.

E não eram apenas moças. Crianças, senhores, atendentes, os caras que trabalhavam na oficina. Por isso ele gostava da rotina de sua vida. Ele e Elaine faziam compras em determinados lugares, encontravam certas pessoas – e pessoas que o conheciam e o tratavam de um jeito quase normal.

Naquele dia, tinha acontecido com uma senhora no estacionamento da Albertson's. Enquanto ele e Elaine caminhavam em direção ao mercado, ele viu uma nuvem branca no céu e a achou parecida com uma chaleira que a Tia Erma tinha – até um suspiro pesado chamar sua atenção de volta ao chão. A mulher de cabelos grisalhos estava perto do porta-malas do carro com cara de irritada; havia acabado de guardar as compras, mas o lugar para devolver o carrinho não era perto. Ele nem estava pensando em ser diferente quando se aproximou e disse:

– Posso levá-lo.

A reação dela foi inclinar a cabeça e arregalar os olhos, a expressão que as pessoas faziam diante de filhotes de cachorros na vitrine de uma loja de animais.

– Puxa... Obrigada, meu jovem.

Ele apenas assentiu, pensando que o favor era simples para um agradecimento como aquele. Mas não colocou o carrinho atrás dos outros, apenas continuou com ele e entrou pela porta automática.

– Oi, Elaine. Oi, Davy.

Os dois olharam para a frente e viram o sr. Pfister, o gerente da loja.

– Oi – disse Elaine, e Davy sorriu.

– Quente, não, Dave?

– Muito – disse ele.

– Espere aqui – Elaine disse, então Davy parou o carrinho na seção de flores.

Enquanto Elaine pegava o folheto de ofertas, ele pôde ficar observando as flores e as plantas. Era sua parte preferida no mercado, porque parecia um jardim coberto. Havia plantas penduradas em caixas de madeira feitas especialmente para elas, e vasos redondos e grandes com espaço entre eles para que os carrinhos passassem.

– Com licença.

Ele olhou para baixo e viu uma moça de cabelos pretos, em uma cadeira de rodas, tentando passar na frente de seu carrinho.

– Oh, me desculpe.

Rapidamente, ele deu um passo atrás para que passasse. Ela foi para trás de uma mesa que ele não tinha visto no meio do jardim, sobre a qual havia bocas-de-dragão e cravos. Usava um crachá. DAISY MARIA RAMIREZ.

Ela pegou um bloco verde de espuma de algum lugar atrás da mesa e começou a cravar as flores soltas nele. Ele observou todos os movimentos, o modo delicado com que lidava com as flores e como sabia o que fazer com elas, unindo-as para fazer algo novo onde não havia nada antes. Uma rede segurava seus cabelos longos e escuros longe do rosto, e os olhos castanhos permaneciam semicerrados enquanto ela se concentrava. Foi fácil observá-la trabalhando, já que não parecia ter notado a presença dele. Davy pensou em dizer alguma coisa.
Flores bonitas.
Você tem mãos pequenas.
Quente, não?
Mas nada parecia certo, e seu estômago já começava a doer, então ele desistiu e só observou. Os lábios dela eram da cor de cereja.
– Pronto?
Ele se sobressaltou e viu os olhos da irmã.
– Hum, sim.
Depois de olhar mais uma vez para Daisy Maria Ramirez, desejando poder observá-la cravando as flores na espuma o dia todo, empurrou o carrinho em direção às frutas e legumes.
– Você viu aquela garota arrumando as flores?
Elaine assentiu, puxando um saco plástico do rolo.
– Mmm-hmm.
– Você sabia que ela anda de cadeira de rodas?
– É mesmo? Não, não percebi isso. – Ela colocou algumas maçãs dentro do saco, fechou-o e colocou dentro do carrinho e pegou mais um. – Você quer alguma coisa?
Ele observou as bancas até encontrar o que procurava.
– Quero. Cerejas.

Lauren ouviu quando a mulher do banco falava a quantia que estava sendo transferida para a conta de pagamentos de funcionários. A partir dela, os funcionários de Phil distribuiriam os cheques.

– Isso mesmo – respondeu ela. Mas desligou o telefone balançando a cabeça. Os números ainda pareciam altos, apesar de Phil concordar com eles.

Phil havia progredido depressa na Ash Construtora, mas ela sabia que aos vinte e poucos anos ele havia sido um colocador de gesso, trabalho ao qual ele se referia como sendo o "mais imundo do mundo". Por isso, às vezes, ela temia que ele fosse muito bonzinho com os funcionários. Bem, concluiu que aquela era uma questão além de seu controle; ela só emitia as notas e repassava dinheiro.

Ao completar a lista de tarefas do dia, apagou a luminária, desligou o computador e saiu em direção ao quarto. Ali fora, Nick Armstrong ainda pintava sua casa, mas ela esperava que fosse embora logo. Mais tarde, Carolyn viria para nadar, mas Lauren a havia alertado no almoço para que não chegasse antes das seis.

Ela adorava entrar na piscina, mas não tinha a menor intenção de ficar ali, com roupa de banho, enquanto o pintor irritante estivesse por perto. Ao voltar do almoço, na verdade, ela havia tomado o cuidado de entrar e permanecer ali, e pretendia vê-lo o mínimo que pudesse enquanto ele estivesse trabalhando do lado de fora. Sabia que o trabalho poderia durar algumas semanas, mas uma mistura de atração nada saudável e humilhação fazia com que ela sentisse vontade de se esconder sempre que Nick Armstrong estava por perto. Não queria mais desejar o pintor – chegara à conclusão de que, se permanecesse bem longe dele e lembrasse como era arrogante, não seria tão difícil.

Almoçar com Carolyn em um bistrô na Clearwater Beach havia melhorado seu humor. Depois de comer, elas atravessaram a rua até a praia, caminhando em direção à água enquanto crianças pequenas construíam castelos de areia e procuravam conchas. Conversaram sobre esquiar em Utah no inverno seguinte para mudar de cenário, e *não* falaram sobre sexo, nem sobre homens, o que tinha ajudado Lauren a tirar o pintor da cabeça. Na verdade, Carolyn parecia a amiga de antes, com quem Lauren havia estudado no ensino médio e na universidade, da época em que ainda não dormia com qualquer um e se acabava de beber. Às vezes, Lauren se preocupava com Carolyn.

Com duas horas até a chegada da amiga, Lauren decidiu vestir uma roupa confortável, ler um livro e tomar uma xícara de chá. Ficou só de calcinha e sutiã, pegou o robe de estampa de leopardo e o amarrou na frente do corpo antes de relaxar no divã de seu quarto com o mais recente best-seller.

Havia acabado de se envolver na leitura quando a campainha tocou. Olhou na direção da porta da frente sem acreditar, e então para o relógio ao lado da cama. Ainda não eram nem cinco da tarde. Então – ai, meu Deus –, só podia ser Nick Armstrong.

Mas o que ele queria? Pretendia ser rude com ela de novo enquanto a devorava com os olhos escuros? Seu ímpeto foi ignorá-lo, ficar onde estava. Mas ele provavelmente sabia muito bem que ela estava em casa. Droga.

Largando o livro, apertou a faixa do robe e estava prestes a sair... quando viu seu reflexo no espelho de corpo inteiro. *Santo Deus*, pensou, parando exatamente onde estava. Se ela tivesse se visto na manhã do dia anterior antes de abrir a porta, nunca teria descido vestindo *aquela roupa*. Nem se acreditasse ser Phil e *muito menos* se acreditasse ser um desconhecido. Não havia notado como o tecido brilhante marcava seu corpo.

E estava prestes a decidir não abrir a porta *assim* quando a campainha tocou de novo.

– Vá se danar, Nick Armstrong – murmurou, saindo do quarto em direção à escada. – Estou indo.

Alguns segundos depois, ela abriu a porta pronta para brigar, apesar de não saber bem o porquê.

A boa notícia? Não era seu deus do mar.

A ruim? Era Carolyn. E Holly, Mike e Jimmy.

Lauren não sabia se devia se sentir aliviada ou irritada, mas acabou irritando-se. *Droga, agora mais quatro pessoas me viram com este robe*. Não que as pessoas em questão se importassem.

– Surpresa! – disse Carolyn com o sorriso reluzente de sempre. – Encontrei essas pessoas e as convidei para virem

comigo... pensei que seria bacana fazermos uma festa na piscina. Espero que não se incomode.
Lauren simplesmente disse:
– Eu disse para você vir às seis.
A amiga fez uma careta.
– Seis? Ai, desculpa, Lau, pensei que tivesse dito cinco. – Ela ergueu a sobrancelha e fez cara de arrependida. – Me perdoa?
Era difícil não perdoá-la. Carolyn era sempre tão animada, sem falar do bom humor. E em circunstâncias normais – como quando a van de Nick Armstrong não estava na frente de sua casa –, Lauren não estaria tão tensa, então, simplesmente deu um passo para trás para permitir a entrada deles.
– Entrem.
– Que casa legal – disse Mike quando entrou, jogando para trás uma mecha de cabelo castanho.
– Obrigada – disse ela.
Aqueles amigos mais novos de Carolyn nunca tinham ido a sua casa, e Lauren pretendia deixar as coisas assim. Amava Carolyn como se fosse uma irmã, mas não concordava com o seu gosto para outros amigos nos últimos anos.
Holly, que parecia vinda de 1975, com cabelos loiros compridos e lisos divididos, top e calça jeans boca de sino, estava grudada no ombro de Jimmy, olhando ao redor, encantada. Jimmy, um loiro alto e musculoso de cavanhaque, parecia meio falso, o que sempre deixava Lauren com o pé atrás.
– Vamos lá fora – ela sugeriu.
Agora que estavam ali, dentro de sua casa, percebeu que não gostava daquelas pessoas.
– Vou vestir um maiô e encontro vocês daqui a pouco.
Subia a escada pensando no que poderia ter feito para merecer aquilo quando escutou Holly dizer: "Vejam que gato lindo", na sala de estar. *Não toque na minha gata,* ela pensou, e então se apressou, sentindo a necessidade repentina de descer depressa.

Tentou relaxar quando entrou no quarto e deixou o robe cair a seus pés. Mas todos os amigos estranhos de Carolyn estavam ali, e Nick Armstrong também. Ah, seus planos foram prejudicados...

Abriu a gaveta das roupas de banho e pegou um maiô preto e básico, que vestiu. Sentia-se mais à vontade usando biquínis, mas, pensando bem, aquela parecia ser uma escolha melhor, mesmo para *depois* que o pintor fosse embora, e ela esperava que fosse logo. A única coisa que tinha dado certo nos últimos cinco minutos era o fato de Carolyn não ter bloqueado a van de Nick Armstrong com seu carro, então ele poderia ir embora com facilidade.

Nick colocou a escada no canto da casa, pretendendo terminar aquele lado, apesar de seu horário de trabalho já ter acabado. A culpa pelo que havia feito ainda o atormentava, e havia decidido terminar o trabalho o mais rápido que pudesse. Mas, ao mesmo tempo, visões da fantasia de Lauren continuavam girando em sua mente como um filme, criando perguntas e perguntas... e causando tentação. Ainda assim, por mais excitante que fosse, ele gostaria de nunca ter visto aquele caderno vermelho.

Ele havia acabado de subir a escada quando ouviu vozes. Ao olhar para a frente, viu que, de onde estava, conseguia ver a piscina e o pátio de pedra. E parecia que a princesa tinha companhia.

A primeira impressão que teve foi de que estava diante de aspirantes a astros de rock – duas moças magricelas que riam muito enquanto se despiam, ficando apenas de biquíni, e dois caras que se esforçavam demais para ser bacanas enquanto tiravam as camisas e acendiam cigarros.

Ele havia acabado de voltar para o trabalho quando ouviu a voz da princesa, mais uma vez parecendo bem mais simpática com aquele grupo do que tinha sido com ele.

– Trouxe uma caixa térmica para manter a cerveja e o vinho gelados. Pode me ajudar com isto, Mike?

– Claro. – Nick escutou uma batida na mesa de teca e o barulho das garrafas de vidro.

– Você tem aquelas batidas de limão e kiwi de que tanto gosto? – uma das garotas perguntou.

– Só de romã e pêssego – respondeu a princesa. – Desculpe, Carolyn.

O nome chamou a atenção dele.

– Pode ser de pêssego – disse a mesma moça, igualmente animada enquanto enrolava os cabelos ruivos em um coque frouxo no topo da cabeça.

Lucky estava falando a verdade quando mencionou os cabelos volumosos da garota, e os seios pequenos também – mas ele acreditava que não seriam tão pequenos se ela engordasse um pouco. As amigas de Lauren Ash eram magras demais para o gosto dele.

Mas a princesa era linda. O maiô preto marcava seu corpo em formato de ampulheta e confirmava o que Nick já sabia: as pernas eram longas, os seios eram cheios e redondos, e todas as curvas imploravam por suas mãos descendo por elas. Os cabelos loiros tinham sido presos com uma presilha grande, mas algumas mechas estavam soltas.

– Vou ligar uma música e pegar uns petiscos – disse ela.

Um minuto depois, enquanto continuava a dar pinceladas no gesso grosso, uma das estações mais populares da região foi sintonizada e uma música famosa começou a tocar, pontuada por alguns mergulhos na piscina e o barulho de uma tampa de garrafa voando longe.

– E aí, qual é o lance do maiô?

– O que tem o maiô?

A segunda voz era de Lauren. A primeira, de Carolyn, e as duas estavam bem próximas dele – não havia como não escutar.

Carolyn era tão alegre que fazia Nick pensar em um Muppet.

– Não vejo você usar maiô desde a escola, e eu sei que odeia pegar sol de maiô por causa da marca. Você fica linda de biquíni.

Ouviu Lauren suspirar e pensou que ela devia ficar *muito linda*, bem mais do que Carolyn em seu maiô prateado sem graça.

Sim, adoraria ter visto mais do corpo de Lauren, mas ela ficava linda de maiô também.

— Desculpe se estou meio nervosa — respondeu Lauren, com mais suavidade. — Quanto ao maiô, foi a primeira peça que encontrei. Não tem um motivo especial.

As vozes das moças ficaram mais baixas enquanto voltavam para a piscina, mas Nick ficou pensando na observação de Carolyn. Pelo comentário de Lucky, era de se esperar que a princesa gostasse de exibir todas aquelas curvas sensuais.

Depois de trabalhar mais um pouco, desceu a escada para voltar a encher a bandeja de tinta. No entanto, quanto mais a festa avançava, mais difícil ficava para ele "bloquear" os sons, principalmente por saber que Lauren estava ali atrás com os "caras", os dois rapazes. Sentiu o estômago embrulhado ao imaginá-la dando a eles o que *ele* queria. E ouvir os barulhos da festa enquanto trabalhava dava a péssima sensação de ser um tipo de empregado no meio do mais alto luxo.

Antes de começar a pintar o último quadrado que restava na lateral da casa, ele deu a volta e se recostou casualmente no gesso. Só queria ver como a festa estava, se ainda era o grupo de cinco pessoas que estava ali ou se havia aumentado. E também tentou imaginar se Lauren Ash queria que ele ficasse escondido.

Olhou para a piscina, para Carolyn e os caras no lado mais raso. O de cabelos castanhos a segurava por trás, um dos braços passando por sua cintura e o outro por seu peito, e o loiro brincava com os pés dela.

— Parem — dizia ela, rindo e se debatendo.

Mas mesmo de longe ele viu o brilho de alegria em seus olhos, escutou o tom provocante de sua voz. O cara de cabelos castanhos puxou, ameaçadoramente, um dos triângulos prateados que cobriam seus seios, rindo, e Carolyn olhou para trás para repreendê-lo.

— Mike!

Mas Nick tinha certeza de que Mike, assim como Lucky, já tinham ido bem mais longe do que aquilo.

O loiro abriu as pernas dela e se posicionou entre elas para tirá-la dos braços de Mike.

– Venha aqui, linda.

Carolyn envolveu o rapaz com as pernas e os braços na água que batia em sua cintura.

– Meu herói – disse ela, puxando-o para beijá-lo com intensidade.

Foi então que Nick viu Lauren Ash de soslaio. Estava parada como uma estátua, a menos de vinte metros, observando a cena na piscina, assim como ele. Não estavam observando aquilo *juntos*, mas, de certo modo, era como se estivessem, como dois desconhecidos levados à intimidade de uma outra pessoa. E, claro, ele se lembrou da intimidade *dela*, a que havia violado mais cedo, sem intenção.

Ao olhar para ela, tentou definir o que via em seus olhos. Algo sombrio que não conseguiu determinar, algo que queria saber... e muito. Seu coração batia acelerado.

Quase soube que ela se viraria para olhar para ele, quase soube que ela sentiria sua presença. Quando olhou, eles se encararam com intensidade. E ele se sentiu tomado pelo desejo.

Inclinou a cabeça, usando-a para apontar a piscina.

– Não vai nadar com seus amigos?

Sem intenção, havia feito a pergunta de um modo sugestivo.

Ela hesitou, aparentando estar ofendida.

– Não – disse com rispidez, e então se virou.

Mas deu apenas alguns passos, parou e olhou para trás.

– Não está bem tarde para você estar trabalhando?

– Está ansiosa para se livrar de mim?

– Só estou curiosa.

– Não fiz tanto hoje quanto pretendia; as rosas tornaram meu trabalho mais lento.

Era mentira, não a parte de não ter feito o que pretendia, mas o motivo. Depois de entrar na casa, havia passado bastante tempo em horário de almoço.

Ela parou, e então deu alguns passos na direção dele.

— Como foi? — seu tom de voz ficou mais suave. — Com as flores?

Ele quase admitiu que não tinha sido tão difícil quanto pensava que seria, quase perguntou o que tinha pensado antes, se ela mesma cuidava das plantas.

— Acho que elas sobreviveram.

Ela assentiu brevemente.

— Ótimo.

Então, virou mais uma vez para se afastar, e não parou dessa vez. *Inferno*, ele se sentiu como um empregado de novo.

O leve movimento de cabeça fez com que ele se lembrasse do que havia percebido na primeira vez em que a viu: ela se julgava melhor do que ele. Nick se ressentiu ao observar seu traseiro em movimento enquanto ela se afastava, entrando pelas portas duplas. Só Deus sabia o quanto ela o detestaria se descobrisse que ele conhecia seu segredo.

COMO SEMPRE, ELE A HAVIA PERTURBADO. Nunca percebera tanto sexo emanar do olhar de um homem. E não era do tipo *ruim*, aquele tipo de olhar direcionado a qualquer mulher. De certo modo, sabia que era apenas para ela. Talvez não tivesse sido o caso quando abriu a porta para ele na manhã do dia anterior – minha nossa, tinha sido ontem? –, mas o que via nos olhos dele estava mais profundo, intenso, tão focado nela como ela sem querer focava nele.

Segurando a ponta do balcão da cozinha, ela tentou respirar normalmente. Não deveria ter bebido aquele vinho de estômago vazio; o álcool havia subido rapidamente. Embriaguez e Nick Armstrong pareciam uma combinação letal.

— O que está fazendo?

Lauren olhou para a frente e viu Carolyn saindo do banheiro.

— Pensei que você estivesse brincando na piscina – disse ela, em um tom sarcástico que não tinha sido proposital.

Carolyn inclinou a cabeça, como se decidisse se deveria se sentir ofendida.
— Precisei fazer xixi.

Lauren se virou para o armário, pegou um pacote de salgadinhos — já que havia recebido visitas sem esperar — satisfeita por manter sempre petiscos fáceis de preparar.
— Bom, pode contar.

Ela olhou para trás e viu o sorriso desconfiado de Carolyn.
— Contar?
— Vamos, Lauren. Quem é aquele bonitão lá fora?

Ai, Deus, Carolyn o vira? Aliviada por permanecer de costas para a amiga, Lauren abriu um armário mais alto para pegar uma bandeja. Torceu para que sua voz não a traísse e disse:
— O pintor da minha casa.
— Parece que ele é bom.
— Parece que está fazendo um bom trabalho.

Virou-se para olhar para Carolyn enquanto abria a tampa do pote.
— Não, tolinha, na cama.

Lauren colocou o pote no armário e revirou os olhos. Então, agora, até mesmo Carolyn pensava que ela dormia com todo mundo?
— Bem, não tenho como saber.

Carolyn mordeu o lábio inferior e disse, cantarolando:
— Você poderia descobrir... Eu vi o jeito com que ele olhou para você, Lauren. Você não devia deixar passar.

Ela fingiu indiferença ao abrir o pacote de salgadinhos.
— Não curto isso.
— Isso o quê?

Ela olhou para Carolyn.
— Fazer sexo com desconhecidos.

Carolyn pareceu um pouco surpresa, mas Lauren não se importava. Sua melhor amiga podia dormir com todos os homens da Flórida se quisesse, mas ela não conseguia evitar o mau humor.
— Você ainda está nervosa, não é?
— Sim, para dizer a verdade.

Carolyn abaixou o queixo e abriu um sorriso torto, como se dissesse *eu sei por quê*.

– Bem, vou avisar: se você não vai dar bola para aquele cara lindo, pode ser que eu dê.

O sorriso indicava que Carolyn estava blefando, tentando forçar uma conquista que não queria porque acreditava que Lauren estava perdendo uma ótima oportunidade.

– Fique à vontade – foi a resposta dada enquanto organizava os salgadinhos na bandeja.

Mas quando Carolyn caminhou em direção à porta, algo parecido com ciúmes tomou o peito de Lauren.

Quando Lauren voltou para fora, o clima havia mudado. O sol começava a descer atrás das árvores e do muro que separava o quintal dela e o do pai, e a piscina estava vazia, a água parada. Todos estavam sentados em um círculo ao redor da mesa do pátio, bebendo.

Ela colocou os petiscos no centro da mesa e pegou uma das cadeiras restantes.

– Sirvam-se.

– Obrigado – disse Mike, pegando um salgadinho.

Jimmy resmungou, com um cigarro pendurado na boca.

Holly havia feito uma trança que deixou caída sobre um ombro e parecia séria; uma garrafa pequena de vinho estava aberta à sua frente, intocada. Lauren só conseguia pensar que Holly não esperava que Carolyn fosse chamar a atenção dos *dois* caras.

– Parece que seu pintor vai encerrar o dia – disse Carolyn do outro lado da mesa.

Graças a Deus, Lauren pensou, ignorando o sorriso da amiga. Lançou um olhar a Nick Armstrong, que estava ajoelhado enrolando um pano úmido. Todos olharam na mesma direção.

– Qual é o nome dele? – perguntou Carolyn.

– Nick Armstrong – ela suspirou antes de responder.

– Nick! – Carolyn gritou inesperadamente.

Ele olhou para a frente, e Lauren sentiu o coração gelar. *O que Carolyn está fazendo?*
— Quer uma cerveja?
Lauren olhou para a amiga e voltou a olhar para Nick, que parecia um tanto surpreso. Ele olhou para ela, e para *dentro* dela.
— Sim — disse ele.
Ela sentiu o estômago revirar quando Nick deu passos tranquilos em direção ao pátio e se sentou na última cadeira que restava, entre Holly e Jimmy. Ela não olhou para ele; com nervosismo, levou a mão à caixa com as bebidas.
— Estão ficando quentes — disse Holly.
Lauren olhou para ela, confusa.
— O quê?
— As bebidas. Estão ficando quentes.
Ela se levantou rapidamente.
— Vou pegar um pouco de gelo.
Caminhou rapidamente em direção à porta, mais feliz do que nunca por escapar de uma reunião social.
Lá dentro, pegou dois copos de acrílico e os encheu de gelo... mas então, parou. E se ficasse ali dentro, não voltasse para fora? Não importava que a bebida de Holly ficasse quente. Ela *não* queria se sentar a uma mesa com Nick Armstrong.
Mas, respirando fundo, pegou os copos e saiu pelas portas duplas. Tudo ficaria bem, ela disse a si mesma. Não permitiria que aquele rapaz se aproveitasse dela dessa vez. Na verdade, talvez tivesse *incentivado* Carolyn a dar em cima dele. Talvez isso fizesse com que ele tirasse os olhos *dela* e olhasse para alguém mais parecida com *ele*. Carolyn e ele poderiam transar até dizer chega, ela não se importaria.
Ao chegar à mesa, ela evitou os olhares de todos e olhou para o pintor de canto. Determinada a ignorar o modo com que a camiseta dele se grudava tão bem em seu corpo, ela abaixou um dos copos diante de Holly e colocou sua garrafa dentro do outro copo quando se sentou. Em meio ao estalar dos gelos, ela prestou atenção à conversa.
— E você, *Holly*? — perguntava Carolyn com um sorriso sugestivo.

Holly continuou reticente enquanto olhava Jimmy.
– Pode contar...
– Não sei em que lugar você...
Holly bateu o copo de leve na mesa.
– No banheiro da casa do seu pai. Onde mais eu poderia estar pensando?
– Sei lá – disse ele.
– Ei, pessoal, não precisa se estressar – disse Carolyn com um tom calmo e brincalhão. – Estamos só brincando aqui, viu?
Então, Mike começou a rir.
– Qual é a graça, cara? – perguntou Jimmy, meio contrariado.
– Eu estava pensando que *eu*, uma vez, fiz no banheiro da casa do seu pai também.

Jimmy ficou boquiaberto enquanto Mike explicava como havia ido parar com uma garota dentro do banheiro da casa do pai de Jimmy durante uma festa no ano passado, e Lauren finalmente entendeu sobre o que eles conversavam. Ficou olhando para Mike por um minuto, e então olhou para o copo, sem querer que Nick Armstrong pensasse que ela estava interessada na conversa, pois não estava. Como havia acabado naquela situação?

– Lauren, e você? – Carolyn ergueu as sobrancelhas e abriu um sorriso. – Qual foi o lugar mais inusitado onde já fez?

Ela sentiu o rosto esquentar. Sabia que Carolyn tinha boas intenções, que estava apenas incentivando-a a fazer o que ela julgava ser o melhor para ela, mas não ajudou.

– Vocês sabem que eu não sou de falar – respondeu ela, tentando parecer agradável.

Carolyn inclinou um pouco a cabeça.

– Vamos, Laur, somos todos amigos. E *eu sei* de alguns lugares interessantes por onde você esteve.

A amiga olhou para as pessoas da mesa de um jeito provocante, como se estivesse a fim de dizer o que Lauren se recusava a revelar.

– Carolyn, *não*.

Ela nem sequer sabia o que Carolyn pretendia dizer, mas não queria descobrir.

– Não force se ela não quer dizer – disse Nick, inesperadamente. – Não é da conta de ninguém se ela não quer que seja.

Carolyn sorriu para o homem que havia acabado de falar.

– Então, qual é a *sua* resposta?

Lauren sentiu o estômago revirar. Apesar de ele ter acabado de defendê-la, não queria estar ali. Não queria mais ouvir aquela conversa.

Nick olhou para baixo e ela ergueu a taça e tomou um gole demorado.

– O lugar mais incomum no qual fiz sexo, certo? – ele olhou nos olhos de Carolyn, e Lauren pegou uns salgadinhos... qualquer coisa para ocupar as mãos.

– É a pergunta, bonitão – respondeu Carolyn, e Lauren foi tomada por aquela sensação horrorosa da festa da outra noite, a mesma que sentiu ao ver Carolyn na piscina mais cedo, a sensação de ser forçada a testemunhar algo perturbadoramente íntimo.

– Hum... – Nick levantou a mão para coçar o queixo enquanto desviava o olhar. – É difícil escolher, foram muitos.

Lauren tomou mais um gole de sua bebida, *desejando* estar embriagada, desesperadamente.

– Você não precisa se limitar a apenas uma resposta – disse Carolyn, divertindo-se com a brincadeira.

– Não, não – respondeu Nick, de modo lento, como sempre. – A pergunta é "qual é o lugar mais inusitado onde você já fez?". *Lugar.* Só um. Quero seguir as regras e dar a melhor resposta.

Ele esboçou o mesmo sorriso que ela já tinha visto em seu rosto antes.

– Bem, onde foi? – Carolyn insistiu.

Ele tomou um gole da cerveja e finalmente começou a assentir.

– Acho que já sei.

– E então? – perguntou Carolyn impacientemente. – Estou louca para saber.

– Uma vez, eu fiz... – ele começou, olhando para Lauren – em cima de um cavalo.

CAPÍTULO 5

Nick viu quando ela ficou boquiaberta e seu belo rosto empalideceu.

Apesar da irritação que sentira um pouco antes, não havia dito aquilo para horrorizá-la, mas sim para fazer com que se perguntasse se fantasia e realidade podiam se misturar. Dissera aquilo para excitá-la.

Por mais que ele tentasse parar, ficava pensando na fantasia dela, imaginando suas mãos passando pelas coxas, quadris, traseiro, fazendo com que ela ficasse maluca por ele. Imaginava ser o homem atrás dela naquele cavalo.

— Bem — respondeu Carolyn, a voz um pouco mais grave agora —, *isso* é bem selvagem. Detalhes?

Ele manteve o olhar fixo em Lauren.

— Claro — disse ele, e então ergueu a cerveja.

Lauren remexeu-se de modo desconfortável na cadeira, mas não desviou os olhos. Meu Deus, ele queria aquela mulher... demais. No momento, não conseguia entender, não conseguia separar o passado de seu presente, sua obsessão com a vida dela pela sua obsessão *mais nova*: levá-la para a cama.

— Meu tio é dono de um haras na Route 52 — ele mentiu, ainda olhando nos olhos dela. — Numa primavera, conheci uma garota lá, o pai dela queria comprar um puro-sangue. Ela nunca havia montado, por isso eu me ofereci para ensinar. Subi atrás dela no cavalo e mostrei como usar as rédeas, e acabamos indo para a mata.

Ele parou para tomar mais um gole da bebida, sabendo que todas as pessoas da mesa estavam levemente tensas, esperando o resto da história, mas continuou falando apenas com Lauren.

– Envolvi o corpo dela com meus braços, comecei a beijar seu pescoço – disse ele, enquanto Lauren hesitava com nervosismo. – E as coisas avançaram a partir daí.
– E a calça dela? – perguntou Carolyn. – Como... você sabe.
Boa pergunta. Boa o suficiente para fazer com que ele olhasse para ela, já que estava inventando a história e não pensou que seria pego de surpresa daquele modo.
– Você é bem curiosa, não?
Ela riu.
– Não tenho vergonha.
– Isso ficou claro.
– Então, responda à pergunta.
Ele lentamente respirou fundo, pensando nas possibilidades. De jeito nenhum poderia dizer que a moça imaginária estava usando uma saia. Se fizesse isso, a história ficaria *muito* parecida com a de Lauren, e ele não queria se entregar.
– Ela ficou de pé com os pés nos estribos e eu puxei a calça bem para baixo. Foi o suficiente.
Lauren decidiu não mais ouvir aquilo. Ficou de pé.
– Com licença – disse ela, e foi para dentro da casa, sem se importar se tinha ou não um bom motivo para se afastar, sem se importar com o que pensariam dela.
A primeira coisa que fez foi correr para o andar de cima, entrar no escritório e pegar o diário de fantasias sexuais na estante, exatamente onde deveria estar, intocado. *Claro* que estava intocado – o que ela estava pensando? Ainda correndo, ela voltou para o andar de baixo, entrou no banheiro, fechou a porta e olhou no grande espelho que tomava a parede. Seus olhos não se focavam, estavam tão nervosos quanto ela, e sentiu um frio no coração, uma tontura e segurou-se na pia para não cair. Como ele podia saber? Ele *sabia*? A história dele não era *exatamente* um reflexo da fantasia dela, mas as semelhanças tinham tirado seu fôlego.
Mas ela precisava ser razoável, racional. Ele *poderia* ter lido o diário? Não, com certeza não. Era impossível.
Mas mesmo sem aquele medo, era como se ele a mantivesse presa por mãos invisíveis. Ela não conseguiu desviar o olhar

quando ele se fixou em seus olhos e contou sua história horrivelmente pessoal e – meu Deus –, na verdade, não *quis* desviar o olhar. Tinha sido como se ele a estivesse seduzindo com suas palavras, sua voz, seus olhos escuros, e como se ela tivesse permitido. Seu corpo estava muito esgotado, como se tivesse acabado de fazer sexo. Balançou a cabeça diante do espelho – *você está enlouquecendo*. Então, abriu a torneira e molhou o rosto.

Ainda assim, ao pegar uma toalha e pressioná-la contra o rosto, sua mente voltou aos paralelos entre a história dele e suas fantasias. As perguntas apareceram de novo em sua mente. *Existe uma maneira de ele saber disso? Qualquer modo que seja?*

Ela respirou fundo, pensando, tentando raciocinar.

Não... não havia como. Porque ninguém sabia. Nem mesmo Carolyn. Ninguém.

Mas e *então*? Seria uma coincidência maluca?

Naquele momento, ela não tinha nenhuma explicação, então teria que aceitar. Ou isso ou acreditar que ele, de algum modo, lia sua mente.

Quando finalmente saiu do banheiro, mais uma vez pensou em não sair. Mas, dessa vez, sairia com um propósito – estava na hora de acabar com aquela festa idiota.

– Você está bem, Laur? – Carolyn parecia preocupada quando Lauren voltou ao quintal. As mesmas pessoas, incluindo Nick, permaneciam ao redor da mesa, mas estavam caladas.

– Na verdade, não estou me sentindo muito bem. Bebi demais – disse, esperando que ninguém tivesse notado que ela bebera apenas duas garrafas pequenas. – Não quero ser mal-educada, mas... acho que está na hora de darmos a noite por encerrada.

– Claro – disse Carolyn, totalmente compreensiva. – Vamos embora.

– Obrigada, pessoal, e me desculpem – ela inclinou a cabeça ao se desculpar.

– Não tem problema, Lauren – disse Mike, levantando-se.

Quando os outros se levantaram, Carolyn voltou a olhar para Nick.

– E então, você vai?

Lauren hesitou. *O que ela havia perdido com seu truque do desaparecimento?*

– Sim, vou.

– Ótimo – Carolyn lançou a ele um sorriso vitorioso.

– O que é ótimo? – perguntou Lauren de modo casual, tentando sorrir.

Carolyn olhou para a amiga.

– Convidei Nick para ir à festa do Phil amanhã à noite.

A notícia foi como um baque. Carolyn o havia convidado para a festa de Phil. E ele havia aceitado. *Ah, Deus.*

Ainda assim, ela sorriu, assentiu, fingiu estar relaxada, como se não fosse nada de mais. Era a última defesa que tinha a seu favor.

– Bem – disse Nick, concentrando-se nela de novo com os olhos escuros e sedutores –, até amanhã.

E só aquilo, o olhar dele sobre ela ao dizer poucas palavras, quase a incendiou. Era como se ele estivesse dizendo mais. Coisas sexuais. Até mesmo Carolyn já tinha visto antes, então sabia que não estava imaginando coisas. Os olhos dele comunicavam coisas sórdidas.

Mas com uma atitude decidida e surpreendente, ela não se retraiu dessa vez. Pelo contrário. Fortaleceu-se, olhou diretamente nos olhos dele e copiou seu tom confiante.

– Claro – disse ela, imitando uma das respostas preferidas dele, e então se virou e entrou em casa.

NICK SUBIU A ESCADA QUE ESTAVA ENCOSTADA na parte de trás da casa de Lauren. Olhou distraidamente na direção da janela mais próxima – tentando não ver por dentro, mas imaginando onde ela estava e o que fazia – e encontrou as cortinas fechadas. Bem, se ele não a visse durante o dia, certamente a veria à noite.

Normalmente, uma festa na casa de Phil Hudson era o último lugar aonde ele desejaria ir, mas, naquelas circunstâncias, tinha sido um convite irrecusável. Se quisesse ver como era a vida dos ricos da Ash Construtora, haveria melhor maneira do que indo a uma festa deles?

Claro, se Henry estivesse presente, ele teria que enfrentar a pequena chance de ser reconhecido. Assim como Lauren, não via Henry desde seus doze anos, e com uma empresa do porte da Ash, não tinha motivos para pensar que Henry sequer soubesse que Nick trabalhava para ele. E desejava manter as coisas daquele modo, principalmente agora. Um encontro cara a cara, com a verdade revelada entre eles, talvez levasse a um tipo de confronto que podia custar sua vida. Além disso, agora que queria seduzir a filha de Henry, manter segredo a respeito da antiga ligação entre eles parecia ainda mais vital.

Sim, ir à festa de Phil parecia uma boa maneira de ver os ricos em ação: Henry, Phil, Carolyn... e, claro, Lauren – o motivo principal de sua ida. Ele respirou fundo ao se lembrar de seu olhar enquanto ele contava a história do cavalo. Havia se deliciado ao ver os olhos azuis arregalados, aparentemente perdidos nele. Era como se um fio invisível tivesse ligado os olhares e criado um calor lento e crescente dentro dele. Ele conseguia senti-lo até aquele momento, e não tinha nada a ver com o sol forte da Costa do Golfo.

Naquele momento, seu telefone vibrando interrompeu o silêncio do meio-dia. Colocou o rolo na bandeja, pegou o telefone do cinto e viu uma mensagem de texto de Tommy Marsden, que havia acabado o trabalho atual e queria saber aonde Nick precisava que ele fosse.

Droga. Bem naquele momento, o telefone morreu. Maldita bateria.

Estava caminhando até a van para pegar o carregador quando um som repentino o sobressaltou, e ele parou de andar. A porta da garagem. Depois de ontem, ele reconheceria aquele som em qualquer lugar. Quando viu o Z4 dando ré, com Lauren ao volante, óculos estilosos escondendo seus olhos, mas continuava linda como sempre. Madeixas longas e loiras caíam sobre seus ombros como ondas de cetim pálido, e a blusa sem mangas revelava ombros levemente bronzeados e braços graciosos esticados ao volante. Ele ergueu uma das mãos para acenar de modo breve e indeciso, e a resposta dela foi igualmente fria. Então, ele abriu a porta do passageiro da van e procurou o carregador entre os bancos.

Mas não estava ali – ele o havia esquecido em casa. Olhou para frente pensando que poderia pedir à princesa para usar o telefone, mas então viu que ela subia a rua, afastando-se.

Começou a dar a volta na van, pensando que poderia usar a cabine telefônica da loja de conveniência... e perderia quinze minutos. Mas então, ocorreu que ele poderia usar o telefone dela. Só demoraria um minuto e economizaria muito tempo.

Ele deu a volta na casa e encontrou a chave embaixo do vaso.

Assim que entrou pela porta de trás, a verdade inegável lhe ocorreu.

Agora que estava ali dentro, sabia que não seria capaz de apenas usar o telefone e sair. Saber que a casa estava vazia fez seu coração se acelerar de modo vergonhoso. Ele queria mais e, apesar de tudo, sabia o que queria.

Olhou para o telefone pendurado em uma parede da cozinha, e então para o corredor que levava às escadas. Telefonaria para Tommy em alguns minutos, decidiu, porque quase sem seu consentimento seus pés tomaram o caminho que levava ao corredor. Uma culpa forte pressionava suas costas, mas seus pés não prestavam atenção.

Quando se aproximou da escada ampla e olhou para cima, seu coração bateu forte. Aquilo era incrivelmente perigoso; não deveria estar ali e sabia disso. Além de perigoso, era totalmente condenável.

Ainda assim, era como se sentir o gosto dos pensamentos secretos dela o tivesse viciado. Não decidiu subir, mas foi levado escada acima.

Ele agiu depressa, pensando, *só uma, vou ler só mais uma fantasia, depois volto e telefono para Tommy, e então saio daqui.*

Seu peito doía quando chegou ao escritório e pegou o caderno vermelho. Não se sentou dessa vez, pois sentia mais pressa do que no dia anterior.

Ele abriu o caderno no fim e encontrou páginas em branco, e então voltou mais para o início, onde a bela caligrafia preenchia as linhas em tinta verde-escuro.

Estou deitada em uma cama, em meio aos mais macios lençóis de algodão, bem no coração de uma densa e verdejante floresta, árvores altas fazendo as vezes de dossel sobre minha cabeça. O chão da floresta é um tapete espesso de samambaias exuberantes. A aurora me obriga a abrir os olhos, mas a sombra fresca e os sons ainda não dissipados dos grilos começam a me embalar de volta no sono.

Quando mãos imensas fecham-se sobre meus seios por cima da camisola fina, abro os olhos, sobressaltada, e vejo um homem extremamente atraente montado sobre mim, acariciando-me devagar. Seu toque dispara sensações do meu peito para baixo, até o ponto crucial entre minhas coxas – ainda mais quando ele se move, posicionando sua ereção bem ali, através da camisola. Magro e musculoso, ele está nu; e sua expressão tranquila me faz pensar em um ser encantado que talvez voe de cama em cama distribuindo prazer a donzelas desprevenidas.

Ainda assim, ele é visivelmente todo humano, músculos salientes ondulando seus braços, seu peito, suas coxas, e seus olhos aos poucos se tornam mais selvagens e famintos enquanto me encara.

– Mais – eu sussurro, sem pensar.

Ele sorri, satisfeito, e então afasta-se de mim em direção ao pé da cama.

– Mais – eu repito, temendo que ele vá embora. Desta vez, é uma súplica.

– Levante a camisola – ele ordena.

Buscando a barra, puxo devagar o algodão branco, mais e mais para cima, enquanto ele assiste, até por fim o tecido descansar em volta da minha cintura.

– Abra as pernas – ele ordena, seus olhos nunca deixando os meus.

Faço o que ele pede, exibindo minha parte mais íntima.

Naquele momento, a cama se transforma em um imenso balanço com cordas de trepadeiras floridas. Empoleiro-me no balanço da floresta, pernas abertas, pensando se ele de fato é encantado, quando sussurra:

— Segure-se. Não solte.

Enquanto agarro-me às trepadeiras em cada um dos meus lados, uma brisa embala o balanço de maneira delicada, fazendo-o deslizar para a frente e para trás. Meu homem nu da floresta ajoelha-se a minha frente em meio às samambaias e, enquanto o balanço é impulsionado em direção a ele em câmara lenta, deposita uma lambida suave entre minhas coxas. Solto um gemido enquanto o balanço se afasta, o toque da língua dele irradiando calor por todo o meu corpo. Quando o balanço se aproxima mais uma vez, sua língua desfere outra lambida ardente que me faz gemer alto.

De novo e de novo, o balanço oscila até a boca dele, sua língua protagonizando aquela doce e provocante tortura — até que, quando penso que vou enlouquecer, ele segura a madeira do balanço em suas mãos para que eu não me afaste. Ele segue me chupando, desferindo lambidas cada vez mais excitantes bem no meio do meu ser enquanto o observo, seu rosto molhado com meu sumo. O tesão é tão intenso que quase me leva às lágrimas — preenchendo-me, preenchendo-me até que enfim sou toda prazer, toda sensação, gritando, derramando-me em cada toque glorioso que é desferido por ele.

Quando o orgasmo fenomenal enfim desvanece, fecho os olhos apenas para sentir as trepadeiras evaporarem das minhas mãos e, quando caio, o algodão macio da cama me ampara. Forço meus olhos a se abrirem para vê-lo deitado ao meu lado, puxando os lençóis sobre nós dois enquanto descanso em seu abraço caloroso.

Ele leu depressa, o coração batendo a mil, e quando terminou sentiu-se seriamente tentado a ler mais.

Seriamente tentado *demais*.

Só mais uma espiada, prometeu a si mesmo. Era só o que precisava. Mais uma bisbilhotada no mundo de fantasias dela.

Poderia permitir-se?

Será a última vez, jurou.

Respirando fundo, virou a página.

Tinta azul dessa vez, mas não um azul normal; um tom levemente mais claro, um azul mais claro que fazia com que ele se lembrasse do mar. E sobre o mar, ele rapidamente descobriu, ela tinha escrito. Flutuando no mar. E então, um homem aparecia na água diante dela, e ela abria as pernas para ele. O coração de Nick bateu mais forte quando o sangue tomou sua genitália. Ele imaginou a princesa, molhada e aberta para ele daquele modo, imaginou-se fazendo-a gemer e gritar.

Arrepiou-se, totalmente excitado, mas quase arrependido de ter virado a página, de precisar tanto ler mais. Não conseguia lembrar quando se sentira mais possuído por algo antes... ainda que algo imaginário.

Não só isso, mas agora ele se via querendo ler mais uma, e mais uma, sua pele queimando de desejo. Seria facílimo sentar e passar o dia todo lendo aquele diário.

Mas, pelo amor de Deus, era preciso ter um mínimo de disciplina. Era loucura estar ali, de qualquer maneira.

E também a coisa mais ofensiva. O remorso já circulava por suas veias. Que tipo de homem ele era? Nunca havia se considerado um santo, mas também não acreditava estar se aproximando do lado oposto do espectro.

Fechando o caderno com força, colocou-o de volta na estante e deixou o escritório. Ainda assim, as imagens dela oscilando em um balanço, com a camisola pela cintura, e flutuando no mar, nua, bronzeada e sexy, permaneceram com ele enquanto descia a escada. Quase conseguia sentir as próprias mãos na pele molhada, quase a ouvia, quase a sentia. Seu coração ainda não havia começado a se acalmar.

Quando entrou na área da cozinha, algo se mexeu e ele se retraiu, tomado por ondas de pânico.

– Miau.

Olhando para baixo, ele encontrou a gata branca do dia anterior a seus pés e murmurou aliviado:

– Gatinha, você me matou de susto.

Respirou fundo, caminhou em direção à porta de trás e a trancou ao sair; colocou a chave embaixo da tartaruga, agradecendo a Deus por ter entrado e saído depressa, sem ser notado. O que estava fazendo? Não sabia. Começava a se sentir como o delinquente juvenil que tinha sido. E pensou de novo naquele maldito diário de fantasias – era como uma luz no meio da escuridão e ele, uma mariposa acéfala. E, se não tomasse cuidado, acabaria queimado.

Nick já tinha subido na escada e recomeçado a pintar quando se deu conta de que havia se esquecido de telefonar para Tommy. Droga. Balançou a cabeça, irritado, decidindo que Tommy teria de esperar.

LAUREN TERMINOU DE GUARDAR OS MANTIMENTOS e levou um saco de dez quilos de semente para passarinho até a porta de trás. Estendeu a mão livre para girar a maçaneta quando o telefone tocou. Droga.

Deixou o saco encostado na porta e correu para atender. Era Carolyn, telefonando para fazer planos para a noite.

– Quer que eu busque você?

Lauren respirou fundo.

– Na verdade, prefiro ir com o meu carro.

– Por quê? – ela pareceu surpresa.

– Porque talvez eu não fique muito tempo. Só estou indo porque me sinto na obrigação. O que me lembra que eu queria matá-la ontem à noite – as palavras foram ditas naquele tom de eu-te-amo-mas-estou-falando-sério que apenas amigas de tanto tempo podiam compartilhar.

– Mesmo? – como sempre, Carolyn parecia não estar entendendo nada.

Lauren suspirou.

– Convidá-lo para tomar um drinque com a gente? E então forçar aquela conversa sobre onde cada um já tinha transado? Eu queria morrer. Você sabe que não gosto desse tipo de... preliminares grupais, ou sei lá o que era aquilo.

E, também como sempre, depois de uma repreensão Carolyn parecia arrependida.

– Eu sei, eu sei – ela gemeu –, mas pensei que seria bom para você. Você precisa se divertir mais. E se não aproveitar essa oportunidade com o pintor... – ela concluiu com um suspiro exasperado. – Para ser franca, Laur, às vezes me preocupo se você não vai acabar sozinha.

Engraçado, ela tinha a mesma preocupação em relação à melhor amiga.

– Ah, Carolyn... – ela continuou, com um suspiro. – Às vezes, eu gostaria de ser mais parecida com você, mas não sou. Não sou tão aberta, não me sinto tão à vontade para falar sobre coisas pessoais com pessoas que não conheço...

Não me sinto à vontade oferecendo sexo a todos os homens que encontro.

– Apenas... não sou tão sociável como você.

A mente de Lauren foi invadida por imagens das duas no ensino médio, conversando ao telefone sobre garotos, deitadas na praia com revistas de moda, rindo de coisas que só elas, e mais ninguém, consideravam engraçadas. Eram tão parecidas naquela época, mas tudo mudou quando o único cara que Carolyn amara havia dispensado-a sem cerimônia. Ele estava no último ano da Universidade da Flórida quando Carolyn estava no segundo. Ela se apaixonara perdidamente por Clark, e ele dissera que queria casar-se com ela. Entretanto, no dia da formatura, ele anunciou que havia mudado de ideia, que não estava pronto para se amarrar e que estava se mudando para a Califórnia atrás de um emprego. Ele não queria que Carolyn o acompanhasse. Quando conseguiu parar de chorar, mergulhou naquele estilo de vida festeiro e cheio de amor para dar, sem nunca olhar para trás, fazendo com que Lauren se sentisse totalmente deslocada.

– Desculpe, Laur – disse Carolyn. – Só estava tentando fazer você se soltar um pouco.

– Bem, apenas pare com isso – ela respondeu, meio sério, meio brincando.

– Certo, certo, já entendi. Você não quer se divertir. Quer envelhecer abraçada a sua gata.

Não exatamente, mas motivo suficiente se fosse para tirar Carolyn do seu pé.

– Prometo que tentarei ser boazinha de agora em diante. Bem, quer dizer, pelo menos em relação a você – Carolyn deu uma risadinha safada. – Mas antes que mudemos de assunto, há uma coisa que não posso deixar de lado.

– O que é?

– O seu pintor – ela inseriu uma pausa dramática. – Para quem não gosta desse tipo de conversa, você pareceu bem fascinada pela história dele.

Lauren sentiu o estômago embrulhar. Ela havia se esquecido dessa parte, ou, pelo menos, se esquecido de que Carolyn estava lá, observando.

– É porque foi... – O quê? *Que diabos tinha sido?*

– Uma química sexual totalmente fora de controle – disse Carolyn de modo tranquilo –, quer você goste ou não.

Sem saber o que dizer, Lauren respirou fundo e rebateu:

– Ele é um idiota – e lançou um olhar apressado para a porta dos fundos, para ter certeza de que continuava sozinha.

Mas Carolyn apenas riu.

– Às vezes, é assim que os garotos demonstram gostar de nós, lembra? Na terceira série eles puxavam seu cabelo, e agora eles meio que agem como machos idiotas.

– Sei lá – disse Lauren. – Não quero nada com ele. E por falar nisso, vamos acrescentar tê-lo convidado para a festa à lista de motivos pelos quais quero matá-la.

A amiga a repreendeu.

– Você me parece irritada demais com isso, Laur.

Lauren balançou a cabeça, ainda incomodada, e apesar de não querer ser sincera com Carolyn em relação àquilo, algo dentro dela se abriu. Suas mentiras eram tolas, até mesmo para ela.

– É estranho – ela admitiu. – Nem eu entendo. E não sei o que fazer.

– Então, a verdade é que você se sente loucamente atraída por ele, mas não gosta dele como pessoa.

Por algum motivo, a lembrança dele defendendo-a e dizendo para Carolyn deixá-la em paz ia e vinha a sua mente. Mesmo assim, respondeu:

– Sim, é exatamente isso.

Do outro lado da linha, Carolyn riu de um jeito que Lauren quase interpretou como um suspiro maternal.

– Eu sei que você não curte relações casuais, mas às vezes até mesmo as meninas boazinhas se veem em circunstâncias nas quais é mais fácil esquecer a respeito do que importa e se concentrar no que diverte.

Lauren hesitou, nervosa.

– Não sei se quero me divertir.

Carolyn riu.

– Se experimentasse, talvez acabasse gostando.

Hora de mudar de assunto.

– A que horas você vai à casa de Phil?

E então começaram a falar sobre como iriam vestidas e quem mais iria, e a conversa deslanchou no ritmo tranquilo que a amizade delas havia tomado ao longo dos anos. Lauren ficou feliz por dizer a verdade à Carolyn, mesmo sobre Nick, mas ainda mais contente por ter superado aqueles momentos esquisitos. Quando desligaram, Lauren virou-se para a porta e viu Nick Armstrong recostado no batente, observando-a.

O susto tomou seu corpo todo.

– O que está fazendo? – perguntou ela.

– Preciso usar seu telefone.

– Oh – ela assentiu rapidamente. – Vá em frente.

Apontou o telefone que havia acabado de usar e observou Nick entrar e caminhar em sua direção. Ele parecia preencher o cômodo todo.

Lauren virou-se de costas, à procura de algo para fazer, *qualquer coisa*. Felizmente, ainda havia algumas sacolas no chão. Ela se abaixou para pegar uma delas, e então pensou que talvez seu short ficasse muito justo no traseiro com aquele movimento. Voltou a se levantar e, com nervosismo, passou a dobrar a sacola enquanto ele falava.

– Tommy, aqui é o Nick, me desculpe por demorar tanto para telefonar... Seria bom você ir a Waybrook para ver se o Stan precisa...

Colocando a sacola embaixo do braço, Lauren se abaixou para pegar a outra, e a dobrou também. Enquanto o ouvia, seu primeiro pensamento foi sobre o quão criterioso ele parecia ser em relação ao trabalho. Sabia de conversas informais com supervisores de obras da Ash que ele era famoso por fazer um trabalho impecável e comandar um negócio de muito boa reputação. Será que um cara tão confiável e trabalhador podia ser tão ruim como ela o havia pintado em sua mente? Infelizmente, seu segundo pensamento foi sobre como na última vez em que o vira, ele estava contando uma experiência sexual a ela, que escutava fascinada.

– É um sobrado naquela primeira rua sem saída, e ele queria terminar o serviço hoje, então pode ser que precise de ajuda... Sim, amanhã cedo, você e o Gary podem começar naquela última casa da Sea Breeze Court, se estiver pronta...

Quando ele desligou, Lauren se retraiu sem qualquer motivo além do fato de Nick estar em sua casa, a poucos metros dela, e o imaginava fazendo sexo com uma garota em cima de um cavalo, com a calça jeans abaixada até as coxas. Ela se virou para ele, torcendo para que não identificasse nada em seu olhar.

– Pode me dar um copo de água? – perguntou ele.

Ela hesitou, e então passou por ele para abrir o armário onde guardava os copos.

– Sempre ando com uma garrafa, mas me esqueci de trazê--la hoje.

Ela pensou que não combinava muito com ele conversar casualmente, mas não soube o que dizer. Depois de encher o copo com gelo e água filtrada, se virou para entregar-lhe o copo, controlando-se para não olhar para frente. Mas quando os dedos ásperos dele tocaram os dela, mais macios, foi impossível não olhar para ele: seu rosto, aqueles olhos intensos. Ela poderia jurar que ele conseguia ver todos os seus segredos.

Sentiu a necessidade de romper o silêncio.

– Então você vai à festa do Phil hoje.

– Você se importa?

A pergunta a pegou de surpresa.

– Por que me importaria?

– Acho que você não gosta de mim.

Lauren sentiu um aperto no peito. Gostaria de não estar tão perto dele.

– Eu... nunca disse isso – e balançou a cabeça.

– Não precisa.

Ela procurou uma resposta, mas, de novo, não soube o que dizer. Nick levantou o copo e tomou um gole grande, e ela casualmente esperou, observando-o, torcendo para não passar a impressão de que o encarava fascinada.

– Não preciso ir – disse ele, encarando-a nos olhos de novo – caso você se sinta desconfortável.

– Desconfortável? Por que eu me sentiria desconfortável?

– Você parece bem desconfortável agora mesmo.

Parecia? Claro que sim. Voltou a balançar a cabeça levemente.

– Não estou. Só estou... cansada.

– Ah, sim, eu me lembro agora... você não estava se sentindo bem ontem à noite.

Não esboçou aquele sorriso malicioso, mas ela sabia que era o que ele queria.

– Bem, talvez devesse descansar hoje à tarde. Guarde sua energia para a noite.

Depois de dizer isso, ele terminou de beber a água, colocou o copo no balcão e caminhou em direção à porta dos fundos.

E Lauren sabia que precisava de energia para a noite – para enfrentar a festa, enfrentar as pessoas que estariam lá, enfrentar Nick. Mas ficou se perguntando para que ele acreditava que ela precisasse de energia, o que poderia estar insinuando e, mesmo de costas, mesmo ao se afastar, ela ainda sentia o sexo exalando dele.

Ele parou na porta e apontou o saco grande de semente de passarinho que ainda estava ali, esquecido.

– Isto precisa ficar lá fora?

Ela assentiu abruptamente.

— Tenho uns comedouros no fundo do quintal.

Nick Armstrong, sem qualquer esforço, colocou o saco em cima do ombro e saiu pela porta, fechando-a em seguida. Ao perceber que não respirava normalmente há bastante tempo, Lauren suspirou forte e tentou relaxar. Meu Deus, como aquele homem que ela não conhecia havia adentrado seu mundo com tanta rapidez? E por que aqueles olhos escuros — e sua presença — pareciam tão letais?

Ela havia dormido muito mal na noite anterior, e a sensação que tinha em relação à festa era ainda pior. Porque, por algum motivo, sentia-se ansiosa, queria vê-lo lá. Teoricamente, deveria estar morrendo de medo, mas aquela ansiedade tomava sua mente também.

Talvez, ela pensou, apenas desejasse que as coisas fossem diferentes, que ele fosse diferente. Carolyn dissera uma verdade: ela o desejava loucamente, mas não gostava dele. Não era uma atração qualquer.

— O QUE ESTÁ BEBENDO?

Lauren desviou o olhar do belo homem de negócios e impecavelmente vestido, de cabelos grisalhos, e olhou para seu copo.

— Chardonnay — disse ela de modo seco, irritada com o tom de voz dele, de quem queria seduzir.

Ele balançou o vinho tinto dentro da taça.

— Deveria experimentar o merlot. Está incrível.

— Sim, talvez eu experimente.

— Oh, eu ficaria feliz se...

Mas Lauren não escutou o resto, porque já estava cruzando o salão amplo e de teto arqueado para se afastar do homem.

— Ei, queridinha, por que tanta pressa? — ela sentiu uma mão em seu braço, mas por sorte era apenas Phil. Ela olhou em seus olhos verdes e sorriso aberto. Como sempre, seus cabelos loiros estavam impecáveis.

– Só estou fugindo de mais um de seus amigos pegajosos.
– Qual?
Ela indicou a parte mais cheia do salão.
– O cara de quarenta e poucos anos de pé ao lado do aparelho de som, com jeito de abandonado.
– Damon Blanchard – disse Phil assentindo brevemente. – Acabou de se divorciar.
– Está explicado.
Ele fez uma careta.
– Vamos, ele não é tão ruim. Um cara superbacana, se você der uma oportunidade, e ele tem um iate grande e, de repente, ficou sem ninguém com quem dividi-lo.
– Você diz isso porque nunca precisou se livrar dele, Phil. Mas, se gosta tanto, talvez possa dividir o iate com ele.
Ele sorriu para ela.
– Boa essa, queridinha.
– Você viu a Carolyn?
– Ela estava rindo no bar, alguns minutos atrás, com Mike e Jimmy.
– Obrigada – disse, e seguiu naquela direção. Mike e Jimmy não eram pessoas com quem ela escolheria estar numa festa, mas eram melhores do que Damon Blanchard.
Mas quando viu os três, parou. Carolyn sussurrava no ouvido de Mike, com uma das mãos em seu rosto, e Jimmy a segurava por trás, com os dois braços ao redor de seu quadril. Lauren não soube dizer se aquilo era sexo a três ou um cabo de guerra, e não se interessou em analisar com mais atenção.
– Puxa! Lauren Ash, em carne e osso!
– Sadie! – disse ela com alegria, virando-se na direção da recepcionista de seu pai, que trabalhava com ele havia quinze anos. Desconfiava que Sadie – uma avó muito bem casada, na casa dos sessenta anos – se sentiria tão desconfortável em uma das festas de Phil quanto ela. Mas os cabelos grisalhos de Sadie emolduravam seu rosto num corte curto e moderno, e ela usava um conjunto estival de calça e blusa que lhe caía muito bem, por isso, de longe, ninguém diria que ela se sentia deslocada. Como a própria Lauren, ela pensou.

Depois de pegarem uma bebida para Sadie, elas se sentaram a um canto do salão enorme para conversar. Seu pai ainda não tinha chegado, e tentaram adivinhar com qual das namoradas ele apareceria.

– Seu pai mudou muito com o passar dos anos – disse Sadie.
– E eu não sei?
– Tentei aproximá-lo de minha prima Martha, mas ele não quis nada com ela. Disse que era velha demais. Tem 45 anos e é bem atraente...
– Mas meu pai sequer olha para as mulheres que tenham mais do que a metade da idade dele hoje em dia.
– Homens – disse Sadie.
– São porcos – Lauren concordou.
– Menos o meu Arthur.

Lauren sorriu.

– E por que você não o trouxe hoje?
– Aqui? – Sadie riu. – Ele pensaria que trabalho em uma boate. O piquenique que acontece todos os anos tem muito mais a ver com ele – e deu uma piscadela.

No meio da conversa, Lauren olhou ao redor de novo, à procura de Nick Armstrong. Não havia sinal dele, o que era um alívio e... bem, algo mais que ela não sabia definir, mas se recusava a chamar de decepção. E então lembrou...

– A propósito, faz tempo que quero dar uma bronca em você... – ela estreitou os olhos para Sadie –, mas estava almoçando quando passei na recepção ontem.

Sadie não demonstrou o menor nervosismo.

– O que eu fiz?
– Você mandou *aquele cara* à minha casa.
– *Aquele cara*?

Lauren levantou as sobrancelhas.

– Não se faça de desentendida. Nick Armstrong, o pintor.
– Lindo, não é?

Sadie lançou um sorriso, mas Lauren apenas balançou a cabeça.

– Sadie, de todos os pintores que trabalham conosco, você tinha que escolher *aquele*?

— Pensei que estivesse fazendo um favor — disse ela, piscando. — Pensei que ele seria um bom colírio por alguns dias.

Apesar de tudo, Lauren riu, mas disse:

— Não preciso de colírio, e eu o considero... muito grosseiro.

Sadie deu de ombros.

— Já conversamos quando ele foi entregar as notas fiscais no escritório e me parece uma boa pessoa. Não tem uma personalidade calorosa e agradável, mas tudo bem. Talvez você desperte o instinto animal que existe dentro dele — ela acrescentou com um sorriso sugestivo.

— Certo, já chega — Lauren alertou. — Deixa pra lá. Mas da próxima vez que eu precisar de um serviço e pedir sua ajuda — ela arregalou os olhos —, escolha alguém um pouco menos... tudo.

Sadie riu, e Lauren achou melhor mudar de assunto, mas poucos minutos depois a recepcionista avisou que estava indo embora, e Lauren ficou desanimada.

— Já vai me abandonar? — ela planejava ir embora cedo, claro, mas estava ali há menos de uma hora.

— Já fiz minha aparição — disse Sadie. — Agora, prefiro voltar para casa para ficar com o Arthur e ver o que ele encontrou na praia hoje à noite com o detector de metal.

Lauren suspirou. Se tivesse um Arthur, também preferiria ir para casa.

— Deseje-me sorte para aguentar a piranha — disse ela, acompanhando Sadie até a porta.

— Só não entre na água — Sadie provocou.

Quando Sadie se foi, Lauren seguiu seu conselho: pegou outra taça de vinho e voltou para o canto ocupado por elas um minuto antes, feliz por poder se misturar ao cenário e passar despercebida pelo máximo de tempo possível. Chegou até a ficar meio encoberta, atrás de um vaso grande.

Apenas um cara a incomodou.

— Está se escondendo aqui, linda? — perguntou ele, afastando as folhas da planta. Era loiro, na casa dos trinta anos, razoavelmente bonito, mas...

– Sim – disse ela.
– De quem?
– De caras que chamam de "linda" todas as mulheres que encontram.

Ele empalideceu e se afastou, e Lauren sentiu orgulho de sua coragem, apesar de suspeitar que se tratava apenas do vinho fazendo efeito.

Quando viu a esposa de Phil, atravessou o salão cheio de "pessoas bonitas" de Tampa Bay para falar com ela.

– Oi – disse, aproximando-se por trás.

– Ei, você – disse Jeanne de modo caloroso, virando-se para olhar Lauren de cima a baixo. – Você está ótima!

Lauren deu de ombros.

– Obrigada. – Jeanne sempre elogiava as roupas de Lauren e pedia conselhos de moda, mas raramente os seguia. Naquela noite, como sempre, Jeanne estava usando cores fortes que mais chamavam a atenção do que favoreciam seu corpo, e os cabelos castanhos na altura do ombro estavam simples demais, presos atrás da orelha.

– Desculpe, não consegui cumprimentá-la antes. Mas infelizmente – ela acrescentou, ficando na ponta dos pés para observar o salão, sussurrando –, não consigo encontrar o Phil, ele deveria estar aqui cumprimentando todos os amigos dele.

– Eu o vi... não faz muito tempo. – Lauren inclinou a cabeça e sorriu. – Mas o Phil não para quieto, então acho que pode estar em qualquer lugar agora.

– Isso mesmo. Nunca vi um homem com mais energia do que meu marido.

– Oi, Jeanne – disse um homem que vinha do salão ao lado –, temos mais daquelas salsichas pequenas de entrada?

– Só um minuto – disse ela, e então se virou para Lauren. – Olha, se vir o Phil, peça para ele me procurar. Preciso de um pouco de ajuda na linha de frente.

– Pode deixar – Lauren prometeu, e observou Jeanne sair pela porta.

Sozinha de novo, ela pensou, em um salão repleto de urubus. Mais fácil seria voltar para o canto seguro, e foi o que fez – serviu-se de mais vinho e tentou se afastar.

A escuridão havia acabado de tomar o céu, escurecendo as janelas e a casa por dentro, quando Nick Armstrong entrou no salão, vestido para combinar com a noite, uma camiseta preta, calça jeans e botas pretas. Pela primeira vez, não estava usando uma bandana, e seus cabelos pretos caíam ao redor do rosto, selvagens e sensuais. Lauren não se mexeu, mas esconder-se não impediu que as sensações a invadissem. Bebericou o vinho, tentando apaziguar o que sentia, mas não obteve sucesso.

O fato de estar escondida atrás de um vaso também não impediu Nick Armstrong de encontrá-la – ele olhou para ela instantaneamente. Mas ela desviou o olhar, em um impulso de autoproteção. Vê-lo ali, daquele modo – ali, ele não era mais um pintor, e ela não era alguém que pagava por seu serviço –, era diferente, ainda mais assustador do que o normal. Ela sabia que um lado hedonista de sua personalidade ansiava por aquele momento, mas agora que havia se tornado realidade sua intuição fazia com que quisesse fugir.

– O que uma mulher tão linda está fazendo em um canto?

Lauren se retraiu ao olhar para um cara alto e moreno que mantinha uma mão fixa na parede acima do seu ombro. Os cabelos despenteados e as sandálias indicavam um rato de praia.

Evitando caras arrogantes como você.

Mas, dessa vez, ela controlou a língua. Se mandasse o cara para longe com uma ofensa, ficaria sozinha de novo, e talvez Nick se aproximasse, e ela não estava pronta para isso.

A CASA DE PHIL HUDSON FICAVA em uma floresta de pinheiros pontuadas por outras residências iguais – enormes refúgios de alvenaria com beirais das casas Tudor dos livros de história. O desenvolvimento parecia estar muito longe da movimentação da Route 19, em um lado, e da praia do outro. Engraçado, Nick pensou, pessoas de todos os cantos dos Estados Unidos iam à Flórida à procura de um paraíso tropical, mas os abastados daquele bairro em especial aparentemente julgavam os trópicos *blasé* e, por isso, decidiram criar a ilusão de que havia ali montanhas e florestas nas quais poderiam se esconder.

Mas Nick se esqueceu de tudo isso assim que entrou pela porta e viu Lauren, mais quente do que o sol da Flórida no ápice do verão. Com uma saia preta e branca de estampa de cobra e uma blusa branca sem mangas que marcava deliciosamente seus seios, ela estava mais do que provocante. Um colar de pedras pretas circundava seu pescoço e os punhos, mas os cabelos loiros continuavam soltos e sem enfeites, descendo pelas costas como um véu dourado.

Claro, ela o ignorou.

De certo modo, sentia-se irritado por ver que ela erguia o muro que separava a princesa do vassalo de novo. Mas, por outro lado, não se importava. Ela sempre aparentava nervosismo perto dele, e ele se sentia poderoso diante daquela reação; sabia que estava no controle. Além disso, aquilo lhe dava tempo de observá-la, ver a princesa em ação em uma festa.

Naquele momento, ela estava paquerando um cara alto, bronzeado e com aspecto desleixado que a abordou em um canto onde havia um vaso. Ou, pelo menos, acreditava se tratar de uma paquera. Quando observou de perto, viu que os olhos azuis não sorriam com os lábios.

— Lauren, minha querida — uma voz grave foi ouvida, e Nick viu ninguém menos do que Henry Ash aproximando-se de sua filha, com uma morena bonita em um vestido vermelho justo agarrada ao braço dele.

— Oi, pai — Lauren contornou o pretendente para chegar até ele.

— Querida, você se lembra de Heather.

Lauren contraiu os lábios em um esboço de sorriso.

— Claro. Oi, Heather.

A morena sorriu e se segurou ainda mais a Henry enquanto se inclinava para a frente para beijar o rosto de sua filha. Nick observou o homem enquanto falava com Lauren, surpreso ao notar as mudanças nele, mesmo sabendo que não deveria se sentir tão surpreso assim. Os cabelos de Henry estavam grisalhos, seus ombros tinham se tornado mais largos e a barriga, mais protuberante. Sua papada balançava enquanto falava, e a pele estava mais clara, depois de trocar o trabalho de construção pela vida no escritório. Claro, ainda demonstrava a mesma confiança – a idade e o envelhecimento não roubavam a confiança que o dinheiro e o poder proporcionavam, Nick pensou. Apesar de não ser mais o jovem e belo empresário de quem Nick se lembrava, Henry Ash ainda era um homem que tinha tudo.

E Nick era um homem que havia acabado de lembrar que queria *evitar* Henry Ash, por isso aproveitou a oportunidade de seguir no corredor mais próximo à procura de um banheiro.

Ao ver uma porta entreaberta, Nick espiou dentro: não era um banheiro, mas sim um escritório repleto de mobília escura e de aspecto sério. E a mulher que estava sentada na mesa beijando Phil Hudson enquanto ele acariciava seus seios por cima do vestido não era a esposa de Phil; Nick sabia porque tinha escutado Jeanne Hudson se apresentar a outra pessoa alguns minutos antes.

Nick se afastou em silêncio e continuou a percorrer o corredor, mas todas as outras portas estavam fechadas. Estava prestes a desistir de procurar quando uma delas se abriu.

Carolyn e um de seus caras – o loiro – saíram dali.

– Nick! – disse ela, toda feliz, com o rosto corado. – E aí?

– Estou procurando o banheiro.

Ela fez um gesto por cima do ombro em direção à porta pela qual tinham acabado de sair, piscando.

– É todo seu, bonitão.

Dentro do banheiro chique, de cor vinho e muito mármore, Nick viu uma camisinha usada dentro do cesto de lixo. Ficou contente porque não teria que se sentar para usar o vaso. Caramba, não pensou que as festas da Ash Construtora fossem tão loucas.

Ao voltar para a sala na qual a música estava alta e as pessoas se reuniam em grupos, automaticamente procurou Lauren e a encontrou perto de uma lareira grande o bastante para acomodar uma barraca, bebericando vinho em uma taça. Um homem da idade de Henry estava perto dela, conversando, com os olhos úmidos percorrendo seu rosto e seus seios. Demonstrando irritação, ela se virou, mas deu de cara com um homem de meia-idade que piscava muito e não parava de tocar em seus braços. Ela assentia enquanto o homem falava, mas parecia incomodada. Nick observava tudo aquilo, esperando ver o que Lucky tinha visto, mas à exceção do modo com que ela se vestia, não via nada, pelo menos não por enquanto.

– Você está perdendo seu tempo, cara – alguém disse à direita de Nick. Ele olhou para o lado e viu um homem magro de cabelos castanhos, aproximadamente de sua idade, olhando na direção de Lauren Ash. – Aquela mulher é fria. Deve ser lésbica.

Nick olhou para o homem de novo.

– É mesmo?

– Dei em cima dela mais cedo, e ela simplesmente me deu o fora.

Nick se inclinou para a frente, levemente.

– Já pensou que o problema pode ser você?

O cara riu.

– É possível, mas acho que ela não curte homens. Sei lá, olha para ela.

Nick estava olhando. E era verdade, algo ali não estava batendo com a descrição feita por Lucky, mas o rapaz que estava a seu lado era um verdadeiro idiota.

– Se você acha isso, acho que vou tentar a sorte – disse Nick.

Ele atravessou o salão até encontrar o bar, onde pediu um uísque e uma coca. Apesar de estar a poucos metros de Lauren, sabia que ela não o tinha visto ali.

– Você se lembra de mim?

A voz era de um rapaz arrumadinho que olhava ansiosamente nos olhos de Lauren.

– Hum... Jeff, não é? Amigo do Phil. – Ela assentiu. – Sim, eu me lembro.

Jeff abriu um sorriso rápido.
– Você sabia que estou querendo convidá-la para sair?
– Não sabia. Mas não, obrigada.
Ele ficou decepcionado.
– Como assim? Tão rápido? – procurou sorrir de novo. – Não vai me dar uma chance?
– Desculpe, Jeff – respondeu Lauren, decidida. – Mas da última vez em que o vi, havia uma mulher nua no seu colo, usando os seios para pegar uma nota de cinco dólares que você segurava com os dentes. Acredito que ela era um presente de aniversário. Sinto muito, mas aquela imagem estragou para sempre a minha opinião a seu respeito.

Ela se virou e se afastou, e Nick teve que controlar o riso. Não tinha percebido que a princesa era tão certeira.

Olhando para ela de onde estava, perto do bar, Nick viu o mesmo cara velho de antes aproximar-se e tocá-la no ombro, e encostá-la na parede. Ela revirou os olhos, claramente enojada, mas o velho não percebeu, ainda atento demais aos seios dela para ver qualquer outra coisa. Nick não conseguiu mais ficar parado; terminou a bebida, colocou o copo no balcão e atravessou o salão.

Pousou a mão no ombro de Lauren.
– Vamos andar na praia.

Ela ficou boquiaberta ao olhar para ele, mas os seus olhos se mantiveram fixos nos dele.
– A praia fica a quilômetros daqui.
– Eu sei – Nick segurou a mão pequena dela. – Confie em mim.

CAPÍTULO 6

LAUREN DEVERIA TER SE SURPREENDIDO por estar se aproximando de uma moto, a moto de Nick, mas as coisas estavam acontecendo depressa demais para que ela se desse conta. Observou-o enquanto ele prendia a faixa do capacete embaixo de seu queixo, resvalando as pontas dos dedos em sua pele. Ele tinha apenas um capacete, mas insistira para que ela o usasse. Não conseguia ver as estrelas – as árvores altas perenes que rodeavam a casa de Phil a impediam de ver o céu –, mas, ainda assim, sentia a noite ao seu redor, envolvendo-a. Ele havia pedido para que confiasse nele. Não respondera, mas permitira que a guiasse pela mão escuridão adentro. Contrariando o conselho de Sadie, estava entrando na água com Nick Armstrong.

Depois de subir na moto, ele fez um sinal para que também subisse, e ela passou a perna por cima do banco atrás dele, sem se preocupar com a saia curta. Ele abaixou o braço, segurando com firmeza o tornozelo esquerdo dela – no qual só havia uma tornozeleira e uma faixa fina de couro do sapato, e o levantou para mostrar onde ela deveria apoiar o pé.

– E agora? – perguntou ela.

Ele olhou para ela por cima do ombro por tempo suficiente para que Lauren visse o brilho em seus olhos escuros.

– Passe os braços ao redor de meu corpo e segure firme.

Sem escolha, ela envolveu Nick Armstrong com os braços. Nervosa por estar em cima de uma moto pela primeira vez, ela entrelaçou os dedos da mão na frente, apertando-se contra ele, pressionando os seios em suas costas. O corpo dele parecia um muro de tijolos, rígido e esculpido, e sensações familiares – *desejo*

– percorreram suas coxas, braços e seios. As fortes vibrações da moto só intensificavam as sensações.

– Está pronta?

– Sim – disse ela.

E foi só quando Nick usou uma bota para erguer o pé da moto e partir pelo caminho serpenteante da casa de Phil que Lauren percebeu o que era aquilo. Entrega.

Não sentia orgulho do que estava fazendo; já temia como se sentiria mais tarde, quando ele se fosse e ela ficasse sozinha. Mas por qual motivo havia permitido que ele a levasse para fora da casa, na moto? Por qual motivo partiria noite afora abraçada a um homem que mal conhecia? Só podia significar que ela estava se entregando a ele.

Mas espere um minuto. Só porque ele é todo firme e quente não quer dizer que vocês vão fazer sexo. Ele disse que vocês iriam andar na praia. Foi só o que você prometeu ao aceitar acompanhá--lo. Nada mais.

Talvez existisse a insinuação de que algo mais aconteceria, mas a escolha continuava sendo dela, e ela sentiu o peso da responsabilidade. Apesar das coisas que sabia sobre ele, sentia em seu coração que Nick Armstrong não era um estuprador bárbaro. Compreendia que ele era apenas um homem que gostava do jogo da sedução e que esperava sair vencedor. Mas, se dissesse não, ele aceitaria; sabia disso, sua intuição lhe dizia. *Confie em mim.* Talvez fosse a isso que ele estivesse se referindo. *Confie que deixarei você escolher. Confie que vou seduzi-la para acreditar que está tudo bem.*

Aquilo a deixou menos amedrontada, de certo modo. Significava que ela era o único inimigo ali, que a única pessoa a quem deveria temer era ela mesma.

A moto se inclinou quando Nick entrou à direita em um farol na Alternate 19, seguindo para o norte em direção a Tarpon Springs. A estrada estava quase vazia, e Nick acelerou. Lauren espiou por cima do ombro dele, ainda agarrada a seu corpo, como se fossem namorados, e permitiu-se esquecer de todos os medos, pelo menos por enquanto. Enquanto zarpavam pela atmosfera quente da noite, fechou os olhos e simplesmente aproveitou: o vento, o corpo másculo a sua frente, a sensação forte de aventura – por mais envolvida em incerteza que estivesse. Ela sempre pensava na liberdade como uma fuga, fosse de uma festa ou de um cara com quem não quisesse estar. Mas a liberdade para ela, naquela noite, era voar na direção de algo, um destino desconhecido, e seu coração bateu mais forte quando aceitou a incerteza com uma ansiedade intensa que não esperava sentir.

Quando abriu os olhos, Nick havia deixado a Alternate 19, e pela primeira vez tentou imaginar para onde ele a levava. Quando ele dissera praia, ela pensou que se referia a Clearwater, mas ele seguiu na direção oposta. Alguns minutos depois, passaram por placas de ruas residenciais e logo se aproximaram da entrada da Fred Howard Park, uma praia conhecida apenas pelos moradores da região, que era fechada todas as noites.

Quando se aproximaram lentamente do bloqueio de placas de aço colocado na rua para evitar a passagem, Lauren pensou que Nick talvez xingasse, desse meia-volta e a levasse a outro lugar. Mas ele apenas saiu do asfalto com a moto e deu a volta no bloqueio, em meio às árvores altas e finas espalhadas ali, até os pneus voltarem à rua do outro lado.

Ela engoliu em seco e se segurou mais forte, percebendo que ali eles ficariam totalmente sozinhos. Enquanto percorriam o parque, sua sensação de isolamento aumentou. E quando a moto entrou na passagem que levava à pequena praia reservada, Lauren teve a consciência total de que qualquer coisa poderia acontecer entre eles agora sem que ninguém ficasse sabendo.

Um momento depois, a moto diminuiu a velocidade ao entrar em um grande estacionamento, cercado por palmeiras escuras e grandes e areia de todos os lados, e o motor foi desligado, deixando um silêncio tenso interrompido apenas pelo som das ondas ao longe. Lauren desceu da moto, respirando o ar salgado, feliz por ter bebido vinho suficiente para diminuir o nervosismo. Nick também desceu e nenhum dos dois disse nada.

Lauren começou a tentar soltar a tira do capacete, e de repente sentiu os dedos de Nick sobre os seus. Abaixou as mãos enquanto ele rapidamente completava a tarefa. Delicadamente, ergueu o capacete da cabeça dela, colocando-o no assento de couro da moto.

Enquanto ele estava de costas, Lauren se abaixou e jogou os cabelos compridos por cima da cabeça – a melhor maneira de arrumá-los sem uma escova. Mas quando se ergueu, os olhos de Nick a observavam à luz da lua, grandes e intensos, e ela sentiu o olhar faminto dele na direção de sua genitália, e seu corpo todo pulsava enlouquecidamente.

Depende de você, Lauren. Lembre-se, depende de você.

Naquele momento, no entanto, saber disso não era muito confortante.

Depois de alguns longos e tensos segundos de pura tentação – de simplesmente desejar pular no colo dele e começar a beijá-lo e tocá-lo –, Lauren respirou profundamente e caminhou em direção à praia, com os saltos batendo no chão.

Sabendo que atravessar a areia com os saltos seria impossível, ela se sentou em um dos bancos de madeira que pontuavam a calçada e se inclinou para soltar a tira de seu sapato esquerdo. Quando estava prestes a tirar o sapato, Nick se abaixou a sua frente e puxou o calçado com delicadeza antes que ela sequer pudesse pensar em impedi-lo. Os dedos dele deslizaram pelo seu pé levemente, provocando um arrepio que subiu até sua lombar. Nick colocou o sapato em cima do banco e segurou o outro pé dela, abrindo o fecho com muita precisão, um indício de que aqueles não eram os primeiros sapatos femininos que ele tirava. Lauren temeu que as batidas de seu coração pudessem ser ouvidas.

Quando ele terminou, ela engoliu em seco, respirou profundamente, ficou de pé e pegou os sapatos.

– Deixe-os aqui.

Ela olhou para ele com desconfiança.

– Quem vai roubá-los? – perguntou ele, segurando a mão dela.

Em pouco tempo, os pés descalços de Lauren afundaram na areia fria da noite e ela permitiu que Nick a guiasse à água. Pararam por um momento quando a onda veio e lavou os pés nus de Lauren antes de recuar. Nick apertou levemente a mão dela e começaram a caminhar à beira d'água. Ao perceber que Nick não se importava quando a água molhava seus coturnos, Lauren aproveitou a sensação da onda sobre seus pés, a repetição rítmica e calmante. Era algo em que podia se concentrar além do desejo forte que ameaçava dominá-la.

Seguiram em silêncio, e o único barulho era o das ondas quebrando. Quando Nick olhou para a água escura, e então para as estrelas que pontuavam a imensidão negra do céu, Lauren também o fez. Sentiu-se pequena, mas encantada por estar dividindo aquele momento com ele, por saber que os dois viam aquilo, os dois pensavam na vastidão, no infinito, sem precisarem dizer. Sentiu vontade de apertar a mão dele com mais força, mas se controlou.

Ousou, então, falar sobre algo de que quase já havia se esquecido. Quando saiu de casa para encher os comedouros depois de Nick sair de sua casa naquele dia, eles já estavam cheios.

— Obrigada por ter enchido os comedouros. — Ela se arrependeu da doçura com que falou.

Ele não olhou para ela.

— Sem problema.

Quando se aproximaram das rochas no lado norte da praia, Nick silenciosamente a levou de volta para a areia mais fofa. Sentou-se de frente para o mar, e Lauren se acomodou ao seu lado. Ele ainda não olhava para ela, por isso ela também não olhava para ele, e juntos eles observaram a água quase invisível, com o luar brilhando sobre ela.

— Você não parecia muito à vontade lá.

Surpresa por ele ter falado, Lauren fitou-o, mas ele ainda olhava para o mar.

— Lá onde?
— Na festa.

Lauren suspirou, pensou em mentir, mas desistiu.

— Eu não estava, mesmo.
— Por quê?

Ela voltou a olhar para o mar. Era mais fácil ser sincera olhando para a água, e o vinho mais o surrealismo do momento tornavam aquela a única opção sensata.

– Muitos homens dando em cima de mim. Muitos homens pensando que sou como minha amiga Carolyn.

Surpreso com o comentário, Nick olhou para ela de soslaio.

– Como a Carolyn, é?

Ela olhou para ele. Era a primeira vez, depois de muito tempo, que se olhavam.

– É sério que não percebeu? Você a viu. Ela é...

– Fácil – disse ele quando ela não soube o que dizer.

A resposta dela foi um leve assentir com a cabeça, e então voltou a olhar para o golfo. Nick também olhou, e o novo momento de silêncio deu a ele uma chance de pensar, de analisar, de tentar decidir se realmente acreditava que ela não era como Carolyn. Seu comportamento naquela noite certamente refletia a afirmação, mas quando ele se lembrava do modo com que ela havia olhado para ele, no dia anterior, perto das treliças de rosas, ou na noite anterior, no quintal, era difícil se convencer de que ela fosse muito inocente.

E ele não queria que ela fosse. Queria que ela fosse... diabos, era difícil resumir em palavras. Pensou que talvez quisesse que ela fosse uma garota levada, que ela fosse minuciosamente a garota que escrevia no diário vermelho... mas também queria ser o único destinatário daquilo. Queria que ela fosse uma linda e caótica mistura de inocência e sexualidade que não podia mesmo existir.

Ousou olhar para ela e falar em um tom mais baixo do que antes.

– E como *você* é?

Mesmo na pálida luz do luar, pôde ver seu rosto corar. Por fim, ela mordeu o lábio e soltou um sorriso leve e nervoso.

– Um pouco mais complicada, eu acho. Às vezes, nem eu mesma me entendo.

Eu quero entender você. Dê-me uma chance de tentar.

Entretanto, ele não conseguia pronunciar as palavras – elas soavam sentimentais demais, e ele não sabia exatamente como ser sentimental.

Ela parecia constrangida, como se estivesse arrependida por ter se revelado tanto, e então mudou de assunto.

– O mar está tão lindo com a lua brilhando sobre ele.

Ele seguiu a deixa dela e manteve seu olhar no oceano.

– É como uma noite de Monet.

– Conhece Monet?

Sentiu o olhar dela sobre ele e respondeu com um olhar enviesado:

– Não sou um completo bronco.

– Não quis dizer que era. Apenas... – ela mordeu o lábio. – Então você gosta dos impressionistas, hein?

Ele respondeu devagar e de maneira ponderada.

– Gosto de como eles conseguem pegar qualquer coisa e torná-la ainda mais bonita do que na verdade é.

Perguntava-se como Monet teria pintado sua vida, seu passado, esse momento? Ele tinha um desejo vago de torná-los todos mais bonitos. E então sentiu um vazio no peito ao perceber que talvez *ele* tivesse sido muito honesto, tivesse compartilhado demais.

Em um impulso, levou a mão à tornozeleira de contas pretas que ela usava. Ele a havia notado quando ela subira na moto, e de novo ao tirar seus sapatos.

– De que isto é feito? – ele girou uma das contas grandes entre os dedos.

– Hematita – disse ela. – Serve para firmar os passos.

– Firmar os passos?

Ela mordeu o lábio, olhando para a água escura. As pontas dos dedos dele descansaram sobre o tornozelo, sobre a pele macia dela.

– Ajuda a pessoa a se manter firme, ligada ao que lhe importa, esse tipo de coisa.

– Funciona?

Mesmo que você não seja como Carolyn, posso convencê-la a abrir-se, soltar-se? Apenas para mim? Delicadamente, ele subiu o dedo pela panturrilha dela, com a sensação de que ela havia escutado a pergunta que ele fez e também a que pensou.

– Não sei.

Ela afastou as pernas do toque dele. Permaneceram sentados em silêncio por mais um momento até ela dizer, inesperadamente:
– Onde mais você fez, além de em cima de um cavalo?

Ele olhou para ela e, mesmo à luz da lua, percebeu que ela corava.

Ela balançou a cabeça.

– Não sei por que perguntei isso. Veio do nada. Esqueça, está bem?

Ele não desviou o olhar dela, não conseguiu.

– No mar – disse ele.

E de fato era verdade, mas a resposta lhe ocorreu por causa do que havia lido no diário dela, mais cedo. Lembrou-se do olhar chocado dela, seguido por outro de fascínio, quando ele contou a mentira sobre o cavalo, e quis obter toda aquela emoção dela de novo.

Ela entreabriu os lábios em resposta, os olhos da cor da meia-noite sob a lua. Então, a reação foi menos forte dessa vez... mas, ainda assim, fácil o suficiente para Nick inclinar-se lentamente sobre ela e beijá-la.

Seus lábios roçaram nos dela, de modo breve e suave. Quando ela suspirou em seguida, um forte desejo tomou o peito dele.

Ele curvou uma mão em torno do pescoço dela para aproximá-la, e então pressionou os lábios nos dela. Beijou-a de modo quente e profundo, aproveitando para sentir o seu gosto pela primeira vez – e então, ela virou a cabeça abruptamente, fazendo com que os lábios dele parassem em seu rosto ao ficar rígida sob o toque dele.

Mas não se afastou, e permaneceram daquele modo por bastante tempo. Sentiu a brisa em seu rosto, os cabelos longos dela esvoaçando ao redor deles.

Levou os lábios à orelha dela, prestando atenção ao som da própria respiração. Sussurrou baixinho:

– Você não gosta de como beijo?

– Não é isso, é que...

– O que é, princesa?
Ela se afastou, mas seus rostos permaneceram próximos.
– Por que me chamou assim?
Tinha sido sem querer.
– É o que você me faz pensar. Em uma princesa em um castelo. Linda e intocável.
– Intocável? – ela sussurrou frente à ironia da situação.
– Foi o que vi, o que pensei. Mas andei *querendo* tocar, querendo... você sabe.
Eles continuaram se olhando com intensidade, e ele sentiu o desejo dentro dele.
– Deixe-me beijar você, princesa.
Quando Nick voltou a encaixar os lábios nos dela, sentiu que as coisas mudavam, que o corpo dela relaxava; sentiu que ela se entregava ao que ele queria, ao que os dois queriam. O calor subiu por suas veias enquanto a beijava de modo delicado e profundo, sensual e quente, e quando ela envolveu seu pescoço com os braços, ele deixou as mãos livres para tocarem a cintura dela, o quadril – acariciou e massageou as curvas dela com o mesmo ritmo lento e quente de seus beijos. Quando entreabriu os lábios, ela tomou a iniciativa de enfiar a língua. Ele a envolveu com a dele.
Quando as coisas ficaram intensas e eles pararam de se beijar por um momento, ainda próximos um do outro, Nick percebeu que ela mordia os lábios, testemunhou o desejo brilhando em seus olhos, sentiu o calor fluindo de todos os poros de seu corpo. Não conseguia se lembrar de alguma vez ter se sentido tão excitado com beijos e toques.
– Droga – ele sussurrou.
– O-o que foi? – perguntou ela, trêmula.
Meu Deus, ele a desejava. Queria fazer com que ela tremesse ainda mais, queria fazer com que ela estremecesse em seu corpo com uma entrega nunca antes imaginada. Ele não respondeu, apenas continuou beijando-a com doçura e intensidade, sentindo o calor subir por sua coluna, descer por suas coxas, tomar seus braços até as pontas dos dedos enquanto a deitava lentamente, finalmente fazendo-a relaxar na areia macia.

Nunca tinha ouvido nada mais lindo do que os sons de sua respiração; os suspiros intensos e cheios de desejo que o envolviam como veludo. Nem mesmo Monet poderia deixá-la mais bonita. Deixou que a palma de uma das mãos passasse pelo seio dela, e então pensou que talvez estivesse imaginando coisas quando sentiu a mão dela apertar seu pescoço e beijá-lo com mais vontade. Não, não estava imaginando – ela queria que ele a tocasse. O forte desejo pulsava entre eles como algo vivo.

Nick afastou-se dos lábios dela e beijou seu rosto, descendo pelo pescoço, que arqueou-se de modo convidativo. Movendo as duas mãos com firmeza pelos seios incríveis dela, ele beijou seu peito pela gola V da blusa e, quando suas mãos encontraram o fim da peça, ele ergueu o tecido lentamente e o suficiente para beijar sua barriga lisa e macia. Olhou para cima e viu os olhos de sua princesa fechados em êxtase, os lábios entreabertos e suspirando do modo sensual que o excitava. As mãos dela se enroscavam em seus cabelos.

Com movimentos lentos, Nick puxou o tecido da blusa por cima de seus seios arredondados, e deixou as mãos se fecharem sobre a renda clara que mal escondia os mamilos. Passou os polegares por eles, que ficaram mais rígidos com o toque.

Escorregando as mãos ao lado de seus seios, beijou com delicadeza a renda macia que os envolvia e a pele por baixo dela. Embaixo dele, Lauren suspirava a cada carinho de seus lábios. Tão excitado que mal conseguia respirar, Nick tentou imaginar se ela conseguia sentir sua ereção contra a perna dela.

Ele continuou beijando-a através do sutiã enquanto descia a mão pela saia de estampa de cobra até a parte de trás do joelho flexionado, e lentamente deixou os dedos subirem pela parte interna e macia da coxa. A respiração dela ficou rasa quando ele chupou seu mamilo pela renda, e quando os dedos dele chegaram a sua calcinha, ele percebeu que ela estava muito molhada. Ele soltou um gemido baixo ao prender a renda com os dentes e usá-los para abaixar o tecido.

Eles se entreolharam por cima do seio exposto. Ela parecia muito excitada, e ele a desejava com uma intensidade extrema.

Ainda trocando olhares, Nick lentamente passou a língua pelo mamilo rígido e de pele clara, deixando-o úmido sob o soprar da brisa do mar. Ela estremeceu e fechou os olhos, jogando a cabeça para trás, e Nick abocanhou o mamilo rosado, chupando ao mesmo ritmo lento que usava para acariciá-la entre as pernas.

Ela se mexeu contra a mão dele, arqueou-se contra seus lábios, gemeu e deixou Nick maluco de desejo, até ele finalmente escorregar os dedos para dentro de sua calcinha e sentir a umidade. O prazer forte explodiu dentro dele com aquele toque íntimo...

E então, ela o empurrou, tirou o braço dele de debaixo de sua saia e fez um movimento repentino com o ombro.

Ele saiu de cima dela, ofegante, com o coração pulsando forte e tomando seu corpo todo. Apesar do que ela havia dito a ele alguns minutos antes, ficou chocado por ela ter interrompido o tesão incrível que tomava conta dos dois. Mas então, ele se lembrou de todos os caras da festa e da mistura de irritação e nojo que vira várias vezes em seus olhos. E de como ela se definira como "complicada".

Fingindo olhar para o mar de novo, Nick viu, de canto de olho, quando Lauren se sentou, ajeitou a renda clara e abaixou a blusa.

– Desculpe se fiz algo que você não queria que eu fizesse. Mas você parecia... – sabia que a explicação era fajuta antes mesmo do olhar dela atravessá-lo.

– Com Carolyn?

– Eu ia dizer que você parecia querer o mesmo que eu.

– Bem, eu *não* sou como ela. Não acabei de dizer isso?

Nick suspirou, perguntando-se o que havia feito de errado. Em um minuto estavam totalmente envolvidos, no outro ela agia como se ele a tivesse atacado..

– Sim, mas eu...

– Não acreditou? Achou que eu só teria aceitado vir aqui para isso?

Ele se virou e olhou para ela.

– Acredite ou não, eu não trouxe você aqui para isso. – E apenas naquele momento, Nick percebeu que era verdade; por mais estranho que fosse, não tinha, mesmo. Por mais que a desejasse, queria também algo mais. Havia sido sincero minutos antes: não sabia quando nem por que tudo começara, mas de fato desejava *conhecê-la*.

Ela olhou para ele de soslaio.

– É mesmo? Então pra quê?

Ele respirou fundo e continuou olhando para a frente.

– Quis salvar você.

Apesar de as coisas terem mudado desde que haviam deixado a festa, quando ele se aproximou tivera como única intenção tirá-la do salão cheio de homens que a importunavam.

Lauren riu de modo sarcástico.

– Como é que se diz? Você me tirou da grelha e me jogou na fogueira?

– Sinto muito. Não pensei que as coisas fossem acabar assim. – Mas Nick percebeu que ela não acreditava nele.

– Quer saber a verdade a meu respeito? – ela envolveu os joelhos com os braços.

– Sim – disse ele. – Quero.

Ela olhou para o mar, aparentemente pesando nas palavras com cuidado.

– Na verdade, o sexo é uma coisa especial para mim. Quando faço sexo com alguém, tem um significado. É como... uma ligação especial, um presente que só posso dar a alguém com quem realmente me importo. Nunca fiz sexo com um cara com quem não tivesse um relacionamento. Talvez isso me torne meio antiquada, mas é assim que sou.

Ele olhou para ela de lado, incapaz de não dizer o óbvio.

– Não me leve a mal, mas você não parece exatamente uma moça antiquada.

– Então, uma mulher não pode ser um pouco sexy sem querer transar com todos os caras da cidade?

– Eu não disse isso. Eu só...

– Acha que pareço fácil porque visto uma minissaia e salto alto?

— Não, só estou... surpreso, só isso. Não há muitas mulheres como você por aí. Eu nunca conheci nenhuma, de qualquer maneira.

— Bem, que pena que cruzou com uma. Espero que isso não tenha estragado a sua noite inteira.

Nick não sabia mais o que dizer. Principalmente porque não a havia levado ali para fazer sexo, apesar de ter planejado seduzi-la quando aceitou o convite para a festa. E também não tivera a intenção de deixá-la brava, mas, claramente, foi o que fez. Toda vez que abria a boca para se explicar, acabava dizendo a coisa errada.

— Acho que seria bom você me levar de volta à festa agora.

Nick sentiu um soco no estômago.

— Tem certeza de que quer voltar para lá? Para a festa?

— Vou pegar meu carro e ir para casa.

Ele a seguiu enquanto ela passava pela areia fofa em direção ao estacionamento, sabendo que havia estragado sua chance, mas sem saber ao certo por que se importava tanto. Quando foi que suas emoções haviam sido envolvidas daquela maneira?

Quando se aproximaram dos sapatos dela, ela se sentou e os calçou enquanto Nick permaneceu de pé com as mãos nos bolsos, observando o caminho por entre as árvores. Ao chegarem à moto, ele entregou o capacete a ela, e observou enquanto ela se esforçava para prendê-lo, e então disse:

— Tire as mãos. — Em seguida, ele prendeu a tira e subiu na moto sem nada dizer, esperando que ela também subisse.

Senti-la passando os braços por sua cintura e pressionando-se contra ele foi uma tortura. Queria voltar à praia com ela, mover-se dentro dela, escutá-la gemer.

Mas então, disse a si mesmo para deixar de pensar bobagens e levá-la dali como ela queria, então deu a partida na moto e zarpou pelo caminho, com o vento da noite soprando seus cabelos.

Nick manteve os olhos na estrada, e seu único objetivo nos minutos seguintes foi levá-la de volta à casa de Phil, acabando com sua noite fracassada. Quando voltaram, mais carros se alinhavam na rua do que quando tinham partido, por isso Nick não se preocupou em procurar uma vaga para estacionar; simplesmente parou a moto ao lado de uma BMW conversível e esperou que ela descesse. Como antes, ela teve dificuldades para tirar o capacete e Nick disse:

– Venha aqui.

Ela suspirou e obedeceu. Ele soltou a tira, tirou o capacete da cabeça dela e colocou na sua.

Quando olhou para a frente, ela já estava se afastando, com aqueles saltos sensuais batendo a cada passo que dava enquanto se aproximava do carro. Não queria que ela se fosse, não queria que as coisas terminassem daquele modo.

– Lauren – disse ele, falando mais alto para ser ouvido em meio ao barulho do motor.

Ela parou e olhou para trás.

– Não era a minha intenção irritar você.

– Você não me irritou. – Ela parecia decidida demais.

– Acho que irritei.

– Escute – disse ela, sussurrando. – Vamos esquecer isso tudo, está bem?

Esquecer? Estava falando sério? Ele provavelmente já tinha dito aquelas mesmas palavras a outras mulheres antes, mulheres com quem não queria nada mais do que uma noite, mas não conseguia acreditar que Lauren pensava que o tesão entre eles seria fácil de esquecer.

– A partir de amanhã cedo – ela continuou –, você será apenas meu pintor de novo, nada mais. Certo?

Ele simplesmente olhou para ela no escuro enquanto sentia o peito oprimido. Queria poder vê-la melhor, queria que ela o visse. Queria que ela visse a dor e a raiva que começavam a ferver dentro dele, enquanto levavam embora os sentimentos mais bonitos que já tinham começado a nascer. As palavras dela ecoaram pela mente dele, e até se expandiram. *Você será apenas meu pintor. Meu empregado. O homem que está tão abaixo de mim que seus lábios em meu seio, sua mão entre as minhas pernas é algo que deve ser esquecido.*

— Lauren, querida, é você? — a voz de Henry Ash ecoou do caminho que passava pelos dois lados do carro de Lauren e levava à porta de entrada da casa.

Lauren se virou para olhar e Nick só viu o corpo de Henry conversando com outro homem, com a morena magra ainda grudada em seu braço.

— Sim, pai, sou eu — disse Lauren.

Então, deu a volta no Z4 e caminhou em direção ao pai.

— Quem está com você aí?

— Ninguém, pai — respondeu ela. — Ninguém.

Nick respirou fundo e lentamente abriu e fechou as mãos, tentando não permitir que as palavras dela o atingissem. Mas algumas coisas nunca mudavam, pelo visto. Para os Ash, os Armstrong não eram ninguém. Ele fechou os olhos, tentando apaziguar a sensação causada por aquelas cicatrizes antigas que voltavam a se abrir.

Talvez eu ainda seja alguém para você, princesa.

Ele havia ido à festa para seduzi-la, mas ao chegarem à beira da água, ele permitira aos poucos que seus desejos crescessem até tornarem-se algo mais do que apenas atração, tesão, vontade mútua. E, de repente, pensou que compreendia por que ele havia se importado quando ela se afastou na praia, com os pés delicados levantando a areia a cada passo. Ele havia se importado porque queria provar que era bom o suficiente para ela, que a merecia — e, apesar de si mesmo, queria isso ainda mais depois do que acabara de acontecer na praia, das coisas que ela dissera.

Cerrando os punhos com força, Nick acelerou a moto e partiu noite afora, sabendo que tudo havia acabado de mudar. Hoje, ela havia provocado nele um desejo irresistível de conquistá-la, de mostrar que ele podia ser importante para ela. E, depois daquela noite, sabia exatamente como conseguir isso.

CAPÍTULO 7

Lauren ficou deitada na cama na manhã seguinte, observando o sol se espalhar pelo quarto pela pequena janela em formato de meia-lua acima de sua cama. Pela primeira vez, pensou que Nick poderia olhar por ali quando chegasse àquela parte da casa. Tal ideia a deixou ainda mais agitada do que já estava.

Se não tivesse acabado de olhar e ver que suas roupas estavam espalhadas pelo chão, como se tivessem sido arrancadas no calor da paixão, poderia não acreditar que a noite passada havia de fato acontecido.

Mas do modo com que se encontravam, as peças faziam com que ela se lembrasse de como estava estressada quando chegou em casa – havia se despido depressa, pegado uma camisola de seda de um cabide e entrado embaixo das cobertas sem pensar em tirar a maquiagem nem escovar os cabelos. Queria só dormir, esquecer, deixar tudo para trás.

Naquele momento, Isadora subiu na cama e caminhou na direção de Lauren.

– Oi, Izzy – disse ela, abrindo um sorriso discreto para a gata.

Isadora não era a gata mais amorosa do mundo, por isso Lauren ficou surpresa quando ela se enrolou a seu lado, aconchegando-se na curva de sua cintura. Lauren coçou atrás da orelha de Isadora, tentando imaginar se, de algum modo, a gata havia percebido a dor em seus olhos, se havia percebido que a dona precisava de um pouco de carinho.

Ela quase traiu a si mesma na noite anterior com Nick Armstrong. Fechou os olhos para afastar as lembranças dolorosas, mas elas giravam em sua mente com a mesma força, como se tivessem acontecido cinco minutos antes.

Sabia que tinha sido sua culpa, em grande parte. *Onde mais você fez, além de em cima de um cavalo?* E se retraiu, lembrando das palavras. Pensando bem, só conseguia concluir que tinha sido uma tentativa ruim e desesperada de ver se existia um elo cósmico bizarro entre eles, se suas fantasias estavam ligadas a ele de alguma maneira. Não sabia exatamente quando aquela ideia havia entrado em sua cabeça – em algum momento entre a história dele envolvendo o cavalo e as palavras *confie em mim*, mas aquilo era o mais próximo que conseguia chegar de uma explicação. E se de fato acreditasse em coisas assim, ele havia lhe dado a resposta certa ontem à noite: no mar.

A primeira vez em que ele a beijou foi como se um raio tivesse entrado em suas veias, atravessando seu corpo todo e deixando-a sem reação. Mesmo assim, ela havia conseguido manter parte do controle, ciente de que aquilo não era o que queria, um encontro sem sentido com um cara sexualmente atraente. Até sua voz soar rouca e sedutora no ouvido dela. *Deixe-me beijar você, princesa.* Depois daquilo, ela não conseguia se lembrar de mais nada, apenas da sensação, cada vez mais intensa e pesada, de seu corpo pedindo mais a cada beijo, cada toque. Ela fechou a mão com força no corpo da gata ao se lembrar do calor que aumentou, da língua dele passando por seu mamilo enquanto se entreolhavam, os dedos dele tocando-a onde o desejo era mais pungente.

Parar tinha sido um sofrimento. Mas algo dentro dela de repente havia se encaixado, fazendo com que se lembrasse de tudo o que disse a ele depois: que não podia fazer sexo com um cara por quem não nutria sentimentos; que o sexo era importante, especial. Que não era como Carolyn, por mais que estremecesse loucamente de desejo por ele. Ah, Deus...

– Como vou encará-lo agora, Izzy? – ela sussurrou. – Como?

Ouviu, logo em seguida, o barulho de uma escada sendo encostada na casa e se sobressaltou. Retraiu-se, e Izzy saltou da cama.

– Desertora – disse Lauren ao animal. Nick estava lá fora de novo. Fazendo com que ela se sentisse uma prisioneira dentro de sua própria casa.

Mas era sexta-feira, e se conseguisse evitá-lo naquele dia, o fim de semana estaria ali, e quem sabe na segunda-feira, parte da vergonha e do horror da noite anterior não teriam desaparecido.

Pensar naquilo fez Lauren sair da cama e entrar no chuveiro – onde se recusou a pensar em Nick Armstrong ou em suas mãos, e em seus lábios. Vestindo-se depressa quando saiu, seguiu para seu escritório, onde pegou alguns papéis e seu laptop. Passaria o dia fora dali. Tinha muito trabalho a fazer, mas poderia dar conta de tudo nos escritórios da Ash em uma mesa isolada ou uma sala de reuniões. Se alguém perguntasse, poderia dizer que um prestador de serviço estava fazendo muito barulho em sua casa, e ela precisava se concentrar. E se essa pessoa fosse Sadie... bem, ela inventaria alguma outra coisa.

Só não podia ficar perto dele naquele momento, não podia correr o risco de vê-lo de novo. Continuava furiosa com ele por ter pensado que ela era fácil, envergonhada por ter deixado as coisas chegarem tão longe... e pior ainda, por ainda desejá-lo. Ainda sentia desejo por ele a cada respiração. Não havia como negar – só fugindo. Parecia a melhor defesa no momento.

Parou na cozinha por tempo suficiente para trocar a comida e a água de Izzy, enfiou toda a papelada no carro e partiu, felizmente sem ver Nick.

NICK SE SENTOU NA POLTRONA DO ESCRITÓRIO DELA, com o caderno vermelho em uma das mãos. Ao tirar o diário da estante naquele dia, se sentiu muito menos culpado, e até o medo havia diminuído. Depois do modo como ela o havia humilhado na noite passada, aquilo parecia um sinal da justiça que ele tanto desejava, o mínimo a que tinha direito.

Ao abrir o diário aleatoriamente, seus olhos pararam em um relato escrito com tinta vermelha. Ele se ajeitou na cadeira, pronto para penetrar mais fundo no mundo da princesa.

Estou deitada, nua, entre os lençóis brancos de cetim, em uma cama de ferro no centro de um quarto vazio. Janelas altas e estreitas se estendem pelas paredes dos dois lados. Estão abertas, deixando entrar uma brisa fria que sopra a minha pele como um carinho e faz as cortinas brancas simples se balançarem. Apesar de só conseguir ver o céu azul lá fora, sinto o cheiro do mar ali perto.

A brisa me acalma, meus olhos se fecham, mas quando começo a adormecer, sinto um toque leve, quase imperceptível em minha barriga, parece um beijo. Ao abrir os olhos, vejo uma única pétala de rosa, de tom cor-de-rosa, ali, parada. Então, olho para cima e vejo um homem à minha frente, nu, moreno e maravilhosamente ereto. Ele segura a rosa entre os dedos, a cor dela parece ter sido dada com uma leve pincelada.

Começando pelo tornozelo, ele sobe delicadamente a rosa suave pela minha perna. Quase sem tocar a pele da parte interna de minhas coxas, ele a arrasta delicadamente sobre o ponto sensível entre elas. Estremeço de prazer e a rosa continua, soprando como a respiração de um bebê em cima de meu umbigo, barriga, seios, fazendo meus mamilos se eriçarem com o toque.

Tirando a rosa da mão dele com atitude, eu me sento e passo as pétalas pela base do pênis dele. Lentamente, percorro a extensão rígida até a ponta, e fico satisfeita quando percebo que ele também estremece.

Pegando a rosa de novo de minha mão, ele me deita na cama, segurando minhas pernas. E diz: "Feche os olhos". Obedeço. Acho que ele vai fazer amor comigo, mas percebo sensações mais suaves, como as primeiras, toques suaves como beijos por todo o meu corpo.

Delicio-me com os toques aveludados, minha pele se torna mais sensível a cada um deles. Abro os olhos e vejo a mão dele acima de meu corpo, espalhando pétalas de rosa por meus seios, ombros, barriga e descendo.

Ele ainda segura a mesma rosa na mão, mas as pétalas não terminam – cada vez mais caem e se espalham em cima de mim, até quase me cobrirem. Por fim, as pétalas param de cair e eu fecho os olhos de novo. A rosa resvala em meus lábios.

Quando ele me penetra, tudo ao redor parece leve e macio – o cetim sob meu corpo, as pétalas aveludadas em minha pele. A cada movimento, o cetim e a seda se movem comigo, me envolvem, acariciando cada centímetro de meu corpo.

Receio enlouquecer... mas então, vejo a rosa ainda na mão dele. Erguendo-me levemente, ele continua a fazer amor comigo enquanto me acaricia ali com as pétalas macias da rosa.

Quando finalmente começo a gozar lenta e deliciosamente, sinto a vibração por todos os meus poros; minha pele parece respirar a cada onda de prazer. Quando meu amado goza, ele me puxa para perto, ainda segurando nossa rosa, deixando-a curvar-se graciosamente em meu seio enquanto entramos em um gostoso estado de letargia.

Nick fechou o diário suspirando forte.

A sensação que tivera ao adentrar o escritório, de estar fazendo algo errado, agora o dominava por completo. Em certo sentido, mergulhar nos pensamentos secretos dela estava de fato virando um vício, algo a que ele não conseguia resistir. Mas a cada nova incursão era tomado de culpa pela invasão cometida, culpa que agora o fazia fechar o caderno, lembrando-o de que pertencia a ela e devia permanecer apenas e somente dela.

Em vez de sucumbir ao remorso ou à tentadora imagem do corpo nu de Lauren Ash coberto por pétalas de rosa, Nick pensou em como a fantasia havia terminado. O modo como sempre terminavam... ela e o amante imaginário abraçados, aconchegados e satisfeitos.

Confirmava algumas coisas para ele. Tudo o que ela dissera na praia era verdade... ela não *era* como Carolyn; de fato, considerava o sexo algo especial. Mas também queria muito transar – deixava isso claro em seu diário vermelho e também no modo como costumava olhar para ele – e quisera na noite anterior. Quisera transar com ele pouco antes de dizer que ele era um ninguém.

A princípio, a ideia de seduzi-la tinha sido por atração e tesão mútuos – nada mais, nada menos. E, quando chegaram à praia, a ideia de seduzi-la fora por todos esses motivos e mais, ele assumia o estranho ciúme provocado nele quando pensava nela com outro homem. Depois daquilo, havia se tornado ainda mais – desejava o tesão dela, mas também sua inocência e doçura; ele a queria por inteiro.

E apesar de como ela o havia afastado, apesar de ter pedido para que se esquecessem de tudo, ele não acreditava que estava tudo acabado entre eles. E sempre que se deixava entrar no escritório dela, descobria mais um de seus segredos – segredos que o fariam parte do mundo dela.

Quando Elaine sugeriu que eles fossem mais uma vez à loja para comprar hambúrgueres e assá-los, Davy ficou contente, apesar de ter ido fazer compras no dia anterior. Quando passaram pelo departamento de flores e Daisy Maria Ramirez não estava lá, seu coração parou de bater. Queria observá-la colocando flores na espuma de novo.

Agora, sentia-se entediado por estar em frente ao balcão de carnes ouvindo Paul, o açougueiro, conversando com Elaine a respeito de costelas de porco durante muito tempo. E eles sequer *comprariam* costelas de porco. Observou as sobrancelhas de Paul ao falar – eram grossas como taturanas e subiam e desciam muito, em especial quando ele ria.

Davy apoiou o peso do corpo de um pé para o outro, e então deu um tapinha no ombro de Elaine.

– Vou dar uma olhada nas revistas.

– Está bem. Não vou demorar – disse ela, mas, do que jeito que as coisas estavam indo, ele duvidava.

Procurou outros funcionários do Albertson's a quem reconheceria enquanto atravessava o corredor de sopas e passava para a parte da frente da loja, mas não viu ninguém. Ao chegar à parte das revistas, lançou um olhar rápido para o jardim – e seu coração quase parou.

Daisy Maria Ramirez estava na sua mesa, cuidando das flores de novo.

Sem a intenção de encará-la, ou pelo menos sem querer ser flagrado, Davy pegou uma revista – com um caminhão grande na capa – e espiou por cima dela. Sua respiração ficou acelerada.

Ela vestia uma blusa cor-de-rosa que se destacava de maneira bonita contra sua pele morena. Os cabelos estavam presos em um rabo de cavalo baixo, e ele conseguiu ver seu rosto melhor do que antes. Os traços eram delicados, como os de uma fada, pensou, ou um anjo.

Foi então que olhou para as mãos dela, com dedos delicados de fada. Observá-la pegar e girar a espuma, de um lado a outro, prendendo uma flor aqui e outra ali – rosas amarelas, gladíolos e cravos, naquele dia –, era como ver alguém tocando piano, ou observar Edward Mãos de Tesoura cortar uma árvore em determinada forma. Davy adorava Edward Mãos de Tesoura porque sabia sobre ser diferente – e ao menos ele tinha sua arte. E era o que Daisy Maria Ramirez também tinha. Arte que vinha de suas mãos, e também dos olhos, ele pensou, já que nunca se desviavam das flores.

Gostaria de conhecê-la, assim como conhecia Paul, o açougueiro, ou o sr. Pfister. Gostaria de poder se aproximar, dizer oi e fazer com que isso parecesse normal. Mas sua barriga doía muito – sabia que não seria normal. Gostaria de ser mais como Nick, que sabia falar com as garotas. Claro, Davy havia visto apenas uma ou duas vezes – Nick era discreto com essas coisas –, mas acreditava que o irmão tinha várias namoradas. Às vezes, quando estavam em algum lugar, uma garota chamava o nome dele ou se aproximava e, apesar de Davy nunca ter escutado Nick dizer nada que parecesse especialmente brilhante, percebia que Nick sabia o que fazer, e que estava dando certo.

Tentou imaginar o que Nick diria a Daisy e procurou lembrar-se dos cumprimentos que já o ouvira usar em tais situações.

Oi.
E aí?
Está bonita, como sempre.

Ainda assim, Davy não conseguia imaginar-se dizendo aquelas frases, já que Nick sempre as dizia com um certo brilho no olhar, como se estivesse dizendo outra coisa.

Davy suspirou e observou as mãos de Daisy, que se moviam quase ritmicamente. Então, tentou pensar em outras frases, coisas que inventou.

Gosto de observá-la trabalhando.

As flores são bonitas, mas você as deixa mais bonitas ainda.
Você combina com o jardim, porque é a flor mais linda de todas.

Respirando fundo, fechou a revista com o caminhão na capa e devolveu-a à prateleira, e então treinou as frases em sua cabeça de novo. Decidiu-se pela primeira por ser simples e muito verdadeira.

Então, virou-se e caminhou cheio de coragem em direção a ela – mas estava atrasado; ela já se afastava na cadeira de rodas.

NOVE HORAS E O SOL DESCIA DEPRESSA NO HORIZONTE. Uma canção de um CD antigo de Prince ressoava no quintal pelos alto-falantes externos enquanto Lauren flutuava de costas nua sob o céu escuro, com feixes de luz iluminando a água da piscina sob ela, tornando-a turquesa. Costumava às vezes nadar nua à noite devido à sensação de liberdade que sentia e porque o muro ao redor do quintal tornava tudo muito seguro. Assim como o diário de fantasias sexuais, era uma maneira cautelosa de extravasar um pouco de sua sensualidade.

Claro, sequer havia pensado em nadar nua na piscina desde que Nick Armstrong entrara em sua vida. Mas ao chegar tarde em casa e perceber que a van de Nick não estava mais lá, e encontrar tudo silencioso à exceção dos miados da gata, sentiu-se tão feliz que quis se deliciar. Agora, podia esperar por um fim de semana de paz.

Apesar de ter imaginado que relaxar na piscina faria com que se esquecesse dele por um tempo, ele permanecia ali, como uma mancha que ela não conseguia apagar. Infelizmente, fugir não resolvera aquela parte do problema. Então, talvez fosse mais construtivo dar algumas voltas lentas na piscina; quem sabe um pouco de exercício ajudasse a afastar suas frustrações. Começou a dar braçadas de costas, observando o modo como a escuridão se espalhava depressa pelo céu.

Antes, havia sido fácil convencer-se de que Nick era apenas mais um fracassado arrogante e grosseiro e que ela poderia resistir a ele. Agora, já não era tão simples. Na praia, resistir fora algo muito próximo do impossível. Ela torcia para que ele fizesse o que disse que faria – esquecer – e parasse de encará-la com os olhos escuros e sensuais, deixasse de esperar que ela fosse uma maníaca sexual que não era. Quando se virou no fim da piscina, pensou que tinha sido muito esperta ao sair de casa naquele dia.

Claro, trabalhar no escritório não fora nada agradável. Phil havia perguntado por que decidira ir embora cedo da festa, e ela se viu inventando a desculpa de que estava com dor de cabeça e havia fumaça demais no salão. Então seu pai insistira em levá--la para almoçar quando preferiria ter comido sozinha, pois não estava de bom humor.

Ele também perguntara sobre a noite anterior.

– Você não estava agindo normalmente quando a vi na frente da casa do Phil. Estava se sentindo mal? Com quem estava naquela moto?

– Eu só... tive uma briguinha com um cara que estou paquerando. Nada de mais. – Por algum motivo, desculpas como dor de cabeça e mal-estar começavam a ser insuficientes, até mesmo para ela.

– Quem era o cara da moto? – perguntou o pai. – Alguém que eu conheço?

Ela enfiou um pouco de salada na boca para poder fazer uma pausa.

– Não, pai, é um prestador de serviços. Um pintor.

O pai inclinou a cabeça para o lado.

– Desde quando você sai com prestadores de serviço?

Lauren riu.

– Um só, não todos eles. E desde que conheci um, só isso. Não tem nada de mais.

Aquilo fora o suficiente para calar o pai, felizmente. A relação deles costumava ser aberta o suficiente a ponto de ele confiar que a filha contaria se houvesse alguma coisa errada, e ela provavelmente o faria se não tivesse a ver com sua vida sexual, uma área que não queria expor ao pai.

Sadie também a interrogara – não a respeito da festa, mas sobre a decisão de trabalhar no escritório. Cansada de inventar desculpas para mascarar a verdade, acabou sendo honesta:

– Houve algo com Nick Armstrong ontem à noite e quis ficar longe de casa hoje enquanto ele está por lá.

Sadie arregalou os olhos e chegou a inclinar-se para tocar no braço de Lauren.

– Você está bem, querida? Está tudo certo?

Mordeu os lábios e assentiu com a cabeça, sentindo-se culpada por dar a entender que ele pudesse tê-la obrigado a fazer algo, o que não poderia ser menos verdadeiro.

– Foi minha culpa, Sadie, não dele. Mas eu queria mudar um pouco de cenário, sabe?

– Sim, claro – respondeu Sadie, ainda com um olhar preocupado. – Mas lembre-se de que estou aqui caso queira conversar ou qualquer outra coisa, tá?

Lauren sorriu e agradeceu, desejando mesmo *poder* contar a Sadie sobre Nick, mas era tudo muito íntimo. Tentara falar a respeito com Carolyn na noite anterior, ao telefone, mas logo percebera que alguém que não encarava o sexo da mesma maneira não poderia nem entendê-la, nem ajudá-la. Enquanto Carolyn ocupava um extremo do assunto, Sadie parecia estar muito mais próxima do extremo oposto. Ou seja: estava sozinha nessa.

Virando-se na parte mais funda da piscina e retomando o nado de costas, Lauren viu as estrelas no céu, o escuro da noite aumentando sua solidão. Seu corpo movia-se com precisão pela água. *Pense em outra coisa, algo que não tenha a ver com Nick Armstrong.* Fácil falar, claro, principalmente com Prince e suas músicas sexy e cheias de insinuações.

E Monet. Volta e meia lembrava-se do fato de que ele conhecia as obras de Monet, como se um sussurro tentasse lhe dizer que havia mais a respeito dele do que a aparência.

Depois de outras duas voltas, Lauren sentiu-se mais calma, mais em paz. Ele ainda ocupava sua mente, claro, mas ela refugiava-se na ideia de que a noite era só dela. Entrar, vestir um roupão e aconchegar-se com um bom livro e Isadora (se a gata estivesse disposta) parecia um pedaço do paraíso.

Aproximando-se do lado raso da piscina, Lauren apoiou os pés no chão e ficou de pé, usando as duas mãos para ajeitar os cabelos para trás. A água escorria por seus braços, seios e barriga enquanto caminhava em direção aos degraus.

Foi então que percebeu a grande sombra junto à porta dos fundos.

Nick.

Surpreendentemente, ela não se retraiu.

Ele vestia outra camiseta escura e jeans desbotado. Segurava a toalha branca e grossa dela em uma das mãos e uma rosa na outra enquanto a observava. E a observava só Deus sabe há quanto tempo.

Entrou em pânico por dentro, mas se recompôs para não deixar que ele percebesse. Pelo menos uma vez, não permitiria que ele visse o efeito que tinha sobre ela, nem mesmo quando ele invadira sua privacidade, vendo-a nadar nua.

Concentrou-se em manter a respiração constante enquanto caminhava e fluidamente subia os degraus, com mais água escorrendo por sua pele enquanto os olhos dele absorviam todos os segredos de seu corpo. Mas não podia pensar naquilo, não podia permitir que nada a atrapalhasse naquele momento. Queria posar de impassível, de poderosa.

Mas então – ai, Deus! A rosa que ele segurava. Mesmo à luz fraca do quintal, ela viu que a flor era de um tom cor-de-rosa muito claro.

Como ele podia saber? O que aquilo significava?

Respire. Puxe o ar. Solte. Continue andando. Calma, fique calma.

Mas ver a rosa quase estragou tudo, quase fez com que ela demonstrasse seu susto e constrangimento. Estava começando a parecer que suas fantasias não eram mais só suas, como se fossem algo compartilhado, apesar de nunca tê-las dividido com outra viva alma. Mal conseguia unir pensamentos coerentes ao aproximar-se dele, concentrando-se na rosa pálida. A palavra *sina* lhe ocorreu. Seria *possível* que aquilo fosse algo estranho, mágico e cósmico, além de sua compreensão? Naquele momento, já não achava que era loucura.

Parou diante dele e encarou-o nos olhos – não havia outra escolha; seu olhar era um ímã. Sem dizer nada, ele entregou a toalha e ela se cobriu, segurando-a com uma das mãos sobre os seios. Ter enrolado-se na toalha não fez com que o olhar dele ficasse menos penetrante – e ela se deu conta de que caminhava na direção dele e da toalha com a impressão de que isso iria ocorrer. Mas o olhar dele *sempre* a afetava daquele jeito, e a nudez não tinha nada a ver com isso.

Ofereceu a rosa, e ela aceitou, tomando cuidado com os espinhos. *Uma cor pálida.*

– Por que trouxe isto?

– Para me desculpar por ontem à noite. – A voz dele continuava tensa e sedutora como na praia.

– Não, por que você trouxe *isto*, exatamente? Por que escolheu esta rosa?

Ele inclinou a cabeça e olhou no fundo dos seus olhos. Apesar de desconcertante, aquele olhar também fazia com que se sentisse a mulher mais bela e cativante do mundo.

– Ela me fez pensar em você.

Sina. A palavra girava em sua mente enquanto olhava de novo para a flor, com as pétalas totalmente abertas. Era a exata imagem da sua fantasia. *Continue respirando, Lauren. Apenas respire.*

– Não sabe que é perigoso nadar assim? Que qualquer pessoa pode entrar?

Ela semicerrou os olhos para ele.

– A maioria das pessoas toca a campainha.

– Eu toquei.

– Então, a maioria desiste e vai embora quando não é atendida.

– Não sou como a maioria.

– Estou percebendo.

– E não desisto fácil.

– Estou percebendo isso também.

– Quanto a ontem à noite... – ele começou.

Ela ficou olhando para ele. Desejava que a noite de ontem ficasse no passado, para trás, mas não seria assim. A rosa entre seus dedos fazia com que lembrasse, mais uma vez, que nada era simples com aquele homem; na verdade, tudo parecia estar se tornando cada vez mais complicado.

— Você disse para esquecer – disse ele –, mas não vai dar.
Ela respirou profundamente e soltou o ar aos poucos.
— Por quê?
Ele falou baixo, de modo determinado.
— Porque a desejo com tanta intensidade que mal consigo respirar.

O vento da noite parou de soprar quando as palavras dele passaram por ela como uma descarga elétrica. Queria afastar o olhar do dele, mas não conseguia – também o desejava. Era um sofrimento, e *vinha sendo* um sofrimento desde que o conhecera. Ele era exatamente o último homem de que ela precisava, e sabia disso... mas estaria começando a ver sentimentos dentro dele? Trouxera-lhe uma rosa – *a* rosa. Ainda não conseguia entender como aquilo podia estar acontecendo, mas talvez as perguntas estivessem começando a não importar tanto quanto as respostas que ela já tinha.

No dia anterior, Carolyn havia dito a ela que talvez pela primeira vez na vida pudesse se esquecer do significado e pensar apenas na diversão. Em seu corpo, em suas necessidades físicas. Só Deus sabia o quanto ela o desejava, o quanto queria a entrega que só ele poderia proporcionar. Mas o quão arrasador seria passar por cima do que acreditava, permitir que o sexo não fosse nada além de um ato físico, nada de importante quando terminasse? Como poderia permitir a si mesma fazer isso? Como poderia se arriscar assim?

Lauren respirou fundo ao perceber que, devido a toda a incerteza relacionada a Nick, simplesmente dizer sim a seus desejos exigiria muito mais força de que outra mulher precisaria para dizer não – porque era muito contrário a tudo em que acreditava, a tudo que considerava sagrado entre um homem e uma mulher. Dizer sim não era a resposta fácil, mas a difícil. Dizer sim não era entregar-se; era mostrar-se, ousar, ser mais corajosa do que já tinha sido em qualquer outro momento de sua vida.

Desejava Nick Armstrong com toda a intensidade de seu ser, e quebrar todas as promessas que já tinha feito a si mesma, de repente, pareceu tão fácil como... soltar a toalha.

O tecido caiu ao redor de seus pés, mas Nick não parou de olhar nos olhos dela.

Seus lábios tremiam; o medo e a ansiedade a dominavam.

Nick pegou a mão livre dela e a levou aos lábios. Beijou a palma e então, lentamente, levou-a a tocar a parte da frente de sua calça jeans. O toque fez com que ela se sobressaltasse. Meu Deus, ele estava tão duro, tão pronto, e era tudo para ela.

– Beije-me – sussurrou ela, desesperadamente.

Ele levou as duas mãos ao rosto dela ao beijar-lhe os lábios com firmeza e tesão, e a língua adentrou-lhe a boca num beijo intenso. Sem pensar, acariciou-o por cima da calça, e então ouviu o gemido dele enquanto a beijava.

Suspirando de um modo sensual, indicativo de que ela mexia com ele tanto quanto ele mexia com ela, Nick envolveu o corpo nu dela em seu colo e virou-se em direção à porta. Com uma mão, abriu-a e levou Lauren para dentro.

Isso está acontecendo, ela pensou, *está acontecendo mesmo. E estou permitindo*. A ansiedade se misturava a alívio pelo fim do suspense. Os três dias em que ela o conhecia mais pareciam três anos. Finalmente, ela o teria.

Passando os braços pelo pescoço dele enquanto caminhava, ela o puxou para mais um beijo apaixonado. Não era o momento de ser tímida ou agir devagar. Um beijo transformou-se em outro até Nick atravessar a sala de estar e sentar-se em uma poltrona de couro branco enquanto ela se posicionava sobre ele.

Deixando a rosa sobre uma mesa ao lado, ela procurou algo a dizer, alguma maneira de fazer com que aquilo parecesse mais do que era, mas não conseguiu. Desejava que aquilo fosse mais do que sexo, até mesmo naquele momento, mas não era.

Nick pareceu ler sua mente.

– Não diga nada. Só deixe acontecer.

As mãos ásperas dele percorreram o corpo dela e, quando chegaram às nádegas, ergueram-na de modo que ficasse de joelhos. Ela se levantou para ele, observando enquanto ele beijava seus seios, e arqueou as costas e levantou os braços acima da cabeça para dar mais acesso.

"Little Red Corvette", do Prince, tocava no rádio, lenta e sensual, lembrando-a de que estava indo muito depressa, de que tudo aquilo estava rápido demais, mas a razão e a decisão já não importavam mais.

Enquanto uma das mãos de Nick segurava um dos seios que ele lambia, a outra passou por trás da coxa de Lauren, e ele afundou os dedos entre as pernas dela. Ela se remexeu e gritou, surpresa com a primeira invasão, mas quando ele escorregou dois dedos para dentro e para fora dela, foi tomada pelas sensações e começou a se mexer sobre eles.

– Ah, Nick – ela estava ofegante, e ouviu quando disse o nome dele. Era tudo o que tinha dele, tudo o que realmente sabia dele. Era a única conexão que tinha com ele.

– Shh, linda – ele murmurou contra o seio dela, e então soprou sobre o mamilo, fazendo com que prendesse a respiração.

Afundando no colo dele, Lauren passou as mãos por seus cabelos e o puxou para um beijo intenso. Os dedos dele dentro dela haviam-na enlouquecido, e ela queria ir mais fundo e mais depressa. Cada poro de seu corpo exalava excitação, e ela começou a se esfregar na calça dele, ansiosa para entrar em contato com aquele membro incrivelmente rígido. Ele tirou a mão, moveu-se com ela, com as mãos em seu traseiro, puxando-a contra ele, enquanto continuava beijando-a. Ele mordeu os lábios dela uma vez, fazendo-a gemer, e então ela mordeu os dele e segurou por mais tempo.

– Isso dói – murmurou ele.

Inclinou-se para sussurrar no ouvido dele.

– Mas também é bom.

– Sim.

Ela desceu os lábios pela orelha dele.

– Quero você, Nick – disse ela, aceitando totalmente o que acontecia naquele momento. Não havia como escapar.

– Abra meu zíper.

A respiração de Lauren ficou ainda mais ofegante quando levou as mãos à frente da calça jeans dele. Esforçou-se para abrir o primeiro botão e então desceu o zíper rapidamente; quando a calça foi aberta, a ponta de sua ereção saía pelo cós da cueca cinza.

– Não pare aí – sussurrou ele, lentamente, tão ofegante como ela.

Entreolharam-se e Lauren mordeu o lábio, reunindo o resto de coragem que ainda tinha. Olhou para baixo e, com as duas mãos, puxou o elástico da peça.

O som sussurrado que ouviu foi seu suspiro. Ele era incrivelmente grande e lindo. Ela deveria ter receio, porque nunca estivera com um homem que ficasse assim quando excitado, mas em vez disso o desejou ainda mais.

– Meu Deus, Nick. Eu...
– Não – ele sussurrou. – Não diga nada.

Ela queria tocá-lo, mas não teve coragem. Então, levantou a camiseta e correu as mãos sobre seus mamilos rígidos, sua barriga de músculos definidos. Enquanto o apalpava, desceu as mãos pelo abdome sem nunca deixá-las desviarem em direção à coluna dura como pedra ao centro, mas acariciando-o apenas à margem dela.

Com os lábios trêmulos, o tesão aumentando cada vez mais, pensou em sua fantasia... e pegou a rosa que estava na mesa ao lado. Segurando o caule com cuidado entre os dedos, levou a flor à base do pênis dele.

Sentiu quando ele ficou tenso, ouviu sua respiração forte. Ela também respirou forte. Então, lentamente correu as pétalas macias pela extensão dele até chegar à ponta, onde usou a rosa para absorver uma gota de lubrificação.

Quando Nick estremeceu e fechou os olhos, Lauren sentiu um poder com o qual apenas ousara sonhar em sentir com ele. Quando ele voltou a abrir os olhos, com o olhar mais intenso que ela já vira, não quis falar mais nada.

Nick pegou a rosa e a deixou de lado no carpete. Então, apoiando as mãos no traseiro dela, ele a ergueu para si, deixando a ponta de sua ereção perto da entrada sedenta dela, concedendo-lhe a oportunidade de mudar de ideia.

Não, de jeito nenhum. Ela balançou a cabeça e sussurrou:
– Não me faça esperar.

Lauren apoiou as mãos nos ombros dele e olhou para aqueles olhos escuros e perigosos. Nick pressionou o quadril dela, puxou-a para baixo, contra ele. Ela gritou quando sentiu a dor – já fazia muito tempo desde sua última experiência sexual –, mas o forte prazer, a completude de senti-lo inteiro dentro dela, acabou com qualquer desconforto num piscar de olhos.

Sentiu vontade de sussurrar o nome dele, de gritar coisas malucas, como "Eu te amo", porque era isso o que fazia quando se entregava a um homem. Mas aquilo não era fazer amor, e ela precisava lembrar-se disso o tempo todo. Era apenas sexo, tinha a ver apenas com a sensação física, com prazer. E era incrível, intenso e delicioso, e Lauren procurou concentrar-se nisso. Tinha total noção do tamanho dele ao senti-lo dentro dela. Sentia o quão molhada estava, podia ouvir seu próprio corpo. Estava totalmente ciente do que faziam, mas continuava olhando nos olhos de Nick e enfim entregou-se a todas as sensações quentes, sensuais e pornográficas do ato.

Não demorou muito para ela sentir a excitação aumentar, sentir o tesão fazê-la escalar uma montanha de calor e prazer e entrega. Então o ritmo diminuiu – ela encarou os olhos de Nick com desejo enquanto movia-se sobre ele com movimentos circulares apertados e deliberados, despertando tudo dentro dela. Oh, sim.

– Ah, meu Deus – disse ela quando começou a gozar. Havia chegado ao pico da montanha, e agora descia depressa e com fúria, sem qualquer controle. – Oh, Nick! Ah! – Ela se esqueceu do mundo por um momento e deixou o prazer tomar conta de seu corpo, percorrê-lo inteiro.

E então tudo terminou, e Lauren sentiu-se esgotada, aliviada, mas totalmente ciente do que havia acabado de acontecer, do que havia feito. O orgasmo havia chegado ao fim, mas os sentimentos que deixara nela estavam apenas começando.

Era impossível – devia ter sabido! Era impossível para ela transar com alguém sem sentir aquela ligação forte e inquebrável, e era o que sentia naquele momento por Nick, rápido assim. Nos poucos segundos de orgasmo, ela havia se rendido não apenas à sensação, mas também à paixão.

A necessidade era mais do que física agora; por mais que não fizesse sentido, simplesmente era assim. Inclinou-se para encostar a cabeça no ombro dele e torceu para não chorar. Ele passou as mãos pelas costas dela e disse:

— Caramba, você é linda. — Ela deixou aquilo satisfazê-la, permitiu que fosse o suficiente para ir adiante.

— Quero fazer você gozar também. — Nada planejado, o sussurro à orelha dele fez com que estremecesse sob ela.

— Ah, linda — ele sussurrou com intensidade, respirando fundo. — Ah, linda, assim. — E então, estremeceu mais uma vez, pressionando o quadril dela com força, e ela o sentiu gozando dentro dela. E pensou: *Meu Deus, não usamos camisinha!*, ao mesmo tempo em que concluía: *Que bom, assim consigo senti-lo por inteiro*.

Quando ela se afastou, ele levou as mãos grandes ao rosto dela, beijou-a com intensidade e a fitou de maneira penetrante. Lauren pensou que aquele momento congelado no tempo nunca acabaria, e quase desejou que não terminasse. Estava fazendo com que ela se sentisse bela de novo.

Ele enfim desceu as mãos à cintura dela para erguê-la. Levantou-se sem jeito, tentando imaginar o que viria a seguir, e de repente sentiu-se mais ciente de sua nudez do que nunca desde que ele chegara.

Nick ficou de pé, vestindo a cueca, subindo o zíper. Em seguida, foi até onde havia jogado a rosa e abaixou-se para pegá-la. Entregou-a a ela, que aceitou mais uma vez, mas espetou o dedo em um espinho. Gemeu de desconforto e encontrou um lugar melhor para segurar o caule.

— Cuidado — sussurrou ele.

Os dois se entreolharam e, pela primeira vez, Lauren pensou ter visto algo naqueles olhos além de tesão. Algo como tristeza, desespero, preocupação... Algo que não conseguia entender.

— Nick, eu...

— Shhh — ele levantou um dedo à frente dos lábios dela, com delicadeza.

Então, virou-se na direção da porta dos fundos e saiu.

Deixou-a ali, sem nenhum outro beijo, sem nenhuma outra palavra, sem nada que pudesse manter além daquela rosa que, até aquela noite, tinha sido apenas imaginária.

CAPÍTULO 8

As mãos de Lauren tremiam quando ela pegou um vaso em um armário alto e abriu a torneira para enchê-lo pela metade, colocando a rosa dentro da abertura estreita ao segurá-la em uma das mãos e usar a outra para guiar o caule.

Também tremera enquanto tomava um banho e tremera enquanto se vestia, trocando o roupão por um pijama comprido de cetim. Precisava de roupas em seu corpo, envolvendo-a. Queria cobrir-se, esquecer-se de seu corpo e do modo com que ele o havia tocado, o modo com que ele a fizera se sentir.

Pensou em jogar a rosa no lixo. Afinal, estava um tanto amarrotada, e o gesto de entregar aquela rosa a ela tinha sido estragado pelo modo com que Nick havia saído de sua casa. Ainda assim, por ser a rosa de sua fantasia, Lauren não conseguira descartá-la. Se conseguisse, talvez ficasse convencida de que aquilo nunca havia existido, de que ela havia imaginado. Ainda não conseguia acreditar que ele havia escolhido uma rosa clara. Balançando a cabeça, surpresa, levou o vaso ao mantel, colocando-o entre uma vela grossa e um aparador de livros de latão no formato de um gato.

Perdida, sem saber como retomar a vida normal, Lauren deu um passo para trás, ainda olhando para a flor, até se sentar no sofá de couro que combinava com a poltrona onde eles tinham acabado de transar. Olhou para a poltrona quase sem acreditar. E, realmente, não teria acreditado se não fosse a rosa como prova. Poderia ter se convencido de que era apenas um sonho intenso e selvagem. Uma fantasia como aquelas de seu diário.

Suspirando, pensou: *O que eu pretendia fazer esta noite?* Ah, sim, deitar com um livro e a gata. Mas não tinha esperança de se concentrar em um livro naquele momento, e a gata havia desaparecido; não via Izzy desde a chegada de Nick.

Bem, parecia não existir possibilidade de seguir em frente, de agir normalmente. Finalmente parara de tremer, mas seu peito ardia de um modo que ela conhecia bem: coração partido. Fechou os olhos, mas não foi o suficiente para impedir que uma lágrima rolasse por seu rosto.

Uma coisa fora entender que transar com ele seria um erro terrível porque seu coração se envolveria, porque sentiria aquele baque emocional que temera a noite passada e porque sabia, pelos olhos dele, que não dividiam nada além de sexo. Mas nunca pensara – nem mesmo uma vez – que ele simplesmente iria embora, que nem a abraçaria um pouco, que nem conversariam depois.

– Mas o que diabos você esperava? – murmurou a si mesma em voz alta, irritada com suas atitudes meiguinhas. Sem contar Monet e rosas, ela sabia o tipo de homem que ele era, sabia que não deveria esperar o carinho e a proximidade que desejava – por isso ela interrompera o que acontecia na praia, naquela outra noite. Ainda assim, havia trocado aquela doçura por sexo, pelo ato, por um orgasmo, pela sensação de tê-lo dentro dela. Claramente, esquecera como doía compartilhar aquele momento e, ao fim de tudo, ver o homem partir.

NICK ENTROU COM O JIPE NA GARAGEM e subiu as escadas até o apartamento com rapidez. Não queria tê-la deixado, mas algo dentro dele o obrigara a fazê-lo. Tinha um plano, um plano para provar ser digno dela, mas nunca se dera o trabalho de imaginar um *fim* para esse plano. E, quando o momento chegara, não fora capaz de esquecer que ainda não era digno para ela, pelo menos não na cabeça *dela*. Para Lauren, ele era apenas um pintor, um ninguém e, *especialmente*, não seria digno dela se soubesse quem ele *realmente* era. Então, enquanto ela o fitava com os olhos intensos como o céu da noite, sentiu o velho rancor dentro de si tomar conta dele, e então partiu.

Entrou no apartamento silencioso e não se deu o trabalho de acender as luzes. Simplesmente foi ao segundo quarto vazio – o que pretendia transformar em escritório quando tivesse a oportunidade – e olhou pelas janelas para o mar escuro. As janelas ficavam na mesma parede que as de seu quarto, mas, às vezes, ele ia ao cômodo desocupado à procura de solidão. Gostava da simplicidade dali, das paredes vazias e do piso de madeira sob seus coturnos. Ali, a vista era só o que importava; dava a sensação de que, passando pela janela, era possível andar sobre a água eternamente. Tinha movimento, como uma tela, como um Monet da vida real.

Passou a mão pelos cabelos, sentindo todos os músculos de seu corpo tensos. A pergunta não o deixava em paz. Por que diabos havia partido?

Então, uma resposta terrível o atingiu.

Teria feito isso para feri-la? Feri-la da maneira como ela o havia ferido ao chamá-lo de ninguém?

Talvez por isso pedisse a ela para não falar. A emoção expressa na sua voz suave havia feito com que tudo parecesse... mais real, havia feito com que *ela* parecesse mais real, não apenas a boneca Barbie filha do homem que arruinara sua família. De repente, não quisera ouvi-la dizer seu nome, não quisera permitir-se acreditar por um segundo sequer ser para ela mais do que um ninguém. Enquanto fosse um ninguém para Lauren Ash, os sentimentos dela não seriam sua responsabilidade. Mas se aquilo mudasse, se deixasse de acreditar... as coisas ficariam infinitamente mais complicadas do que já estavam.

Uma outra questão não o deixava em paz, e ele não conseguia evitá-la. Se queria feri-la, seria apenas porque ela o havia chamado de "ninguém"? Ou seria também por causa dos pais deles, por causa do passado? O que houvera entre as duas famílias não havia sido culpa dela, mas de alguma maneira ele quisera feri-la para vingar-se de como os Ash haviam ferido os Armstrong?

Cerrou os punhos, frustrado, e desejou ver mais do que o brilho cruzando a água ocasionalmente, queria algo que o tirasse daquela confusão, que o relaxasse. Qual era o problema, afinal? Por que estava tão tenso? O que mais queria além de seduzi-la?

Havia conseguido o que desejava desde que a conhecera, e tinha sido espetacular. Gostaria que tivesse durado mais, mas, quando ela gozou, quando viu o doce êxtase tomar conta do rosto dela, do seu corpo, aquilo fora demais para ele. E quando ela sussurrara seu desejo de também fazê-lo gozar... ela o fizera.

Ainda assim, mesmo tendo dito na noite anterior que queria sexo com compromisso, ela não desejaria isso com *ele*, não se soubesse quem ele era. Além disso, ele deveria acreditar que ela queria um relacionamento longo e significativo com um pintor de casas? Não, não aconteceria. Nunca. Diabos, ele tivera todos os motivos para ir embora, para tratar a coisa como era: sexo sem compromisso.

Soltou um longo suspiro. *Ah, merda.*

Talvez quisesse sentir um gosto de vingança, de que você-me-feriu-e-vou-ferir-você-de-volta, mas isso não o deixara satisfeito de jeito algum. Por que cada atitude sua em relação a essa mulher o enchia de remorso?

Num ímpeto, foi ao armário do quarto vazio, empurrou a porta de correr e puxou uma pequena corrente que acendia uma luz ali dentro. Era onde guardava restos de tinta, latas de cores que tinham sido abertas, mas não usadas por completo.

Viu uma pequena lata de cor-de-rosa – uma das cores preferidas na Flórida, a mesma que estava recobrindo na casa de Lauren – e, embaixo dela, uma lata maior de marrom. Eram as tintas erradas, mas ele poderia fazer com que funcionassem, afinal.

Ao sair do cômodo, foi em direção ao armário do seu quarto, acendendo luzes pelo caminho. Procurou na estante do alto, em meio a cadernos do tempo de escola e uma caixa de fotos antigas, e encontrou um conjunto velho de pincéis que a mãe havia lhe dado em seu 11º aniversário. Na época, ele agiu como se aquilo fosse um presente idiota – todos os amigos estavam lá para comer bolo e tomar sorvete, e ele tinha que manter sua reputação –, mas no fundo gostou deles e os usava. Estavam tão velhos agora, no entanto, que poderiam desfazer-se ao menor toque.

Mesmo assim, sabendo que demoraria horas até se cansar o suficiente para dormir, e ainda desesperado por uma distração para esquecer o que fizera a Lauren, abriu a caixa e voltou para o quarto vazio.

AINDA NÃO ERAM CINCO DA MANHÃ DA SEGUNDA-FEIRA quando o telefone tocou, acordando Nick. Estendeu um braço de debaixo do travesseiro e encontrou o telefone na mesa de cabeceira.
– Oi?
– Nicky, sou eu. – Elaine.
– O que foi...?
– Estamos no hospital.
Sentiu uma onda de pânico.
– Davy está bem?
– Tudo bem com Davy – disse ela, cobrindo-o com uma onda de alívio. – É o pai. Teve um ataque, está com dificuldade para respirar. Está passando por exames agora. Você pode vir?
Meu Deus.
– Que hospital?
– Morgan Plant. Estamos na Emergência.
Meia hora depois, Nick entrou no local sentindo-se péssimo. Davy correu até ele, vestindo um pijama de algodão e uma camiseta do Tampa Bay Buccaneers, com os olhos vermelhos e o rosto molhado de lágrimas. Nick abraçou-o.
– Ele vai ficar bem, Davy, não se preocupe, está bem?
Davy assentiu corajosamente, e Nick admirou-se ao ver o quanto o irmão confiava em suas palavras, mesmo em um momento como aquele, em que não fazia *ideia* se o pai ficaria mesmo bem.
Elaine levantou-se da cadeira da sala de espera.
– Os médicos acabaram de passar – contou, parecendo ansiosa. – Disseram que foi uma falência cardíaca.
Nick se retraiu – pensava que o velho estava inventando tudo aquilo.
– Falência cardíaca? – ele passou o braço pelos ombros de Davy.

— Disseram que o sangue está se acumulando no caminho dos pulmões ao coração, deixando os pulmões congestionados. Mas talvez não seja tão ruim como parece. Disseram que, normalmente, isso pode ser controlado com remédios.

Nick assentiu, um tanto confuso pelo que imaginara ser um alarme falso.

— Eles também disseram que pode ser um sinal de outra coisa. Cardio... miopatia, eu acho.

Nick soltou um suspiro, arregalando os olhos.

— E o que diabos é isso?

— Tem a ver com falta de nutrientes — ela explicou, e passou a falar mais baixo. — No caso do pai, eles acham que pode estar ligado ao álcool.

— Ah — disse Nick, recostando a cabeça. Por um minuto sentira pena do velho, mas as coisas mudaram ao ouvir a última informação. A bebedeira do pai havia custado, para todos eles, mais do que Nick conseguia mensurar. Agora, talvez custasse ao pai o que restava de sua saúde. Nick não se surpreendeu, já esperava por aquilo havia anos; apenas achava que seria o fígado, não o coração. Mas tentou não ser desagradável, ou pelo menos não demonstrá-lo, para poupar Davy e Elaine.

Uma hora depois, Nick havia conversado com os médicos, que voltaram a explicar tudo o que ouvira de Elaine, porém com mais detalhes. Mas só registrou que agora o pai teria também despesas médicas para se preocupar. O baixo salário que recebia na loja de iscas na qual trabalhava meio período não resolveria, muito menos o seguro chinfrim que o emprego pagava. E ele teria médicos, consultas e remédios, e cuidar de tudo isso acabaria recaindo sobre Elaine. Nick tinha um negócio para cuidar, um negócio que sustentava todos eles, e, como Elaine não trabalhava para poder cuidar de Davy, tinha mais tempo para essas tarefas desagradáveis.

Quando os médicos saíram, depois de dizer que o pai precisaria passar a noite em observação para realizar alguns exames e começar a tomar a medicação, Nick virou-se para a irmã e disse baixinho:

— Vou tentar ajudar um pouco mais do que sempre, Lainey.

Mas ela apenas balançou a cabeça.
– Você ajuda bastante, Nick, de diversas maneiras.
Ela se referia a dinheiro. E a cuidar da casa. Ele suspirou e deu um leve meneio de cabeça.
– Vocês ficarão bem aqui se eu for embora?
– Sim. Pode ir. Sei que precisa trabalhar.
– Certo – disse Nick, e então olhou para Davy. – Preciso ir, amigo. Mas, ouça, que tal se eu sair mais cedo do trabalho para irmos à marina observar os caras trazendo os peixes? Depois, podemos comer pizza no Post Corner.

Os olhos de Davy se iluminaram. Adorava ver os barcos trazerem os peixes. E o Post Corner era uma das pizzarias favoritas deles desde a infância.

– Legal!
– Vamos ficar mais um pouco aqui – emendou Elaine –, mas farei o possível para estarmos em casa até o fim da tarde.

Enquanto Nick seguia para a porta, Elaine segurou seu braço.
– O que foi? – perguntou ele. – Preciso correr se quero levar o Davy à marina a tempo.

Ela ficou na ponta dos pés para dar um beijo no rosto do irmão. Às vezes fazia isso, ficava toda amorosa, mas ele só revirou os olhos. Não gostava de coisas melosas.

– Para que isso?
– Só para que você saiba que nem sempre é um cara mau.
Ele revirou os olhos de novo e disse:
– Puxa, obrigado! – Mas teve a impressão de que sua reação mostrava algo mais sensível do que pretendia. – Vou nessa – disse a ela, e saiu pela porta.

Como havia decidido sair mais cedo do trabalho, precisava ir para casa, trocar de roupa e ir até a residência de Lauren para pintar o máximo que conseguisse. Enquanto dirigia, pensou no que acabara de acontecer – mais um pequeno desastre na vida deles, mais um pequeno tornado varrendo tudo, e ainda veriam o que seria derrubado.

Maldito Henry Ash, pensou, permitindo que uma conhecida raiva aumentasse dentro dele enquanto seguia para seu apartamento. Sem a traição de Henry, seu pai nunca teria se tornado o alcoólatra inútil que era hoje. Seu pai não teria cardiomiopatia nem falência cardíaca. Davy teria uma vida normal, Elaine teria feito faculdade e todos viveriam mais próximos da realidade de Lauren.

Merda. Não pretendia se chatear com aquilo de novo. Mas esquecer era impossível. Dentro da van, a caminho de Bayview Drive, rangia os dentes de frustração por sua vida e de raiva pelo homem que fizera com que ela saísse dos trilhos.

NICK ESTAVA TENDO UM DIA PÉSSIMO. Claro, era de se entender, considerando como havia começado, mas nada dera certo depois de chegar à casa de Lauren. Para começar, derramara meia lata de tinta pérola nos fundos da van, o que, além do desperdício, resultou numa tremenda bagunça. Havia removido o que conseguira com um pano, mas precisaria limpar tudo melhor mais tarde. Depois, tropeçara na maldita escada, quase quebrando o tornozelo. E então, quando sentiu sede, percebeu que não havia levado água porque a ida ao hospital atrapalhara sua rotina matinal –, mas não queria ter de pedir a Lauren.

Na verdade, esperava que ela não estivesse por lá, já que não sabia como agir agora. Lembrava muito bem que, da última vez em que a vira, ela estava lindamente nua sobre ele, e a lembrança mexia com algo dentro dele – mas fora apenas sexo, certo? Além disso, o problema com seu pai naquela manhã e a raiva que sentiu do pai *dela* mais uma vez o deixaram sem vontade alguma de ser simpático com *qualquer* pessoa. Só esperava conseguir melhorar o humor a tempo de buscar Davy, à tarde.

Mas às onze horas, com o calor do verão da Flórida castigando, Nick *precisava* beber água. E poderia ir à loja de conveniência, mas não queria perder tempo, pois sairia mais cedo. Ou poderia recorrer à mangueira no jardim, mas tomar água da torneira naquela área era como beber areia. Já vira Lauren de relance algumas vezes, pelas janelas do andar de baixo, e sabia que ela estava na cozinha naquele momento, então finalmente pensou: *Qual é o problema? Vou pedir um copo de água gelada. E tentarei manter minhas emoções sob controle. Não direi nada sobre a noite de sexta, e espero que ela também não.* De qualquer maneira, percebeu que estava curioso para saber como ela reagiria ao vê-lo. Sabia, claro, que provavelmente ficara magoada quando ele se foi; aquela ideia tinha sido idiota. Mas não acreditava que ela gostaria de falar sobre isso.

Depois de descer da escada, bateu na mesma porta dos fundos por onde passara com ela no colo naquela noite, a mesma porta dos fundos por onde entrara sem que ela soubesse tantas vezes. Quando atendeu, pareceu assustada, mas ele não sabia quem mais ela poderia ter esperado ali, na porta dos fundos.

– Oi – disse ela, delicadamente. Não sorriu. Não franziu o cenho. Parecia tensa.

– Oi. – Apoiava o peso do corpo ora num pé, ora no outro, um pouco desconcertado pela beleza dela. Passar alguns dias sem vê-la havia diluído sua memória. – Ouça, esqueci minha água e está superquente aqui fora. Pode me alcançar um copo de água?

Ela assentiu em silêncio, andando descalça pela copa até a cozinha. Nick a seguiu, notando o short jeans que deixava à mostra as pernas bronzeadas, e a camiseta pequena que marcava seus seios, lembrando-o de como ficavam lindos sem nada além de suas mãos.

Ela encheu um copo com água gelada e passou para ele sobre o balcão.

– Vou trabalhar lá em cima, então deixarei a porta dos fundos destrancada. Se quiser mais, pode se servir.

– Certo. Obrigado.

Permaneceram ali, olhando um para o outro, como um flashback para todas as outras vezes em que haviam se encarado, até que arrepios de desejo começaram a percorrer a espinha de Nick. Merda.

Não queria isso, não queria continuar desejando-a. Mas realmente acreditara que uma vez seria o bastante? Pensara que diminuiria o calor que crescia dentro dele sempre que ela estava perto?

Talvez sim. Talvez tivesse convencido a si mesmo que o calor tinha a ver com sedução, conquista, mas, como começara a perceber ainda na praia, havia algo mais. Uma parte dele queria tocá-la, amá-la bem ali, no balcão da cozinha. Mas outra parte pensou em Henry. E no palácio da princesa. E em todos os motivos que o irritaram naquele dia. De certo modo, vê-la havia acalmado sua raiva, dando lugar ao desejo, mas também aflorara a excitação, fazendo com que se sentisse instável, perigoso.

– Como... está indo a pintura? – ela cometeu o erro de perguntar e quebrar o estranho silêncio.

– Mal. Não sei quem teve a ideia de plantar aquelas árvores tão perto da casa – ele apontou para trás –, mas não sei como diabos vou pintar em torno delas.

Era, na verdade, a coisa mais recente a irritá-lo naquele dia, e sabia que faria pouco progresso perto das árvores antes de ir buscar Davy.

Ela hesitou, aparentando nervosismo, mas sua resposta saiu mais forte do que esperava.

– Olha – disse ela –, você viu a casa antes de aceitar o trabalho. Sei que houve um mal-entendido a respeito do muro, mas aquelas árvores já estavam aqui quando você fez o orçamento para Sadie.

Droga, ela estava rebatendo. E ele não tinha uma resposta rápida para dar, pois ela tinha razão. Esvaziou o copo de água e o colocou em cima do balcão.

– Desculpe – murmurou.

Naquele momento, sentiu algo em seus tornozelos e olhou para baixo. Viu a gata branca e peluda de Lauren esfregando-se nele. Ele deu a volta no maldito animal, mas ela o seguiu, enrolando-se na outra perna.

– Sai fora, gato – disse ele.

– Ela só está sendo carinhosa.

– Ela é chata.

Aparentando ter ficado ainda mais irritada com o insulto à gata do que com as reclamações em relação às árvores, ela se abaixou para pegar a bola branca de pelos no colo.

– Cuidado, Izzy – disse ela, olhando para ele. – Esse malvado pode jogar você no outro lado da cozinha.

– Ouça – disse ele, totalmente irritado –, eu só não gosto de gatos. E não quero um deles pendurado em mim.

– Bem, então deveria procurar água em outro lugar, já que a gata mora aqui e você não.

– Ótimo, que se dane – disse ele. Irritado com tudo, Nick se virou e caminhou em direção à porta dos fundos.

– Por que você me odeia tanto?

As palavras o pegaram de surpresa, e ele parou. Surpreso, virou-se lentamente para ela.

– O quê?

– Você me ouviu – ela falou com mais delicadeza, apesar de seus olhos o apunhalarem. – Por que você me odeia?

Ele poderia ter dado qualquer desculpa, poderia dizer que estava tendo um dia ruim, mas que não era nada pessoal. Entretanto, considerou que ela tinha todo o direito de perguntar, e que ele não tinha mais motivo algum para esconder a verdade.

– Não odeio você – disse ele. – Odeio seu pai.

Ela inclinou a cabeça, claramente confusa.

– Meu pai? Por quê?

Nick respirou fundo e tentou pensar por onde começaria.

– *Meu* pai é John Armstrong – ele esperou para ver o reconhecimento nos olhos dela, mas não viu. Então continuou: – Quando você e eu éramos crianças, nossos pais eram sócios nos negócios. A Double A Construtora. Que agora é Ash Construtora. Esse nome faz você lembrar alguma coisa?

Seus belos olhos azuis se arregalaram e ela ficou boquiaberta enquanto colocava a gata no chão.

– Você é Nick? *Aquele* Nick?

– Em carne e osso.

Ela parecia quase incapaz de falar.

– Eu... eu me lembro de você. Só não... liguei o nome à pessoa. Acho que eu não sabia o sobrenome de seu pai. Eu o conhecia como John.

Por um momento, Nick não soube por que estava contando a ela quem era, mas agora que transaram, agora que conhecia os segredos dela, talvez algo começasse a instigá-lo para saber como ela reagiria, se o trataria com desdém. Só o que viu em seus olhos foi susto.

— Mas ainda não sei por que você odeia o meu pai.

Agora foi a vez de Nick inclinar a cabeça, confuso.

— Por causa do que ele fez. Porque ele roubou a metade de meu pai na empresa.

Lauren franziu o cenho.

— Roubou? Do que está falando?

Ela não sabia? Bem, diabos, claro que não sabia. Ela era apenas uma menininha. De repente, sentiu-se mal por ter pensado que ela sabia dos detalhes.

— Sim — disse ele. — Foi o que aconteceu.

Ela ficou tensa.

— Não sei o que está dizendo. Meu pai comprou a parte do seu.

— Lauren, seu pai procurou meu pai e pediu a ele que assinasse alguns papéis, mas mentiu a respeito do assunto que tratavam. Henry disse precisar da assinatura de meu pai em algo relacionado às operações e meu pai assinou, mas, na verdade, estava assinando a posse de seu pai da Double A Construtora. — Nick havia testemunhado tudo. Seu pai ainda estava deprimido por causa da morte da esposa, e Henry foi à casa deles com os papéis que mudariam suas vidas.

Lauren puxou o ar, parecendo na defensiva.

— Eu era pequena na época, mas *sei* que seu pai recebeu uma boa quantia por sua metade da empresa. Vi os papéis certa vez enquanto procurava alguns arquivos antigos, quando comecei a trabalhar com meu pai, e perguntei a Sadie sobre o que eram. Ela não trabalhava para a Ash Construtora quando aconteceu, mas sabia que eram referentes à compra.

— Meu pai não queria dinheiro. Ele queria a metade do que havia construído. Era tudo o que ele tinha, tudo o que *nós* tínhamos, depois que minha mãe morreu, e Henry tirou tudo dele.

Ela balançou a cabeça.
— Tenho certeza de que você está enganado, Nick. Não posso falar muito, já que não conheço os fatos, mas tenho certeza de que meu pai não tomou nada do seu.
Nick apenas suspirou.
— Acredite no que quiser.
Então, virou-se e saiu pela porta.

Lauren levou as mãos ao balcão para se apoiar e olhou para Isadora, sentada lambendo as patas e passando-as no focinho.
— Você é uma traidora no que diz respeito a ele — afinal, Izzy raramente se esfregava nas pernas de Lauren, mas foi só Nick Armstrong entrar na cozinha para a gata se enroscar. — E também não sei o que você vê nele.
Ou o que eu vejo nele.
Mas, no fundo, ela sabia. Monet. A rosa. O mar. Toques delicados e emoções indizíveis em seus olhos. Mínimas que fossem, essas eram as coisas que a mantinham presa a seus sentimentos por ele.
A acusação dele fazia a sua cabeça girar.
Puxara conversa decidindo ser mais digno parecer calma e despretensiosa do que discursar a respeito do último encontro deles, porém ele logo havia anulado toda a dignidade dela. Mal podia acreditar que tinha sido tão direta, perguntando por que ele a odiava, mas, ao longo do fim de semana, tivera tempo para reavaliar tudo o que havia acontecido — e essa foi a única conclusão a que conseguiu chegar. O que *não* esperava era a notícia de que ele era o mesmo Nick de quem ela se lembrava da infância. O Nick por quem nutria uma paixonite.
Na verdade, começou a lembrar que ele fora o primeiro garoto por quem havia sentido algo, o primeiro a despertar seu interesse feminino ou uma percepção disso, por mais infantil que fosse.
Lembrou-se de um piquenique da empresa no qual brincava em um gira-gira, sozinha, e caíra na lama. O filho mais

velho de John havia caminhado até ela com uma bola de basquete desbotada embaixo do braço para ver se estava bem, se precisava que chamasse sua mãe. Ela estava bem, mas morrendo de vergonha, principalmente quando ele tirou a poeira do short vermelho dela.

– Precisa ter mais cuidado – dissera ele, e então partira em direção a uma quadra vazia para começar a arremessar.

– Posso assistir? – perguntara ela, aproximando-se timidamente por trás dele.

Ele dera de ombros e dissera:
– Claro.

Lauren sentara-se com as pernas cruzadas na beira da calçada, observando todos os movimentos, seu corpo esguio de garoto com os primeiros indícios de músculo sob a pele lisa e morena sempre que ele arremessava ou corria. Ela o considerava um deus.

Seguira-o de longe sempre que possível, ao longo do dia, e quando o piquenique terminou com um jogo de softball para adultos, do qual Nick também participara. Sempre que ele se aproximava para rebater, ela observava com adoração infantil.

Soltou um suspiro fundo, sem acreditar que havia transado com aquele mesmo cara. Sexo sem sentido. Sexo de desconhecidos. Apesar de não serem exatamente desconhecidos, como havia pensado. E ela não havia desejado que fossem desconhecidos quando terminou. Apesar de si mesma, queria muito mais dele agora – sexual e emocionalmente.

Sentiu uma vontade súbita de sair e dizer a ele que sentia muito pelo que havia acontecido entre seus pais, e chegou a se aproximar da porta antes de deter-se. *Ela* não fizera nada, afinal, e nem sabia se havia algo pelo que se sentir mal. Além disso, ele era um idiota. Um idiota que ainda fazia disparar seu coração sempre que pensava nele, mas um idiota mesmo assim.

Mesmo quando ele estava ali reclamando das árvores, ela o desejara, quisera senti-lo dentro dela. Quisera sentir a mesma intensidade, aquele mesmo calor que causava nela sem qualquer esforço. Que tipo de trouxa ela era?

Monet.
Obviamente, ela era o tipo de trouxa que dava bola demais à mera menção de pintores impressionistas.
Gosto de como eles conseguem pegar qualquer coisa e torná-la ainda mais bonita do que na verdade é.
Apesar dela mesma, a lembrança daquelas palavras havia restabelecido um pouco da sua fé na bondade inata dele. Tinha de estar lá em algum lugar, não tinha? *Não tinha?*
Aproximando-se do telefone no balcão da cozinha, Lauren ligou para o escritório do pai e virou-se para recostar-se na pia, com o telefone entre a orelha e o ombro.
– Henry Ash – ele atendeu.
– Oi, pai.
– Lauren, querida. A que devo a honra? Está à procura de companhia para almoçar hoje de novo?
Olhou para o relógio e viu que era quase meio-dia.
– Não, pai, na verdade eu só queria saber algo de muito tempo atrás, e gostaria de esclarecer com você.
– O que é?
– Você lembra quando comprou a parte de John Armstrong?
– Claro. Foi o dia em que a Ash Construtora nasceu.
– Como aconteceu tudo? Por que você comprou a parte do John?
– Por que está perguntando?
– Não tem um motivo, na verdade – disse ela, e então se deu conta de que estava falando de um acontecimento de anos atrás como se tivesse ocorrido semana passada. – Encontrei uns papéis da compra dia desses em um arquivo antigo e fiquei curiosa.
– Bem – Henry começou, com um suspiro –, foi uma situação muito triste e complicada. A esposa de John havia acabado de morrer. Você se lembra disso?
– Sim. – Foi o primeiro velório ao qual ela compareceu.
– Depois disso, o John meio que... ficou perdido. Simplesmente não soube lidar. E parou de trabalhar. Precisei dar um jeito na situação para não perder o controle. Conversei com ele

muitas vezes, mas ele andava bebendo muito e não se importava mais com os negócios. Dei vários meses de carência, na esperança de que voltasse a si, mas nada mudou. Passava na casa dele todas as semanas para falar de negócios, passar informações, tentar envolvê-lo na empresa de novo, mas não fez a menor diferença. Enquanto isso, ele ganhava metade dos lucros e eu fazia tudo sozinho. Não me pareceu justo, e não conseguia ver uma solução. Eu chegava em casas às dez ou onze horas toda noite. Mal via *você*, e minha agenda estava deixando a sua pobre mãe maluca.

— Então, você se ofereceu para comprar a parte dele — adiantou Lauren.

— Sim — disse Henry. — Mais de uma vez, na verdade. Mas ele não me ouvia e sempre repetia que as coisas mudariam, mas sem resultados. Por fim, senti que não tinha escolha além de tomar uma atitude drástica.

— O que você fez?

— Olha, não me orgulho disso, querida, mas a verdade é que o convenci a assinar a venda de metade da empresa para mim. Não foi difícil, ele estava sempre embriagado. Fiz um empréstimo e dei a ele um bom valor, para que não pensasse que o havia enganado. Foi o melhor que pude fazer na época, e eu não podia deixar que as coisas continuassem daquele jeito.

Lauren permaneceu em silêncio após ele acabar de falar. Conseguia entender o lado dele e estava feliz por ter sido sincero, mas também entendia por que Nick se sentia amargurado.

— Você ainda está aí?

— Sim, pai, estou aqui.

— Entende por que tive de tomar essa decisão, não entende?

— Sim, entendo.

— Então por que está tão quieta?

Porque fez tanto mal aos filhos de John que eles ainda sentem o baque vinte anos depois. Ainda assim, tinha certeza de que o pai não pensara nisso. Era um empresário dedicado, e não o culpava por isso. Também não diria que estava em contato com Nick Armstrong; era complicado demais, e ela não via motivo para isso.

– Por nada – disse, finalmente. – Só estou um pouco surpresa. Nunca soube o que tinha acontecido.

– Não queria que tivesse sido *assim*. O fato de as coisas terem tomado esse rumo acabou comigo. Afinal, John e eu éramos amigos.

– O que aconteceu com John? – perguntou ela. – Ou com os filhos dele? Você sabe?

– Não – disse ele, com um pouco de arrependimento. – Perdemos contato.

– O QUE VÃO QUERER, rapazes?

A garçonete de cabelos pretos lançou a Davy e Nick um olhar conquistador. Vestia uma camiseta larga para dentro do short, mas Davy percebeu suas curvas. Tinha olhos grandes e brilhantes, e os lábios carnudos, com um batom entre o cor-de-rosa e o vermelho, davam a Davy vontade de tocá-los. Retribuiu o sorriso, mas teve o cuidado de não dizer nada.

– Uma pizza grande com pepperoni e muito queijo – Nick pediu. – E uma Coca-Cola grande.

Quando ela se afastou, Nick disse:

– Que bela barracuda essa, não, Dave?

Acabavam de voltar da marina, onde a pesca tinha sido farta o dia todo, mas o *Misty II* trouxera uma barracuda do tamanho do homem que a havia pescado.

– Grande – Davy assentiu, olhando para a toalha xadrez.

De frente para ele, Nick suspirou.

– Ainda está se sentindo triste, amigo?

– Acho que sim.

O peixe e até a garçonete haviam distraído Davy da passagem pelo hospital naquela manhã, mas só por poucos instantes. Sempre que pensava ter esquecido tudo, as lembranças voltavam. Não parava de pensar na ida às pressas ao apartamento do pai, no escuro, e da ida ainda *mais* frenética ao hospital, sons horríveis vindos do banco traseiro enquanto Elaine dizia: "Aguente firme, pai, vamos chegar logo. Aguente". Davy detestava hospitais, sempre detestara, desde que se machucou quando era pequeno.

— Escute, Davy — disse Nick com firmeza, e Davy olhou para ele. Nick tinha olhos mais intensos do que os de qualquer outra pessoa, e olhar dentro deles sempre fazia Davy se sentir seguro; eles o envolviam como um abraço. — Sei que a manhã de hoje foi assustadora, mas as coisas estão bem agora. O papai vai tomar alguns remédios e vai ficar bem. Não quero que você pense nisso, está bem? Pense em coisas melhores. Dependo de você para isso, sabe?

Davy balançou a cabeça, negando. Não, ele não sabia.

— Como assim?

Nick inclinou a cabeça.

— Eu meio que conto com você para ser feliz, amigo. Quando você não está feliz, eu estou feliz.

Você não é feliz de jeito nenhum, Nick, ele pensou, mas não disse, já que Nick pensava que aquilo era segredo. Mas ouvir as palavras do irmão fez com que se sentisse importante, porque, se pudesse fazer Nick se sentir melhor, faria. Tentou afastar os pensamentos daquela manhã e pensar em coisas melhores, como Nick pedira. Na garçonete de cabelos pretos e seus lábios que pareciam nuvens claras. Em Daisy Maria Ramirez e suas mãos ágeis.

A garçonete chegou com dois copos e uma jarra de refrigerante. Quando inclinou-se sobre a mesa para colocar os cardápios atrás do porta-guardanapo, Davy voltou a perceber seu corpo curvilíneo, uma paisagem viva diante de seus olhos.

Quando ela se foi, ele disse em voz baixa:

— Você acha que ela é bonita?

Talvez pudesse iniciar um assunto que o ajudasse a lidar com Daisy.

Nick olhou para a garçonete.

— Ela é uma bela visão. Por quê?

Davy balançou a cabeça.

— Só queria saber.

De vez em quando, Nick falava sobre garotas e dizia a Davy que, se tivesse alguma dúvida, poderia perguntar a ele. Mas até aquele momento ele nunca havia perguntado nada e, de repente, sentiu-se muito envergonhado para isso.

– Tem certeza? – perguntou Nick.
Aquela era a abertura, mas Davy não conseguiu aproveitá-la.
– Sim – disse, enchendo os dois copos de Coca-Cola.
– Escute, depois que comermos, podemos ir a Sand Key Bridge, se quiser.
Golfinhos nadavam perto da ponte, principalmente no começo da noite.
– Legal – disse Davy, sorrindo.
Finalmente começava a se esquecer do hospital, e falar sobre golfinhos era mais fácil do que falar sobre garotas.

Lauren ficou na cama aquela noite, sem conseguir dormir, e sua mente girava em torno de uma fantasia complexa. Tentou fingir que o homem da fantasia tinha o mesmo rosto bonito, mas vago de todas as outras, mas era mentira. Agora, ele tinha o rosto de *Nick*. E, para ser sincera, aquela fantasia em especial provavelmente nascera dos amassos na praia na semana anterior.

Suspirando, ela afastou os lençóis e seguiu pela escuridão do corredor até adentrar o escritório, onde acendeu a luminária. Pegou o diário da estante, uma caneta azul simples e sentou-se na poltrona de leitura, na qual se aconchegava sempre que escrevia um novo relato.

Por um lado, odiava-se por escrever aquilo, porque não envolvia apenas sexo e fantasia, também tinha a ver com *ele* e significava que estava fazendo seu registro permanente em um lugar que, até então, tinha sido uma válvula de escape que dependia apenas da mente e da imaginação *dela*. Mas talvez aquilo tirasse Nick Armstrong da sua cabeça. Descrever a fantasia e acabar com aquilo.

Estou deitada em uma praia particular de areia branca imaculada e palmeiras altas, onde centenas de conchas se espalham intocadas. A vegetação se agita com a brisa, protegendo as dunas. Estou deitada na areia, com uma canga colorida ao redor de meu quadril – uma flor colorida da ilha adornando meus cabelos – e mais nada. O sol esquenta meus seios, pernas, rosto.

O sol está tão forte que, a princípio, só vejo a silhueta de um homem aparecendo molhado e nu do mar, caminhando em minha direção. Quando ele se aproxima, distingo a pele morena, os lábios grossos e sensuais, os olhos misteriosamente escuros que parecem querer me devorar. A água escorre de seus cabelos longos e escuros, fazendo a pele brilhar.

Ele não para de olhar em meus olhos enquanto se aproxima e suavemente posiciona-se de joelhos, abrindo minhas pernas. Ele se deita e cobre meus seios com as mãos grandes e bronzeadas, e o calor me toma quando ele os acaricia com movimentos lentos, fluidos, habilidosos. O ritmo suave percorre meu corpo.

Erguendo-se, ele coloca minha canga de lado e desliza dois dedos para dentro de mim, e já estou molhada para ele. Só a sensação de ter apenas aquela parte dele dentro de mim já me convulsiona, apesar de sua fantástica ereção estar bastante proeminente acima de mim. Ele enfia os dedos em mim uma, duas, três vezes – então molha um de meus mamilos com eles, fazendo-me estremecer com o erotismo da cena quando em seguida ele o lambe.

– Fique de quatro – ele diz, com a voz grave e firme.

Faço o que ele manda, percebendo que a maré está começando a subir aos poucos ao nosso redor. A água lava meus dedos onde eles estão firmes na areia, e depois se retrai.

Erguendo minha canga, ele coloca as mãos em meu quadril e me penetra depressa, com força e delicadeza. Grito de prazer intenso quando ele começa a entrar e a sair enquanto a água sobe de novo, ao redor de minhas mãos e de meus joelhos.

Seus movimentos se tornam mais fortes, mais enfraquecedores. Grito a cada um deles, sentindo-os nas pontas dos dedos das mãos e dos pés enquanto o mar se agita e a água chega a meus pulsos, bate na parte de trás de minhas pernas e ele me penetra.

– Venha por cima – diz ele.

Num piscar de olhos, estamos sentados na água, sua incrível ereção ainda dentro de mim, enquanto me mexo sobre ele e as ondas quebram sobre nós, água espirrando entre nossos corpos e se afastando de novo. A canga está encharcada em meu quadril, sendo lavada pelas ondas, e as mãos molhadas dele passam por meus seios *e traseiro, fazendo com que eu me aproxime cada vez mais do êxtase. Gozamos juntos quando uma onda se quebra com força e fúria, e grito quando as ondas dentro de mim se quebram com a mesma violência. Rolamos pela água, trocando beijos, com os membros entrelaçados, cabelos pingando, corpos molhados.*

E então tudo fica silencioso como por milagre, como o olho de um furacão, e ele me abraça quando nos deitamos na areia macia e branca. Olho ao redor e vejo que a maré ainda está longe, a metros e horas de nós.

Fechando o diário vermelho com um suspiro e devolvendo-o à estante, Lauren mordeu o lábio. Desejava ter escrito algo mais original – um homem diferente, um lugar diferente – em vez de apenas mais uma versão de seu deus do mar, um homem que havia, literalmente, saído das páginas e entrado em sua vida. Na verdade, não tinha sido a voz dele que ela ouvira enquanto anotava a fantasia agora há pouco? *Venha por cima.* Soava bem como algo que ele diria e, apesar de em geral não gostar da ideia desse tipo de ordem, sabia que se *ele* o dissesse ela iria ficar excitada.

Seu corpo pulsava com mais desejo do que quando saíra da cama, e teve a sensação de que o relato não havia ajudado em nada a tirar Nick de sua mente. No mínimo, ela o desejava ainda mais.

CAPÍTULO 9

Lauren dormiu até mais tarde na manhã de terça-feira, exausta após uma noite de pouco descanso. Quando finalmente se levantou, passou a Phil por telefone os números atualizados dos rendimentos anuais e cuidou do relatório mensal de contas a pagar até a hora do almoço.

Costumava amar seu trabalho, mas não estava concentrada naquela manhã. Pensava em Nick, claro. Havia pensado em Nick, de um jeito ou de outro, desde que o conhecera na quarta-feira passada. Menos de uma semana atrás. Não parecia possível.

Nos dias em que não conseguia concentrar-se no trabalho, Lauren costumava parar, fazer algo útil em casa e, ao terminar, sentia-se pronta para se concentrar na contabilidade de novo. *Então, o que precisa ser feito aqui?*, perguntou a si mesma quando se sentou à mesa com um almoço de micro-ondas.

Pensou nos comedouros dos pássaros que Nick havia enchido para ela há alguns dias. Não os havia conferido desde então, mas sabia que os fundos do quintal normalmente ficavam cheios de pássaros que não seguiam para o norte no verão, e eles acabavam depressa com todas as sementes, mesmo àquela época do ano. Também notara algumas ervas daninhas entre as plantas do jardim, e podia esperar até que o paisagista chegasse no fim do mês, mas aquilo a irritava. Ela costumava fazer uma poda no meio do mês apenas para manter tudo no lugar.

A primeira coisa que pensou foi que Nick estava lá fora, e talvez fosse melhor fazer essas coisas algum dia depois que ele saísse, principalmente depois da discussão sobre seus pais no dia anterior. Por outro lado, Nick ainda passaria várias semanas ali, e era um absurdo que se sentisse presa na própria casa. Decidiu que, a partir daquele momento, faria exatamente o que queria sempre que quisesse, sem se importar com Nick Armstrong. Bem, talvez não nadasse nua na piscina, pensou, mas provavelmente nunca mais voltaria a nadar nua na piscina de qualquer maneira.

Após forçar-se a realizar mais algumas tarefas da Ash, saiu pela porta dos fundos vestindo a parte de cima de um biquíni cor-de-rosa e shorts cáqui manchados, com os cabelos presos no topo da cabeça. Havia pensado duas vezes antes de vestir o biquíni, mas era o que sempre vestia para cuidar do quintal, e fazia mais de 32°C lá fora. Estava decidida a agir normalmente, a comportar-se como se ele não estivesse ali.

Ao se aproximar de uma lata grande onde mantinha as ferramentas de jardinagem, no quintal, descobriu que Nick colocara o saco de sementes ali dentro. Pegou um balde e começou a caminhar em direção aos fundos do quintal quando viu Nick de soslaio, em cima de uma escada. Ele havia passado pela parte das árvores próximas ao muro e agora pintava a janela em formato de meia-lua.

Antes de chegar à piscina, Lauren parou e se virou. Por impulso, tomou uma atitude antes que se arrependesse. Percebendo os batimentos cardíacos acelerados, aproximou-se do pé da escada onde Nick estava.

– Queria dizer que conversei com meu pai. – Ela olhou para cima, para as costas dele, observou seu braço musculoso passar a tinta sobre o gesso. – Perguntei a ele o que aconteceu quando comprou a parte de John.

Nick não parou de trabalhar, nem sequer olhou para ela.

– O que ele disse?

– Ele disse... – Ah, Deus, ela não pretendia contar a ele aos pés de uma escada. Já seria difícil o suficiente cara a cara. Finalmente, ele interrompeu o movimento e olhou para baixo.

– Ele disse o quê?

Ela engoliu em seco, sentindo-se nervosa de repente, mas tentou esconder.

– Ele disse que, depois que sua mãe morreu, seu pai passou a não trabalhar como deveria na empresa. Disse que se ofereceu para comprar a parte de seu pai, mas que ele não queria nem saber disso e sempre prometia que mudaria, mas nunca mudou. Meu pai sentiu que não teria escolha.

– Henry admitiu que enganou meu pai para que assinasse?

Ela assentiu.

– Pois é – disse Nick. – Acho que isso resume tudo.

Ele voltou a pintar, mas Lauren permaneceu aos pés da escada, olhando para cima, para ele. Havia mais o que dizer. A parte dela.

– Sei por que ele fez isso, mas não acho certo... eu... compreendo sua raiva.

– Que bom – respondeu Nick de modo breve, sem olhar para ela.

Lauren suspirou e finalmente se virou para se afastar. O que tinha feito? Implorado a ele para que gostasse dela dizendo entender a sua dor? Balançou a cabeça para si mesma e a tentativa boba de aproximar-se dele.

– Ele contou que foi ideia do meu pai construir condomínios? – a voz de Nick atravessou seus pensamentos e ela parou e se virou. Ele olhava para ela.

– O quê?

– A empresa estava no buraco, e meu pai disse a Henry que os condomínios seriam o futuro da Double A Construtora. Eles assinaram o primeiro contrato em Sand Key uma semana antes de minha mãe morrer.

Lauren sentiu o estômago revirar. Todo mundo sabia que os condomínios é que haviam tornado a Ash Construtora rica, e que as casas de luxo que eles construíam não passavam de um trabalho paralelo. Os condomínios de casas que pontuavam a costa e as baías haviam impulsionado a Ash ao topo do mercado e a mantiveram lá.

Não sabia o que dizer, mas decidiu responder:

– Sinto muito, Nick, de verdade.

Ele olhou para ela por muito tempo, com os olhos acinzentados intensos como nunca, até finalmente assentir de leve e dizer:
— Obrigado.

Ela também manteve o olhar fixo nos olhos dele, sentindo o mesmo calor de sempre começar a aumentar invisivelmente entre eles — mesmo agora, ela tinha certeza — e perceber que chegaria às chamas... até dizer de um modo sem jeito, olhando para trás.
— Bem, é melhor eu... ir fazer umas coisas.
— Claro — disse ele.

O coração de Lauren ainda não se acalmara quando encheu os comedouros de novo e voltou as sementes à lata. Seus seios formigavam, e um eco vazio de saudade tomou seu corpo. No entanto, o simples "obrigado" que havia obtido dele fizera a conversa valer a pena. Ele não demonstrava com frequência, mas Nick Armstrong *tinha* coração; ela o sentia bater sob aquela capa dura.

Pegou um saco de lixo dentro de casa e começou a arrancar as ervas daninhas. Evitou, propositalmente, a lateral da casa onde Nick estava trabalhando, repreendendo a si mesma por quebrar sua regra de não deixar a presença dele atrapalhá-la, mas sem interesse em enfrentá-lo de novo tão cedo.

Enquanto trabalhava nas plantas, lembrou-se de outros momentos em que sentira aquela ternura por trás da máscara de durão que ele usava. O simples fato de ter enchido os comedouros dos pássaros, a maneira como a defendera naquela espécie de festa na piscina, a alegação de que a levara até a praia porque percebera o quanto ela estava incomodada pelos outros homens. Não era *apenas* Monet ou cósmicas flores cor-de-rosa suave. Às vezes, ela percebia nos gestos mais simples, como o suave toque dado por ele em seus lábios depois que haviam transado. Talvez *isso* é que fizesse com que ela quisesse e desejasse ter algo mais com aquele cara. Talvez ele tenha de fato dado a ela algumas razões *de verdade* para acreditar que, por trás de tudo, escondia-se o tipo de cara romântico e sensível que ela sonhava um dia encontrar.

Entretanto, estremecia só de pensar. Se Nick pudesse ler seus pensamentos naquele instante, a consideraria a mulher mais ingênua, boba e inexperiente da história. Mas não era ingenuidade;

era desejo, puro e simples. *Por favor, tomara que haja mais a respeito desse cara do que ele me permite enxergar.*

Depois de tirar as ervas daninhas, decidiu cortar algumas rosas. Adorava suas rosas trepadeiras, mas raramente as via, já que ficavam na lateral da casa. Quando colocara a rosa de Nick no mantel da lareira, pensou que deveria trazer as rosas de fora para admirá-las também. Além disso, parecia uma boa ideia tirar a rosa de Nick de seu local de destaque e substituí-la por algo que não tivesse nada a ver com ele. Apenas gostaria de ter coragem para jogar a flor fora.

Pegando uma tesoura da gaveta da cozinha e um cesto de palha do armário, saiu pelas portas francesas em direção às rosas. Depois de se ajoelhar para cortar dois botões cor-de-rosa perto da parte de baixo, colocando-os cuidadosamente no cesto, Lauren levantou-se para procurar outras flores em partes mais altas. Ao ver uma delas no lado direito da treliça, segurou o caule e cortou. Então, encontrou outra perto de várias rosas no centro e estendeu a mão – para na hora sentir uma dor aguda no polegar.

– Ai! – gritou, afastando a mão e vendo um espinho fino ali. Aquilo era muito pior do que quando havia espetado o dedo na rosa de Nick naquela noite – o sangue vivo cercava o espinho, descendo pelo polegar e escorrendo pelo pulso. Gemendo de novo, largou a tesoura e entrou em casa, segurando a mão machucada.

Abrindo a porta, manteve o polegar próximo ao corpo, torcendo para não pingar sangue no piso branco enquanto passava pela cozinha. Ali, abriu a torneira e manteve o polegar sob a água fria corrente, na esperança de que o ardor passasse.

– O que diabos aconteceu?

Virou o rosto e encontrou Nick caminhando na direção dela, vindo de fora.

Cerrando os dentes de dor, tirou a mão do jato de água para mostrar a ele e voltou a colocá-la sob a água.

– Caramba – disse ele, e então se aproximou. – Deixe-me tirar.

– Não. – O espinho estava fincando muito fundo, não podia sequer imaginar que alguém o arrancasse naquele momento.

– Não seja infantil – disse ele, com um tom gentil que suavizou suas palavras.

Lauren prendeu a respiração e olhou para o fluxo contínuo de sangue que ainda era lavado pela água. *Estava* sendo infantil, mas não queria que Nick a visse assim. Afastando um pouco a mão, ela disse:

– Sobre a pia.

Nick chegou mais perto, equilibrando a mão ferida dela entre as suas.

Fechou os olhos e cerrou os dentes ainda mais:

– Seja rápido!

Retesou-se e sentiu uma dor forte atingi-la, sabendo então que o espinho fora retirado. Os dois olharam para o polegar dela, que ainda sangrava.

– Mantenha-o embaixo da água – disse ele, pegando várias toalhas de papel e seguindo até a geladeira. Ela ouviu quando ele abriu a porta e pegou gelo, voltando um instante depois com alguns cubos protegidos pelo papel. – Aqui.

Segurando a mão dela enquanto pressionava o gelo com firmeza sobre o polegar, ele disse:

– Pressionar vai fazer com que pare de sangrar.

Evitou olhar para ele, concentrando-se nas mãos dos dois entrelaçadas. As dele eram quentes, ásperas e morenas.

Permaneceram em um silêncio constrangedor até ele espiar por baixo do papel e descobrir que o ferimento havia quase parado de sangrar.

– Você tem água oxigenada?

Mesmo com vontade de mentir, ela apenas admitiu.

– Sim.

– Onde está?

– No banheiro lá de cima.

Quando Nick segurou a outra mão dela e começou a arrastá-la em direção à escada, ela disse:

– Isso não é necessário.

– É, sim – respondeu ele, puxando-a consigo –, a menos que queira ganhar uma infecção.

— Como um cara como você pode sequer *saber* que existe água oxigenada?

— Um cara como eu — disse ele, olhando para trás — passou muito tempo limpando os ferimentos do irmão mais novo. Agora me diga: onde está?

Lauren apontou para o banheiro do corredor onde mantinha seu kit de primeiros socorros, e então seguiu Nick até lá.

— Embaixo da pia.

Nick a soltou apenas o tempo necessário para encontrar o frasco e tirar a tampa, e então pegou sua mão de novo, segurando o polegar dela acima da pequena pia enquanto aplicava água oxigenada no corte. Ela gemeu ao sentir o ardor.

— Curativos? — perguntou Nick.

Lauren revirou os olhos com a meticulosidade dele e apontou na direção de uma gaveta.

— Eu mesma poderia ter feito isso — disse, enquanto ele envolvia o dedo dela com o curativo.

— Mas não acho que você o faria — e, quando os dois se entreolharam, ela percebeu que a expressão dele se suavizava um pouco. — Ainda dói?

— Não tanto — ela admitiu, sentindo-se ainda mais infantil por estar fazendo um drama daquilo tudo.

Virando-se na direção do espelho, Lauren colocou a água oxigenada de volta sob a pia e depositou a caixa de curativos na gaveta, tentando ignorar a proximidade entre eles agora que a minicrise havia passado. Pensou em outros momentos nos quais tinham se aproximado daquela maneira, até mais. *Por que ele ainda está aqui? Por que não vai embora?*

Quando ela se levantou, Nick estava tão perto que chegaram a chocar-se, mas nenhum dos dois se moveu. Seus olhos se encontraram no amplo espelho.

Ela conhecia aquele olhar. Imediatamente, sentiu-se atravessada por ele. Sentiu-o em seu coração, sentiu-o entre as coxas. Como as coisas podiam ter mudado tão rapidamente... em um piscar de olhos? Olhou para ele pelo espelho, prisioneira daqueles olhos escuros.

Ele escorregou uma das mãos pela cintura dela, com os dedos passando levemente sobre sua barriga nua e, pela primeira vez, ela se arrependeu de ter vestido a parte de cima do biquíni: seus mamilos apareceram contra a Lycra cor-de-rosa. Quando ele se abaixou para beijar delicadamente o ombro dela, ela respirou fundo, tomada por sensações no corpo todo.

Mas aquilo não podia acontecer, simplesmente não podia. E ela diria não. Tinha que dizer não.

Mas, então, por que arqueava o pescoço e permitia que ele a beijasse? Por que estava se entregando àqueles beijos doces e quentes como se estivesse perdida no deserto e os lábios dele lhe oferecessem gotas de água?

Quando ele ergueu as mãos para envolver os seios dela por trás, com os polegares acariciando deliciosamente os mamilos intumescidos, ela sabia que havia se entregado a ele. Os toques íntimos se espalharam pelo seu corpo, deixando-a maluca de prazer.

– Nick.

– Não diga nada, linda – sussurrou ele, um tanto rouco.

Mas ela queria... *algo*, não sabia bem o quê. Comunicação? Ela apenas queria que ele se importasse, mesmo que só um pouco. Desejava despertar a delicadeza escondida nele.

– Nick, por favor...

Ainda com as mãos nos seios dela, ele parou de beijar seu pescoço para olhá-la pelo espelho.

– Você quer que eu pare?

Os lábios dela tremeram. Aquilo era um grande erro. E poderia se perdoar uma vez por um deslize desses, mas como poderia permitir que acontecesse de novo, como podia se entregar a ele, sabendo que ele apenas...

– Responda.

– Não – disse ela.

– Ainda bem – murmurou ele, profundamente. Em seguida, seus carinhos se tornaram mais fortes, mais firmes; ela gritou quando ele beliscou seus mamilos levemente enquanto continuava beijando seus ombros nus. E agora que se entregara não havia mais nada a fazer além de aproveitar, sorver e deliciar-se com todos os toques e beijos.

Quando ele escorregou uma das mãos entre as pernas dela por cima do short, ela suspirou de prazer, movendo-se instintivamente na direção dela. Ele se recostou nela por trás, e ela sentiu a ereção em suas nádegas.

– Vire-se – murmurou ele, soando tão ofegante como ela se sentia.

Quando ela se virou para ele, os dois levaram às mãos ao zíper da roupa um do outro. A vontade tomou o corpo de Lauren, como havia acontecido na outra noite, como acontecia sempre que estava perto dele. Ela tirou o pênis dele da calça, deliciando-se ao senti-lo em sua mão, sem qualquer pudor de tocá-lo. Ele desceu o short e a calcinha até os pés dela, que se livrou deles.

A respiração quente dele soprava forte ao erguê-la e sentá-la sobre a pia de mármore, e ela abriu as pernas, pronta para recebê-lo.

Então ele parou, procurando algo no bolso de trás da calça. Tirou uma carteira fina, dentro da qual procurou até tirar um pacote laminado. Por algum motivo, ela ficou surpresa.

– Você traz isso para o trabalho?

– Preciso estar preparado – disse ele, sem qualquer sinal de que estivesse brincando, e Lauren o imaginou fazendo sexo com todas as donas de casa de Tampa Bay enquanto deveria estar pintando a casa delas.

– Você não usou uma da última vez.

– Eu sei, esqueci, *não* estava preparado. Não esperava que as coisas fossem acontecer tão depressa.

Quando rasgou a embalagem, ela segurou o braço dele.

– Não faça isso.

Ele olhou para ela.

– O quê?

Lauren sentiu-se desesperada, cheia de vontade, e não queria parar para analisar nada.

– Eu... só transei com alguns caras e sei que não tenho problema algum. E tomo pílula. Você... você já...?

– Sempre tomei cuidado – disse. E ela acreditou nele.

– Então, não use – ela pediu. – Quero senti-lo, como da última vez. Quero sentir quando você gozar dentro de mim.

Ele soltou um suspiro ao deixar a camisinha cair de seus dedos. Ela gostou de tê-lo chocado, e queria chocá-lo ainda mais.

– Agora – disse ela, abrindo as pernas.

Ele olhou para baixo, e ela cerrou os dentes de frustração, desejando senti-lo dentro de si, mas também gostava da intensidade nos olhos dele, por isso não o apressou.

– Você é incrível – sussurrou no ouvido dela ao penetrar sua vagina molhada.

– Ah, isso – ela gemeu ao sentir a penetração perfeita.

Ele penetrou-a com movimentos firmes e constantes, e ela gemia baixinho a cada um deles.

Nick tirou uma das mãos das nádegas dela para enfiar dentro da parte de cima do biquíni, liberando seus seios do tecido, e ela subiu a camiseta branca dele, cheia de pingos de tinta, de modo que seus seios se esfregassem no peito dele. Ela o abraçou, deliciando-se ao sentir o corpo dele, o cheiro de sua pele, e se movimentaram em um ritmo lento e constante por muito tempo, ouvindo apenas o som da respiração um do outro.

A fricção intensa fez com que ela percebesse as sensações aumentando, e soube logo que aconteceria de novo, aquela onda de prazer que tomaria seu corpo como um maremoto, afogando-a por alguns segundos longos e gloriosos. E então, ela gritou:

– Nick, eu vou gozar.

Ele respondeu, aos sussurros:

– Ah, isso, linda.

E ela se agarrou a ele como um náufrago a uma tábua de salvação.

Quando as ondas finalmente passaram e o mundo começou a voltar ao normal, ela logo percebeu que ainda não tinha nada normal, porque Nick permanecia dentro dela, bombeando, e cada movimento ressoava por seu corpo todo.

– Goze – ela sussurrou, sem nem ao menos pensar nas palavras que usava. – Goze dentro de mim.

– Me enfie lá dentro – ele sussurrou em seu ouvido. – Com força.

Ela levou as mãos às nádegas dele, desejando que ele não estivesse de calça, desejando poder sentir a pele dele em suas mãos, e então puxou-o contra si com força, escutando quando ele gemeu e sabendo que estava gozando. Permaneceu imóvel para poder sentir as pequenas explosões quentes dentro dela.

Ele também ficou imóvel, passando os braços ao redor dela, e ficaram assim por um minuto ao qual ela queria se agarrar e manter de alguma forma, para impedir que terminasse. Exatamente como na última vez em que haviam chegado a esse ponto. O coração dele batia contra o peito dela.

E então, como da última vez, ele se afastou, sem olhar para ela ao descer a camiseta e puxar o zíper da calça. Ela sentiu o coração murchar enquanto observava, vendo a rapidez com que havia deixado de ser o centro da atenção dele. Lauren se sentiu ainda pior do que naquela noite – dessa vez, ela *sabia* como as coisas terminariam, e havia permitido mesmo assim.

Quando ele deu um passo em direção a porta, uma possibilidade repentina lhe ocorreu:

– É disso que se trata, então?

Ele parou, olhou para trás.

– O quê?

– Você sendo quem é, nossos pais sendo quem são. – A possibilidade acabava de lhe ocorrer. – É por isso que essas coisas estão acontecendo?

Nick cuidou para não deixar sua expressão mudar, e então deu de ombros.

– Não seja tão dramática, princesa. Não somos exatamente Romeu e Julieta.

– Precisamente o que quero dizer. – Ela ajeitou a parte de cima do biquíni e então se abaixou para pegar o short. – Você está aqui só para me usar, Nick?

Droga, Nick pensou. Não devia ter dito a ela quem era. Sentiu-se transparente.

– Não – ele respondeu, na dúvida se estava falando a verdade ou não. – Não sou esse tipo de cara.

– E que tipo de cara você é? – perguntou ela, subindo o zíper do short, olhando nos olhos dele de modo acusador.

Estava linda, apesar da raiva brilhando em seus olhos. E ele sentiu vontade de voltar até ela, abraçá-la – droga, era mais do que uma vontade –, mas precisou ignorar a si mesmo. Não tinha sido fácil se afastar, mas ela era a filha de Henry Ash. Conseguira muito bem, ao longo da vida, não se importar com mulher alguma, não se envolver em relacionamento algum, e aquela era, definitivamente, a *última* mulher por quem poderia começar a se apaixonar. Ela fizera com que ele quisesse se sentir importante, e só Deus sabia os sentimentos complexos que nutria por ela e o quanto o deixavam confuso, mas mesmo assim ele não acreditava que algo sério pudesse de fato acontecer entre duas pessoas de mundos tão diferentes.

– Ouça – disse ele –, eu sabia quem você era quando Sadie me chamou para o trabalho, mas estou aqui para ganhar dinheiro, só isso. O fato de você e eu sentirmos tesão um pelo outro não tem nada a ver com isso. Sei que você me disse, na praia, que não gosta de sexo sem compromisso, mas... temo ser tudo o que posso dar a você.

Ela desviou o olhar para a parede, e ele temeu que ela começasse a chorar. Algo apertou o coração dele, fazendo-o virar-se e sair em direção à escada, para não ver se ela choraria ou não. Ele era um imbecil e sabia disso.

Ao chegar ao fim da escada, a gata de Lauren se aproximou dele com um miado.

– Não me venha você também – murmurou.

Do lado de fora, Nick soltou um longo suspiro. Droga, estava mexido. Estar dentro dela era tão... ele não sabia nem que palavra usar, mas era calor, e perfeição, e urgência e... algo doce, tudo combinado.

Seria uma boa ideia partir. Imediatamente.

Ele arrumou as coisas com o máximo de rapidez que conseguiu, jogando tudo dentro da van e tentando não pensar no modo como a abraçara depois, em como não queria se afastar. Abraçá-la tinha sido tão fácil. Levá-la até a cama dela teria sido fácil também. Mas afastar-se fora a única atitude que ele soubera tomar.

    Quando saiu da garagem dela, ele olhou para as janelas, pensando que poderia vê-la espiando, mas não a viu. Ao pisar no acelerador e se afastar da casa da princesa, ele se sentiu péssimo, e não só porque havia agido como um idiota – e quase *sempre* agia assim com ela –, mas porque, no fundo, sabia que preferiria estar lá dentro com ela do que indo para casa sozinho.

CAPÍTULO 10

Nick observou o armário no quarto vazio, à procura de tons de azul. Encontrou nuvem azul, azul-turquesa, azul Jamaica, lago Havana, flor de milho e noite de verão. Faltavam horas para o pôr do sol, e a luz natural que caía pelas janelas do teto ao chão não podia ser copiada por nada artificial. Além disso, a vista do mar o inspirava enquanto encarava a tela em branco posicionada sobre um cavalete antigo.

Elaine havia comprado as telas para ele de presente de Natal anos antes, quando ambos ainda estavam no ensino médio. Apesar de nunca tê-las usado, era o tipo de coisa que eles guardavam; ele e a família nunca se desfaziam de nada que pudesse vir a ser usado um dia, mesmo que não fizessem ideia de que uso seria esse.

Mergulhando um pincel na lata de azul Jamaica, começou a aplicar pinceladas firmes que deram vida à tela branca e trouxeram um tremor familiar a suas veias. E *esse* tremor teria que ser suficiente – ele não transaria mais com Lauren Ash.

Terminaria o trabalho na casa dela e pronto. Voltaria a ser o pintor e nada mais, como ela sempre quisera, e descontaria suas frustrações nas tintas e telas quando chegasse em casa, à noite.

Não podia aproximar-se dela de novo, porque isso fazia com que quisesse ficar mais perto. Não gostara de magoá-la naquele dia, não gostara de ver a dor nos olhos dela quando se afastou, não gostara da dor que ele próprio sentira. Mas ficar fora impossível. A história das suas família interpunha-se a eles e, como antes, havia-o afastado.

Havia seduzido-a uma vez para provar seu valor e, sim – talvez até para atingi-la. Mas duas vezes... bem, o que ocorrera naquela tarde não fora planejado. Simplesmente acontecera na luz fraca do pequeno cômodo, resultado de todos aqueles toques íntimos devido aos cuidados dele em relação ao ferimento dela. Olhara para ela pelo espelho e sentira o sangue se acumular na virilha. Depois daquilo, não havia pensado, apenas agira, fizera o que seu corpo mandava e, em pouco tempo, perdera-se nela. *Quero senti-lo, como da última vez. Quero sentir quando você gozar dentro de mim.* Nick interrompeu as pinceladas quando lembrou as palavras dela, que faziam seu corpo formigar.

Mas não pode ir além disso. Não importa se é bom, não importa se é gostoso. Dedique-se a pintar, a única coisa na qual você é bom. Pinte a casa dela, pinte o mar, pinte o que for preciso para tirá-la de sua cabeça.

E era aquilo que ele pretendia fazer. Não mais transaria com a Princesa da Ash Construtora. Em algum momento, ela havia suavizado seu ressentimento, mas nada sério poderia existir entre eles. Agora ele queria seguir adiante, voltar à vida que havia criado apesar de Henry Ash e *antes* de Lauren Ash.

Pegando outro pincel, Nick misturou lago Havana às pinceladas ceruléas que já espalhara pela tela branca. Lembrando-se da fantasia do mar de Lauren, arrependeu-se por não tê-la beijado entre as pernas quando teve a chance.

LAUREN SOBREVIVEU AO DIA SEGUINTE em um tipo de torpor. Cumpriu tarefas – foi ao banco, ao escritório, à lavanderia – e trabalhou com disciplina, em uma análise de gastos que precisava estar pronta até o fim do mês. Mantinha-se ocupada em momentos em que poderia ter diminuído o ritmo ou feito um intervalo, tudo em uma tentativa desesperada de não pensar no que havia acontecido dentro de seu banheiro no dia anterior.

Agora, enquanto espiava dentro do forno para ver a pequena travessa de lasanha que havia colocado ali para o jantar, tinha dificuldades para manter a mente ocupada. Ou talvez não tivesse conseguido o dia todo. Mantivera-se ocupada, mas Nick e as lembranças de suas mãos, de seu corpo e as ilusões em sua mente também estiveram presentes em seu coração e em sua cabeça o dia todo.

O prazer intenso nos momentos deliciosos da transa havia feito com que ela se esquecesse da dor que viria em seguida. E ela viera – meu Deus, e como! Ele dissera que só podia oferecer sexo casual, mas nada era casual para *ela*. Na verdade, havia sido a mais profunda satisfação sexual que já experimentara com um homem, fazendo com que ela... se importasse com ele. Precisasse dele. Não só para aqueles poucos minutos, mas em sua vida, de um jeito significativo, duradouro, valioso. Aquilo soava como loucura, considerando o quão pouco o conhecia, mas isso não impedia que fosse tomada pelas emoções.

Pelo menos na primeira vez ela sentira-se o centro do mundo dele por um momento. E ele havia trazido uma rosa – *a* rosa – e, apesar da rapidez e do modo abrupto como partira, havia algo ali que poderia ser considerado romântico. Mas ontem ele fizera com que se sentisse uma coisa para ser usada e descartada logo em seguida. Mais uma vez, tentou imaginar com quantas mulheres teria tido casos fugazes durante um serviço. Lembrou que ele costumava pintar prédios novos, mas, ainda assim, havia mulheres por perto, não? De repente, perguntou-se se Nick já teria transado com Karen ou Melody, as belas representantes de vendas da Ash que costumavam ir ao local das obras com os clientes durante a fase de pintura. Pensou nas inúmeras corretoras de imóveis que iam aos condomínios em construção para despertar o interesse de possíveis compradores.

– Droga – disse ela, batendo o pé no piso de cerâmica. Que diferença fazia com quem Nick dormira? Ela sabia ser uma de muitas, apenas mais uma sem rosto e sem nome na multidão.

Mas não, não conseguia acreditar *nisso*. Não quando lembrava como ele a olhara. Ele a *vira*, de modo real, vira dentro de sua alma – ela sabia. E também havia a rosa de sua fantasia; como aquilo podia ser explicado? E as respostas que ele havia dado quando conversaram – a respeito do cavalo, do mar... como podia riscá-las do mapa como coisas sem importância? Tais lembranças permaneciam em sua mente ainda agora, aumentando um pouco a força da frágil ligação entre eles.

Ela havia até mesmo incluído mais uma fantasia no seu diário sexual. Começara como uma tentativa de escrever algo que não tivesse nada a ver com ele, localizado em um lugar muito distante, em um mundo totalmente diferente. Mordeu o lábio e olhou para o nada pela janela da cozinha, tentando lembrar as palavras usadas na esperança de transportar a si mesma para longe da situação com Nick.

Nado em uma lagoa de uma ilha polinésia isolada. Na água rasa, me aproximo de um exuberante banco de areia, cercado por imensas rochas e adornado por uma frondosa vegetação. Recostando-me contra as pedras, fecho os olhos e relaxo à sombra daquele refúgio.

Quando um toque suave como o de uma borboleta roça meu ombro e meu pescoço, sei que devia ficar alarmada, mas não é assim que me sinto – sei por instinto que o toque vem de um homem querendo sexo, e o isolamento da ilha me traz uma liberdade tanto estranha quanto bem-vinda.

Espio sobre o ombro e vejo um nativo alto e de pele morena abaixar-se para desamarrar a parte de cima do meu biquíni, atrás do meu pescoço. Quando o top cai, desnudando meus seios, o sol atravessa as árvores para aquecê-los. Ele me alcança por trás para acariciá-los com as mãos ásperas enquanto beija meu pescoço, o lado rude e o lado suave de seu afeto mesclando-se para provocar um prazer irresistível.

Após mergulhar na água e ressurgir, seu rosto apresenta uma expressão selvagem, como que lembrando-me de que tomará o que quiser – e estou mais do que disposta a dar tudo a ele.

Aproximando-se de onde estou, junto às pedras, ele apoia as mãos em cada um dos meus ombros e curva-se para chupar primeiro um seio, depois o outro, com uma urgência brusca. O sol esquenta ainda mais, brilhando de modo intenso enquanto ele se esfrega com força na minha pele. Quanto mais ele chupa, mais o calor me atinge do alto.

Sob a água, ele desfaz o laço lateral até me livrar também da parte de baixo do biquíni e, sem hesitar, enfia dois dedos dentro de mim, movendo-os para dentro e para fora, para dentro e para fora, enquanto sua boca puxa meus mamilos e eu me estiro sob o sol escaldante, tão quente como estou por dentro agora.

Sem aviso, ele mete o membro entre minhas pernas – de maneira tão feroz como tudo nessa transa –, mas o comportamento selvagem dele traz a tona a fera em mim também, fazendo-me gemer e ronronar e gritar com cada estocada.

Duro e com força, ele direciona a ereção ao meu corpo convidativo. Estendo os braços, agarrando-me às pedras como se minha vida dependesse disso enquanto ele me enche com seu brutal afeto. O sol escaldante queima com mais luz e calor a cada estocada funda até que me perco nos dois tipos de ardor, meus olhos fechados, meu corpo entregue a meu amante nativo. E no exato instante em que paro de pensar e me permito apenas sentir e experimentar, um orgasmo violento me sacode, fazendo-me gritar enquanto arranho seus ombros e me agarro a ele, apertando-o – e então ele também goza, com as últimas estocadas ainda intensas, porém mais lentas, e sei que ele sente cada uma de maneira tão completa como eu.

Permanecemos assim, abraçados dentro da água, e, quando abro os olhos esperando dar de cara com a claridade intensa do sol acima, vejo que não – permanecemos sob a sombra da espessa vegetação, sem sinal algum do sol.

Claro que, mesmo antes de terminar de escrever, sabia que o amante não era nenhum nativo de pele morena – era um moreno da Flórida que não se abraçava a ela quando tudo terminava, que apenas a deixava sozinha e vazia depois do sexo. Por Deus, acreditava poder fugir dele em suas fantasias, mas, assim como na última vez em que escrevera no diário, tudo dizia respeito a Nick. Suspirou, sentindo a mesma decepção que experimentara ao terminar de escrever a história e percebendo que ela apenas aumentara o que estava esperando eliminar. Era tudo em vão.

Naquele momento, ouviu o som familiar de uma escada sendo arrastada do lado de fora. *Vá para casa, Nick.* Passava das seis da tarde, muito além da hora de ir embora, mas ele continuava ali, pintando. Os dois tinham se evitado o dia todo, algo com que ela não se importava, mas, quanto mais tempo ele ficava, menos maneiras ela encontrava de se ocupar e mais desejava... sair, dizer algo a ele, encontrar um meio de puxar papo.

Desesperada, ela pensou, revirando os olhos. *Está se comportando como uma menininha desesperada para encontrar um par para o baile.*

Mas, na verdade, era *pior* do que isso. *Você é uma mulher desesperada tentando arrancar um grama que seja de afeto de um homem com quem fez sexo duas vezes, sem qualquer emoção da parte dele. Está procurando freneticamente por um lado dele que provavelmente nem exista.* Triste, porém real. Como aquilo acontecera com ela? E quando ela entenderia a mensagem? Ele havia dito, de modo muito direto, que aquilo não significava nada – por que ela não era capaz de aceitar isso, reconhecer a derrota e seguir em frente?

Porque ele estava ali fora, tão perto dela.

E porque ela ainda o desejava, ainda acreditava que havia mais a respeito dele.

Lauren suspirou alto ao admitir, mas era verdade. Seu corpo formigava de nervosismo e percebeu que, depois de tudo, depois de *ontem*, estava seriamente pensando em sair para falar com ele.

NICK OBSERVOU DE UMA ESCADA LAUREN atravessar o quintal em direção à piscina, vestindo uma minissaia branca e uma blusa em estampa floral que marcava suas curvas. Estava descalça. Caramba, ela conseguia ser sensual mesmo sem querer. Mas ele não a havia visto o dia todo e pensara nela o mínimo possível, e até havia conseguido resistir à vontade de entrar e ler mais um dos relatos de seu diário de fantasias sexuais quando escutou o portão se abrir naquela manhã. Então, parecia um momento inadequado para permitir que ela invadisse sua mente agora que conseguira atravessar quase o dia todo.

Claro, o dia havia sido *longo*. E ele planejava trabalhar por uma ou duas horas ainda antes de parar. Havia perdido algumas horas ao levar Davy à marina, na segunda-feira, e mais algumas ontem à tarde depois de sair dali como um tiro, após terem transado na pia. As lembranças faziam com que não tirasse os olhos dela.

Ela se agachou ao lado da piscina, levou a mão à água, checou o termômetro e quase deixou o traseiro à mostra, apesar de ele acreditar que fora sem querer. Nick voltou a trabalhar, mas viu pelo canto do olho quando ela voltou ao quintal para checar os comedouros dos pássaros, que ele sabia que ela havia enchido ontem mesmo. Realmente gostava de pássaros, ele pensou.

Um minuto depois, ela caminhou em direção à casa, em direção a ele. Procurou não encará-la, mesmo quando ela disse, à distância:

– Trabalhando até tarde?

– Correndo atrás – ele acreditava que os dois sabiam o motivo.

– Ah – disse ela de modo breve, e então caminhou em direção à porta.

– Como está o dedo? – merda, o que havia acabado de perguntar?

Ela parou para olhar para ele.

– Melhor. – Então, virou-se para sair e havia quase chegado às portas duplas quando parou de novo, olhando para trás.

– Até que horas está pensando em trabalhar?

Ele deu de ombros em cima da escada.

– Mais uma ou duas horas.

– Vai jantar?

Nick balançou a cabeça.

– Não tenho tempo. Preciso trabalhar.

E a mudou o peso do corpo de um pé para outro, hesitando.

– Tenho uma travessa pequena de lasanha no forno. Se quiser.

As palavras o sobressaltaram. Não conseguia acreditar que ela o convidara para jantar depois de ontem, e não soube o que pensar. Sentiu um aperto no peito enquanto pensava no que responder, mas finalmente ouviu a si mesmo dizer:

– Claro.
Ela assentiu devagar, sem qualquer emoção aparente no rosto.
– Estará pronto em quinze minutos. Deixarei a porta dos fundos aberta.
Nick observou-a entrar e então engoliu em seco. O que diabos ele estava fazendo?
Você vai jantar com ela, Nick. Só isso.
Entretanto, assim que a viu, pensou em passar as mãos por suas coxas, subindo aquela linda minissaia. Ele conseguia ver com clareza que aquilo poderia se tornar mais uma transa quente e breve – só um ou dois olhares e então ele estaria seduzindo-a de novo, deixando-a de novo, sentindo-se um lixo de novo.
Respirando fundo, Nick decidiu que seria melhor – para os dois – simplesmente recusar o jantar, dizer que havia mudado de ideia. E também seria melhor sair dali o mais rápido possível. Era óbvio que estava trabalhando muito tempo sob o sol e, por isso, não conseguia pensar com clareza; era a única explicação para ter aceitado o convite.
Então, passou o rolo sobre o gesso mais algumas vezes, encontrou um bom ponto para encerrar a pintura e desceu da escada, segurando a bandeja de tinta quase vazia. Limparia suas coisas, diria a ela que comeria algo no caminho para casa e agradeceria o convite. Era o mais inteligente a fazer.
Alguns minutos depois, Nick havia feito a última viagem à van e dera a volta na casa para dizer a Lauren que estava de saída. Aproximou-se das portas duplas, pronto para bater, mas então lembrou o que ela dissera sobre deixá-las abertas. Uma tensão ainda pressionava seu peito ao entreabrir a porta e espiar para dentro.
– Entre. – Lauren estava de pé diante da mesa de vidro, que agora tinha sido arrumada casualmente para duas pessoas com pratos turquesa. Ela segurava uma garrafa de vinho branco. – Você gosta de vinho?
– Hum, sim – disse ele ainda hesitante.
Ela logo encheu duas taças que estavam junto aos pratos.

Droga, ele pensou, olhando para as taças. Agora seria grosseria ir embora. Não que nunca tivesse agido de modo grosseiro com aquela mulher – era, praticamente, a atitude que sempre adotava –, mas depois de como a tratara no dia anterior, e da penúltima vez também, não queria ser grosseiro de novo. Ela não merecia, e ele havia cansado de bancar o *bad boy*.

Então, respirando fundo, Nick disse a si mesmo que, talvez, o jantar fosse uma boa maneira de... equilibrar as coisas entre eles, deixar a situação um pouco mais normal. Se conseguisse fazer uma refeição com ela sem qualquer provocação, talvez fosse uma boa maneira de se desculpar. Talvez tornasse o resto do trabalho na casa dela um pouco mais fácil para os dois.

– Bem, vai entrar? – ela havia se dirigido ao fogão e agora se virava, levando uma travessa de lasanha entre os pegadores turquesa.

– Claro – disse ele, entrando e fechando a porta.

– Sente-se e coma – disse ela, e ele começava a pensar que era incrível. Nunca ninguém diria que, por trás daquela atitude controlada, ele a tinha seduzido sobre a pia do banheiro um dia antes e depois a deixara ali, prestes a desabar. Ela estava começando a agir como *ele* agora, o que era irritante.

Puxando uma cadeira pesada de ferro forjado, Nick se sentou e se serviu de lasanha.

– Hum, você mesma fez?

Ela assentiu e tomou um gole da taça, e Nick pensou: *Dã, quem mais poderia ter feito?*

Depois de comer um pouco, ele disse:
– Está boa.

Lauren assentiu de novo, e Nick sentiu vontade de bebericar o vinho. Reconheceu a voz de Chris Isaak cantando algo lento e triste a respeito de uma decepção amorosa e percebeu com surpresa que se sentia desconfortável com ela. Talvez fazer o papel de vilão tivesse sido mais fácil, dando a ele mais controle.

Quando sentiu algo roçar sua perna, olhou para baixo e viu a gata peluda de novo. Puxou os coturnos para baixo da cadeira depois de ver as pernas longas e esguias de Lauren, cruzadas na altura dos tornozelos. A gata seguiu os pés dele, ainda se esfregando, mas ele resistiu à vontade de ser malvado. E desejava como nunca não estar naquela situação; devia ter ido para casa assim que teve a chance.

Lauren olhou embaixo da cadeira.

– Isadora Ash – ela repreendeu a gata –, deixe Nick em paz para jantar.

Sem querer, Nick esboçou um sorriso.

– O que foi? – perguntou ela com ingenuidade.

– Nada. – Ele pegou o vinho. – É que nunca vi ninguém chamar o animal de estimação pelo sobrenome.

– Sempre fizemos isso com nossos animais. Ideia de minha mãe, acredito. Faziam isso em *O sol é para todos*.

– Bom filme – disse ele e, no mesmo instante, se arrependeu por não ter dado a entender que sabia ter sido um livro antes.

Mas Lauren sorriu.

– Minha mãe também adorou. Ela tinha uma queda por Gregory Peck.

– Sua mãe... – disse ele, sem saber bem o que pretendia, mas indagando – há quanto tempo ela...

Lauren olhou para o vinho e mexeu na haste da taça, fazendo com que ele se arrependesse de ter falado.

– Oito anos atrás. Ela teve leucemia.

– Sinto muito – Nick murmurou, pegando um pedaço de pão para se ocupar.

– Mas ela viveu até meus vinte anos, quase. Eu deveria me sentir grata por isso. Sei que você era bem mais jovem quando a sua mãe morreu.

– Doze anos.

Lauren olhou para ele.

– Sabe, quando eu era pequena, achava a sua mãe a mulher mais linda de todas.

Nick não pensava nisso havia algum tempo, mas sua mãe era mesmo extraordinariamente linda.

– Adorava os cabelos compridos e escuros dela – Lauren continuou –, e a sua pele parecia seda. Ela tinha um ar exótico e... cheio de mistérios.

Era engraçado, porque Nick acreditava que todas as meninas queriam ser loiras. Na adolescência, Elaine chorava por causa dos cabelos escuros e ainda mais quando seu pai a proibiu de clareá-los. Mas talvez ele estivesse errado; talvez as garotas loiras quisessem ser morenas. Talvez a grama sempre fosse mais verde do outro lado.

– Sabia que ela era italiana? – perguntou, a respeito de sua mãe.

Lauren inclinou a cabeça.

– Não.

– Quer dizer, ela nunca viveu lá, mas seus pais eram do Velho Continente. Eles se referiam à Itália como a "Terra Antiga".

Ela sorriu, e Nick também relaxou o suficiente para sorrir porque, de repente, pareceu fácil falar com ela, fácil compartilhar algo.

– Quer mais vinho? – perguntou ela, e Nick percebeu que havia bebido tudo.

– Claro.

Enquanto ela pegava a garrafa e despejava o vinho, a conversa quase morreu, até que Lauren puxou outro assunto.

– Eu... sinto muito por você ter que trabalhar até tão tarde, Nick, sinto muito pelo que está atrasando seu trabalho. Eu me refiro às árvores e às treliças de rosas – disse ela com rapidez.

Nick balançou a cabeça.

– Não é exatamente por isso que estou atrasado. – *Estou atrasado porque não tirei minhas mãos de você ontem. E porque...* Sobre essa parte ele podia falar, um pouco. – Eu me atrasei na segunda devido a um problema de família, e saí mais cedo naquele dia, também, para levar meu irmão mais novo à marina. – Ele olhou para Lauren, desviando o olhar do prato. – Ele gosta de ver os pescadores trazendo os peixes.

Lauren sorriu de novo, e ele percebeu que, até então, havia visto muito pouco daquilo: o sorriso dela.

– Não sabia que você tinha um irmão tão novo.

– O Davy tem 29 anos.

Ela não respondeu, mas mostrou-se confusa, o que era justificável.

— Ele... se machucou quando era criança — Nick explicou. — Ele é como um menino por dentro.

Ela olhou para ele com preocupação, e Nick sentiu um calor no peito.

— Tudo bem — ele mentiu para confortá-la. Então, disse algo que *não* era mentira, aquilo que Elaine sempre lhe dizia. — O Davy é feliz. Ele vê o mundo com lentes coloridas.

— Talvez não seja tão ruim permanecer como criança. As coisas eram mais simples na infância.

Enquanto trocavam mais um sorriso, ele pensou nas épocas mais felizes antes da morte de sua mãe, quando o mundo parecia brilhante e perfeito, quando só o que importava eram os desenhos animados das manhãs de sábado, a noite de Natal e os campeonatos de beisebol.

— Sim — disse ele, por fim. — Acho que o Davy tem isso.

— Como ele se feriu?

Nick balançou a cabeça levemente.

— Longa história. Talvez eu conte em outro momento.

— Certo — respondeu ela com delicadeza.

E então, os joelhos dos dois se tocaram embaixo da mesa, e Nick sentiu o calor subir por suas coxas enquanto os dois se entreolhavam — com *aquele* olhar inconfundível que significava *quero você*.

Ah, droga, ele pensou, sentindo a pressão na virilha.

Então Lauren afastou os joelhos — o que foi um alívio e uma decepção — e olhou com nervosismo para a taça de vinho antes de pegá-la para um longo gole.

Ele não gostava mais daquilo — deixá-la nervosa. Num impulso, estendeu a mão para segurar o punho dela com delicadeza, e seus olhares se encontraram. De repente, ele não queria mais fingir que nada incomum nunca havia acontecido entre eles, que tudo estava normal ali; queria ser honesto.

— Não tenha medo de mim, tá?

Ela respirou fundo, e então soltou o ar, sem desviar o olhar.

— Nick, sei que reajo com nervosismo, mas é porque as coisas que fiz com você não são coisas que costumo fazer.

Normalmente, me controlo muito mais. – Só então ela puxou o braço lentamente para pegar a faca e o garfo, voltando a se concentrar em seu prato. – Mas, se eu tivesse medo de você, não o convidaria para comer comigo.

– Acho que não – disse ele, perdendo o interesse na comida, desejando saber mais, desejando tirar a verdade dela, por mais perigoso que parecesse.

– Mas se você costuma estar no controle... o que aconteceu?

Quando ela olhou para frente, ele viu a honestidade em seus olhos.

– Você aconteceu – ela confessou baixinho, corando de leve. – Não estou louca pra admitir que você me afeta, mas acho que é melhor do que deixá-lo pensar que eu estava mentindo naquela noite na praia, melhor do que deixá-lo pensar que sou como Carolyn.

– Sei que você não é. Já vi em seus olhos. Ouvi em sua voz.

Ela também pareceu se esquecer da comida.

– O que você viu?

Nick suspirou e balançou a cabeça.

– Não sei explicar com exatidão. Mas sei que você é diferente.

Nick sempre procurava a garota fácil, sem rodeios, que só queria transar e se divertir. Assim, a vida complicada ficava um pouco mais fácil. Mas ele soubera, desde aquela noite na praia, que Lauren era diferente de qualquer outra mulher que ele já conhecera.

Ainda assim... ele continuava a procurá-la? Continuava indo atrás daquela garota que fazia com que ele ficasse maluco só com um olhar? Atrás da mulher que dificultava sua partida logo depois? Não fazia sentido, não para ele. Na verdade, só podia estar ficando louco para estar ali, conversando com ela tão abertamente. Quando diabos isso tinha acontecido?

Ele ainda estava fitando-a – e ela o encarava de volta. Achara os olhos dela lindos desde que tinham se conhecido, mas nunca tão bonitos como agora. Viu que ela lutava contra a paixão, assim como ele. Viu os lábios dela tremerem, viu seu medo, viu que sentia necessidade de dizer não àquilo, mas queria dizer sim.

Diga, princesa. Diga sim. Diga qualquer coisa. Faça qualquer coisa. Toque-me. Mostre-me que você me deseja e não terei como resistir.

A mão dela tremia quando esvaziou a taça de vinho e colocou-a sobre a mesa.

Nick balançou a cabeça.

– Por favor, não fique tão nervosa comigo.

– Não consigo evitar. – Ela ficou de pé. – Ou melhor... não estou, está bem? Não estou. – Pegou o prato e o levou ao balcão.

– Você acabou de comer?

– Sim.

Inclinou-se para frente e pegou o prato dele também, o suficiente para que ele sentisse o cheiro amadeirado de seu perfume e olhasse para o decote dela quando se virou para o balcão.

Não sabia o que fazer, por isso ficou ali, observando enquanto ela raspava os restos do jantar para dentro do lixo e colocava os pratos na lava-louças.

– Você já comprou a tinta para os rodapés? – perguntou ela.

Tinta para os rodapés? Que pergunta era aquela?

– Não. Por quê?

Ela ficou de pé do outro lado do balcão, olhando para ele, mas abrindo uma distância entre os dois.

– Vi uma foto em uma revista de algo mais claro, e fiquei pensando se a cor que escolhi não é meio escura demais. – Os olhos dela ainda estavam assustados.

Nick ficou surpreso com o rumo da conversa, mas admitiu:

– É meio escuro, mesmo. Algo mais claro, próximo da cor-base, pode destacar melhor sua arquitetura.

Ela assentiu rapidamente. E Nick ainda a desejava, mas uma parte dele começava a sentir um pouco de alívio por ela tê-los separado. *É melhor*, ele dizia a si mesmo. *É melhor, sem dúvida.*

– Tenho a revista, se quiser ver.

– Claro – disse ele.

– Está lá em cima – ela apontou para o teto. – Vou pegá-la e já volto.

Ela quase correu da cozinha, deixando Nick dividido por suas emoções. Detestava o modo como a fazia sentir-se nervosa, detestava ver que ela havia acabado de sair correndo de perto dele como se seu corpo estivesse em chamas e detestava as desculpas que inventava, como no caso da tinta. Mas ainda a desejava, muito. Apesar do nervosismo. Ou seria *por causa* dele? Não tinha certeza se já havia conhecido alguma garota, desde o ensino médio, que olhasse para ele daquele jeito, que sentisse seus toques com tanta intensidade, que deixasse o sexo guiá-la profundamente, que sentisse uma dor tão grande quando ele se afastava.

    A casa toda estava silenciosa ao redor dele. As primeiras notas de "Wicked Game", de Chris Isaak, ecoaram pelas caixas de som, parecendo deixar o clima mais pesado. Os batimentos cardíacos de Nick se aceleraram enquanto ele permanecia ali, esperando, tentando se manter sob controle. Porque não queria ficar ali sentado naquela cadeira. Naquele momento, não queria estar em nenhum lugar no qual ela não estivesse.

    Ele passou as mãos pelos cabelos, respirou fundo. Droga, devia estar perdendo o juízo. Porque não queria continuar magoando-a, não mesmo. E como vinha dizendo a si mesmo, não podia ter nada com aquela mulher. Não era nem o tipo de homem que *quisesse* compromisso, mas, mesmo se fosse, não poderia ser com ela. Não com a filha de Henry Ash.

    Mesmo assim, algo fez com que se levantasse, fez com que afastasse a cadeira. Algo o levou pelo corredor, escada acima.

    Colocando a mão no corrimão, ele parou, prestou atenção e percebeu ainda mais o tesão que o consumia. Acima do som da música, escutou quando ela procurou, no cômodo que ficava além do escritório. Um cômodo no qual ele nunca havia entrado. O quarto dela.

    Devagar, Nick começou a subir a escada, e a canção sobre um homem que não queria se apaixonar o guiava. A cada passo, ele temia que seu coração escapasse do peito. E dizia a si mesmo para não pensar no amanhã, para não pensar além do agora. *Apenas não pense. Dê a ela o que vocês dois precisam tanto que não conseguem passar vinte minutos sem que a vontade exploda entre os dois.*

No topo da escada, virou e caminhou devagar em direção ao quarto pouco iluminado, passando a mão pelo corrimão acima da saleta. Ardia de ansiedade de vê-la de novo, de vê-la tentar lutar, mas se entregar, de ouvir seus gemidos baixos e excitados.

Parou à porta de quarto e viu que ela estava ajoelhada diante de uma pilha de revistas no chão, folheando-as como louca, uma depois da outra, tentando encontrar uma foto que poderia ter inventado ter visto para poder escapar da presença dele. A ereção dele se pronunciava dentro da calça de trabalho. *Vamos, princesa, deixe. Vire-se. Entregue-se para mim.*

Quando ela ficou de pé e virou-se em direção à porta, parou.

– Desculpe – disse ele, baixinho. – Não queria assustá-la.

Ela se lançou à frente, segurando a revista aberta.

– É isto. – Mas ver que ela *não* inventara a história da foto não diminuiu a confiança de Nick. Ela podia entregar-lhe a revista, mas não significava que o desejava menos do que ele a desejava.

Ao olhar para a foto, ele assentiu.

– Sim, isso seria melhor. Um visual mais clássico.

Ela encarou-o, tão perto que ele conseguia sentir seu perfume de novo.

– Você acha mesmo?

– Sim – ele suspirou. Então, levou as duas mãos ao rosto dela, olhou em seus olhos aveludados e levou os lábios aos dela. A revista caiu aos pés deles quando uma onda familiar de prazer tomou o corpo de Nick.

Lauren estava se afogando – era essa a sensação quando Nick a beijava, como se estivesse descendo, sem conseguir respirar, sem qualquer chance sob o peso da paixão dele. Quando Nick a tocava e a beijava, o resto do mundo desaparecia enquanto o prazer a consumia.

Quando a língua quente dele entrou em sua boca, ela a recebeu, assustada ao perceber como se sentia próxima daquele homem que quase não conhecia, com a intimidade que dividiam. Queria se sentir mal, se sentir suja – mas não se sentia assim, e não havia como lutar contra aquilo. Retribuiu os beijos com toda a intensidade de sua alma.

As mãos de Nick desceram em uma exploração demorada pelo rosto dela até o pescoço, depois os seios, moldando cada um deles, como um cego tentando ver com o tato. Quando enfim parou as mãos na cintura dela, parou de beijá-la e encarou-a com a intensidade que ela sempre via em seus olhos escuros. Dando um passo à frente, encostou-a na parede, fazendo com que a frente do seu corpo roçasse contra o dela enquanto sua ereção pressionava a barriga dela.
– Nick – disse ela.
Ele a calou com mais beijos, com a língua lambendo a dela de modo provocativo, as mãos percorrendo seu corpo até chegarem às nádegas pela saia enquanto ela passava os braços ao redor do pescoço dele. Ela queria baixar as mãos para tirar a calça dele. Queria ajoelhar-se à frente dele. Segurou-se a ele com força e o beijou intensamente, tentando controlar-se para não ceder àquela maior forma de adoração, lembrando que já havia dado demais de si para um homem que não se importava com ela. Saber que estava prestes a transar com ele de novo já era ruim o bastante.
Os beijos dele desceram pelos lábios dela, pousando levemente em seu rosto e pescoço. As sensações quentes e delicadas, uma atrás da outra, quase a paralisaram. Ele puxou a saia até passar as mãos por baixo, e sua voz estava rouca no ouvido dela.
– Você não está usando calcinha?
– Uma bem pequena – os lábios dela tremeram, sua voz foi um gemido.
Ele passou uma das mãos até encontrar uma faixa fina de tecido no centro.
– Muito sexy – sussurrou, com a respiração quente no pescoço dela. Passou os dedos por baixo, fazendo com que ela estremecesse ao toque.
– Saia branca – ela esforçou-se para encontrar algo a dizer.
– Outras calcinhas marcam.
A voz dele quase não foi ouvida quando disse:
– Você me deixa com muito tesão.
E então as pontas dos dedos por baixo da calcinha foram descendo, passando por toda a extensão sensível até chegarem

onde ela estava úmida e a penetrarem. Ela gemeu, o coração acelerado com o toque íntimo. A outra mão dele chegou aos seios, seus lábios cobriram os dela, e Lauren sentiu que estava se entregando, com vontade de fazer tudo o que ele quisesse. Daria a ele cada pedaço de seu corpo, cada parte íntima, cada inibição secreta.

Mas – ai, meu Deus – não era isso o que ela queria. Era? Nem sequer sabia mais, não sabia diferenciar o certo do errado ou o feliz do triste quando ele estava perto. Por que diabos dera início àquilo com ele de novo? Por que fora tão honesta, confessando como ele a afetava?

Não podia continuar com aquilo, não podia deixar seu encanto pela cor de uma rosa tornar aquilo algo que não era. Não podia se envolver ainda mais naquela rede de paixão. Não podia ser o brinquedo de Nick Armstrong, por mais difícil que fosse interromper aquilo. Precisava fazer algo para se salvar, para se proteger, para se respeitar.

– Nick – surpreendeu-se com o modo firme com que dissera o nome dele.

– Ah, linda – ele gemeu, seus dedos movendo-se dentro dela, que estava ofegante.

– Nick – disse ela de novo. – Nick, eu...

– Shhh, linda, não diga nada. Apenas deixe-me fazer você se sentir bem.

– *Preciso* conversar – disse ela, afastando-o.

Ele tirou os dedos de dentro dela e ela o segurou à distância dos braços. Parecia chocado com a atitude decidida dela.

– Não posso – disse ela, incrédula, balançando a cabeça.

– O quê? – sussurrou ele.

– Não posso – repetiu, ciente de que seus olhos estavam marejados. – Não posso transar se for só isso. Não posso, não vou mais fazer isso comigo. Fico arrasada por dentro.

Ela parou, respirou fundo e tentou não pensar em como *isso* a machucava também, mas precisava fazê-lo, precisava terminar.

– Então, se não for ficar depois, vá embora agora.

Ele engoliu em seco e seus olhos mudaram. Era aquele olhar triste e preocupado que ela já tinha visto antes, depois da primeira vez que transaram. Ali, observando-o, analisando seus olhos acinzentados, sentindo o toque forte dele no quadril, ela se deu conta de novo – que homem lindo ele era. E havia algo entre eles que era tão bom quando estavam juntos que, mesmo se fosse apenas química, despejava uma força gigantesca. Mas, ainda assim, ela o estava mandando embora. Queria dizer mais, queria fazer com que ele realmente entendesse por que aquilo não podia continuar.

– Nick, sinto muito. Só não estou...

Ele levou dois dedos aos lábios dela.

– Shhh – disse baixinho. – Você não precisa dizer mais nada, princesa. Eu compreendo. Já entendi.

Os dedos dele permaneceram ali enquanto eles se entreolharam por um momento sem fim, e Lauren desejou que ele apenas fosse embora e colocasse um fim em tudo isso. Ela precisava desabar, precisava chorar, precisava entender a bagunça que aquele homem havia causado nela.

Então, ele subiu as mãos lentamente pelas laterais do corpo dela até chegarem aos seios. *Ah, Deus.* Os polegares dele roçavam delicadamente seus mamilos sobre a blusa e o sutiã, provocando ondas de prazer e fazendo com que ela quisesse se entregar de novo.

Mas não – ela segurou as mãos dele, imobilizando-as sobre seus seios.

– Nick, que diabos está fazendo? Não pode continuar fazendo isso comigo! Não pode! Eu não posso...

– Eu vou ficar – sussurrou ele. – Eu vou ficar.

CAPÍTULO 11

Nick quase nunca passava a noite com uma mulher – assim, as coisas eram mais simples. Mas Lauren não deixara alternativa. Só sabia que não queria se afastar dela, não estava pronto para deixar aquilo terminar, apesar de tudo o que pudesse dizer a si mesmo. E não sabia onde estava se metendo, tampouco se interessava em analisar a situação naquele momento.

Ele nunca a vira tão surpresa – nem mesmo quando dissera que já tinha transado em cima de um cavalo, nem mesmo quando dera a ela aquela rosa. Cobriu os lábios dela com os dele, ansioso para afastar o choque com um beijo, disposto a fazer *tudo* por ela.

Puxando a blusa dela por cima do sutiã de renda lilás, moldou os seios com as mãos e escutou sua respiração se tornar mais pesada.

– Este é o sutiã que você estava usando na praia? – ele murmurou no ouvido dela, e então começou a beijar logo embaixo.

– Hum... – ela olhou para baixo – sim, acho que sim.

– Não consegui ver a cor no escuro. Levante os braços – ele sussurrou.

Ela o fez, permitindo que ele tirasse a blusa justa por cima de sua cabeça.

Enfiando os dedos na renda decotada de cada bojo, ele puxou o tecido, deixando os seios livres. Ela arquejou quando ele curvou-se para envolver um dos mamilos rígidos com os lábios, circulando-o com a língua. O som da respiração ofegante dela, o modo como enfiou os dedos em seus cabelos, tudo o excitava. Deslizando a língua sobre o mamilo rígido uma última vez, ele passou para o outro seio e o chupou fundo para dentro da boca, sentindo-se ainda mais excitado e deliciando-se ao saber que ela o observava.

Quando ficou de joelhos, beijou a barriga macia dela e roçou as mãos na parte de trás das suas coxas. A respiração dela ficou mais intensa enquanto se agarrava ao pescoço dele, que adorava ver como ela estava excitada... *mas há muito mais para acontecer, linda. Muito mais.* Ele não pretendia apressar as coisas.

Enrolando os dedos no elástico fino na cintura dela, desceu a calcinha pequena e lilás até os tornozelos. Quando ela se livrou da peça, ele ergueu a saia até vislumbrar os pelos loiros entre suas coxas. Beijou a pele macia logo acima, fazendo com que ela estremecesse.

Levantando-se, Nick caminhou até a penteadeira, onde pegou uma cadeira cor-de-rosa e a virou.

– Sente-se.

Ela obedeceu ao comando e ele se ajoelhou diante dela mais uma vez. Abrindo as pernas dela o suficiente para posicionar-se no meio, ele voltou a beijar os seus lábios macios, massageando seus seios redondos.

Ela passou as mãos sobre os ombros dele, pelas costas, puxando a camiseta para cima de sua cabeça.

– Preciso ver você, seu corpo. Nunca o vi.

Ela tinha razão – antes, eles sempre desciam o zíper, apressados e seguindo adiante.

– Não se preocupe, princesa, você vai ver cada pedacinho de meu corpo antes que a noite termine. Mas, agora, só você importa.

Ele passou a língua lentamente por um dos mamilos, deixando-a demorar-se ali enquanto usava as mãos para abrir as pernas dela ainda mais.

Nick pretendera provocá-la um pouco, subir com beijos pelo lado interno do joelho, todos os pontos, menos o lugar onde ela mais queria. Mas estar no meio das pernas dela não fazia com que sentisse vontade de provocar. Olhou com intensidade dentro dos olhos dela e disse:

– Segure-se na cadeira. E não solte.

Sem hesitar, ela segurou as pernas de trás da cadeira. Incapaz de esperar mais um segundo sequer, Nick passou a língua pela parte central úmida.

O tremor atravessou-a e chegou até ele também. Tentou controlar a respiração e manter a sanidade enquanto a lambia de novo, e mais uma vez, e logo subiu a mão, usando os dedos para abri-la ainda mais. Ela gemia sem parar, e ele deliciava-se com a intensidade do prazer dela.

– Levante as pernas – disse ele, com a voz um tanto trêmula, e Lauren permitiu que ele a posicionasse como queria. Ele pressionou a parte de trás das pernas levantadas dela, endurecendo a língua, pressionando-a contra a carne macia até escorregá-la para dentro da vagina.

– Ah – ela gemeu.

Ele fechou os olhos, enfiando a língua na abertura úmida, deliciando-se com a sensação.

– Ah. *Ah.*

Ele escorregou a língua devagar para dentro e para fora dela até temer que nenhum dos dois conseguisse se controlar. Então abaixou as pernas dela lentamente até seus pés tocarem o chão. Ele esperou que ela respirasse, esperou que ele próprio se recuperasse, então olhou-a e sussurrou:

– Vou fazer você gozar agora.

Ainda segurando-se firme à cadeira, ela apenas suspirou, e Nick se abaixou para lamber devagar a região rosada e sensível onde ele sabia estar o ponto central de seu desejo. O gemido alto dela estremeceu Nick, e ele voltou a lambê-la.

– Isso – ela sussurrou.

Enfiando dois dedos dentro da abertura quente, ele esfregou a língua nela com o mesmo ritmo lento e quente que a fizera gozar sempre que haviam estado juntos. Os gritos dela ficaram mais altos, ela se moveu contra os lábios dele com mais intensidade, e Nick reconheceu o prazer de estar totalmente tomado por ela quando gritou:

– Ah, Deus, Nick! Ah, Deus! – com a carne em rápidos espasmos ao redor de seus dedos.

Quando acabou, ele escorregou as mãos até o quadril dela, que permanecia ofegante, e apenas a observou toda a sua beleza o invadindo como a correnteza de um rio. Por fim, ele disse:
– Quero levar você para a cama.
Quando Nick retirou o belo sutiã e a saia, ela se deitou nua sobre a colcha da cama de quatro pilares.
– Agora, você. Tire as calças.
Ele desceu-as, juntamente com a cueca, e permitiu que ela olhasse até concentrar-se apenas na ereção proeminente dele.
– Nick?
Ele se abaixou ao lado dela, na cama.
– Sim?
Ela mordeu os lábios.
– Não me leve a mal. Adoro preliminares, como qualquer mulher. Mas quero você dentro de mim agora.
O gemido de Nick saiu do fundo de sua alma.
– Também quero estar dentro de você – ele sussurrou, percebendo, ao rolar para cima dela, ser a primeira vez que fariam tudo deitados.
Ela deve ter notado um pouco da surpresa dele pois, assim que escorregou dentro dela, assim que ela emitiu aquele suspiro sexy de aceitação, ela perguntou:
– O que foi?
Ele esboçou um sorriso.
– Nada. É que... não sou o tipo de cara que gosta de papai e mamãe.
Ela envolveu as costas dele com as pernas e o puxou para si.
– Ou talvez eu seja – ele completou sem fôlego.
Moveu-se lentamente para dentro e para fora, deliciando-se com cada movimento, e os beijos de língua entre eles o deixaram tão inebriado que quase esqueceu o próprio nome. E o nome dela também. Pensou nisso uma vez, em quem eles eram um para o outro, o que estavam fazendo – porque aquilo não era só sexo, era mais –, mas então ele tirou o pensamento da mente e entregou-se ao corpo receptivo dela, permitindo que os gemidos sensuais o preenchessem.

Pouco depois, ele saiu dela devagar e virou-a, deitando-se a seu lado na cama e penetrando-a por trás. Depois de alguns movimentos, inclinou-se perto da orelha dela.

– Está gostoso, linda?

O "sim" dela, quase sussurrado, fez com que ele sentisse ainda mais tesão.

Mais uma vez, entregou-se às sensações, penetrando-a com mais força até ela gritar com cada movimento intenso. Nick sabia que não conseguiria aguentar por muito mais tempo, sabia que o paraíso estava a poucos segundos, quando Lauren o surpreendeu de verdade. Enfiando a mão entre seus corpos, ela envolveu os testículos dele com a mão e puxou-os em direção a ela, trazendo Nick ainda mais para dentro dela, tirando totalmente seu controle.

Ele disse um palavrão baixinho e começou a gozar, em meio a ondas de calor e flashes de luz; estava despejando-se dentro dela, entregando-se com tanto intensidade a um orgasmo tão poderoso que o esgotara de toda a capacidade de pensar, de toda a energia..

– Você é tão gostosa – ele sussurrou perto do ouvido dela ao se aconchegar, e então a exaustão tomou conta dele sem ao menos dar-lhes a chance de afastarem seus corpos antes de dormirem juntos.

ELA O ACORDOU NO MEIO DA NOITE. Não resistiu. Vê-lo em sua cama era demais para ela, e o modo como fizeram amor (ela sabia que Nick nunca diria isso, mas era o que parecia ter sido) fez com que ela quase temesse ter sido apenas um sonho.

Passou uma das mãos por baixo das cobertas e o acariciou de leve até senti-lo enrijecendo, crescendo... e acordando.

– O que... – ele murmurou, ainda meio dormindo.

Ela beijou os pelos escuros de seu peito, com a mão firme ao redor de seu pênis agora. Percebeu a rapidez com que se sentiu à vontade acordando ao lado dele, tocando-o de modo tão íntimo. Não era o tipo dela, e tudo devia parecer estranho, desconhecido. Mas o fato de ele ter permanecido mudara tudo.

– Hummm... – disse ele.
– Quero você de novo – ela sussurrou na escuridão.
– Então me use – ele sussurrou.
Ela logo estava sobre ele, encaixando-se com delicadeza. Pouco depois, os dois gozavam juntos com força e intensidade. Ela deitou sobre o peito dele e sentiu a proteção dos seus braços ao redor dela, um pouco antes de o sono envolvê-los de novo.

Nick uniu as mãos atrás da cabeça, vendo o ventilador de teto girar de modo lento. Apesar de as cortinas estarem fechadas, a luz do sol entrava pelas frestas da janela em formato de meia-lua.
– Você ainda está aqui.
Virou-se no travesseiro e encontrou a bela loira deitada ao lado dele, esboçando um sorriso brincalhão. Ela ficava linda de manhã.
– Sim – disse ele.
– Foi tão horrível?
– Não muito. – Não tinha certeza se fora *certo*, mas certamente não fora *horrível*. Na verdade, acordar ao lado de seu belo corpo nu embaixo dos lençóis fora ainda melhor do que Nick esperava.
– Você quer café da manhã?
– Ah – disse ele, inclinando a cabeça um pouco para trás –, ficar tem suas vantagens.
– Isso mesmo. Agora desça até a cozinha e prepare.
Ele riu ao abraçá-la, um gesto automático e não planejado.
– Eu me esforcei para satisfazê-la ontem à noite, mulher, e agora você espera que *eu* faça o café da manhã?
Ela passou a sussurrar, a poucos centímetros do rosto dele.
– Eu também me esforcei bastante com você, lá pelas três da manhã. Lembra?
– Hummm – disse ele lentamente. – Você fez um ótimo trabalho.
– Que bom que concordamos – disse ela com o mesmo tom confiante. – Há alguns bolinhos de canela na geladeira que

você pode esquentar no micro-ondas, há copos de suco no armário mais próximo da pia.

    Aceitando a derrota, saiu da cama devagar. Não se deu o trabalho de vestir-se – a casa era isolada o suficiente para não temer ser visto pelas janelas. Enquanto caminhava nu pela cozinha dela, percebeu que a última vez em que fizera aquilo para uma mulher tinha sido... *nunca*. Estava acostumado a ser servido. E sim, a princesa o servia de certo modo, mas às vezes esperava retribuição. Nick queria detestar aquela expectativa... mas, naquele momento, só conseguia se perguntar como diabos acabara preparando o café da manhã para ela.

    Quando entrou no quarto com a bandeja de bolinhos e suco, encontrou Lauren sentada, os lençóis até a cintura.

– Você fica linda assim.

– Assim como?

– Com os seios de fora.

Ela riu.

– Você também fica lindo como está.

– Nu?

Ela riu mais.

– Nu e me servindo.

– Parece que estou satisfazendo uma fantasia aqui ou coisa assim – disse ele, colocando a bandeja no colo dela e passando para o outro lado da cama. A expressão dela era de desejo.

– Muitas fantasias, na verdade – disse ela de modo delicado, e o coração de Nick bateu um pouco mais depressa.

    Quando ele havia levado a rosa e outros detalhes das fantasias dela para dentro do relacionamento, estava tentando surpreendê-la e excitá-la, mas agora parecia muito mais fácil fazer o que dissera, satisfazer as suas fantasias. A simples ideia fazia o sangue dele ferver, mas também era um lembrete de que aquele enorme segredo ainda existia entre eles.

    Ao pegar um bolinho de canela do prato, Nick usou o dedo para impedir que uma gota de cobertura quente caísse nos lençóis. Num impulso, inclinou-se e passou a cobertura no mamilo rosado de Lauren, lambendo-o em seguida.

— Hum, mais vantagens — disse ele, sentindo uma nova onda de desejo percorrer seu corpo.

Ela riu e suspirou, e olhando dentro daqueles belos olhos ele teve de admitir que acordar ao lado dela era muito mais fácil do que deixá-la. Claro, ela provavelmente acreditava que o fato de ele ter ficado significava alguma coisa, mas não significava. Não podia significar. Primeiro, porque ela era a filha de Henry, e sempre seria. Segundo, Nick não se relacionava com ninguém. Se era o que pretendia, acabaria profundamente decepcionada.

Apesar desses pensamentos, no entanto, não conseguiu evitar que as coisas tomassem rumo próprio por enquanto. Principalmente quando ele a observou passar um dedo na cobertura de seu bolinho e cobrir o outro mamilo com ela.

— Aproveite mais uma vantagem — ela quase ronronou para ele.

Nick gemeu quando se inclinou para lamber o mamilo, deixando a língua realizar um movimento circular demorado até ouvir um gemido.

— Está gostoso? — ela inclinou o rosto de modo provocante.

— Gostoso demais — disse ele, tentando entender quando a princesa havia se tornado uma tigresa.

Ela abriu um sorriso questionador.

— Diga, Nick, você dorme com muitas mulheres no trabalho ou só comigo?

De onde saíra aquilo?

— Por quê?

— Curiosidade, só...

— Bem... não posso dizer que nunca aconteceu. Mas não é comum.

Quando disse aquilo, percebeu que teria sido mais simples mentir e jurar inocência, mas era melhor ser sincero, melhor lembrá-la do tipo de homem que ele era.

— Então, aquele preservativo na sua carteira, naquele dia... você o tinha porque...

— Porque sempre sou cuidadoso, como disse... — e então, fez uma careta: — Antes de você, quero dizer.

Ela inclinou a cabeça.

– Eu fui a única pessoa com quem você não foi cuidadoso?

Ele assentiu, e ficou contente por ela não ter perguntado o motivo, porque ele não tinha uma resposta.

– Então, falando daquele dia na pia...

– Queria – ela interrompeu – que não falássemos da pia. – Desviou o olhar quando corou.

– Por quê?

Ela olhou-o de soslaio.

– É que foi... a primeira vez para mim, só isso. Do mesmo modo com que você não gosta de papai e mamãe, eu não gosto da pia.

Nick esboçou um sorriso.

– Você acabou de cobrir o mamilo com cobertura para mim e agora vai bancar a inocente?

Ele sentiu um calor de curiosidade tomar seus olhos quando acrescentou:

– Como *você* responderia à pergunta de Carolyn? Qual o lugar mais incomum em que já transou?

Ela sorriu.

– Na pia.

– Antes disso – disse ele, com uma expressão de repreensão.

Ela corou de novo.

– Nada tão incomum, acredito. Carolyn estava exagerando. Carros, na época da faculdade... e numa barraca, certa vez. – Ela balançou a cabeça. – Foi só isso, antes da pia. Bem chato, não?

– Acredite, você não é nada chata para mim. Mas de volta à pia... o que estava fazendo quando machucou o dedo?

Uma mudança brusca de assunto, ele sabia, mas ele ignorou a expressão questionadora quando ela respondeu:

– Podando rosas.

– E antes disso? – ele acreditava que só queria saber, havia imaginado desde que a conhecera...

– Arrancando ervas daninhas – ela riu. – Por quê?

– Nenhum motivo. Só queria saber se moças ricas fazem esse tipo de coisa.

Ela ficou boquiaberta de modo brincalhão, como se estivesse chocada.

– Nick, o fato de eu ser rica não me torna menos humana.

– Não – disse ele suavemente –, acho que não.

E enquanto estava ali, sentado na cama dela, percebeu que talvez aquele tivesse sido o problema desde o começo – esquecera-se de que ela podia ser humana por trás do dinheiro, por trás do sobrenome Ash. Por trás do corpo lindo e dos cachos loiros, ela era bondosa e gentil, e às vezes a expressão em seus olhos se tornava tão doce que, apesar dele mesmo, Nick sentia necessidade de beijá-la. Foi o que sentiu naquele momento, então inclinou-se, levou uma das mãos ao pescoço macio e a puxou para um beijo longo e quente com gosto de canela.

Quando terminou, ela estava sorrindo.

– Gosto quando você é assim.

– Assim como?

– Quando conversa comigo.

Droga. Ele estava *mesmo* conversando. Não tinha nem pensado nisso, nem mantinha as coisas naquele nível superficial e confortável em que costumava ficar com as mulheres.

– Prefiro beijar – disse, cobrindo os doces lábios dela mais uma vez.

– Já beijamos muito – disse ela em seguida. – Só conversamos pouco.

Nick ficou um tanto apreensivo. Não gostava da ideia de falar, compartilhar pensamentos e emoções – muito menos com a filha de Henry.

– Não sou muito de falar – reclinou-se na cama até apoiar a cabeça no travesseiro.

Ela olhou para ele com os olhos azuis brilhantes.

– Às vezes você é. Se eu não tivesse dito isso agora, talvez você conversasse comigo o dia todo.

Nick balançou a cabeça de leve. Por que as mulheres gostavam tanto de falar?

– Sobre o que precisa tanto falar?

– Qualquer coisa. Seu trabalho. Sua família – ela mordeu o lábio, pensativa. – Poderia me contar o que aconteceu com Davy.

Ele balançou a cabeça e respondeu baixinho.

– Não – aquela era uma história que ele nunca conseguiria contar, a ninguém.

– Também me lembro dele, ainda que não tão bem como de você. Acho que ele jogou areia nos meus olhos em um dos piqueniques da empresa, e sua mãe deu bronca nele.

Nick deu uma risadinha – Davy era assim mesmo, naquela época.

– Ele era meio encrenqueiro quando pequeno – disse ele. – É engraçado, porque ele ainda é meio menino, como naquela época, mas nunca faria algo assim hoje, nunca machucaria alguém. Está sempre tentando salvar as coisas, levando animais feridos para casa, enlouquecendo minha irmã.

– Sua irmã?

– Elaine. Davy mora com ela.

Lauren assentiu, lembrando-se, aparentemente.

– A Elaine se casou?

Nick balançou a cabeça, negando, e apesar de nunca ter pensado nisso, achou triste. *Ele* não era o tipo de pessoa que queria um compromisso como aquele, não queria alguém com quem dividir a vida toda, mas talvez Elaine desejasse isso.

– Que tipos de animais o Davy leva para casa?

– Ele gosta de cuidar de passarinhos de asas e patinhas quebradas – disse Nick –, e um dia, há um ou dois anos, ele viu um cão que havia sido atropelado na Alt 19. Ele me fez parar e pegar o animal, mas não sabíamos o que diabos fazer com o cachorro. Acabamos levando-o ao veterinário, e gastamos bastante dinheiro até que melhorasse. Mas Elaine não quis ficar com ele em casa, então o demos a uma menininha da vizinhança.

Lauren tirou a bandeja da cama e se deitou ao lado de Nick.

– Tadinho do Davy. Ele queria o cachorro?

– Sim. Elaine achou que ele não cuidaria do bicho, mas eu acho que cuidaria, sim. Ele tem jeito com animais, com várias coisas. E sempre *enxerga* as coisas.

– Como assim?
Nick balançou um pouco a cabeça, tentando pensar em como se explicar.
– Ele sempre me mostra coisas que eu não vejo. Árvores incomuns, nuvens... dias em que o mar fica meio revolto. Ele batizou a minha empresa.
– É mesmo?
– Estávamos conversando na Clearwater Beach, certa noite, observando os pássaros mergulhando à procura de peixes. Eu havia acabado de sair da empresa de James Staley para começar meu próprio negócio e pedi para o Davy pensar em um nome. Rápido assim – ele estalou os dedos –, Davy disse que deveria se chamar Horizonte. Disse que as pessoas teriam a ideia de que eu podia pintar todas as cores do pôr do sol. E eu nem sequer havia prestado atenção ao pôr do sol, mas olhei para frente e o céu estava laranja, roxo e rosa, praticamente brilhando. Nós nos sentamos na areia e só observamos as mudanças de cor enquanto o sol se punha. Então, batizei-a de Horizonte por causa de Davy.
Ela mordeu o lábio e inclinou-se para beijar Nick no rosto. Ele ignorou, virando-se devagar, mas escorregando o braço ao redor dela ao mesmo tempo. Droga, como ela havia feito com que ele voltasse a falar?
Lauren encostou a cabeça no peito dele, ainda sem acreditar que ele *ficara* e que estavam se *comunicando* como pessoas normais, amantes de verdade e... ah, o sexo. Ela ardia de desejo só de lembrar, porque aquilo também havia mudado. Apesar de continuar intenso e quente como das outras vezes, estava mais parecido com fazer amor. Lauren já fizera amor; sabia como era, sabia que podia ser forte e suave ao mesmo tempo. E não sabia por que e nem como, mas as coisas tinham mudado desde ontem. Nick *tinha* alma e estava permitindo que ela a visse, mesmo que de modo relutante.
Naquele instante, lembrou-se das palavras dele na noite anterior. *Segure-se na cadeira. E não solte.* Tão parecidas com as palavras dela própria, em seu diário. Um arrepio percorreu seu corpo, como havia acontecido quando ele dissera aquilo na noite

passada. Coincidência? Talvez. Mas somada a todo o resto – não, ela não podia acreditar nisso. Ainda não sabia o que significava, mas fazia com que se sentisse ainda mais conectada, como se pudesse confiar nele.

– Quer saber uma coisa? – perguntou ela baixinho.
– Claro.
– Na noite em que você me levou à Fred Howard Beach, estava tão escuro e isolado que fiquei um pouco nervosa.
– Não pretendia deixar você nervosa. Só queria sair daquela festa que mais parecia uma feira livre.

Lauren demonstrou ter se divertido com o comentário.

– Talvez eu esteja julgando você errado, Nick, mas me parece o tipo de cara que gosta de uma feira livre.
– Uma feira livre é boa quando se quer estar nela. Mas você não parecia querer.

Ela desviou o olhar.

– Admito que passo bastante tempo recusando atenções indesejadas em festas como a de Phil.
– Por que continua frequentando-as?
– Às vezes é só por pressão, acho – ela suspirou. – Carolyn me convence, tenta fazer com que eu me sinta uma chata quando prefiro ficar em casa com minha gata a sair e receber mil cantadas. Mas às vezes, como naquela noite, é por obrigação, devido ao trabalho. Phil é sócio do meu pai e eu trabalho sempre com ele. E quando fico sabendo que meu pai e outros grandões da Ash estarão lá, a coisa toda se torna uma questão profissional.
– Princesa – disse Nick –, aquele foi o evento *menos* profissional ao qual já compareci.

Lauren inclinou a cabeça contra o travesseiro.

– É mesmo?

Ele assentiu de modo enfático, e ela se sentiu meio perdida.

– Talvez eu não tenha muita base de comparação. Sabe, as reuniões de meu pai são sempre assim, então eu pensei...
– São?
– Sim.

– Querida – disse ele –, minha empresa pode não ser tão importante como a Ash, mas faço um jantar de confraternização de fim de ano para os meus funcionários e as famílias deles. Vamos ao Leverock's, comemos frutos do mar, bebemos cerveja e falamos sobre o trabalho, o clima ou os jogos de futebol. É bem pacato, mas é bacana. E ninguém escapa para transar nem nada assim. Na festa do Phil, vi Carolyn saindo do banheiro com aquele cara, Jimmy, e dei de cara com o próprio Phil agarrando alguém.

Lauren apoiou-se em um dos cotovelos.

– Jeanne? – não podia ser a Jeanne. Não em uma festa, e não tão ocupada como estava cuidando das coisas naquela noite.

Nick negou com a cabeça.

– Não, não era a Jeanne. Eu vi a Jeanne. Não era ela.

– Mas... – Lauren respirou fundo. – Então, quem... – Ela balançou a cabeça, chocada. – Espere, não é possível. Phil nunca faria isso.

– Faria – disse Nick. – E fez. – Então, fez uma careta. – Eu não teria dito nada, mas pensei que você soubesse, que todo mundo soubesse. Sabe, a porta estava aberta.

Lauren ficou boquiaberta. Ela sabia que Phil não era santo, mas...

– Tem certeza de que era ele? Certeza absoluta?

– Sim.

– Eu... não consigo acreditar.

– Muitas pessoas fazem isso.

– Bem, isso não torna a coisa certa – respondeu ela, ainda surpresa. – Ai, meu Deus, coitada da Jeanne.

Nick deu de ombros.

– Talvez ela saiba.

– Não – Lauren protestou.

Ela e Jeanne não eram grandes amigas, mas o bastante para ela saber que Jeanne acreditava ter um bom casamento. Lauren se sentou na cama, ainda abismada com o que acabara de descobrir. O que diabos Phil estava pensando? Como podia fazer isso com a esposa? Ela cerrou os punhos, chocada, e a incredulidade se transformou em raiva.

– Escute – disse Nick –, esqueça o que eu disse, se incomoda você.

Ela olhou para ele.

– Você não entende. Considero Phil um amigo, e pensei que o conhecesse. Pensei que ele fosse uma boa pessoa e um bom marido. Não sei se consigo esquecer isso.

Abraçando-a, Nick a deitou com ele, com a voz sensual em seu ouvido:

– Por que não me deixa tentar fazer com que esqueça isso?

Cobriu o seio dela com a mão e... hummm, para surpresa de Lauren talvez ele conseguisse distraí-la. Continuava preocupada, mas o prazer a tomava lentamente.

– Não pense em mais nada além de nós dois, princesa. Pensei nisto.

Levou a mão livre à dela e a puxou para baixo dos lençóis, até o ponto entre suas coxas.

CAPÍTULO 12

Lauren pensou ser a mais saciada das mulheres quando partiu em direção ao escritório da Ash com a capota do carro abaixada, o vento soprando seus cabelos. As últimas dezoito horas pareciam ter sido um sonho.

    Certo, se tivesse sido um sonho, ela teria mudado algumas coisas. Nick não era tão carinhoso como seus ex-namorados. Não havia aquela sensação de saber que os dois se importavam um com o outro, saber que havia algo real ali, duradouro. Mas certamente havia recebido muito mais do que esperava. Ele conversara com ela. E a abraçara enquanto dormiam. E mostrara que sabia ser gentil quando queria.

    Certas perguntas inegáveis rondavam sua mente. Para onde isso levaria? Duraria? E a pergunta inevitável que tinha a ver com o pai dela: Nick a estaria usando, de alguma forma? Transar com ela lhe dava uma sensação de vingança contra Henry, de alguma maneira?

    Balançou a cabeça diante das dúvidas. Havia mergulhado nisso de cabeça, conhecendo os riscos, e precisava enfrentá-los.

    Acelerando para adentrar o trânsito na Route 19, ligou o rádio, deixando a música envolvê-la com a brisa suave, recusando-se a permitir que algo a entristecesse. Porque mesmo nas imperfeições ela e Nick juntos pareciam ter algo... mágico. Talvez, de fato, houvesse algo cósmico unindo os dois, aproximando-os. *Você está pensando coisas malucas de novo*, repreendeu a si mesma, mas, ainda assim, parecia uma explicação mais plausível para as mudanças bizarras e diárias no relacionamento curto, mas intenso, entre os dois.

Claro, ir ao escritório estava diminuindo seu bom humor. Porque não estava indo lá para tratar de negócios, mas para esquecer algo que sentia o dever de saber ou não conseguiria viver consigo mesma. Por um lado, desejava não ter tomado conhecimento de nada a respeito de Phil, mas, agora que sabia, não podia fingir que nada estava acontecendo.

– Ooooh, uau! – disse Sadie quando Lauren entrou pela porta da frente da Ash vestindo uma minissaia de estampa de leopardo. – Daria meu braço direito para poder vestir isso.

Lauren riu.

– Isso é meio exagerado, Sadie.

– Certo, então, daria meu braço direito para poder vestir isso *e* dar uns amassos naquele grande e sexy Nick Armstrong.

– Ssshhh! – Lauren arregalou os olhos. – Seja discreta, por favor!

Sadie riu.

– Então você *está* dando uns amassos nele. E é segredo?

Lauren não acreditava tratar-se de um segredo, exatamente, mas não sentia-se preparada para deixar o pai saber que estava saindo com o filho de John Armstrong. Tal informação podia criar uma série de problemas misturados a questões antigas. Pelo menos por enquanto, era melhor que ele não soubesse.

– Mais ou menos isso.

Sadie inclinou a cabeça.

– E como estão as coisas com o pintor bonitão? Você parece bem mais feliz do que da última vez em que conversamos.

– As coisas estão... melhores – não conseguiu esconder o sorriso.

– Então, não estou mais em apuros por tê-lo mandado trabalhar na sua casa? – Sadie provocou.

– Está totalmente perdoada.

– Isso me deixa tranquila. – Sadie piscou, e então pegou o telefone. – Com quem precisa falar?

– Phil.

Assim que Lauren disse o nome dele, a voz do colega ecoou pelo corredor.

– Aí vem ele – Sadie pousou o telefone sobre a mesa, e Lauren já havia partido na direção da voz de Phil quando ela acrescentou –, mais uma coisa, Lauren...

Lauren se virou e viu os olhos da mulher mais velha brilhando, travessos.

– Divirta-se com aquele pintor e beije-o uma vez por mim.

– Olha, Sadie, saiba que Nick não chega aos pés do Arthur – Lauren respondeu.

Sadie inclinou a cabeça, concordando.

– Você tem razão. Mas acha que consigo convencer Arthur a fazer uma tatuagem?

Lauren riu quando se virou para encontrar Phil, mas interrompeu o riso quando se lembrou da tarefa desagradável que precisava realizar. Ela o encontrou no corredor com um dos supervisores de obras.

– Olá – Phil disse.

Ele usava as roupas casuais de sempre, calça cáqui e camisa de botões, e estava muito elegante.

Ela tentou forçar um sorriso, mas não conseguiu.

– Oi, Phil. Craig. – E então, voltou-se a Phil. – Podemos conversar um minuto?

Phil ergueu os braços abertos de um modo carinhoso.

– Claro. De que precisa?

– A sós – disse ela.

Ele arqueou uma sobrancelha.

– Vai me fazer uma proposta, linda?

Ele terminou a frase com uma piscadela que quase enjoou Lauren devido às circunstâncias, e Craig riu com ele.

– De jeito nenhum – disse ela, e a resposta acabou com o sorriso dele.

– Oh, parece ser coisa séria.

Estendeu um braço em direção à porta aberta de seu escritório a poucos metros.

– Pode entrar.

Quando Phil fechou a porta, sentou-se à mesa, tamborilando os dedos a sua frente, Lauren ocupou uma cadeira do outro lado, apesar de não acreditar que estava ali, fazendo aquilo.

— O que foi? — perguntou ele.
— Você está traindo a Jeanne.
A expressão calma de Phil não mudou, mas ele hesitou por um segundo.
— Por que diabos pensaria algo assim?
— Porque vi você — ela mentiu. — Na sua festa. Você deveria ter fechado a porta.
À frente dela, Phil suspirou com sofreguidão e passou a mão pelos cabelos, que se ajeitaram perfeitamente.
— Você tem razão. Eu deveria ter feito isso. Fui muito descuidado.
O coração de Lauren partiu-se com a confirmação. Talvez ela esperasse que Nick tivesse se enganado.
— Phil, como pôde?
Ele olhou para ela.
— Não leve a mal, Lauren, mas acho que isso não é da sua conta.
— Considero você e a Jeanne meus amigos; como não seria da minha conta? — inclinou-se para frente, o coração aos pulos: — Jeanne sabe?
— Claro que não — respondeu ele. — Ela ficaria arrasada.
Lauren suspirou, sem saber o que dizer.
— Por que está fazendo isso?
Phil levantou-se e deu a volta na mesa, aconchegando-se na cadeira ao lado da de Lauren. Virando-se para encará-la, ele segurou as mãos dela.
— Você tem um coração muito bom e puro, linda...
— Não me chame mais assim — todas as vezes em que ele dizia aquilo agora a incomodavam, como se estivesse sendo tratada mais como um objeto do que como uma pessoa.
Phil arregalou os olhos, incrédulo, quando ela soltou as mãos.
— Você está levando isso muito a sério.
— Mas *é* sério. E agora estou enojada demais para sequer olhar para você — levantou-se, pronta para sair, quase arrependida por ter feito aquilo.

Phil também ficou de pé.

– Olha, não é como se eu fosse o único homem no mundo a pular a cerca.

Lauren sentiu o sangue ferver com o comentário.

– Talvez não, mas pensei que fosse diferente. Não pensei que fosse tão igual aos outros.

E pela primeira vez, desde que Nick contara a respeito de Phil naquela manhã, Lauren começou a pensar em todas as vezes em que tinha sido tocada por ele, ou em todas as vezes em que ele a chamara de "linda". Ela pensava que era brincadeira, uma relação inofensiva de amizade – mas talvez não fosse. Não queria nem pensar nas coisas sob aquela ótica, por isso terminou dizendo:

– Não faça mais isso, Phil – e então se virou para sair.

– Lauren, espere.

Ela parou e olhou para trás.

– Você não vai contar a ela, não é?

Ela balançou a cabeça.

– Não agora, ao menos. Mas pense no seu casamento e, se ele representa algo para você, comece a respeitá-lo.

A CENA COM PHIL DEIXOU LAUREN ABALADA até entrar em um drive-thru do McDonald's para pegar o almoço que oferecera-se para levar a Nick. Ainda não conseguia acreditar que aquilo havia acontecido com Phil, o mesmo homem que ela conhecia e com quem trabalhava havia seis anos.

Tampouco conseguia acreditar que ela o havia confrontado de modo tão corajoso – não era algo comum a ela –, mas ficou feliz por tê-lo feito. O encontro não fora a bem dizer um sucesso, mas pelo menos ela esperava ter feito Phil reavaliar suas atitudes.

Voltou para casa e viu que Nick havia adiantado bastante a pintura. Ele insistiu em comer o Big Mac e as fritas enquanto trabalhava, explicando que estava animado e não queria parar. Mas falou sobre uma nova cor para os rodapés enquanto pintava, dizendo que terminaria a primeira demão naquela tarde e começaria com os rodapés no dia seguinte pela manhã.

Entrou em casa para deixar Nick se concentrar, desejando que seu dia tivesse sido tão produtivo como o dele, e decidiu cuidar da papelada que havia deixado de lado. Entrou no escritório e pegou as notas fiscais da semana – mas ainda assim teve dificuldade em ser produtiva. Em sua mente, rodopiavam lembranças da noite com Nick e do choque ao descobrir que Phil estava traindo Jeanne. De repente, tudo em seu mundo parecia diferente do que tinha sido ontem.

No fim da tarde, ela ainda se esforçava para terminar alguma tarefa quando ouviu uma batida na porta dos fundos e, ao descer a escada, ouviu a voz de Nick.

– Lauren?

Atravessando a sala de estar, ela o viu recostado no batente das portas duplas; havia deixado de trancá-las quando ele estava por perto. Como sempre, vê-lo fez o coração dela se acelerar.

– Oi.

– Aqui está a cor de que falei – ele entrou, segurando uma amostra de tinta. – O nome é boneca de porcelana.

Ela olhou para o cartão entre os dedos grandes dele e disse:

– Ótimo. Obrigada por escolhê-la por mim.

Nick deu de ombros.

– É o meu trabalho, princesa. E estou me preparando para sair, então até amanhã.

Lauren mordeu o lábio em reação ao desejo em seu coração. Não podia permitir que ele se fosse sem perguntar...

– Nick, só preciso saber... quando você voltar amanhã, como as coisas serão?

Ele olhou dentro dos olhos dela e abaixou o queixo.

– Você quer saber se serão como antes? Se virei aqui pintar sua casa e tirar sua roupa?

Ela assentiu.

A hesitação dele foi breve, mas óbvia antes de responder suavemente:

– Não – e beijou a testa dela.

Ainda sentia um aperto de preocupação no peito, e devia estar estampado em seu rosto também, pois ele acrescentou:

– Confie em mim.
Já lhe pedira aquilo antes, e agora mais uma vez as palavras fizeram com que acreditasse nele. Não que ela considerasse Nick Armstrong o cara mais sincero do mundo, nem o mais confiável, mas não acreditava que mentisse para ela. E depois da noite anterior e daquela manhã, ela acreditou que enfim teria o que desejava... uma ligação de verdade com ele.

– BOM TRABALHO HOJE, parceiro.
Davy sorriu, acenando enquanto Nick saía pela porta de tela. Haviam acabado de passar duas horas remontando a calha na frente da casa e, apesar de Davy saber que não fizera muito além de segurar objetos e entregar ferramentas a Nick, gostava quando o irmão dizia coisas assim. Terminaram e beberam chá gelado na cozinha. Agora, ele estava deitado no sofá, cansado, mas feliz.
– Não relaxe muito... você precisa tomar banho.
Davy olhou para frente e viu Elaine com as mãos no quadril, o rosto sujo de terra. Estivera no quintal cuidando das flores, e a frente de sua camiseta também estava suja.
– Parece que você precisa de um banho mais do que eu – disse ele, sorrindo.
Elaine sorriu, e seus olhos brilharam quando ela jogou uma luva de jardinagem nele. Ele a pegou quando ela disse:
– Certo, então, eu vou primeiro.
Pegando a luva de volta, caminhou em direção aos fundos da casa; Davy escutou quando ela jogou as ferramentas dentro da caixa de madeira que Nick havia feito para colocar as coisas do quintal.
Contente por poder relaxar, ligou a televisão e zapeou, mas não conseguiu encontrar nenhum canal interessante. Nos últimos dias, na verdade, não encontrara nada que chamasse sua atenção. E quando deixava a televisão de lado e tentava ler, também não conseguia se concentrar, apesar de querer *muito* saber o que acontecera a Jim Hawkins e os piratas. Talvez ainda estivesse preocupado com o pai, apesar de Nick ter razão ao dizer que tudo

parecia estar bem. Ou talvez estivesse pensando na seção de flores do Albertson's e em Daisy Maria Ramirez.

– Ah, e Davy – ele olhou para a frente quando Elaine voltou a aparecer na sala, segurando um jornal –, queria mostrar isto a você mais cedo. Pensei que pudesse se interessar.

– O que é?

– Uma reportagem sobre aquela garota do mercado.

Davy prendeu a respiração. Sentiu o peito queimar.

– Sabe de quem estou falando? Aquela que fica na cadeira de rodas.

Ele assentiu.

– Sim, eu sei.

– Fizeram uma reportagem bacana sobre ela. – Mas Elaine franziu o cenho. – Ela tem espinha bífida.

– O que é isso?

– É um problema na espinha, algo que acontece no parto. A reportagem explica. Quer ver?

Davy assentiu, animado demais, desconfiou. Mas Elaine não pareceu notar, apenas jogou o jornal em cima do sofá ao lado dele. Esperou até que ela saísse e, quando pegou o jornal, seu coração bateu acelerado, sentindo o calor se espalhar pelo peito. Ali estava ela, Daisy Maria Ramirez, e a foto era até colorida! Ela estava à mesa com algumas flores, sorrindo. Davy não tinha visto aquele sorriso antes e soube, no mesmo instante, que faria qualquer coisa para que ela lhe sorrisse daquele modo.

Sentindo-se mais à vontade quando escutou a irmã ligar o chuveiro no fim do corredor, ele a observou por muito tempo e então leu a reportagem. Daisy tinha 22 anos e vivia em Clearwater, com os pais e uma irmã mais nova. Sua espinha não crescera como devia depois do nascimento, por isso ela nunca conseguiria andar. Antes do Albertson's, trabalhara em uma floricultura durante três anos, mas o local foi fechado.

O jornalista descrevia Daisy como uma garota tímida e calada, com um sorriso adorável. Davy concordava com a parte sobre o sorriso, e a parte do tímida e calada não o surpreendeu. Ela era como ele e seu pai – diferente.

Adorava fazer arranjos de flores, dizia a reportagem, mas também gostava de ler livros e ir à praia. Davy sentiu o coração se alegrar ao ler a última parte, porque era um sinal de que tinham coisas em comum. Sentiu que a conhecia muito mais do que de fato, ou que *queria* conhecê-la, como se tivessem coisas para dizer um ao outro – coisas importantes – caso os dois conseguissem vencer a timidez.

O repórter concluiu dizendo que: *Observar Daisy criar um arranjo de flores é um colírio para os olhos*, e Davy queria ter pensado nisso antes, porque era uma grande verdade.

Ainda observava a foto quando a voz de Elaine ecoou do quarto.

– O banheiro está liberado, Davy. Você precisa tomar banho e se preparar para dormir.

– Tudo bem – respondeu ele, e levou o jornal pelo corredor até seu quarto, enfiando-o embaixo da cama, sobre os jogos que mantinha ali.

Ao passar o sabonete no peito sob o jato quente do chuveiro alguns minutos depois, Davy ainda pensava no sorriso de Daisy. Como poderia fazer com que ela sorrisse para ele daquele modo? Imaginou cenas desde o *Quente, não?* até o *Bonita como sempre* de Nick, mas sabia que nada daquilo funcionaria. Nem mesmo o *Belas flores* – não tinha coragem. Queria pensar que ela veria nele o que ele havia visto nela, que depois de um olá ela entenderia que eram almas gêmeas, que conheciam as mesmas coisas, sentiam as mesmas coisas, mas, e se isso não acontecesse? E se ele abrisse a boca e ela lançasse um olhar familiar – o olhar de "você é estranho" ou o olhar de cachorrinho perdido?

Não parava de pensar naquela reportagem. Era especial, pensou, que um jornal dedicasse metade de uma página a alguém, e tinha certeza de que ela estava orgulhosa, talvez até um pouco envergonhada. Seria assim que *ele* se sentiria.

Depois de vestir o pijama e dizer boa-noite a Elaine, ele entrou no quarto, pegou o jornal e pensou em como fazer Daisy sorrir. E quando apagou a luz e se deitou para dormir, uma ideia começou a se formar no fundo de sua mente.

Certa vez, conhecera uma garota bonita na escola, chamada Lucy, e sempre a imaginara cercada pelo céu noturno e pelas estrelas brilhantes, como na música "Lucy in the Sky with Diamonds". Mas não pensava em Daisy desse modo – não conseguia, na verdade –, porque Daisy não era escura como a noite. Daisy era a luz do sol e as flores. Até mesmo seu nome era uma flor – uma das flores mais simples e bonitas. Daisy era primavera e verão, cor e textura. Ela o fazia sentir-se como quando via o sol sair de trás das nuvens e refletir em seu rosto.

Decidiu fazer algo para ela, algo que dissesse tudo o que ele não conseguia dizer; faria um presente. Não sabia exatamente o que seria, mas precisava ser perfeito. Porque observá-la cuidando das flores *era* um presente para os olhos, e ele queria dar a ela algo igualmente especial em troca.

NICK GOSTAVA MAIS DE TRABALHAR na parte da manhã – nas poucas horas antes de o calor tropical atingir seu ápice. Ele costumava produzir mais nesse período do que no resto do dia.

Na manhã seguinte, sentiu-se ainda mais disposto do que o normal. A umidade do meio do verão ainda não estava alta; uma breve chuva no meio da noite havia refrescado o ar. Estava gostando da cor nova dos detalhes na casa de Lauren. E era sexta-feira.

Ficou imaginando se acabaria o dia na cama de Lauren ou se eles ficariam sem contato até segunda-feira. De repente, novas questões haviam surgido. Nunca tivera a intenção de prometer que tudo seria diferente agora, mas, quando ela perguntou, não pôde desapontá-la. No entanto, prometer não usá-la apenas como objeto sexual não significava comprometer-se em um relacionamento, então talvez pudesse lidar com a situação. Talvez pudesse dormir com ela, divertir-se com ela, aproveitar o momento sem que as coisas ficassem pesadas demais. Pelo menos, era o que pretendia.

Nick seguiu com seu trabalho, concentrando-se em aplicar uma demão de tinta em uma das colunas que seguravam o toldo da parte da frente da casa de Lauren e tentando não pensar muito na mulher que estava ali dentro. Isso até ela abrir a porta da frente, segurando um copo de limonada. Os cabelos presos deixavam à mostra o rosto delicado, e ela usava um short branco que exibia as pernas bronzeadas. Quem pretendia enganar? Ele *havia* pensado nela, por mais que não gostasse de admitir.

— Acabei de fazer — disse ela. — Pensei que pudesse querer tomar algo além de água.

Nick abaixou o pincel.

— Obrigado.

Ele pegou o copo da mão dela, roçando de leve os dedos nos dela, e bebeu metade da limonada de uma vez só.

Um silêncio desconfortável logo se fez, e Nick imaginou que sua maneira sucinta pudesse assustá-la, fazendo-a pensar que as coisas *tinham* voltado a ser como antes, apesar do que dissera ontem. Ainda poderia fazer aquilo, disse a si mesmo, ainda poderia agir como um idiota, e talvez fosse uma atitude inteligente.

— Bem — ela mudou o peso de um dos pés para o outro —, se quiser mais, está na geladeira. Deixarei a porta destrancada.

— Tudo bem — disse ele quando ela se virou. E então. — Espere.

Os olhos azuis dela se voltaram para ele e, por algum motivo, ele ficou paralisado. *Senti sua falta ontem à noite.* As palavras vieram a sua mente, mas não podia dizê-las. Mesmo que ele *tivesse* deitado na cama e imaginado o que ela estava fazendo, desejando que estivesse ali com ele.

Em vez disso, segurou a mão dela e se aproximou, cobrindo os lábios dela em um beijo suave e demorado. Ela podia gostar de conversar, mas ele ainda se sentia mais à vontade beijando.

Quando terminou, ela mordeu o próprio lábio, parecendo inquieta, e ele procurou manter o rosto inexpressivo. Mas quando ela enfim começou a se afastar de novo, Nick ouviu a si mesmo dizendo:

— Você gosta da água?

Ela olhou para ele sem entender.

— A água?

— Do mar? Navegar?

Ela hesitou, ainda um tanto incerta.

– Sim, quer dizer, claro.

– Quer fazer isso hoje à noite? Navegar em um dos barcos na marina enquanto o sol se põe?

O breve sorriso que iluminou o rosto dela aqueceu a alma de Nick de um modo totalmente inesperado.

– Adoraria.

– Certo – disse ele, um tanto surpreso ao ver como era fácil deixá-la feliz.

Quando ela saiu e fechou a porta, Nick bebeu o resto da limonada, colocou o copo na mureta e voltou ao trabalho. Mas, caramba, o que acabara de fazer?

Acabara de chamar a filha de Henry Ash para sair, fora isso o que fizera.

Na primeira vez em que olhou nos olhos de Lauren, só havia conseguido ver Henry, e privilégios, coisas que deveriam ter sido dele. Mas quando olhava para ela agora, era diferente – e a verdade era que aquilo tinha a ver com mais do que apenas sexo, desde... bem, desde que haviam transado pela primeira vez. Por um lado, Nick não conseguia acreditar que acabara de chamá-la para sair, aquela mulher com quem não pretendia ter qualquer relacionamento –, mas, apesar disso, outra parte dele estava tomada pela ansiedade.

– A Sadie – disse Lauren, erguendo a taça de vinho enquanto olhava para os olhos sensuais de Nick.

– Sadie... da Ash? – perguntou ele.

Estavam no meio da proa comprida de uma escuna que se afastava da baía e ganhava as águas do golfo. Os pios das gaivotas competiam com o som das ondas quebrando contra o casco do barco.

Lauren assentiu, e então lançou o que acreditava ser um sorriso tímido.

– Se a Sadie não tivesse chamado você para pintar minha casa, não estaríamos aqui.

— É, acho que não — ele concordou, encostando a taça na dela.

— Adoro isso aqui — disse ela, deixando os olhos percorrerem o mar enquanto o barco balançava delicadamente ao ritmo das ondas da noite. Mas o que realmente queria dizer era *adoro esta noite. Adoro estar neste barco com você, adoro saber, sem que tenha me contado, que deu um jeito para que o tivéssemos só para nós, exceto pelo capitão. Adoro olhar nos seus olhos escuros agora e saber que nós dois queremos estar aqui.*

Algo no mundo de Lauren mudara quando ele chegou à porta de sua casa com um visual lindo em uma camiseta vinho e calça jeans. Só quando tomaram o rumo do encontro foi que ela começou a perceber que aquilo de fato estava se transformando em *romance*, do tipo que afetava seu coração de um modo muito mais profundo do que apenas o sexo. Ainda não sabia se duraria, e temia sequer *começar* a pensar no futuro, mas começava a acreditar que a dor sofrida por Nick valera a pena, porque, de certo modo, levara os dois até *ali*. E *ali* era um bom lugar, pelo menos por enquanto.

— A propósito, conversei com o Phil ontem. Sobre a Jeanne.

Os olhos de Nick se arregalaram, e Lauren se arrependeu por interromper o romance com a vida real.

— Está brincando, certo?

— Não, mas não se preocupe, não toquei no seu nome. Eu disse que eu mesma o vi com outra mulher na festa.

— Eu não estava preocupado comigo, mas com você.

— Por quê?

Nick ergueu as sobrancelhas.

— Bem, aposto que ele não gostou do fato de você ter se metido nos assuntos dele.

Ela sorriu, concordando.

— Na verdade, não gostou. Mas eu não tinha como saber que ele estava pulando a cerca e ficar sem fazer nada a respeito.

— O que ele disse?

— Tentou agir como se não tivesse importância, disse que eu estava levando tudo muito a sério.

— Sempre pensei — disse ele, levando a taça aos lábios — que a vida já é bem complicada para ficarmos nos envolvendo nos problemas dos outros.

Ele olhou para ela quando terminou, mas ela apenas sorriu.

— Às vezes — respondeu ela —, as pessoas realmente precisam de ajuda, e talvez elas não saibam disso se ninguém se envolver.

Antes que Nick pudesse responder, o reservado capitão de meia-idade se aproximou, vindo da parte de trás do barco branco, e colocou uma cesta de vime com tampa diante deles.

— Seu piquenique ao pôr do sol — disse ele, sorrindo de um modo que fez Lauren pensar que gostava muito de seu trabalho, ou talvez sentisse o mesmo clima de romance no ar. De qualquer modo, ela sorriu para ele e depois para Nick.

Dentro do cesto, encontraram uvas, queijos, sanduichinhos, frutas frescas fatiadas e pequenos biscoitos. Lauren dispôs todos os itens entre eles sobre a toalha xadrez e experimentou o queijo brie em uma torradinha.

— Humm — disse ela. — Bom.

— O que é? — perguntou Nick, observando o queijo macio.

Lauren sorriu, percebendo que ele havia pegado logo um pedaço de cheddar.

— Brie. Quer uma mordida?

— Não — ele enfiou um pedaço de queijo cheddar na boca e ela pensou que, provavelmente, ele preferiria estar comendo um hambúrguer no momento, emocionando-se ao perceber que havia organizado tudo aquilo para ela.

Passou brie em outra torrada e a ofereceu.

— Prove. — Ele ainda parecia desconfiado, mas ela o convenceu com os olhos, e então disse algo que ele já havia dito a ela.
— Vamos, não seja infantil.

Ele sorriu e deixou que ela enfiasse a torrada em sua boca. Ela observou enquanto ele mastigava, engolia e bebia um gole grande de vinho.

— E então?

— Acho que vou comer as coisas com as quais estou acostumado.

– Bom, *eu* acho delicioso.
Em seu olhar, ele demonstrou estar se divertindo.
– Por isso *você* deve comer.

O passeio prosseguiu com conversas a respeito do passado – pequenas coisas que lembravam ter compartilhado na infância, Lauren recordando o garoto franzino na quadra de basquete que agora era grande e musculoso. Conversaram sobre Isadora, e Lauren provocou Nick, fazendo com que ele prometesse ser mais gentil com ela. Conversaram sobre Davy, e Nick não revelou como o irmão tinha sido ferido, mas, como todas as vezes em que falavam do irmão, ela viu o amor nos olhos dele. Lauren sabia que, como antes, Nick não percebia que estava se abrindo para ela ou teria parado, por isso não disse nada. Beberam toda a garrafa de Chardonnay e abriram outra, e por estar um pouco afetada pelo álcool, Lauren teve coragem de ser brincalhona, colocando uvas na boca de Nick.

A brisa do mar soprava a saia-envelope fina de Lauren enquanto ela abraçava as pernas com os braços e, quando tudo ficou silencioso, ela olhou para a praia ampla e vazia a sua direita e para o horizonte à esquerda. O sol havia descido mais enquanto navegavam, deixando um pôr do sol glorioso no céu plácido da Flórida.

– Estava assim na noite em que Davy deu o nome a sua empresa?

Nick observou o horizonte por um momento e então se virou para ela com a expressão suave.

– Mais ou menos.

Eles permaneceram em silêncio enquanto a esfera laranja se escondia atrás do mar e, quando desapareceu, o céu ganhou tons de azul e roxo. Olhando para os olhos dele, que ficavam mais escuros com o cair da noite, ela se recostou delicadamente, e ele passou um dos braços ao redor de seu corpo.

– Nick, os dois últimos dias foram... muito bons – costumava ser mais eloquente, mas não sabia bem como dizer o que sentia.

Ele olhou para ela, mas rapidamente desviou o olhar.

– É – disse, um pouco mais alto do que um suspiro.

Sabia que ele não estava acostumado a admitir, por mais simples que fosse – por isso, a resposta teve mais significado para ela pelo esforço que sabia ter exigido, assim como toda aquela noite.

Quando o barco voltou à marina, uma hora depois, Lauren pensou que deveria estar sonolenta por causa do vinho, mas sentia-se ansiosa a respeito do que viria em seguida. O vinho a relaxara, mas não diminuíra a energia sensual que pulsava em suas veias sempre que estava na presença de Nick.

Antes de saírem do barco, trocaram um beijo demorado e lento, que encheu Lauren de um desejo já conhecido.

– Quer me levar para casa e me colocar na cama agora? – sussurrou, com os lábios quase grudados nos dele.

O capitão amarrou o barco alguns metros atrás deles.

– *Ah*, como quero – disse ele, com a mesma suavidade, e em seguida agradeceram o capitão e começaram a atravessar o cais em direção ao estacionamento, de mãos dadas.

– Ou... – ela virou-se para olhar para ele com um sorriso brincalhão – será que a cama é um lugar muito chato para você?

Seus olhos queimavam de desejo.

– Não quando você está nela, princesa.

Lauren havia criado uma ideia de contos de fada sobre como o sexo poderia ser a partir de agora. Depois dos beijos suaves no barco, depois da conversa durante o piquenique, ela imaginou o sexo do mesmo modo como sonhava quando era uma garota ingênua: lento e delicado, com uma música romântica tocando ao fundo.

Mas não era para ser assim. Quando o jipe de Nick parou na entrada da casa, os dois se apressaram para chegar à porta, ela atrapalhando-se com as chaves enquanto ele a envolvia por trás.

– Caramba, eu quero você – ele sussurrou quando os dois caíram na cama de Lauren um momento depois, no auge do desejo. As coisas foram rápidas e intensas, com gemidos tomando o ambiente e, naqueles momentos de arrepiar, o mundo de Lauren se tornava apenas uma série de sensações – os lábios de Nick, as mãos de Nick, Nick dentro dela.

Só depois que os dois gozaram, a parte delicada chegou, quando ela menos esperava. Ele deitou sobre ela, os corpos deles ainda unidos, e passou a mão lentamente sobre ombro, seio, quadril e coxa, e depois retornando. Enfiando a mão entre seus cabelos, ele a beijou – delicada e suavemente.

Minutos depois, saiu da cama para ir ao banheiro. *E pode ser que ele vá embora agora*, ela pensou. *Pode ser que volte aqui, pegue a calça jeans e vá embora.*

E tudo bem se ele for. Tudo bem porque não posso esperar que ele fique todas as noites, e independentemente do que acontecer agora, a noite de hoje foi especial.

Lauren fechou os olhos e preparou-se para aquele momento. Mas então sentiu-o esgueirando-se de volta para baixo dos lençóis, pressionando seu corpo nu contra o dela e sussurrando em seu ouvido:

– Amanhã, *você* é quem vai preparar o café da manhã.

– E ENTÃO, O QUE VAI FAZER PARA A GENTE? – perguntou Nick quando o sol entrou pela janela em formato de meia-lua. – Estou com fome.

Inclinou-se para mordiscar um dos seios dela, satisfeito por ela gemer de modo sensual.

– Para quem quer tomar café da manhã – disse ela –, você não está me dando um grande incentivo para sair daqui.

Ele deu mais um beijo no mamilo intumescido e voltou para o lado dela.

– Tem razão. Parei. Vá buscar comida.

Ela riu diante da insistência dele.

– Quer torrada?

– Claro.

– Pode demorar um pouco. Não vai morrer de saudade?

– Vou sentir saudade, mas, para comer torrada, vai valer a pena.

Saiu nua da cama e caminhou até a porta do armário, de onde pegou o mesmo robe de seda no qual ele a vira pela primeira vez, e pensou em como as coisas tinham mudado desde então.

Voltou a dormir enquanto ela estava na cozinha e, quando se deu conta, ela se aproximava com a bandeja e subia na cama.

— Parece gostoso — disse ele, ajeitando-se, sem confessar que na verdade adorava tê-la tão perto enquanto comiam. Antes de Lauren, nunca havia tomado café da manhã na cama, mas agora entendia o apelo... algo naquilo aumentava a intimidade da noite anterior. Claro que também acionava um alarme na mente de Nick, muitas coisas que haviam acontecido ao longo do encontro deles acionaram sinais de alerta. Mas gostar daquilo, e até mesmo gostar dela, não significava nada, ele disse a si mesmo. Era apenas diversão, sexo e melhor do que dormir sozinho, apenas isso.

— Bem, vou almoçar com Carolyn hoje, e vou fazer algumas compras primeiro... por mais que eu deteste sair da cama, é melhor ir andando.

Os planos dela fizeram-no lembrar que era sábado e o fez pensar em seus planos em voz alta.

— Preciso fazer a programação da semana que vem e dizer aos rapazes aonde eles devem ir. Depois disso, prometi ao Davy que o levaria ao cinema, e o portão da garagem de Elaine precisa ser pintado.

Esperava que ela não pedisse para voltar à noite — porque tinha muito o que fazer. Além disso, estava na hora de enviar outra mensagem, mostrar que ele não passaria todos os segundos de sua vida com ela.

Felizmente, ela respondeu apenas:

— Parece um dia bem cheio.

Terminaram de comer, e então Nick perguntou se ela gostaria de usar o chuveiro antes, cansado depois de uma semana de trabalho ininterrupto. Quando a viu de novo, estava a sua frente em um lindo um vestidinho de verão.

— Preciso correr, mas fique quanto tempo quiser. Parece cansado — disse ela.

— Bem, uma loira gostosa que conheço tem me custado muitas horas de sono ultimamente.

Ela sorriu e então se inclinou para beijá-lo.

– Tchau, Nick – disse ela de modo caloroso.
Ele a observou caminhar em direção à porta, com o vestido balançando ao redor de suas coxas torneadas.
– Eu... – O quê? O que faria? – Falo com você em seguida – completou.
Quando ela se foi, ele ficou deitado, tentando voltar a dormir, mas sua mente estava muito desperta agora, alerta. Ouviu a porta da garagem se abrir, e então fechar-se novamente. Ouviu o silêncio da casa. Pensou em como a casa não havia estado em silêncio diversas vezes na noite passada, tomada pelo som dos gemidos deles. Caramba, os dois combinavam na cama.
E talvez em outros lugares também, precisava admitir, ainda que com relutância. Adorara navegar na noite anterior – e sentira alívio ao pararem de falar de Phil, algo que se sentia mal por ter contado a ela. Sempre tomava o cuidado de não se envolver nos problemas dos outros, pois não queria que ninguém se metesse nos dele. E apesar de saber que Lauren só estava se envolvendo porque gostava de Phil e Jeanne, suspeitava que ela se decepcionaria no fim. Não conhecia Phil muito bem, mas não parecia a Nick ser o tipo de cara que se arrependia do que fazia. E os homens que pulavam a cerca pareciam sempre ser muito bons com as desculpas, de algum jeito.
O que viera depois disso tinha sido bem melhor. Conversar sobre os dias antes da morte da mãe e assistir a um pôr do sol com a menininha que havia se tornado uma linda mulher tinham sido bons momentos que pareciam completar sua infância. Ele havia dito a si mesmo que era melhor controlar aquela situação, que era melhor deixar claro para ela qual a situação deles, mas não era fácil. Havia momentos em que as coisas iam tão bem, a conversa fluía com tanta facilidade, que ele desejava poder dizer a Lauren que sabia a respeito de suas fantasias. Talvez fosse impossível, claro, mas começava a desejar *compartilhar* as fantasias com ela, não só daquele modo solitário e distante.
Nick sentiu uma pontada de culpa quando olhou para a porta do quarto. Estava sozinho ali, e o diário de fantasias sexuais dela estava no escritório mais adiante no corredor.

Mas não podia fazer aquilo. Não queria feri-la mais, e um diário como aquele... Bem, soubera desde o início que os relatos vinham do lugar mais secreto da alma dela e que estava invadindo de um modo imperdoável.

Ainda assim... ele *ansiava* por conhecer mais daquele lado secreto dela. Queria saber mais sobre os pensamentos que deixavam sua princesa excitada. Desejava ter o poder de realizar mais das suas fantasias, dar coisas que nenhum outro homem poderia ou daria, ver os olhos dela acenderem-se com a mágica de estar vivendo seus desejos mais profundos. Rapidamente, a tentação correu por suas veias. A atração pelo proibido não o deixaria em paz, não permitiria que ele dissesse não.

Às vezes, era quase fácil esquecer-se de que ela não sabia que ele estava lendo suas fantasias, fácil pensar que era apenas algo que estavam compartilhando. Naquele momento, era fácil dizer a si mesmo que, se ela soubesse, não o deteria, iria inclusive querer que ele lesse mais, querer que soubesse exatamente como satisfazê-la da melhor maneira.

E talvez ele fosse como um daqueles homens que pulavam a cerca, porque quanto mais permanecia ali, pensando naquilo, mais justificativas encontrava...

Até aquilo se tornar algo contra o qual não conseguia mais lutar. Até ele enfim afastar os lençóis e sair da cama.

CAPÍTULO 13

Estou deitada na cama, envolvida em veludo lilás, uma profusão de travesseiros roxos ao redor da minha cabeça. Um tecido branco transparente recobre o dossel acima de mim, com vinhas de hera retorcidas espalhadas aleatoriamente. O quarto é tomado por mais cores vivas e móveis luxuosos, mas a cama é um mundo à parte, um porto privado, um jardim secreto.

Um homem entra por portas duplas grandes com bordas douradas. Assim como eu, está nu – seu peito é musculoso, os ombros largos, a pele bronzeada. Caminha como um homem destemido.

Ao sentar-se ao meu lado, coloca um pacote em minhas mãos, um presente. Puxo a fita roxa de veludo até soltá-la, e então levanto a tampa branca da caixa. Ali dentro, encontro três lenços de seda de um tom violeta forte, tão macios ao toque que me fazem estremecer. Olhando para baixo, vejo que meu parceiro está totalmente ereto enquanto me observa desembrulhar o presente.

Estendo o braço e o seguro lentamente. Sob meus dedos, ele parece uma rocha coberta por seda. Ele fecha os olhos sentindo um prazer silencioso, e quero lhe oferecer mais, por isso envolvo um dos lenços nele, em minha mão, e deslizo seda sobre seda por toda a extensão de seu membro até ouvi-lo gemer.

– Chega – diz ele, por fim, e eu me recosto na cama, sentindo uma mudança de poder sobre a qual não quero protestar.

Ele sobe em meu corpo, com seu pênis duro sobre minha barriga enquanto pega mais um lenço dentro da caixa e então ergue minha mão direita até a grade da cama, acima de minha cabeça. Enquanto prende meu pulso, meu coração se acelera ao perceber que estou prisioneira, e, quando os dois pulsos são envolvidos pelo tecido e amarrados à cama, sei que entreguei todo o controle. Talvez devesse sentir medo, mas meu corpo lateja de ansiedade, com uma confiança profunda.

    Colocando-se de joelhos, ele pega o terceiro lenço que está preso entre nós. Ele o estica entre os pulsos e olha para mim, provocando, fazendo com que eu tente imaginar o que ele vai fazer.

    Observando meus seios, ele estica o lenço entre as mãos e o posiciona sobre meus mamilos intumescidos, deixando-os ainda mais rígidos enquanto a sensação toma meu corpo como tremores secundários após um terremoto.

    Ele observa minha reação com atenção, e só quando o tremor de prazer cessa, ele arrasta o tecido violeta devagar entre minhas coxas, com as dobras provocando minha carne sensível. Estremeço sob aquele toque, e os tremores são mais forte dessa vez.

    O lenço de seda segue esticado entre nós como uma ameaça e uma promessa, e percebo que está se aproximando um pouco antes de ele cobrir meus olhos, tapando minha visão ao amarrar o tecido em minha cabeça. Totalmente entregue ao controle dele, incapaz de ver o que vem em seguida, uma pontada de medo toma conta de mim – mas rapidamente me livro dela, ainda confiante, ansiosa, meu corpo tomado pelo desejo.

    E então sinto tudo de uma vez – meus mamilos formigam de tesão quando ele se inclina e os chupa, e enfia a mão entre minhas pernas, acariciando onde estou úmida. Solto um gemido, mas ainda não me acostumei com o ataque de prazer quando ele me penetra fundo. Seus dedos ainda estão entre nossos corpos enquanto ele guia o pênis para dentro de meu corpo, e seus lábios não saem de meus seios. Cada célula minha está tomada por um prazer tão intenso que sinto a terra tremer embaixo de mim, cercar meu ser todo, e não me deixa opção além da entrega total. Então gozamos juntos, ambos gemendo alto, e a última e mais forte onda de tremores ecoa pela minha corrente sanguínea, até tudo acabar.

    Então as mãos dele estão ali, desamarrando com gentileza meus pulsos antes de tirar a venda dos meus olhos. Ele deixa os lenços todos de lado e posiciona-se ao meu lado sobre o veludo, abraçando-me, mantendo-me prisioneira somente da emoção.

A culpa guerreava com o prazer enquanto Nick via a si mesmo como o homem da cena. Mas depois de ler o que queria, a culpa lentamente tirou o prazer do campo de batalha. Droga, não devia estar lendo aquele diário. Sabia desde o início, e amaldiçoava a si mesmo pela inabilidade de parar com aquilo. Agora que a tentação passara, todas as suas justificativas caíam por terra e ele não conseguia dimensionar o quanto ela iria ficar machucada se soubesse. Seu estômago retorcia-se de vergonha.

Fechou o diário e levantou-se para devolvê-lo à estante. Mas quando o enfiou entre os livros que já estavam ali, algo impediu o volume de escorregar. Ele levantou o diário vermelho e espiou... a rosa cor-de-rosa que ele havia dado a ela com as pétalas pressionadas entre duas camadas de papel manteiga. Nick sentiu o coração acelerar. Ela devia ter caído do diário quando ele o pegou. Ela havia guardado a rosa. E justamente *ali*.

Quando pegou a rosa, tentou convencer-se de que o nó que crescia em sua garganta era apenas mais culpa, ou medo – porque precisava devolver o diário à estante, e como seria se ela tivesse colocado a rosa em uma página específica, como a mãe dele costumava fazer, e percebesse que não estava mais no mesmo lugar? Mas, no fundo, sabia que estava apenas negando as emoções mais profundas que não sabia como encarar. Sentou-se, deixando o diário cair aberto em seu colo, e o folheou até encontrar a fantasia onde mais fazia sentido deixar a flor: a fantasia *sobre* a rosa. Colocou a flor amassada no meio do livro fechando-o com força e, quando se levantou para guardá-lo de vez, tentou não sentir tanto. Tentou não perguntar a si mesmo como ela poderia tê-la guardado, depois do modo como ele havia partido naquela noite. Tentou não perguntar a si mesmo o que ela poderia ter visto nele naquele momento que lhe dera esperança, que a fizera pensar que ele era humano. Procurou não sentir a estranha onda de gratidão – e algo mais profundo – fluindo dentro dele.

Quando se recompôs, Nick se dirigiu à mesa de Lauren e estava prestes a apagar a luminária quando viu seu nome escrito em um pedaço de papel. Pegou-o e viu o nome de sua empresa, seu endereço... e alguns números que não faziam sentido. Parecia uma nota fiscal... na verdade, os trabalhos relacionados eram os mesmos das notas que ele havia preenchido na semana anterior no O'Hanlon's –, mas não era a *sua* nota fiscal, e os valores não estavam exatamente certos.

Tentando entender, Nick sentou-se de novo na cadeira. Observou o papel com atenção, analisando cada informação. A nota fiscal tinha o logotipo dele, mas a informação de cobrança fora datilografada, enquanto Nick as enviava escritas à mão. Tinha a data da semana passada, como deveria, e Nick concluiu que, talvez, alguém na Ash tivesse digitado sua nota no computador para facilitar o procedimento, já que ele era tão anacrônico.

Mas os cálculos não batiam. Mesmo sem fazer as contas na calculadora de Lauren, Nick imaginou que os números descritos para cada trabalho eram um pouco mais altos do que os valores reais, mas mesmo assim...

– Que diabos?

A primeira ideia que lhe ocorreu foi procurar Lauren e perguntar a ela de onde aquilo havia saído, explicar que não era dele, que havia algum erro. Mas quanto mais tempo passava ali, mais as coisas iam ficando claras, em parte devido a comentários que Lauren fizera esporadicamente.

Na primeira vez em que se encontraram, ela havia dito que os valores dele não eram baixos, porque já tinha visto as notas fiscais. A caminho da marina, na noite anterior, ela havia mencionado o aumento de preço feito pelos prestadores de serviço que atendiam a Ash, mas Nick imaginou que ela falava de *outros* prestadores. Agora, começava a tentar imaginar há quanto tempo as notas fiscais da Horizonte estavam sendo repassadas com preços mais altos do que os reais.

Pensou no caminho que suas notas percorriam. Ele as deixava na Ash, com Sadie e, dali, elas iam para as mãos de Phil. Ele sabia, porque Lauren já tinha dito, que as notas que ela pagava *vinham* de Phil, que ele levava diretamente a sua casa a cada poucos dias. Phil era o denominador comum, e um homem em quem ele tinha motivos para não confiar.

Olhando para a nota alterada de novo, pensou no trabalho que Phil passava para fazer aquele esquema funcionar, mas, por outro lado, talvez fosse simples. Nick não mexia com computadores, mas acreditava que depois de Phil conseguir criar o formulário falso com logotipo e endereço, o único trabalho que tinha era mudar uns números aqui, outros ali. E, talvez, se fizesse isso em relação a todos – Lauren dissera que quase todos os serviços tinham aumentado, afinal –, as notas fiscais não levantariam muitas suspeitas a ponto de Lauren ou outra pessoa fazer mais do que eventualmente questionar uma ou outra.

Então, Phil estava roubando da Ash Construtora. Mais especificamente, de Henry Ash.

– Não acredito – Nick murmurou no silêncio do escritório de Lauren.

Mais uma vez, sua vontade foi encontrá-la, explicar o que havia encontrado. De certo modo, sentia-se prejudicado ao ver seu nome em uma nota fiscal falsa e alterada. Mas, ao suspirar, colocou a nota sobre a mesa de novo. Afinal, Phil não estava o enganando – ele recebia seu cheque no dia certo toda semana, com o valor exato que havia cobrado da empresa.

Não, quanto mais pensava naquilo, mais compreendia que a única pessoa prejudicada era Henry. Quando apagou a luminária e silenciosamente voltou pelo corredor, Nick percebeu que finalmente via um pouco da justiça que procurava em relação a Henry Ash.

– C‍ontinue lixando, D‍avy – disse Nick, observando o irmão retirar a tinta do portão da garagem sob o sol quente do meio-dia.

– Vou buscar a tinta.

– Está bem, Nick.

Nick entrou pela porta da frente na casa pequena até a cozinha, onde deixara a lata que havia trazido mais cedo para mostrar a cor a Elaine. Já que estava ali, parou para pegar alguns refrigerantes da geladeira.

– Droga, onde está aquele jornal? – Elaine murmurou, aproximando-se por trás dele.

– O quê?

Percebeu que ela mexia na pilha de jornais que deixavam próximo à porta da cozinha.

– Ah, nada, é que não consigo encontrar o jornal de quinta-feira... havia um cupom ali que eu queria. Como está indo o portão da garagem?

Nick se virou e viu a irmã vestindo uma calça jeans e uma blusa vermelha que marcava seu corpo mais do que o normal. Percebeu que, até aquele momento, sequer havia pensado que sua irmã tinha um corpo feminino.

– Raspar e lixar foram as partes demoradas, mas estamos quase começando a pintar.

– Vai levar o Davy ao cinema depois?

Nick assentiu.

– Provavelmente vamos jantar também.

Quando o filme terminasse, eles já estariam com fome.

– Pode me fazer um favor, então? – ela se recostou no balcão perto dele. – Pode passar na casa do papai e ver como ele está?

O olhar firme de Nick dispensou comentários.

– Sinto muito, Nick – ela balançou a cabeça –, mas fui lá todos os dias desde a emergência do hospital, além de levá-lo ao cardiologista e ao clínico geral, e estou um pouco cansada.

Nick suspirou, repreendendo a si mesmo. Apesar de saber que o pai tinha uma "doença" que precisavam observar, admitia não ter pensado que Elaine já começara a cuidar do velho, e que ele dissera que a ajudaria.

Acreditava que não era pedir muito, principalmente porque ela acrescentou:

– Você não precisa ficar lá. Só veja se ele está bem e diga que precisa tomar o remédio. Está na mesa da cozinha.

– Claro, Lainey – disse Nick, abrindo o refrigerante. – Verei como ele está.

Ela sorriu.

– Obrigada, Nick, fico contente.

Quanto mais olhava para ela, mais percebia que seus cabelos pareciam mais lisos, mais bonitos do que o normal, e podia jurar que também estava usando batom.

– Você tem um encontro hoje ou algo assim?

Ela corou, ficando da mesma cor de sua blusa, e desviou o olhar.

– Não. Por quê?

Nick se arrependeu do comentário e tentou mudar de assunto.

– Apenas acho que você está bonita, só isso.

Elaine olhou para ele.

– Obrigada. Eu... acho que estou precisando me cuidar melhor. Você só me pegou em um dos meus dias menos piores.

Nick não soube o que dizer. Duvidava que ele e a irmã já tivessem conversado sobre algo trivial como aparência desde a adolescência. Por um lado, queria dizer que ela devia cuidar melhor de si, sim, porque estava bonita; mas, por outro, temia ter falado demais, por isso decidiu que seria melhor simplesmente se calar.

– Além disso – ela acrescentou –, não sou bem o tipo que sai com muitos caras.

Ele nunca havia pensado muito naquilo, exceto rapidamente nos últimos dias, quando Lauren perguntara se Elaine era casada.

– Acho que fica difícil com Davy.

Elaine mordeu o lábio e assentiu discretamente, mas Nick percebeu a culpa em seus olhos. Ela havia passado a vida toda cuidando do irmão, e não sabia se era certo querer algo mais.

– Ouça, Lainey, se um dia quiser sair, mesmo que seja apenas com amigas ou algo assim, Davy pode ficar comigo. Quero dizer, se você... quiser um pouco de privacidade.

Ela voltou a corar.

– Obrigada, Nick, mas duvido.

Nick pegou a tinta e o refrigerante, equilibrando as latas uma em cima da outra, e então seguiu em direção à porta da frente. Quando voltou para o calor sufocante do lado de fora, lembrou-se de quando Elaine tinha olhos mais brilhantes e um sorriso mais fácil.

Quando estava no último ano do ensino médio, puxara Nick para dentro do quarto dela, fechara a porta e mostrara a ele uma carta da Universidade de Miami, oferecendo a ela uma bolsa de estudos parcial. Deveriam ter ficado felizes, mas, quando ele terminou de ler, os dois se entreolharam.

— Só me candidatei porque o professor Hayes insistiu — ela explicou, referindo-se ao seu orientador, como se estivesse se desculpando. — Nunca pensei que me ofereceriam dinheiro.

— Não, Lainey, isso é ótimo — dissera Nick. — Muito bom.

Mas acreditava que suas preocupações tinham ficado claras em sua voz, e agora desejava tê-las disfarçado melhor. Ele já havia abandonado os estudos para conseguir um emprego quando o dinheiro do acordo com a Double A terminou. Então, não sabia ao certo como teria lidado com aquilo — o quanto teria que pintar para ajudá-los enquanto cuidasse do pai e de Davy ao mesmo tempo —, mas poderia ter dado um jeito.

No fim, entretanto, Elaine decidira que não podia deixar Davy. Nick nunca expressou suas preocupações, mas ela disse que, se ele trabalhava para mantê-los, o mínimo que *ela* poderia fazer era ficar em casa e cuidar do irmão.

— Talvez você possa frequentar aulas noturnas em algum lugar perto daqui — Nick se lembrou de ter dito —, quando eu puder ficar aqui com o Davy.

— Sim, talvez — respondera ela, mas nunca o fizera.

Enquanto Nick observava Davy mover a mão em círculos com a lixa, disse a si mesmo de novo que Henry merecia o que Phil estava fazendo com ele. Henry havia enganado o pai de Nick, e agora o novo sócio de Henry o enganava. Parecia apropriado: o que vai, volta. As atitudes de Henry tantos anos atrás haviam causado tudo isso: um pai alcoólatra com problemas cardíacos, e uma irmã e um irmão cujas vidas nunca atingiriam seu potencial máximo. Na comparação, ver Henry perder um pouco de dinheiro parecia pouco, apesar de um tanto satisfatório.

E Nick não estava fazendo nada errado. Na verdade, não era da conta dele.

— Está bom, Dave — disse ele, por fim, afastando seus pensamentos. — Agora, vamos começar a pintar para podermos ir ao cinema. Sei que você odeia perder os trailers.

Lauren estava encolhida no sofá, vestindo um pijama curto de cetim, assistindo a um filme antigo na TV a cabo, mordiscando o último cookie de chocolate que ela e Carolyn tinham comprado no shopping depois do almoço. Izzy estava estendida, adormecida, na almofada cor-de-rosa, na outra ponta do sofá. Ela sabia que a maioria das pessoas consideraria aquela situação entediante para uma noite de sábado, mas Lauren se sentia perfeitamente satisfeita.

Claro, não podia negar que a maior parte da satisfação se devia a Nick e à nova esperança que sentia a respeito do relacionamento. Não sabia quanto tempo duraria com ele – na verdade, sentia-se tão insegura que não comentara nada com Carolyn –, mas estava feliz com o que dividiam naquele momento. E quando começava a se preocupar com o futuro, quando imaginava que ele acabaria com tudo, apenas pensava na rosa que havia colocado dentro de seu diário de fantasias sexuais por ser especial demais para se jogar no lixo. Pensou na maneira inexplicável como a rosa ligava fantasia e realidade, ele e ela. Ainda não fazia ideia do que podia significar, de como Nick podia saber, e certamente era um perigo começar a se apaixonar por Nick Armstrong. Mas quando estavam juntos na cama e ela sentia a delicadeza dele, ou quando ele contava algo sobre Davy, sem sequer se dar conta, ou uma lembrança de sua mãe – ela sabia tratar-se de coisas que ele não dava a qualquer mulher.

Uma batida na porta a assustou e fez com que se retraísse, acordando Izzy. A gata levantou a cabeça e arregalou os olhos quando Lauren se levantou para atender. *Mas – ah, droga, olhe só para mim. Por que nunca estou vestida de modo decente quando alguém bate a minha porta nos últimos tempos?*

Atravessou a sala de piso frio, descalça, e olhou pelo olho mágico, totalmente surpresa ao ver Nick do outro lado. Seu coração se acelerou quando abriu a porta, mas tentou não demonstrar todo o seu entusiasmo.

– Nick.

Nick apoiou um braço no batente, sentindo-se inevitavelmente sincero, direto. Não sorriu.

– Tudo bem eu estar aqui?

– Claro. Por quê?
Olhou nos olhos azuis dela, tentando ler o que ela sentia, um pouco preocupado; não sabia por que estava ali.
– Porque não combinamos nada.
– Tudo bem – disse ela. – Não estou ocupada.
– E porque eu não voltaria hoje. Há outras coisas que deveria estar fazendo, tenho um negócio para administrar.
– Então... por que voltou?
Boa pergunta. Procurou ser ainda mais honesto.
– Porque cuidei da papelada, pintei o portão da garagem de Elaine e levei Davy ao cinema, mas, o tempo todo... fiquei pensando em você.
Querendo você. Não tentou esconder o desejo em seus olhos. Parecia não se acostumar a ela; nada fazia seu desejo voltar ao normal.
– Entre – disse ela, um tanto ofegante.
Entretanto, aquilo não significava nada. Porque ele também pensara em muitas outras coisas – Elaine, Davy, o pai deles. Só o que significava era que, depois de passar a vida sempre preocupado, era fácil demais deixar uma mulher doce e sensual dominar seus pensamentos, para variar.
Claro, ele havia começado a sentir um pouco de culpa por não contar a ela sobre Phil, mas convenceu a si mesmo de que tudo ficaria bem a longo prazo, de que era um crime sem vítimas – além de Henry, o homem que Nick *queria* ver vitimizado. E, para ser franco, a fantasia que lera no diário de Lauren naquela manhã fez com que a culpa ficasse de lado. Ao longo do dia, as palavras manuscritas dela haviam voltado a sua mente como imagens, cenas de Lauren amarrada com lenços lilases. Só de pensar que ela queria aquilo, fazia com que sentisse tanta vontade que mal conseguia se controlar. Porque era mais profundo agora do que apenas sua imaginação: com as cenas, vinha o fato de ele a conhecer... saber que era inteligente e bondosa, além de totalmente compreensiva. Então, meio sem pensar, depois de ir ao apartamento do pai e deixar Davy em casa, dirigira até ali. Não fora uma atitude inteligente. Não se não queria algo mais sério com ela, algo que ele sabia que *ela* queria. Ainda assim, ali estava ele.

Quando a abraçou, sentiu o frescor do corpo dela e sussurrou em seu ouvido:
– Eu me sinto mal.
Ela se afastou para olhar nos olhos dele.
– Por quê?
– Eu... – ele não sabia como dizer aquilo, não sabia nem *se* queria expressar o que fervilhava dentro dele. – Eu... não vim aqui apenas para levá-la para a cama, mas... – olhou para os seios dela, os mamilos salientes através da seda. – Agora que estou aqui, não quero esperar.
– Nick... – ela apoiou as mãos no peito dele para encará-lo com os olhos suaves. – Está tudo bem. Porque eu sei.
– Sabe o quê?
As palavras dela saíram com suavidade.
– Sei o que você não consegue dizer. Sei que já não é mais apenas sexo.
Nick abriu a boca para argumentar – um instinto natural –, mas Lauren levou dois dedos aos lábios dele.
– Shhh.
Então, deu um passo para trás, tirou a blusa e ficou diante dele com apenas um short de cetim. Ele adorava saber que ela não era como Carolyn. Mas adorava ainda mais saber que ela *era* como Carolyn para *ele*.
Minutos depois, eles rolavam na cama de Lauren, os corpos entrelaçados, o ventilador de teto rodando em círculos lentos para mantê-los refrescados enquanto moviam-se juntos. De maneira sinuosa, Lauren esquivou-se e ficou de costas para Nick, e o luar que entrava pela janela delineou a silhueta perfeita das suas curvas, mas Nick virou-a para que ficasse embaixo dele de novo.
– Não – disse ela, afastando-se e olhou por cima do ombro.
– Assim, por trás.
Mas Nick tinha outros planos.
– Logo, logo, linda. Não agora – ele levou a mão ao corpo dela, mas ela não cedeu.
– Do meu jeito – disse ela na escuridão.

A excitação de Nick aumentou com a ordem dada por ela, e ficou ainda mais intensa quando se lembrou da fantasia do lenço. Cresceu ainda mais quando ele tomou uma decisão: não permitir que ela desse as ordens. Sem lhe dar opção, voltou a virar o corpo dela na direção do dele e o cobriu com firmeza, com o pênis aninhado nos pelos macios entre as pernas dela.

— Não — disse ele, esperando que ela visse a malícia em seus olhos —, do *meu* jeito.

Lauren esforçou-se para se livrar, mas em seus olhos havia o mesmo tesão que corria pelas veias de Nick. Quando ele prendeu os punhos dela acima da cabeça, ela lançou-lhe um olhar que beirava o desafio e o prazer, e então arquejou contra ele, enquanto se retorcia um pouco mais.

— Ah, linda — ele murmurou, descontrolando-se diante da resistência provocante dela.

Sentiu-se tão tentado, naquele momento intenso, a confessar o que havia lido naquela manhã, tão tentado a pedir que permitisse amarrá-la com lenços...

Mas é claro que não podia. Não poderia *nunca* contar a ela.

Ainda assim, continuava voltando àquele diário para saber mais dos desejos secretos dela, mais do que sabia que só ele poderia dar a ela — se ao menos pudesse contar o que sabia. Fechou os olhos ao gemer de frustração, afrouxando a pressão nos pulsos dela.

— O que foi? — ela sussurrou deitada embaixo dele. — O que houve?

Droga. Ele não pretendera agir desse modo.

— Nada, querida — ele soltou os braços dela, passando as pontas dos dedos pelos braços até tocar seus seios. — Nada.

Ele a beijou naquele momento, um beijo lento, profundo, suave, apenas para tê-la por um momento de uma maneira que não tivesse nada a ver com as fantasias dela. Ainda assim, poder transformar aquelas fantasias em realidade era uma tentação irresistível, por isso Nick beijou, tocou e provocou Lauren, prendendo-a apenas o suficiente para que sentisse o controle dele, o suficiente para que ela se submetesse. Como ele sabia que ela queria. E então, por fim, ele a rolou para o lado e deu o que ela exigira antes, penetrando-a por trás.

De algum modo, porém, mesmo enquanto penetrava o corpo sedento dela com total entrega, outras coisas atrapalhavam seu prazer, por mais que tentasse esquecê-las.

O diário vermelho.

A fraude de Phil.

Mas por que o segredo de Phil o incomodava? Deixou o assunto de lado.

Pelo menos, o segredo do diário permitia que proporcionasse prazer a ela, prazer que ia além do plano normal da sensualidade, prazer que só *ele* podia dar só *ele* sabia como.

Concentrando-se nisso, estendeu a mão para pressionar os dedos no calor no meio das pernas dela, ouvir seu gemido, e então fazê-la gozar. Aquilo levou todo o resto embora.

LAUREN ESTAVA SENTADA EM UMA BOIA dentro de piscina no dia seguinte, com um biquíni de estampa floral que, alguns dias antes, pensara nunca ser capaz de vestir na frente de Nick. Estava deitada, observando o céu azul sem nuvens, totalmente relaxada, sabendo que ele também flutuava por ali. Algum tempo já havia se passado sem que trocassem uma palavra, mas mesmo quando não se comunicavam ela sentia a presença dele.

Quando um *splash* remexeu a boia e gotas de água fria caíram sobre seu corpo, ela abriu os olhos e viu Nick a seus pés, molhado e tirando os cabelos do rosto.

Entreolharam-se, e o mundo parou.

Ele não precisou dizer nada, não precisou ao menos tocá-la – ela sabia o que seu deus do mar queria. E instintivamente compreendia agora que, de certo modo, Nick sabia ou sentia seus pensamentos mais profundos, conseguia dar vida a suas fantasias mais profundas, conseguia torná-las realidade.

A lógica ainda dizia a Lauren que era impossível, mas ela sabia que não era. Porque estava acontecendo.

Não lute contra a sua crença nisso. Esqueça a si mesma, esqueça a lógica, permita-se acreditar nessa magia. A magia significava mais do que o passado, mais do que a relutância de Nick, mais do que as suas próprias dúvidas. A magia significava tudo.

Sem desviar o olhar de seu deus do mar maravilhoso, ela abriu as pernas e deixou a magia começar.

CAPÍTULO 14

Horas depois, deitados sobre os lençóis emaranhados da cama de Lauren, trocando beijos e carícias, até rindo, eles se deram conta de que não tinham almoçado.
— Quer pedir uma pizza? — Nick sugeriu.
— Tem um problema. Alguém teria que se vestir e descer até a porta para pegá-la.
Nick deu uma piscadinha.
— Sem problema. *Você* pode fazer isso.
Ela inclinou a cabeça no travesseiro.
— Por que eu?
— Fiz o café da manhã hoje cedo.
Lauren riu.
— Você *fez* o cereal e a torrada hoje cedo, é isso?
— Coloquei na torradeira, passei manteiga, coloquei na tigela. Trabalho árduo.
De repente, Lauren rolou para o lado, encostou-o no travesseiro e esfregou seu peito contra o dele, ronronando em seu ouvido.
— Concordo que você trabalhou bastante hoje, mas a maior parte foi depois do café da manhã.
— Então seu escravo sexual trabalhou direitinho?
Lauren ficou boquiaberta e arregalou os olhos.
— Escravo sexual?
— Você ficou toda mandona. *Não, assim não. Mais depressa. Vou ficar em cima.*
Nick aceitou o tapinha brincalhão que ela lhe deu e ambos ficaram ali, deitados, sorrindo preguiçosamente um para o outro, quando Lauren disse:

– Nunca me diverti na cama com um homem antes.

Ele se surpreendeu e se apoiou em um dos cotovelos para olhar para ela.

– É mesmo?

– Quero dizer, não assim. Nunca me diverti... rindo.

Ele jogou a cabeça para trás.

– Ah.

Entendia o que ela estava dizendo. Ele acreditava já ter se divertido na cama com uma mulher antes, mas talvez não tivesse sido... verdadeiro, fácil, como naquele momento.

E então a gata branca subiu silenciosamente na cama.

– Oi, Iz – disse Lauren, coçando a orelha do felino. Isadora subiu no corpo de Nick, parando a seus pés, onde se ajeitou e deitou.

– Você é uma oferecida, Izzy – disse Lauren.

Nick riu.

– O quê?

– Ouça, ela está ronronando sedutoramente para você, toda encolhida perto de seu corpo. Sempre se sentiu atraída por você, desde o começo.

– Então, acho que tem sorte por eu ter escolhido *você* – disse ele, provocando, e beijou a testa de Lauren. Em seguida, lançou-lhe um olhar sério. – Sabe o que isso significa, certo?

– O quê?

– Você precisa levantar para *pedir* a pizza agora, também. Se eu sair daqui, vou incomodar a gata.

Lauren esboçou um sorriso.

– Você é impossível.

Sentando-se para alcançar do outro lado da cama, ela pegou o telefone, e Nick aproveitou a vista enquanto ela fazia o telefonema, vendo o fio do telefone sobre a barriga nua dela.

– Espero que goste de cebola – disse ela ao desligar –, já que quem liga ganha o direito de pedir o que quiser.

– Não gosto de brie, mas, para sua sorte, gosto de qualquer coisa na pizza. A propósito, se o lance da contabilidade começar a não dar certo, acho que você tem um belo futuro como modelo de nus.

– É mesmo?

Ela fez uma pose, mais tola do que sexy, e então caminhou até a cômoda, onde balançou o traseiro para ele de modo brincalhão, enquanto procurava algo dentro de uma gaveta.

– Bem – disse ela, vestindo uma minúscula calcinha cor-de-rosa –, acho que isso não vai acontecer, então você é o único que está tendo o prazer de me ver.

– É, acho que seu trabalho é bem seguro.

– Meu futuro todo, na verdade.

Escolheu um pequeno vestido, usando-o sem sutiã.

– Todas as ações de meu pai na empresa serão minhas, um dia. É por isso que estou envolvida em tantas coisas do alto escalão; ele nunca disse, mas sei que está me preparando para assumir as coisas.

Enquanto Nick absorvia o que acabara de ouvir, Lauren cobriu os lábios e fez uma cara de quem havia acabado de dizer uma blasfêmia.

– Desculpe, Nick, eu não pensei antes de falar. Você não deve querer ouvir sobre essa parte da minha vida.

Para surpresa de Nick, ouvir aquilo não tinha sido tão ruim como ele imaginara. Em algum momento no caminho, tinha deixado de culpar Lauren por ter a vida que acreditava pertencer a ele. E se nunca tivesse conhecido ela ou Henry antes de tudo aquilo começar, ficaria impressionado por saber que ela administraria a Ash Construtora um dia.

– Tudo bem – disse ele, de modo distraído, enquanto acariciava a gata a seu lado.

– Mesmo? Porque sei o quanto doeu quando...

– Tudo bem, princesa, de verdade. É a sua vida. Foi o que aconteceu. Não a culpo. Eu... me sinto feliz por você.

Quando Lauren foi até o lado dele da cama e se abaixou para lhe dar um beijo que logo se transformou em algo mais, Nick percebeu que tinha sido verdadeiro a respeito do que dissera. Estava, realmente, feliz por saber que a vida dela estava estável e o futuro, planejado.

Quando a campainha interrompeu os beijos dos dois, ela se afastou, saindo do quarto com o vestido balançando em suas coxas.

– Droga, Izzy – disse ele, sem de fato pretender falar com a gata.

De repente, sentiu culpa. Não havia pensado no futuro da Ash Construtora, da ligação eterna de Lauren com a empresa, quando decidira não comentar sobre o que havia descoberto a respeito de Phil. O que Phil estava fazendo com Henry, também estava fazendo com Lauren.

– Droga – murmurou, irritado.

Teria que contar a ela. Pouco mais de um dia depois de descobrir, ele já sabia que não conseguiria guardar aquilo para si.

Porque se importava com ela. Fizera o possível para *não* se importar, para não permitir que aquilo tivesse qualquer importância. Mas, agora, era inegável. Nada mais no mundo poderia fazer com que ele tomasse uma atitude que acabaria ajudando Henry Ash.

Resignando-se a desistir do que ontem mesmo considerara justiça, suspirou e pensou: *E agora, como fazer? Como contar a ela?*. Afinal, ele não podia explicar como tinha descoberto que Phil estava roubando a Ash Construtora. Até onde Lauren sabia, Nick nunca tinha entrado em seu escritório, e ele com certeza não estava pronto para abrir *tanto* o jogo. Queria com todas as forças poder contar *toda* a verdade, mas ela o odiaria. Quando encontrasse um jeito de contar sobre Phil, pelo menos *parte* de sua consciência ficaria leve.

– Inacreditável – disse ele, olhando para a gata.

Enfim encontrara a justiça que passara a vida buscando... e poria um fim a ela, por Lauren Ash.

Eles comeram na cama, segurando as fatias de pizza acima da caixa para impedir que a gordura pingasse, mas evitar que Izzy passasse por cima havia sido mais desafiador.

– Se eu vir marcas de patinhas oleosas pela casa, Isadora Ash – Lauren a repreendeu –, a senhora estará em apuros.

Quando terminaram de comer e deixaram a pizza de lado, olharam para o relógio e viram que passava das três.

– E então – perguntou ela, de modo brincalhão –, está a fim de uma rapidinha?

Ele olhou para ela como se pretendesse repreendê-la.

– Você só pensa em sexo?

Ela inclinou a cabeça de modo provocador e piscou várias vezes.

– Ultimamente, sim.

Mais do que ultimamente, Nick pensou. Mas é claro que não podia dizer isso, não podia aludir ao fato de que sabia de suas fantasias sexuais além de como já fazia, realizando uma delas de vez em quando. Quase temeu que o que fizera com ela na piscina, de manhã, seria demais e levantaria suspeitas – mas, ainda assim, não tinha conseguido resistir.

– Por outro lado – disse ela –, o dia lá fora está lindo, e amanhã temos que voltar ao trabalho, então talvez pudéssemos sair, ir à praia.

Nick teria adorado levá-la ao Fred Howard Park de novo, mas tinha um segredo a contar. E o que ela havia acabado de dizer provavelmente seria a melhor abertura que ele teria. Agora que tomara a decisão de contar, não queria adiar mais.

– Por falar em trabalho, já vi o resto de sua casa, mas nunca vi seu escritório, apesar de passar pela porta dele o tempo todo.

Ela hesitou, e Nick pensou: *Parabéns, Armstrong, seu burro*.

– É só um escritório – disse ela. – Mesa, cadeira, computador. Nada de especial.

– Tenho... um quarto vazio na minha casa – disse ele, pensando que podia fazer a *verdade* funcionar a seu favor – que estou pensando em transformar em escritório para cuidar das coisas da Horizonte. Estou meio interessado em ver os escritórios de outras pessoas, já que não sei bem como seria.

– Posso ajudar você – disse ela, instantaneamente.

E ele pensou, *puxa, como ela é doce.*
— Isso seria bom.

E seria, sim, mas naquele momento ele precisava se concentrar em contar a Lauren que um homem em quem ela confiava muito estava roubando da empresa de sua família, e devia ser muito dinheiro. Sequer tinha parado para pensar como aquela notícia a afetaria.

— Venha — disse ela. — Vamos dar uma olhada.

Nick respirou fundo ao se levantar da cama, vestiu a calça jeans e a acompanhou pelo corredor, mas sabendo o que a esperava dentro do próprio escritório, e sabendo que ele teria que contar, de repente sentiu-se meio tonto.

— Aqui estamos — ela abriu os braços, parando no meio do quarto para olhar para ele.

Nick olhou ao redor, observando os detalhes, tentando fingir que nunca tinha se sentado na cadeira perto da estante ou acendido a luminária. Seus olhos passaram pelo diário vermelho, mas tomou o cuidado de não deter o olhar.

— É muito bonito — ele disse.

Móveis de cerejeira com pés enrolados, além de detalhes em tons pastel e tecidos nobres davam ao cômodo a aparência mais formal da casa, além da sala de estar no andar de baixo.

— Eu recomendaria uma mesa com mais gavetas — disse, já que a dela tinha apenas uma gaveta simples. — Sempre há coisas que você precisa guardar em algum lugar. E você certamente vai querer um arquivo, porque aposto que tem muitos papéis.

— Sim — disse ele, observando-a andar pela sala, mostrando as coisas para ele, sentindo-se um idiota por não conseguir dizer a verdade sem fingir.

Pronto. Ele não podia mais levar aquilo adiante. Enquanto Lauren falava sobre o computador, Nick deu um passo e se inclinou sobre a mesa, apoiando a mão de propósito sobre a pilha de notas fiscais que tinha visto ontem.

Então, ele olhou e viu seu nome.

Tirou a mão e analisou o papel de novo, como tinha feito antes.

Aja devagar, não reaja com rapidez.
– O que foi? – perguntou ela.
– Essa nota fiscal.
– O que tem ela? – ela olhou para baixo. – Ah, é sua.
– Não, aí é que está. Não é.
– O quê? – ela olhou para ele. – Como assim?
– Princesa, é meu nome que está escrito, mas não é minha. Eu entrego as minhas notas feitas à mão. Não tenho um computador.
– Mas então... – ela olhou para as notas de novo.
Nick continuou analisando-as também.
– Esses foram meus trabalhos da semana passada, mas... – ele balançou a cabeça – ...esses valores não estão certos. Estão altos demais.
Lauren suspirou alto, sem perceber. Não tinha percebido quando o nó havia se formado em sua garganta, mas mal conseguia falar.
– Nick, só para deixar claro, está dizendo que essa nota não foi a que você entregou, e que a quantia não foi a que você cobrou?
Ele assentiu de leve, e Lauren se sentiu um pouco tonta.
– Como é que... – ela se sentou na poltrona de couro, assustada. – O que isso quer dizer?
Nick suspirou.
– Acho que quer dizer que, depois que entreguei minha nota, alguém a alterou.
Lauren sentiu a cabeça rodar, tentando unir em sua mente as partes que não se encaixavam. Ela não tinha outras notas de Nick – todas voltavam a Phil depois que ela computava as quantias e passava o dinheiro para a conta corrente. Mas ela se abaixou para ligar o computador e disse:
– Vou mostrar outros números a você, de notas anteriores. Você acha que reconheceria as quantias que cobrou nas últimas semanas? – as mãos dela suavam.
– Talvez, não tenho certeza.
– Vamos, depressa – ela começou a mexer no computador depois de ligá-lo, e os programas carregaram.

Clicou no arquivo de contas a pagar e digitou Horizonte Pintores. Depois de mais alguns cliques, a informação de cobrança de Nick, do último trimestre, apareceu na tela.

– Aqui – disse ela, tremendo. – Estes números parecem certos? Sabe me dizer?

Muito tempo se passou enquanto ela esperava pela resposta de Nick.

– Parecem muito altos – disse ele, finalmente, e apontou para alguns números em especial. – Não me lembro de cifras exatas, mas não acredito alguma vez ter recebido cheques tão altos.

– Droga! – ela bateu a palma da mão na mesa.

– Linda, você está bem?

Lauren ficou de pé ao lado dele.

– Não.

Em seguida, ela segurou a mão dele e seguiu em direção à porta do escritório, puxando-o.

– Vamos.

– Aonde?

– Até o escritório da Ash Construtora. É domingo, vai estar vazio. E preciso fazer uma investigação.

Enquanto seguiam para o escritório no jipe de Nick, Lauren se viu expressando suas suspeitas antes do que pretendia. Só conseguia pensar em uma pessoa que podia estar fazendo aquilo: Phil.

– Mas isso não faz sentido – disse ela enquanto Nick passava por um farol amarelo. – Ele tem participação na empresa. Por que roubaria de si mesmo?

– Qual é a participação dele?

– Vinte e cinco por cento.

– Quanto Henry tem?

– Cinquenta e um – ela mordeu o lábio. – Ele nunca quis... sabe, abrir mão do controle outra vez.

Nick assentiu, mas apertou o volante, e Lauren se arrependeu por ter dito aquilo. Por que não parava de esfregar a perda de Nick na cara dele, tocando num assunto que podia atrapalhar os dois?

Por fim, ele falou:

— Talvez o Phil não veja isso como roubar de si mesmo, mas, sim, como um modo de passar parte do dinheiro de Henry para ele. Afinal, nunca terá tanto quanto Henry, certo? Independentemente de quanto trabalhar ou de quanto a empresa ganhar. Talvez ele se ressinta disso.

Lauren respirou fundo.

— Talvez — disse ela, percebendo que Nick sabia muito mais sobre aquele tipo de ressentimento do que ela.

Era difícil de acreditar, mas depois do que descobrira sobre Phil alguns dias antes... bem, ele com certeza não era o homem que ela pensava.

Quando chegaram à Ash Construtora, ela subiu a escada com pressa, abriu a porta da frente e caminhou em direção ao escritório de Phil. Nick a seguiu.

— Ele não tranca? — perguntou Nick ao entrar no escritório.

— Talvez não tenha motivos para trancar — disse ela, tentando dar a Phil o benefício da dúvida.

Quando Lauren ligou o computador, o sistema pediu uma senha, e ela tentou digitar várias que pareciam lógicas, mas nenhuma funcionou. Em seguida, procurou papéis com a ajuda de Nick. Depois de procurarem em gavetas e arquivos durante alguns minutos, Nick encontrou sua nota fiscal real, dizendo:

— Princesa, veja isto.

Lauren analisou, lembrando-se de notas mais antigas da Horizonte que se pareciam com aquelas. Na mesma pilha, encontrou outras notas que não reconheceu, de pedreiros, gesseiros, carpinteiros, eletricistas. E apesar de reconhecer os nomes e logotipos, e até alguns dos trabalhos pagos recentemente pela Ash, as notas eram diferentes: haviam sido refeitas antes de serem entregues a ela.

Mas nem *todas* tinham sido forjadas, ela descobriu. As notas de empresas maiores — a rede nacional de distribuidores de carpete que usavam, a grande empresa de encanamento que fazia a maior parte das instalações deles — estavam intocadas. Eram as empresas menores, como a de Nick, que estavam sendo usadas para tirar dinheiro das contas da Ash. E havia tantas dessas empresas pequenas... Lauren não conseguia imaginar as proporções que aquilo podia ganhar.

Folheando as notas, uma por uma, Lauren começou a se sentir mal. Muitas tinham sido feitas à mão, estavam amassadas, manchadas – eram notas de trabalhadores que, como Nick, não passavam o dia na frente do computador, não tinham secretárias nem assistentes ajudando nas contas. Por que ela não havia notado quando aquelas notas escritas à mão e amarfanhadas pararam de aparecer? Por que não havia notado que elas tinham começado a ficar mais ajeitadas e apresentáveis em algum momento? Sentiu-se uma idiota. E, quando pegou a última nota da pilha, engasgou-se.

– O que foi? – perguntou Nick.

Era uma nota da PH Construção. PH. Phil Hudson. E ela acreditava que a quantia absurda digitada no pé da página, de mais de 25 mil dólares naquela semana, era a diferença entre as notas reais e as falsas que ele havia entregado a Lauren. Ela entregou o papel a Nick.

– Prova – disse ela.

Nick pensou, mais de uma vez, que Lauren não aguentaria, que começaria a chorar, que se jogaria nos braços dele, mas não foi o que aconteceu. Em vez disso, ela soube exatamente o que fazer. Instruiu Nick a colocar o computador de Phil em seu jipe, levando a pilha de notas fiscais verdadeiras também. Tudo aquilo junto, ela dissera, era o que precisariam para colocar Phil contra a parede.

– A nota fiscal da PH Construção foi onde ele fez a maior besteira – Lauren explicou enquanto dirigiam para casa. – Essa empresa não existe, pelo menos não na nossa lista de fornecedores. Certamente é uma empresa falsa que Phil usa para desviar dinheiro para suas contas pessoais.

– Mas por que ele faria tudo isso? – perguntou Nick. – Por que não entrega o restante das notas falsas e fica com o dinheiro excedente?

– Ele precisa deixar vestígios que pareçam verdadeiros, em um primeiro olhar, precisa conseguir manter controle de todo o dinheiro que entrego para os pagamentos. O total das notas dele precisa bater com o meu. Meus saques são o que realmente usamos, mas ele precisa de uma maneira de tirar o excesso que coloco na conta sem ser notado. Agora que estou com os dois conjuntos de notas, inclusive as falsas, ele está enforcado.

– E agora? – perguntou Nick. – O que pretende fazer?

Ele nunca envolvera-se com algum crime de colarinho branco, a menos que considerasse crime o que Henry havia feito com seu pai, e não tinha a menor ideia de como Lauren agiria.

– Terei de contar ao meu pai. Mas ele está passando o fim de semana fora da cidade, de férias nas ilhas Caimã, por isso terei de esperar ele voltar.

– Quando será isso?

– Amanhã cedo – ela se virou para ele dentro do jipe. – A sorte é que amanhã é segunda e Phil passa as segundas-feiras visitando os locais das obras, por isso não estará no escritório para ver que há coisas faltando. – Ela respirou fundo. – Assim, temos mais tempo para pensar no que faremos.

Nick ficou surpreso com a força dela. Ele sabia que Lauren estava sofrendo, desiludida, sem falar que a situação apresentava uma série de problemas profissionais, mas ainda assim, ela lidava com tudo exatamente assim: como uma profissional.

Agora, a noite havia caído, e Nick e Lauren estavam no sofá assistindo ao filme que ele havia sugerido, pensando que isso afastaria todos os problemas da cabeça dela. Mesmo antes do início do filme, Lauren estava quieta como nunca ficava, mas Nick não a pressionara a falar. E desde quando ele se importava se alguém conversava ou não? Desde quando ele pensava em conversar com uma mulher? Era óbvio. Desde Lauren.

Se ao menos eu pudesse contar a você, linda, ele pensou, puxando-a para mais perto dele, *que sei de seu diário vermelho. Assim, não haveria mais segredo algum.* Ainda haveria Henry, claro, e ainda haveria enormes diferenças entre as famílias, o dinheiro deles – Deus, talvez um milhão de outras coisas –, mas pelo menos não haveria mais nenhum segredo. Ainda assim, Nick sabia que se contasse a respeito do diário ela nunca o perdoaria. Ela talvez fosse a mulher mais compreensiva que ele já conhecera, mas aquele tipo de invasão... bem, ele não conseguia pensar em nada de pior que pudesse fazer a ela.

Felizmente, a sensação ruim em seu estômago diminuiu quando a gata subiu no sofá e o distraiu.

– Oi, Iz, venha aqui – disse Lauren, baixinho, puxando a gata branca para seus braços.

Porém, segundos depois, Izzy se livrou e insistentemente passou entre os dois, aconchegando-se no colo de Nick.

– Viu? O que eu falei? – disse ela, olhando para o lado. – Ela adora você.

Nick se inclinou para perguntar, sussurrando no ouvido dela.

– Está com ciúme?

Ela se virou, esboçando um leve sorriso malicioso.

– Um pouco.

Nick cutucou a gata até ela pular no carpete, e então abraçou Lauren por trás com os dois braços.

– Melhor assim?

Dessa vez, quando se virou, ela sorriu ainda mais.

– Detesto dizer isso, mas eu quis dizer que estava com ciúmes de *você* com a Izzy, porque ela nunca se aconchega comigo como faz com você.

Alguns dias antes, Nick poderia ter se sentido um tolo, mas naquele momento ele só a provocou.

– Talvez eu devesse ir embora e deixar o sofá todo para você e Izzy.

– Cale-se – Lauren sussurrou. – Você não vai a lugar algum. – Ela cobriu os braços dele com os dela, e Nick se recostou e tentou se concentrar no filme de novo, mas Lauren disse, de repente:

– Eu me sinto tão idiota!

Os dois se sentaram, e Nick pegou o controle remoto para pausar o filme.

– Do que está falando?

— Percebi que os preços de todo mundo estavam subindo, e até questionei esse aumento mais de uma vez. Mas por que não percebi que as notas estavam diferentes? Eu as processo há anos... por que não percebi que estavam todas mudando? – ela suspirou. – Acho que, no fundo, pensei que todos os lugares estavam usando computadores, mas não consigo parar de pensar que, se tivesse questionado mais, se tivesse prestado mais atenção...

— Ei, você confiou no cara. Pensou que estavam no mesmo time. Você não tinha motivos para desconfiar dele. Além disso – Nick balançou a cabeça, ainda impressionado com a atitude dela naquela tarde –, você soube exatamente o que fazer hoje quando descobriu.

— Bem, não exatamente. Não tenho a menor ideia do que acontecerá quando eu contar ao meu pai amanhã.

— Mesmo assim, você sabia que precisaria do computador. E entendeu a papelada, e reconheceu a empresa falsa. E não teve um ataque.

— Senti vontade – ela confessou.

— Mas não teve, princesa.

Nick se impressionou muitas vezes consigo mesmo naqueles últimos dias. No momento, estava impressionado por saber como acalmá-la, por ver que as palavras lhe ocorriam facilmente, como se estivesse falando com Davy ou Elaine, não uma mulher por quem se ressentira durante anos. Mas quando as palavras lhe faltaram, ele ainda acreditou que poderia mostrar a ela como se sentia de outras maneiras. Levando uma das mãos ao rosto dela, Nick se inclinou para beijá-la.

As línguas se encontraram, atiçando as primeiras chamas de desejo, mas Lauren parou.

— Nick, você me odiaria se eu dissesse que não estou no clima? – perguntou ela.

Ele encobriu a decepção com compreensão:

— Nem um pouco.

— Mas gostaria... que você me abraçasse.

Nick a puxou para dentro de seus braços, pressionando as costas dela contra seu peito, beijando-lhe a têmpora suavemente, e Lauren pegou o controle remoto, recomeçando o filme. Quando os sons encheram a sala, Nick cochichou no ouvido dela:

— Tenho certeza de que a Ash Construtora estará em ótimas mãos, um dia.

Lauren observou Nick dormindo ao seu lado na cama, que ela já temia ficar grande e vazia sem ele ali. Na noite anterior, os dois tinham adormecido na frente da TV e, quando ela acordou, cutucou Nick e disse:

— Venha, vamos para a cama.

Ele a seguiu sem dizer nada, tirou a roupa ficando apenas de cueca e subiu na cama ao lado dela, de um jeito tão confortável que os dois pareciam um casal de idosos há muito tempo casados.

Ela balançou a cabeça em uma tentativa de afastar o último pensamento de sua mente. Estavam juntos havia pouco mais de uma semana, por isso pensar em casamento, ainda que fosse só um pensamento, era loucura. Além disso, só Deus sabia que ela tinha muito mais com o que se preocupar — estava feliz por Nick ter dormido com ela, feliz por ele continuar ali. Acordara sentindo-se agressiva, ainda que não totalmente disposta. Tinha um dia difícil para enfrentar, mas estava pronta.

— Ei — Nick murmurou, abrindo os olhos.

Ela lançou um sorriso a ele.

— Ei.

— Como você está?

Ela assentiu deitada no travesseiro.

— Estou bem, pronta para atravessar isso.

A expressão dele foi de admiração.

— Você parece decidida.

— Estou, sim. O voo do meu pai só chega ao meio-dia, por isso, decidi que a primeira coisa que farei será ir à casa de Phil e contar tudo a Jeanne.

Nick pareceu um pouco surpreso, por isso ela continuou.

— Não para magoá-la, nem para magoar o Phil, mas para protegê-la. Ela precisa saber que esse homem está acabando com a vida dela. E independentemente do que acontecer com Phil, ele estará em apuros, por isso quero alertá-la. Quero dar a ela a chance de tirar um pouco de dinheiro das contas, para pensar em como evitar que sua vida seja arrastada na lama com a dele quando esse esquema for desmantelado.

– Mas e se ela contar a ele? Antes de você contar a seu pai? Não sei quanto ele roubou, mas, se for muito, ele pode fugir.

Lauren respirou fundo. Claro, ela já tinha pensado nisso, mas quando pensava na inocência de Jeanne em tudo aquilo, simplesmente não conseguia encontrar um outro modo de fazer as coisas.

– Vou ter que confiar que ela não fará isso. Terei de acreditar que vai proteger a si mesma, e não a ele. Além disso, meu pai estará em casa quando eu voltar da Jeanne, então não vai demorar muito para que tudo seja revelado. Pedirei para a Jeanne não contar ao Phil por apenas uma noite.

– É um risco bem grande a se correr se quer encurralar o Phil.

Lauren assentiu.

– Sim... mas não sei se encurralar o Phil é mais importante do que cuidar de uma inocente.

Estou sentada em uma banheira antiga cheia de espuma, em um cômodo branco e iluminado. Janelas altas permitem a entrada da luz do sol, mas há samambaias penduradas em ganchos do teto que tornam o lugar agradável e sombreado.

Um homem me observa. Não consigo vê-lo, mas sei que está ali, espiando de fora de meu campo de visão. Enquanto passo a esponja por meus ombros e braços, e então sobre meus seios, o desejo se intensifica entre minhas coxas. Cada movimento que faço me excita, porque sei que não estou sozinha.

Por fim, eu me recosto e fecho os olhos, esperando que ele apareça. E quando começo a cochilar, ele me acorda com seu toque, massageando meus ombros. Começo a virar a cabeça para olhá-lo, mas ele sussurra: "Não, não faça nada", com uma voz baixa e forte.

Ele estende a mão e coloca uma pedra de cristal dentro da água. "Feche os olhos e recoste a cabeça para trás", ele me orienta.

Começa a despejar canecas de água com sabão em meus cabelos até umedecê-los por completo.

Quando sinto as mãos dele – seus dedos – massageando meu couro cabeludo, percebo que ele está lavando os meus cabelos. Mordo os lábios ao sentir seus toques delicados. Sempre que ele estica os dedos, espalha ondas de calor por meu pescoço, braços, pernas e coluna. Depois, ele despeja mais água em meus cabelos, até ficarem limpos e macios.

"Obrigada", sussurro.

Apesar de ainda não tê-lo visto, seu hálito esquenta minha orelha.

"Tem mais. Mas você deve prometer que vai manter os olhos fechados."

"Prometo."

"Não acredito em você", ele diz.

"O que posso fazer para que acredite?"

A resposta vem com um toque de seda em minha pele, rosto – ele está amarrando algo sobre meus olhos.

Quando a mão dele alcança meu joelho flexionado, sei que ele saiu de trás de mim para o lado da banheira. Quase não tenho tempo para pensar, pois o toque dele desce por minha coxa úmida, não para, não provoca, mas vai direto à fonte de meu desejo.

Grito ao sentir a onda repentina de prazer e me seguro nas bordas da banheira enquanto ele me acaricia, e o calor se espalha rapidamente por meu corpo, até se tornar meu corpo todo, tudo o que sei, tudo o que sou. Quase não percebo meus gemidos e soluços, porque meu corpo está preso em uma luta lenta e sensual. Escuto sua respiração ofegante enquanto me movimento contra seus dedos; escuto a água na banheira fazer barulho de acordo com nossos movimentos. O calor se transforma em fogo e me consome, me reduz a nada além de cinzas quando começo a gemer e, ao gozar, quebro a promessa – abro os olhos sob a cobertura sedosa.

Vejo apenas uma sombra, o contorno escuro de um homem com ombros largos, braços musculosos, mas isso basta para lhe dar uma identidade, para torná-lo real, o suficiente para nos ligar de um modo novo e viável, apesar de ele não saber.

"Deixe-me abraçar você", ele diz quando tudo fica silencioso, e a água parada.

"Deixe-me ver você", peço.

O polegar dele escorrega sob a seda de meu rosto e ele, delicadamente, tira a venda de meus olhos.

Nick estremeceu, metade de excitação, metade de vergonha, quando fechou o diário, tomando o cuidado de não deixar a rosa seca cair dessa vez. Ela havia saído para fazer uma das coisas mais difíceis que provavelmente já fizera e ali estava ele, incapaz de ir para casa, para suas tintas e para sua van sem ler sua dose matinal.

As palavras dela ecoavam em sua mente. *Não sei se encurralar o Phil é mais importante do que cuidar de uma inocente.* Ele entendia aquilo muito bem, porque foi exatamente o motivo que o levou a contar sobre Phil; cuidar dela tinha sido mais importante do que atacar Henry. Apesar de ter sido difícil admitir para si mesmo, ele havia se sentido nobre, orgulhoso por ter feito a coisa certa.

Sim, ele pensava agora que estava com os maiores segredos dela nas mãos, *você é um cretino supernobre, claro.*

Mas a verdade era que ele *precisava* desses pedaços dela agora. Não podia negar, não tinha nem sequer esperança de dizer não, e já quase desistira de tentar. Precisava daqueles pedaços que ela nunca daria de outra maneira. Era feio. Mas era como era. Sentia-se perdido em sua própria enganação.

SENTADA À MESA DA COZINHA, vestindo uma camisola extragrande, Jeanne olhava para Lauren boquiaberta, a aparência assustada reforçada pelas olheiras escuras. Pratos sujos do café da manhã as cercavam, e o cheiro adocicado do xarope de bordo deixava Lauren ainda mais enjoada do que já estava.

O coração batia apressado no peito o tempo todo que levou para contar a Jeanne tudo o que sabia sobre Phil, a começar pelo esquema de desvio de dinheiro e terminando com o que Nick havia visto na festa. Ela se sentia como o próprio espírito da morte.

— Sinto muito, Jeanne. Não contei essas coisas para feri-la. Só achei que você deveria saber.

— Desgraçado — Jeanne murmurou, pálida. — Maldito desgraçado.

Ela ficou de pé e atravessou a cozinha. Abriu uma gaveta, pegou um maço de cigarros e acendeu.

Lauren se surpreendeu.

— Não sabia que você fumava.

— Quando estou nervosa — respondeu Jeanne, exalando uma fumaça comprida que tomou o espaço entre elas.

Virou-se de costas por um momento, apoiando as mãos sobre o balcão, e de repente voltou-se para olhar para Lauren de novo, com o cigarro tremendo entre seus dedos.

— Que diabos vou fazer agora?

— Você vai ligar para o banco e qualquer outro lugar onde tenha dinheiro, descobrir quanto pode sacar de uma conta conjunta sem precisar de assinatura da outra pessoa e ir até esses lugares efetuar os saques.

Jeanne apagou o cigarro em cima de meio waffle em um prato e voltou a se sentar. Lentamente, olhou para Lauren.

— Parte desse dinheiro deve ser seu.

Lauren balançou a cabeça.

— Não importa. O problema não é só o dinheiro. Mas você vai precisar do máximo que conseguir.

Jeanne assentiu, com a cabeça caída para a frente enquanto as lágrimas começavam a rolar, e Lauren controlou as lágrimas que se acumulavam em seus próprios olhos. Não podia ficar emotiva; tinha muito o que fazer naquele dia e precisava manter a compostura. Em vez de chorar, colocou uma mão firme no ombro de Jeanne.

— Qualquer coisa que precisar, Jeanne, mesmo, estarei aqui por você.

Jeanne fungou e assentiu, levantando a cabeça de repente.

— Eu o segui, noite dessas.

Lauren se retraiu.

— O quê?

– Eu sabia que alguma coisa estava acontecendo, ele não me toca há meses. O mesmo Phil brincalhão de sempre, mas não me toca, nem mesmo um... abraço, um selinho, nada – Lauren se condoeu com a dor na voz de Jeanne. – Bem, ele sai muito à noite e volta para casa bem tarde. Diz que vai ao escritório, mas eu sei, no fundo, que não poderia ter tanto trabalho assim. Ainda que esteja roubando o Henry, não poderia demorar tanto. Então, entrei em meu carro e o segui. Ele foi aos condomínios ao sul de Clearwater Beach, sabe quais?

Lauren assentiu.

– Bateu em uma das portas e uma mulher atendeu... bonita, jovem, morena. Eu já a havia visto em nossas festas, pensei que fosse alguém da Ash. Ele só saiu de lá três horas depois – ela balançou a cabeça, como se voltasse a se indignar. – Eu ainda não tinha decidido o que fazer. Estou com Phil há tanto tempo.

Lágrimas silenciosas continuaram rolando por seu rosto, uma atrás da outra.

– Sei que ele é um cafajeste, mas não sei quem sou sem ele.

Enquanto esperava Jeanne retomar o controle, Lauren fez a pergunta que mais a preocupava naquele momento:

– Pode esconder tudo isso dele, Jeanne, só por hoje? Pode fingir que está tudo normal, fingir que não sabe de nada?

Jeanne pareceu abismada.

– Por que eu faria isso?

– Porque eu preciso de tempo. Preciso contar ao meu pai. Precisamos decidir o que será feito e não sei o que isso envolverá – ela segurou as mãos de Jeanne, que a olhava como uma menininha perdida. – Sei que é difícil, sei que neste momento você o ama e o odeia, tudo ao mesmo tempo, e talvez até se sinta tentada a ajudá-lo, mas peço que não faça isso. Peço que me dê uma noite.

Jeanne respirou fundo e puxou as mãos. Olhou ao redor, para a bagunça na cozinha, para a casa que Phil havia construído para ela. Olhou para sua vida, Lauren pensou.

– Não sei ao certo – disse ela por fim, a voz quase inaudível. – Não sei se consigo esconder dele. Não sei se não vou dizer tudo assim que o vir.

Lauren sentiu o estômago virar. Nick tinha razão; aquilo fora um erro.

Mas então Jeanne olhou de volta para Lauren, agora parecendo mais controlada, talvez até um tanto determinada.

– Vou passar a noite fora – disse ela. – Vou para um hotel ou para a casa de minha irmã em Sarasota. Phil não vai se importar; assim, vai poder passar a noite toda com a vagabunda. Vou deixar um recado, dizer que estou com uma amiga, deixá-lo imaginando onde estou, para variar.

Lauren voltou a respirar. Esperava que Jeanne fosse capaz de ver a profunda gratidão em seus olhos, uma vez que as palavras pareciam inadequadas.

– Obrigada.

Jeanne balançou a cabeça.

– Não precisa me agradecer, Lauren. Não é pela Ash, nem mesmo por você. É porque quero vê-lo receber o que merece.

Depois disso, Lauren pediu mais um favor a Jeanne, com o qual ela concordou, condoída. Juntas, elas analisaram os arquivos no home office de Phil, e viram os extratos bancários da PH Construção. Era a última prova de que precisava.

A mente de Lauren girava enquanto dirigia para casa. Mal sentiu o vento em seus cabelos ou o sol em seu rosto. Jeanne estava praticamente sozinha em seu mundo agora, depois dos segundos em que Lauren fez sua vida desmoronar. Ela havia acabado com o mundo de Jeanne sem qualquer cuidado, atenção ou consideração. Sim, havia feito o que acreditava ser o melhor para Jeanne, avisando-a com um dia de antecedência, mas ainda assim sentiu a culpa fluir por ela como um rio que não existia um dia antes.

Mas havia pouco tempo para pensar nisso. Fizera o que podia por Jeanne, e agora precisava partir para algo igualmente difícil – precisava contar ao pai que seu sócio de confiança estava roubando seu dinheiro.

Seja forte, disse a si mesma. *Lide com isso como lidou até agora.* O elogio de Nick na noite anterior a havia ajudado a acordar sentindo-se forte, tão forte como precisava estar para dar as notícias ruins às pessoas com quem se importava. Ele tinha razão, havia cuidado bem das coisas. Sequer havia pensado naquela parte – simplesmente sabia que precisava ser forte e tomar atitudes implacáveis.

Bem, não *tão* implacáveis. Arriscara tudo pelo bem de Jeanne. Talvez ela tivesse tirado uma lição do que seu pai havia feito à família de Nick; talvez tivesse lembrado que a compaixão também tinha vez ali. Mas havia conseguido deixar de lado o choque e a humilhação para lidar com a situação, e precisava continuar assim até o fim.

Quando chegou à entrada da garagem, não abriu a porta para guardar o carro. Nick estava em uma escada, pintando ao redor da janela de seu quarto, e quando ele se virou nada era mais importante do que chegar perto dele, estar com ele. Parou o carro e saiu, e Nick a encontrou na fonte.

– Como foi?

Ela mordeu o lábio.

– Foi difícil.

Tentar falar enquanto se lembrava da tristeza de Jeanne fez sua voz ficar embargada, as lágrimas mais perto de caírem do que ela havia percebido.

Nick levou a mão ao rosto dela, e o toque foi reconfortante e delicioso, mas, naquele momento, Lauren precisava de algo muito mais importante dele.

– Você vai comigo? – perguntou ela, sem fôlego.

– Aonde?

– Contar ao meu pai.

O corpo de Nick ficou tenso. Ele não disse nada, e nem precisou. Ela viu tudo em seus olhos.

– Sei o que estou pedindo. Sei que é algo enorme, sei que é péssimo, sei que é egoísta – sua voz estava embargada de novo, trêmula, mas ela continuou falando. – Mas é uma coisa enorme para mim também, de um modo diferente, e eu... não quero ir sozinha. Seria bom ter alguém em quem me apoiar.

Então, ela balançou a cabeça de maneira imediata.

– Não, não alguém. *Você*, Nick. Preciso de você lá para me apoiar. Faria isso por mim?

Nick respirou fundo, e Lauren quase sentiu o que ele sentia, o ar sendo puxado até o fundo, enchendo o peito dela, saindo lentamente. Ele tinha todos os motivos para dizer não. E ela não conseguia entender muito bem por que, de repente, sentia que precisava tanto dele, mas precisava. Talvez porque temesse parecer um fracasso aos olhos de seu pai, e por saber que Nick nunca a veria assim. Talvez porque, com frequência, se sentisse como uma menininha perdida, mas com Nick começara a se sentir uma mulher, dona de sua vida. Ou talvez fosse mais simples do que isso. Quando sua mãe morreu e ela precisou se aproximar da cova e olhar para o caixão, Lauren havia se agarrado ao braço de Carolyn e a puxado junto, porque precisava saber que não estava sozinha no mundo.

Ainda assim... era demais. Nick era a pessoa errada a quem pedir, e ela não podia acreditar no que havia acabado de fazer. Estava tentando encontrar as palavras, formar as ideias, desculpar-se por ter pedido, dizer que iria sozinha, para provar que ele tinha motivos para se orgulhar dela, que ela podia lidar com aquilo como uma profissional... quando ele segurou as mãos dela.

– Claro, princesa. Eu vou com você.

CAPÍTULO 15

O PEITO DE NICK ESTAVA APERTANDO ENQUANTO Lauren o levava pelo quintal da frente e dava a volta no muro que separava a casa dela da de Henry. Uma sensação familiar tomou conta dele – ao mesmo tempo em que voltou a ser um menino, o mesmo que havia observado Henry acabar com a vida deles, era também o homem crescido que já tinha visto coisas demais e acumulava muitos arrependimentos.

Quando passaram por um portão de ferro forjado que ficava no muro que dava para a rua, Nick se sentiu um invasor. O chão sob seus pés lhe era tão alheio como o território de outro continente. Considerava a casa de Lauren luxuosa, mas não era nada comparada àquela. Na verdade, percebeu de repente que ela vivia de modo casual em comparação a Henry. Nos fundos da casa, estendia-se um labirinto de deques de madeira, pátios de pedra e jardins floridos dez vezes maiores do que o quintal onde ele havia crescido, onde Elaine e Davy ainda viviam. A peça central era a piscina enorme em formato de feijão que fazia a de Lauren parecer pequena em tamanho e proporção. Uma pequena cascata caía melodiosamente de uma área de jardim mais alta, no lado mais distante. Apesar de haver as mesmas portas duplas da casa de Lauren, os andares superiores ostentavam diversas sacadas cobertas por toldos que davam vista para o paraíso que se estendia ali embaixo.

Lauren passou com Nick por tudo aquilo e, apesar de nervosa, caminhava depressa e segurava a mão dele com determinação. Ele se perguntou por que ela acreditava precisar dele e até pensou em perguntar, mas, se aquele era o momento em que ficaria frente a frente com Henry Ash, que assim fosse.

O mesmo caminho de pedras da frente da casa de Lauren tomava a frente da casa de Henry, porém mais comprido, dando a volta na fonte. Nick deixou o barulho da água afastar todos os outros pensamentos, todos os outros sons quando ela disse:

— Ele está em casa.

Um Jaguar XJS verde-jade estava estacionado na entrada, tão majestoso como os carvalhos altos que cobriam o jardim de sombra, como as altas colunas gregas, brancas e sólidas sob o sol do meio da manhã.

Ganância. A palavra ocorreu a Nick sem filtro. Quem precisava viver assim? Quem precisava de tamanho luxo? Respirou fundo quando Lauren o levou escadaria de pedra acima, até a porta da frente de Henry.

Ela segurou o punho cerrado dele quando a porta se abriu e Nick prendeu a respiração — apenas para ver uma mulher pequena e de pele morena trajando um simples vestido de algodão azul-marinho. Uma empregada. Nunca havia sequer pensado que Henry tivesse uma empregada.

— Bonita — disse Lauren, com o tom nervoso, tão nervoso como Nick se sentia. — Preciso falar com meu pai. Pode chamá-lo agora mesmo?

— *Sí,* Lauren. Entre.

A mulher lançou um olhar furtivo a Nick, e seus olhos pareciam repuxados pelo coque apertado que mantinha preso na altura da nuca.

Entraram na sala enorme enquanto os passos de Bonita ecoavam pelo piso frio italiano. O interior da residência fazia a casa de Lauren parecer pobre. A entrada se estendia em todas as direções, tomada pela luz forte do sol de janelas estrategicamente localizadas. Outra fonte pequena gorgolejava diante de uma coluna espelhada que dava a ela a ilusão de ser bem maior.

Nick se perguntou, num relance, o que Henry pensaria dele, se ao menos o reconheceria, e o que diriam um ao outro. Num impulso, esticou o braço e virou o rosto de Lauren para ele, para ver se não a havia sujado de tinta antes.

— O que foi? — sussurrou ela, com os olhos arregalados como os de um animal assustado.

– Nada – respondeu ele no mesmo tom, ao ver que sua pele sedosa não estava suja.

Teve a impressão de que não conseguia falar mais alto, como se sua voz fosse estragar tamanha opulência.

Não ouviu a aproximação de Henry – o homem apenas apareceu de repente, vestindo shorts brancos e uma blusa de lã branca – algo que homens mais velhos usavam para jogar tênis.

– Bonita disse que você parecia alterada – disse Henry, estreitando os olhos azuis para a filha antes de virá-los na direção de Nick, que olhou de volta, pensando: *Você me conhece, velho? Conhece?*. Mas então Lauren começou a falar, e a atenção de Henry se voltou a ela.

– Pai, tenho uma coisa para contar, mas é terrível, então quero que se prepare. E não posso ir devagar, caso contrário nunca conseguirei dizer tudo, então tenha paciência comigo, está bem?

Henry hesitou, aparentando calma.

– O que foi?

Lauren respirou fundo.

– Phil está nos roubando, pai. Está roubando a Ash Construtora.

Nick observou as diversas emoções cruzarem o rosto marcado de Henry: confusão, descrença, choque. Enquanto Lauren explicava o desvio de dinheiro feito por Phil, os olhos dele ficaram mais intensos, firmes, como se entrassem mais nas órbitas conforme o susto aumentava. Claro que aquilo não era nada comparado ao que Henry havia feito ao pai de Nick – ele ainda teria dinheiro, ainda teria a vida com a qual estava acostumado –, mas, apenas por aquele momento, Nick ficou feliz por estar ali, por estar testemunhando o momento em que Henry descobria como era ser roubado.

Enquanto explicava, Lauren apertou os dedos de Nick com tanta força que quase interrompeu a circulação sanguínea, e as unhas dela se afundaram na pele dele, mas ele não a interromperia por nada. A emoção dela aumentou até finalmente dar espaço à parte que ele sabia que viria.

– Sinto muito, pai. Eu me sinto culpada por isso. Eu devia ter notado, devia ter questionado mais os aumentos, devia ter somado dois mais dois. Como não fiz isso, a Ash Construtora perdeu sabe-se lá quanto dinheiro para Phil.

Henry demonstrou tristeza enquanto escutava a filha se culpar.

– Lauren, minha querida, não foi sua culpa – disse, dando um passo à frente pela primeira vez desde que ela havia começado a falar.

Lauren, enfim, soltou a mão de Nick e aceitou o abraço do pai, e Nick se sentiu ainda mais deslocado, alguém que não pertencia nem tinha motivo para estar ali.

Afastando-se um pouco, Henry balançou a cabeça.

– Eu... eu estou tendo dificuldade para absorver isso...

– Eu sei – respondeu Lauren. – Eu também não consegui acreditar.

– Mas não se culpe, docinho. Vamos pensar no que fazer, e passaremos por isso juntos.

O homem parecia bem abalado, derrubado de seu pódio eterno de poder... até enfim perceber de novo a presença de Nick, que quase poderia ter se mesclado à decoração caso suas roupas não estivessem manchadas de tinta.

– Quem é seu amigo? – Henry não sorriu, o que não surpreendeu Nick.

Lauren mordeu o lábio e segurou o braço de Nick.

– Eu... eu queria ter o apoio de alguém enquanto falasse com você, pai.

Henry ergueu as sobrancelhas, como se dissesse *continue*.

– Ele é, eu estou, nós estamos... – Lauren olhou para Nick com nervosismo, mais por ele do que por ela – saindo.

– Ele tem nome? – perguntou Henry, beirando o sarcasmo.

– Nick Armstrong.

Nick poderia jurar que a fonte parara de fluir e que o tempo congelara enquanto observava a pele de Henry ficar tão branca como sua blusa. Os dois homens se olharam, e Nick o encarou; percebeu que Henry pensava, ponderava, tentava entender se realmente era verdade.

Por fim, Nick disse:

– Sim, *esse* Nick Armstrong.

Henry continuou calado, apenas olhava para ele, o olhar frio como gelo, mas Nick se sentiu forte por ter pegado o homem desprevenido.

– Não parece feliz por me ver, Henry.

Henry inclinou a cabeça, como se pensasse.

– Como se envolveu com a Lauren?

Seria de se pensar que Nick era um estuprador ou traficante de drogas pelo modo como Henry o encarava. Mas tudo bem – se Henry queria julgá-lo tão depressa, Nick não se importaria em fazer o papel do fora da lei. Baixou o queixo e tentou parecer perigoso.

– Não foi um plano maquiavélico ou algo assim. Apenas aconteceu de eu pintar a casa dela.

– Pai, o Nick é nosso pintor. Da Ash. É dono da Horizonte Pintores.

O choque explícito sentido por Henry fez com que Nick fosse tomado por um turbilhão de emoções. Satisfação por ter se tornado alguém, apesar de tudo. Raiva pela surpresa de Henry ao saber que ele era dono da própria empresa, e não apenas um faz--tudo tentando sobreviver. Uma raiva ainda mais profunda por saber que ele, como qualquer outro homem que construía as casas da Ash, era apenas mais uma pedrinha no sapato do homem.

– Eu não sabia – disse Henry, por fim.

– Claro que não.

Ele percebeu o desdém de Nick.

– O que quer dizer com isso?

Nick não conseguiu mais se controlar e partiu para a frente, mas Lauren ainda segurava o braço dele com força.

– Quer dizer que você não se importa nem um pouco com as pessoas pequenas que mantêm a sua empresa de pé, velhote. Nem sequer sabe que o filho de John Armstrong tem pintado seus condomínios todos os dias nos últimos sete anos.

Nick abaixou a voz, com o olhar gélido a Henry:

– Você sequer sabe o que causou a minha família, não é?

– Espere um pouco – disse Henry, fechando as mãos em punhos ao lado do corpo, com a pele, antes pálida, ficando vermelha.

– Não, espere um pouco *você* – Nick deu um passo à frente, mesmo sendo segurado por Lauren – e escute aqui, seu ladrão maldito.

Não deixaram de se encarar, e Nick sentiu que estavam em confronto, mas se recusou a desistir; aquele era o momento pelo qual havia esperado a vida toda.

– Por sua causa, meu pai nunca se recuperou da morte dela... *nunca.*

De repente, a curiosidade superou a defesa de Henry:

– Ele ainda está...

– Vivo? Depende do que considera "vivo". Ele ainda está respirando, ainda está andando, pelo menos nos dias em que está bem. Vende iscas na estrada em Dunedin quando não está de ressaca, dormindo. Quanto ao resto de nós, meu irmão e minha irmã moram na mesma casinha para a qual nos mudamos depois que você pegou a nossa metade na Double A, e eu me mato de trabalhar todos os dias para pagar as contas de todos.

– Escute – disse Henry –, sinto muito pelo modo como as coisas aconteceram no passado, mas não é minha culpa se o resto de sua família não consegue se sustentar...

– É, sim, velhote – disse Nick com firmeza.

Ele não ia explicar como ou por que as coisas tinham acontecido como aconteceram, mas Henry devia ter acreditado nele de algum modo, ou apenas teve o bom senso de não fazer mais perguntas, porque deixou o assunto morrer.

Em vez disso, ele apoiou uma mão firme no ombro de Nick, puxando-o para o lado. Quando se afastaram de Lauren, Nick não desviou o olhar dos olhos de Henry.

– Ouça – disse Henry lentamente –, não sei como conseguiu entrar na vida de minha filha, mas se machucá-la de algum modo...

Nick o interrompeu com seriedade.

– Não vou machucá-la.

E estava sendo sincero. Ele sabia que ainda havia segredos entre eles – o diário, o fato de que chegara à casa dela com a intenção de ver o que considerava ser dele por direito –, mas não pretendia revelar essas coisas jamais, não pretendia deixar que atrapalhassem sua vida. Importava-se com ela agora, e era só isso o que contava. Às vezes, a verdade ou *antigas* verdades poluíam as águas, complicavam coisas que poderiam ter sido mais simples, e Nick pensou que o fato de estar ali, sua necessidade de confrontar Henry quando estivesse cara a cara com ele, provava isso.

– Vou tolerar que você permaneça na vida dela – disse Henry, olhando nos olhos de Nick –, mas só porque ela quer.

– Acho que você não tem escolha.

– Lembre-se de que os laços de sangue falam mais alto.

Nick pensou na relação prejudicada com o pai e disse:

– Às vezes.

– Foi o Nick – Lauren interrompeu, entrando no meio dos dois – quem me ajudou a descobrir o esquema do Phil.

Henry ficou boquiaberto enquanto olhava para os dois.

– Ele viu uma das notas fiscais, uma das falsas, em meu escritório, e me mostrou o que estava acontecendo. Se não fosse por ele, nós ainda não saberíamos.

Henry estreitou os olhos ao mirá-los em Nick.

– Por que você ajudaria a pôr fim nisso tudo se me odeia tanto?

Nick deu de ombros. A resposta era simples.

– No fim, isso teria ferido a ela tanto quanto a você.

LAUREN ENTROU NA BAYVIEW DRIVE naquela noite, um pouco antes do pôr do sol, feliz como nunca por estar em casa. Passara a tarde e a noite ocupada no escritório com o pai e Sadie, vasculhando os arquivos de Phil, tanto os físicos quanto os do computador – Henry era a única pessoa da empresa que tinha autoridade para fazer o rapaz de tecnologia da informação entrar no computador de alguém. O resultado foi um pequeno dossiê de tudo o que Phil havia roubado da Ash – mais de meio milhão de dólares nos últimos seis meses. A quantia era grande, mas Sadie disse:

– Se é para correr esse tipo de risco, deve ser por uma quantia que valha a pena.

Henry passou a mão pelos cabelos e disse:

– Ainda bem que o pegamos agora, e não alguns anos mais para a frente.

Naquele momento, Henry realizava uma reunião de emergência com os acionistas da empresa (menos Phil), mas, para surpresa de Lauren, era provável que não acionassem a justiça.

– Esse tipo de notícia acaba com a empresa – ele explicou. – Teremos que negociar com ele, talvez tenhamos de demiti-lo e exigir que ele devolva o que pegou para que não o processemos.

– E então ele ficará... livre? – perguntou Lauren, sem acreditar, tendo imaginado que Phil cumpriria pena na prisão.

Henry assentiu.

– Mas ele ficará sem uma boa quantia, e sem dúvida não poderá mencionar a Ash Construtora como referência, por isso acredito que terá bastante dificuldade para encontrar outro emprego, ainda que seja bem inferior ao que teve aqui.

Lauren considerou o castigo pequeno – ainda mais porque ele continuaria tendo participação acionária na empresa, o que a irritava –, mas acreditava que o mais importante seria acertar as coisas na Ash Construtora de novo.

Na entrada da garagem, por pouco não bateu com o carro na van de Nick. Quando se recuperou do susto, sentiu o coração aquecido ao ver que ele ainda estava ali. Não sabia o que esperar depois do confronto com o seu pai de manhã, e se arrependia de não ter imaginado que aquilo poderia acontecer quando pediu a Nick que a acompanhasse. Sentiu vontade de sumir quando os dois começaram a discutir, testemunhando a raiva intensa no rosto dos dois. Não conseguia acreditar que havia colocado os dois frente a frente, sem pensar nas consequências, em um momento emocional tão intenso.

Claro, por causa daquilo descobrira coisas sobre Nick que até então eram desconhecidas. Ele pagava todas as contas da família e seu pai era um alcoólatra. Ela sabia que eles nunca se recuperaram da perda dos negócios da família, mas aquilo aumentava a perda familiar de um modo que Lauren não podia mensurar. Sentira hoje quando Nick colocara para fora o ódio por seu pai, acumulado em todos aqueles anos em suas costas, e tentou imaginar como ele conseguia viver com tamanho ressentimento.

Entrou na casa em silêncio e encontrou Nick no sofá, assistindo à TV, Izzy acomodada ao lado dele, satisfeita. Usava uma calça jeans e camiseta, com os cabelos soltos sobre os ombros. Não escutou quando ela entrou.

– Oi – disse ela suavemente.

Levantou-se para recebê-la, fazendo com que Izzy pulasse do sofá, perturbada. Atravessou a sala e a puxou em um abraço, envolvendo-a no calor do qual ela sentira falta o dia todo.

– Nick, você me odeia? – sussurrou no ouvido ele.

Ele se afastou um pouco.

– *Você*? Por quê?

– Porque eu não sabia sobre a sua família, não sabia que você os sustentava, não sabia sobre seu pai, sobre a gravidade...

– Não é sua culpa, linda – ele a interrompeu com a voz grave e acolhedora –, não é sua culpa. Apenas sinto muito por ter escolhido um momento tão difícil para desabafar meus sentimentos sobre Henry.

Beijou a testa dela para confortá-la e então se afastou.

– Como estão as coisas com Phil?

Lauren suspirou e explicou que Phil não seria processado, apesar do crime. Nick assoviou baixinho quando Lauren disse o valor desviado, e ela ficou pensando que a quantia soara ainda maior para Nick do que parecera para seu pai.

– Estão em reunião agora – disse ela –, e meu pai vai telefonar quando terminar para me dizer o que ficou decidido, seja a hora que for.

Nick afastou uma mecha solta dos cabelos dela de seu rosto.

– Você parece cansada.

– Estou me sentindo moída – ela admitiu.

– Pedi pizza; está no forno.

Lauren sentiu o coração repleto de afeto ao olhar para aqueles olhos escuros.

– Obrigada, Nick. Por estar aqui. Pela comida – ela riu baixinho. – É apenas... muito bom vir para casa e encontrar você.

Ele desviou o olhar rapidamente antes de voltar-se para ela de novo, e ela imaginou se falara demais, se fora honesta demais, se o deixara nervoso em relação a eles dois... mas, naquele momento, estava cansada demais para se preocupar. Ela só o abraçou com força e disse:

– Vamos comer.

Lauren estava deitada entre os lençóis, relaxando sob o vento frio do ventilador de teto, depois de fazer amor com Nick.

Ele permanecera calado, mas atencioso durante a refeição, e ela percebeu que ele queria distraí-la de suas preocupações. Havia funcionado quando disse:

– Deixe-me dar um banho em você.

Seu corpo exausto havia voltado à vida com aquelas palavras.

– Vai me dar um banho?

Ele apenas assentiu. E disse:

– Confie em mim.

Sem qualquer indício de sorriso. Seu deus do mar, sedutor e intenso, a envolvia em mais uma rede cálida de paixão.

Quando entraram no chuveiro juntos, Lauren lembrou o dia em que o vira pela primeira vez, dos pensamentos sensuais que tomaram conta de sua mente enquanto tomava banho, da fantasia que escrevera em sua mente.

– Como você sabe? – ela sussurrou enquanto a água batia no corpo deles, escorrendo pelo peito dele. – Como sabe as coisas que quero que faça comigo?

O olhar dele fez com que ela se lembrasse da paixão quente e silenciosa que os dois já tinham mantido apenas no olhar, e pensou que ele talvez não respondesse, mas, por fim, disse com a voz rouca:

– Por quê? As coisas que faço com você são tão... especiais?

– Parece *déjà-vu* – ela tentou explicar –, mas melhor.

Nick não voltou a dizer mais nada, apenas a virou de costas no chuveiro. E ela esperou, se preparou, pensou que ele se encostaria nela, a penetraria de repente, mas em vez disso... ele afundou as mãos em seus cabelos. Ela se sobressaltou a princípio, com a sensação das mãos dele afastando seus cabelos do rosto, e deu um passo para o lado de modo que a água pudesse encharcá-los. Parecia... mas, na verdade, melhor, muito melhor, porque era de verdade. Por saber o que viria, e não mais surpresa, jogou a cabeça para trás e esperou enquanto Nick pegava o xampu.

Ele não se apressou, massageando o couro cabeludo dela com calma e descendo até as pontas em suas costas. Ela manteve os olhos fechados e perdeu-se ainda mais nas sensações deliciosas que não eram mais apenas palavras em um diário.

Somente após ter enxaguado o cabelo dela, ele a virou de costas mais uma vez, colocando as mãos em seus quadris e penetrando-a no lugar ao qual ela sempre soubera que ele pertencia. Ah, sim, agora *aquela* fantasia – apesar de jamais ter sido escrita – também se tornara real.

Havia momentos em que ela queria perguntar a ele: *Você também sente? Sente o elo estranho e místico que nos une com cada vez mais força?*. Chegou a encarar um longo momento de frustração ao pensar em levá-lo pelo corredor quando terminaram, pegar o diário vermelho da estante e mostrar a ele como as fantasias secretas dela e o jeito como faziam amor coincidiam. Mas ainda não podia fazer aquilo; apesar de tudo, as fantasias ainda eram um assunto muito pessoal, muito íntimo e profundo. Todo mundo, ela pensou, deveria manter pelo menos um segredo apenas para si.

Agora, ela rolava para o lado para vê-lo, e a única luz no quarto era a luminária fraca sobre o criado-mudo. Os olhos dele estavam fechados, mas ela desconfiava de que ele estava acordado.

– Eu te amo – ela sussurrou.

Nick abriu os olhos, ligando-se aos dela no travesseiro ao lado dele.

Parecia assustado, mas ela apenas sorriu.

— Sei que não devia ter dito isso, não devia ter usado essas palavras. Mas não disse para ouvi-lo dizendo também, disse porque é o que sinto. E quero mostrar a você, Nick.

Encarando-o, Lauren afastou o lençol frio até as coxas dele e começou a acariciá-lo de leve.

— Está muito cedo — disse ele.

— O quê?

— Muito cedo. Mais tarde.

Mas Lauren só lançou a ele um sorriso malicioso, sem se deter. Ajoelhando-se, ela passou uma das pernas por cima do quadril dele e se abaixou para beijar-lhe no peito. Nunca havia se sentido mais confiante, mais no controle em toda a sua vida. Não planejara confessar seu amor, mas tinha sido verdadeiro, espontâneo e libertador.

— Tenho certeza de que posso fazer não ser cedo demais.

Enquanto o toque dela lentamente fazia efeito no corpo dele, Nick a observou. Ficava linda em cima dele, branca e nua, esfregando os seios de mamilos intumescidos contra o seu peito. Quando ela fitou-o de modo intenso nos olhos e lambeu seus lábios, ele começou a sentir a ereção surgir.

— Você é tão gostosa, linda — ele sussurrou.

— Você não faz ideia — respondeu ela, com a voz mais sexy que ele já tinha escutado.

Ela continuava se esfregando contra ele, seus seios, seu quadril, a lubrificação entre suas pernas marcando a pele dele.

— Talvez não seja *tão* cedo assim — ele murmurou.

O olhar dela se tornou mais sedutor.

— Não pensei que fosse, mesmo.

Ela desceu beijando o peito dele, com movimentos e toques lentos e leves, e Nick começou a se sentir agoniado, querendo mais. Mas sabia o que viria, sabia sem dúvida o que sua princesa planejava lhe dar, e não a apressaria. Manteve os olhos atentos a todos os movimentos dela, contente porque a luz estava acesa; não queria perder nada.

O corpo dela desceu, e ela continuou beijando sua barriga, os seios fartos cobrindo a ereção dele como se tivessem sido feitos para se encaixar ali. Quando ela olhou para ele, e passou os seios para cima e para baixo ao longo de seu pênis, Nick pensou que perderia o controle assim, tão rápido.

— Não.

Ela suspirou, exalando energia sexual.

— Pensei que você fosse gostar.

Ele passou as mãos pelos cabelos dela.

— Linda, eu *adoro*. É esse o problema. Não quero gozar agora, quero esperar.

— Mas quero fazer coisas para você, fazer tudo...

Nick a interrompeu colocando dois dedos sobre os lábios dela — e ela respondeu enfiando-os lentamente na boca e chupando-os de um jeito que Nick sentiu em seu âmago.

— Caramba — ele murmurou.

Ela soltou os dedos dele e moveu-se mais para baixo, libertando-o de seus seios até posicionar o rosto a poucos centímetros do pênis dele. O corpo todo de Nick ficou tenso à espera do prazer — bem na hora em que viu Isadora deitada sobre um banquinho de veludo do outro lado do quarto.

— Está pronto? — perguntou Lauren, com os lábios entreabertos de modo provocante.

Droga.

— Espere.

— O quê?

— Sua gata está aqui. — Nick olhou para o outro lado do quarto de novo. — Ela está nos observando.

Ainda na mesma posição, Lauren riu.

— Acho que a Izzy não sabe o que está acontecendo, Nick. — Ela olhou para a gata. — Mas acho que você é o primeiro homem nu que ela vê. O que você achou, Iz?

Nick respirou fundo, tentando acalmar sua frustração com aquela interrupção.

— Hum, o que ela disse?

Lauren parou para olhar a ereção dele, abrindo um sorriso sensual.

— Ela está dizendo que você é maravilhoso.

Ainda mais excitado, Nick estremeceu. Estava pronto para avançar, mas primeiro... Saindo da cama, pegou a gata branca de cima do banco e a colocou, com delicadeza, para fora do quarto.

– Desculpe, Izzy, mas este é um momento particular. Vai ter de ir atrás do seu próprio gato.

Fechando as portas duplas, Nick voltou para a cama e se deitou de costas, reposicionando-se.

– Então, onde estávamos?

Ajoelhando-se entre as pernas dele, ela levou um dedo aos lábios, sorrindo de maneira travessa.

– Não consigo lembrar.

– Deixe-me ajudá-la. Você estava prestes a fazer de mim o homem mais feliz do mundo.

Ela inclinou a cabeça.

– É tão fácil assim fazer você feliz, Nick?

A pergunta o afetou de um modo mais forte do que devia, mas fez com que ele percebesse: sim, sentia-se feliz ultimamente. Mais feliz do que já se sentira em muito tempo.

– É fácil assim.

– É isso o que quero – ela ronronou, inclinando-se sobre ele –, fazer você feliz.

Ela mordiscou o lábio daquele modo sexy e faminto de novo, aproximando-se cada vez mais...

– Fazer você se sentir bem – ela segurou o pênis dele com firmeza, levando-o em direção à boca. – Fazer você se esquecer de tudo, menos de mim.

A língua dela passou pela ponta, e Nick prendeu a respiração. *Por favor, linda, mais.* Olharam um para o outro quando ela o colocou dentro da boca, os lábios sobre ele, envolvendo-o num prazer tão grande que, por um momento, ele se esqueceu de onde estava, de quem era – só sentia um prazer intenso e forte. Voltando a si, ele a observou, tão linda e selvagem, e um tremor sacudiu seu corpo com tanta força que ele sabia que ela sentira também.

Ela o amava. Observando-a demonstrá-lo, ele finalmente se permitiu lembrar – e sentir – o que ela havia dito. Outras mulheres já haviam dito a mesma coisa a Nick, mas quando ela disse

...a. E navia deixado espaço na parte de baixo para um título, que fez com purpurina dourada em cima da cartolina verde-escura: O jardim de Daisy.
– Fiz para *ela* – disse ele a Elaine. – Para dar a ela. Você acha que ela vai gostar?
Elaine sorriu, mas de um jeito estranho que quase fez Davy pensar que também poderia chorar.
– Acho que ela vai adorar. E eu acho que é o presente mais lindo do mundo.
Agora, estavam dentro do carro, na frente do mercado, com o texto emoldurado no colo dele dentro de uma sacola. Elaine o levara, e também concordara que ele deveria entrar sozinho. Eram apenas oito da manhã, mas, no texto, estava escrito que esse era o horário em que Daisy começava a trabalhar, e ele decidiu que queria entregar logo antes que ficasse mais nervoso. Estava feliz por ter contado a Elaine, porque era bom ter o incentivo dela, era bom não estar totalmente sozinho.
– Pronto? – perguntou ela.
Não.
– Sim – respondeu ele, mesmo assim.
Entrou tentando decidir se faria como Nick, cheio de confiança, aproximando-se dela e dizendo algo como *Oi, fiz isso pra você* ou talvez *Oi, fiz isto porque você é a flor mais linda aqui*. Ele simplesmente o faria, do jeito que fosse.
Chegou à porta sentindo-se corajoso, apesar de ter um nó na garganta de novo. Ele a viu à mesa e caminhou em direção ao jardim. E então passou direto. A centrífuga de seu estômago estava mais rápida ainda, deixando-o sem ação. Ele respirava de modo ofegante. Não conseguiria.
Parou na prateleira de revistas e casualmente olhou para ela, sem saber o que fazer em seguida e meio arrependido por *tudo* aquilo. O que Nick faria?, perguntou a si mesmo. Mas isso não importava, ele não era o Nick.
Ela começou a trabalhar, arrumando as flores. Rosas vermelhas, gladíolos e margaridas. Apesar do nervosismo, sorriu e perdeu a noção do tempo observando-a. Provavelmente estava

ali havia cinco minutos ou mais quando ela parou de ~~~abam~~ de repente – e se afastou. Ele ouviu quando ela disse a uma das moças do caixa que iria ao banheiro.

Assim, o departamento das flores ficou vazio. Mas os caixas estavam cheios – cheios o bastante para que um cara no departamento das flores não fosse percebido, ou assim ele esperava. Davy engoliu em seco e caminhou até a mesa de Daisy. Colocou a sacola ali e voltou para as revistas. Seu coração batia a cem por hora.

Davy pegou uma revista de fitness e escondeu o rosto atrás dela, esperando. Olhou para o grande relógio na parede e viu que cinco minutos tinham se passado, e depois dez. Elaine provavelmente iria procurá-lo em breve, e talvez devesse ir embora.

Mas bem quando estava prestes a sair, Daisy passou pelos caixas com sua cadeira de rodas.

Davy sentiu o coração subir à boca e ficou feliz por não ter sido tão bobo a ponto de entregar o presente pessoalmente, porque ela provavelmente detestaria, faria uma careta, o jogaria no lixo.

Mesmo assim, ele esperaria para ver. Preparou-se para o pior.

Primeiro, ela se inclinou e espiou dentro da sacola, desconfiada. Em seguida, enfiou a mão e puxou a moldura de margaridas. Davy ficou tenso.

Observando a arte, ela ficou boquiaberta, com os olhos brilhando como estrelas, do mesmo modo que os olhos de Elaine brilhavam quando olhava para ele às vezes, e então aquele sorriso lindo da foto se abriu no rosto dela e o coração de Davy quase explodiu.

– Mary Beth – Daisy chamou alguém na mesa de atendimento –, você viu quem colocou isto aqui?

A senhora que ela havia chamado balançou a cabeça.

– Não, querida. O que é?

– Venha ver – Daisy ainda sorria, e Davy nunca sentira tamanha alegria.

Quando Mary Beth se aproximou, Davy começou a caminhar em direção à saída. Atrás dele, ouviu Mary Beth dizer:

— Ah, querida, que lindo.

— Veja todas essas margaridas — Daisy Maria Ramirez disse quando Davy saiu da loja, tremendo de felicidade. Talvez um dia fosse mais corajoso. Talvez um dia contasse a ela que o presente era dele. Mas, por enquanto, aquilo bastava.

A LUMINÁRIA FRACA AINDA ILUMINAVA O QUARTO quando o telefone tocou pela manhã, acordando Lauren. Para seu alívio, o pai explicou que, na reunião, os sócios não a consideraram culpada por não ter descoberto antes os crimes de Phil. Decidiram exigir a devolução de meio milhão de dólares e demiti-lo da empresa em troca de não ser processado. Lauren ainda achava que ele estava sendo pouco punido, mas de acordo com Frank Maris, o advogado da empresa, era assim que tais questões costumavam ser tratadas.

Naquele momento, estava ao lado do pai esperando a chegada de Phil ao escritório. Vestia um terninho azul-marinho justo — uma roupa séria para uma manhã de terça-feira, mas algo que mantinha no guarda-roupa para ocasiões em que sentia que precisava ser levada a sério no trabalho. Aquela era apenas a terceira vez que o vestia, e certamente a mais desestabilizadora. Não queria que Phil a chamasse de linda hoje.

Ambos inquietos, nem ela nem Henry diziam palavra e, apesar de estarem ali havia apenas vinte minutos, pareciam horas. Apesar do silêncio, Lauren conseguia sentir as emoções do pai se misturando às dela. Phil fora um colega e, mais do que isso, um amigo. Para Lauren, ele não fora um amigo *íntimo*, ou confidente, mas, ainda assim, sempre nutrira um certo carinho por ele que, ela percebia agora, era maior do que tinha se dado conta. Para o pai, ela sabia que era muito pior.

O interfone na mesa de Phil tocou, e a voz de Sadie foi ouvida.

— Ele chegou.

Lauren e Henry se entreolharam, e então ela respirou fundo. *Passe por isso e o resto de seu dia, de sua semana, do mês, será facílimo.*

Um momento depois, o assovio alegre de Phil ecoou pelo corredor, deixando Lauren tensa. Ele entrou no escritório com uma jaqueta esportiva leve e uma calça cáqui, um dos braços carregando papéis. Parou, deixou de assoviar e hesitou, mostrando confusão no olhar.

Lauren sentiu um nó na garganta e ficou feliz por terem combinado que seu pai começaria falando.

– Phil, acabou – disse Henry.

Phil inclinou a cabeça e hesitou mais um pouco.

– Hum... o que acabou? – tentou sorrir, mas não conseguiu.

– Sabemos que você tem desviado dinheiro da Ash.

Os dois homens ficaram paralisados; Phil estava boquiaberto. Conforme os segundos se passaram, uma energia inesperada tomou conta de Lauren e ela assumiu o controle:

– Enfim descobri que você estava forjando notas fiscais, aumentando os valores cobrados pelos prestadores de serviços. PH Construção, Phil? Não dava para ser um pouco mais original?

Ela continuou contando a ele os detalhes de suas descobertas, chegando à quantia pela qual eles o viam como responsável.

Os olhos dele ficaram mais arregalados a cada palavra, e agora ele cerrava a mandíbula com força enquanto controlava a respiração ofegante. De certo modo, aquilo a deixou mais corajosa, mais forte, menos emotiva. Ela havia imaginado Phil negando tudo ou, de certo modo, tentando explicar. Mas ele ficou ali, covarde, prestes a chorar.

– No entanto – disse Henry –, não pretendemos processar você se devolver o dinheiro e, claro, abrir mão de seu emprego na empresa.

A voz de Phil tremia quando ele começou a falar pela primeira vez:

– Eu... não tenho esse dinheiro. Está comprometido, ou gasto.

Lauren deu um passo à frente, sem esperar pela resposta do pai. Estavam aliviando as coisas para Phil e ele ainda tinha a coragem de resmungar e se recusar a pagar?

— Nesse caso, considere a oferta retirada. Vamos tomar as ações que você tem na Ash.
Phil franziu o cenho, preocupado.
— Quanto?
— Tudo.
Ele deu um passo para trás, incrédulo.
— Lauren, todos sabemos que 25% da empresa valem muito mais do que eu peguei. Não é justo.
Lauren olhou para ele com indignação.
— Não é *justo*? Você nos rouba durante meses, me faz de idiota e acha que entregar suas ações é pedir muito. Bem, deixe-me esclarecer algo a você, Phil. Você não manda em mais nada aqui. E se não entregar suas ações vamos processá-lo e fazer com que pague de acordo com a lei. E isso quer dizer ir para a cadeia, por bastante tempo. E então, o que vai ser?
Phil hesitou, olhando para Henry como se pensasse que o pai dela o isentaria de responsabilidade, mas Lauren deu mais um passo à frente, tomada de uma coragem e um poder que não sabia ter.
— Você tem cinco segundos para se decidir. Depois disso, a situação fica pior ainda. Não me irrite mais do que já me irritou.
Os lábios dele tremeram quando ele respondeu:
— Está bem, droga, está bem. Entregarei minha parte na sociedade.
Lauren assentiu com seriedade.
— Frank Maris chegará a qualquer momento para organizar a papelada.
Duas horas depois, um acordo fora assinado pelas partes envolvidas e, apesar de Lauren e o pai não terem tido tempo algum a sós, ela sentia a admiração nos olhos dele. Claro que não fizera nada daquilo em busca da aprovação de seu pai, mas saber que ele a aprovava lhe deu ainda mais força. Antes, ela não sabia se tinha o tipo de personalidade necessária para administrar uma empresa, mas, de repente, soube que tinha, soube que a habilidade se escondia dentro dela, esperando pelo momento certo para aparecer.

– Henry, podemos conversar no corredor? – perguntou Frank, e os dois homens saíram do escritório, deixando Lauren e Phil sozinhos.

Ela não olhou para ele, mas sentiu que ele olhava para ela.

– Sinto muito, linda, muito, muito mesmo. Eu não quis...

– Quantas vezes preciso dizer, Phil, que não sou sua linda? Não sou mais delicada como antes, então é melhor que não diga o que estiver pensando em dizer.

Sua falta de compaixão, mesmo naquele momento em que estavam sozinhos, surpreendeu Phil. Ele olhou para ela, mas ela não retribuiu. Por fim, ele se levantou e atravessou a sala, jogando a cabeça para trás em desespero.

– Inferno – disse ele, suspirando. – Como vou contar a Jeanne? Vamos perder a casa. Vamos perder tudo. Ela está na casa da irmã agora, mas...

– Ela sabe.

Phil virou-se para ela.

E por fim Lauren olhou para ele, apesar de não ver o mesmo homem que conhecia.

– Por que acha que ela foi para a casa da irmã de repente, Phil? Só porque você a estava traindo? Ela também sabe disso, apesar de ter descoberto sozinha. Mesmo assim, foi preciso um pouco mais do que isso: foi preciso descobrir que você estava prestes a falir. Quis dar a ela um alerta justo, uma chance de se proteger.

A pele morena dele ficou pálida.

– Como pôde, Lauren?

Obviamente, ele acreditava que ela havia cruzado o limite entre os assuntos profissionais e os pessoais, mas ela não se importou. Não fora ela quem fizera coisas erradas, *muitas* coisas erradas. E, no fundo, ela sentia muito por Phil e Jeanne porque sua vida antes perfeita desmoronava, mas não podia permitir que suas emoções interferissem com seus deveres. Compreendeu sem qualquer dúvida que, pelo resto da vida, seria sua responsabilidade proteger a Ash Construtora.

– Não se preocupe, Phil, você ainda tem a outra mulher – Lauren inclinou a cabeça. – Ou será que tem? Deve estar bem menos interessante aos olhos dela agora.

Após voltar para casa e contar a Nick, com orgulho, como tinha lidado com Phil, ela telefonou para Carolyn. Queria atualizá-la em relação aos acontecimentos, mas, mais do que isso, depois de ter sido tão dura e firme com Phil, precisava relaxar um pouco; precisava de uma tarde mulherzinha, e foi exatamente o que disse a Carolyn no telefone.

– Vamos para a praia – Carolyn sugeriu. – Vamos com toda a parafernália de guarda-sol, rádio, comidinhas, óleo para bronzear.

Lauren sorriu. Aquela ideia a levou de volta à época do ensino médio, quando a praia era o refúgio delas, o lugar onde passavam horas conversando e sonhando.

Carolyn gerenciava um salão de beleza chique em Palm Harbor, mas como sua família rica era dona do ponto e de vários outros, ela podia fazer seus próprios horários, por isso tirou a tarde de folga. Encontraram-se na Clearwater Beach, cada uma com petiscos e toalhas, ambas de biquíni.

Depois de se instalarem nas cadeiras de praia sob um dos muitos guarda-sóis que pontuavam a areia, Lauren recontou a história toda a respeito de Phil. Carolyn ficou em choque, em especial porque já havia rolado uma paquera entre eles, Lauren pensou. Ela também falou sobre como sentia muito por Jeanne, devido à decepção sofrida, e, mesmo sem saber se Carolyn considerava o casamento e o amor coisas sagradas, contou a respeito do caso extraconjugal de Phil, sem esconder sua reprovação. A expressão de Carolyn foi de tristeza, e Lauren imaginou, e torceu, que ao ver as coisas pelo seu ponto de vista, Carolyn se lembrasse de quando tinham os mesmos valores.

De maneira triunfante, Lauren então contou o desfecho da história, o modo como havia tirado de Phil muito mais do que o combinado. Porque tinha visto o medo dele, ela explicou, e também porque não conseguiria aceitar a ideia de que Phil continuasse na Ash Construtora.

Quando terminou de falar, Carolyn estava eufórica:

– Nossa, estou impressionada – disse, abrindo um saco de batatinhas fritas.

– Então, agora sei que posso mesmo fazer isso – disse Lauren, pegando um salgadinho do saco no colo da amiga. – Acho que vou conseguir administrar a empresa quando for preciso.

Carolyn sorriu de volta.

– Passo alguns dias sem falar com você e a sua vida inteira muda totalmente!

Lauren mordeu o lábio, precisando contar a Carolyn o restante das novidades.

– Tem mais.

Carolyn inclinou a cabeça, parecendo curiosa.

– Você se lembra do meu pintor? Nick?

– *Claro* que sim – um toque de malícia foi percebido em sua voz.

– Bem, estamos tendo um caso quente e selvagem.

Apesar do guarda-sol, Lauren sentiu o calor subir por seu rosto quando Carolyn ficou boquiaberta, totalmente surpresa.

– Como é que é?

– Estamos tendo um caso. Um caso maluco, hedonista, puramente sexual.

Carolyn piscou.

– E eu achando que o lance do Phil era grande coisa.

– O lance do Phil é enorme – Lauren riu –, mas, sim, acho que o lance do Nick é maior.

– Pensei que você não fosse capaz de manter uma relação só por sexo, mas acho que isso é prova de que você consegue. Parece bem feliz.

– Eu estou – Lauren admitiu. – Mas ainda não consigo manter uma relação sexual sem apego. Estou apaixonada por ele.

Carolyn deixou a batatinha que segurava cair na areia. Não disse nada, e Lauren sabia que só estava esperando para ouvir o resto.

– Não sei se ele me ama, mas não saiu correndo e gritando do quarto quando eu disse que o amo, ontem à noite, por isso acho que é um bom sinal.

Carolyn hesitou visivelmente.

– Não fique brava comigo, Laur, mas... ele é o tipo de cara por quem você deveria se apaixonar? Sei lá, ele é muito gostoso, mas ele é...?

Lauren sabia o que Carolyn estava tentando dizer, já que ela mesma sentira o mesmo receio em relação a Nick desde o começo. Ela não tinha se esquecido de que pensara nele apenas como um bonitão com uma personalidade forte.

– Ele é diferente depois que o conhecemos direito – Lauren explicou. – Talvez não consiga imaginar, nem se o visse de novo, mas o que quero dizer é que, quando estamos juntos, sozinhos, é como se ele... me permitisse ver sua alma. E não, não sei se é o mais certo estar apaixonada por ele, mas não foi uma decisão que tomei. Aconteceu. E estou feliz – disse ela, sorrindo. – Faz muito tempo que não me apaixono.

– Eu também – disse Carolyn em voz baixa, forçando Lauren a se lembrar do amor perdido da amiga, muitos anos atrás, e do quão ingênua Carolyn havia sido então.

Ela olhou para Lauren.

– Então, ainda é possível acontecer, certo?

– O quê? O amor?

Carolyn assentiu, pegando uma batatinha.

– Claro – disse Lauren. – E está me fazendo lembrar de muitos sentimentos dos quais eu havia me esquecido. Sabe, como querer que ele a ame também, mas ao mesmo tempo você é tomada por uma emoção que quase basta por si só, que permeia seu ser e tudo o que faz, todos os seus pensamentos.

– Nossa – disse Carolyn, baixinho. – Sim, acho que me lembro disso. Acho que talvez... – ela olhou para o mar, para as crianças que brincavam no mar, para os barcos que passavam em direção ao horizonte. – Acho que deixei de acreditar que existia, que era verdadeiro.

Uma grande tristeza tomou conta de Lauren.

– Existe, sim – ela sussurrou.

Carolyn lentamente lançou um olhar de soslaio a ela.

– Quer saber um segredo, Laur?

– Claro.

Carolyn voltou a olhar para o mar.

– Não gosto muito de falar sobre isso – ela parou para pigarrear e parecia nervosa, uma situação rara no que dizia respeito a Carolyn –, mas direi só uma vez, porque quero que saiba.

– Certo – Lauren disse, a voz tão baixa que quase não se ouviu em meio aos grasnados das gaivotas e o quebrar das ondas.

– Quando estou com um cara... às vezes não me sinto lá tão bem depois, mas ainda vale a pena para mim porque... acho que faz com que eu me sinta um pouco amada por um tempo.

Carolyn ainda não olhava para ela. Lauren sentiu vontade de tocá-la, consolá-la, mas nunca tinham sido muito carinhosas dessa maneira. Por fim, decidiu não dizer nem fazer nada, apenas deixar que o silêncio mostrasse que ela compreendia.

– Você ficaria brava – perguntou Carolyn, enfim virando-se para Lauren – se eu dissesse que estou com muita inveja de você agora? Quero dizer, mesmo que ele não a ame da mesma maneira, estou com muita inveja do que você está sentindo.

Entreolharam-se, e Lauren balançou a cabeça devagar.

– Não, eu diria apenas que sei que você também vai se sentir dessa maneira de novo, em breve.

Carolyn não respondeu, apenas fechou o saco de batatas fritas, pegou a que havia caído na areia e jogou-a para uma gaivota, que a apanhou e saiu voando.

O CORAÇÃO DE NICK BATIA FORTE enquanto ele subia a escada da casa de Lauren. Era estranho, mas se sentia como um invasor que agora era bem-vindo muito mais do que no começo. Mas o diário dela havia se tornado sua droga, e estava na hora de mais uma dose.

Isso fazia com que se lembrasse de quando, aos catorze anos, encontrara a coleção de revistas de mulher pelada do pai, guardada em uma gaveta de roupas íntimas. A primeira coisa que ocorreu a Nick foi perguntar-se se o pai comprara as revistas quando a mãe dele ainda era viva ou se era um hábito novo. Em seguida, veio a ideia de olhar todas. Por muito tempo depois daquilo, sempre que Nick ficava sozinho em casa, não conseguia resistir e abria a gaveta do pai. Em parte por causa das mulheres nuas, mas em parte também porque era proibido, e porque parecia uma oportunidade que devia ser aproveitada quando estivesse disponível ou poderia vir a se arrepender.

Isso era ainda pior, porque significava a invasão da privacidade de alguém, alguém com quem ele se importava, mais e mais a cada dia. Mas a compulsão era a mesma. Mesmo quando repreendia a si mesmo, *não faça isso*, no fundo ele já sabia que iria fazê-lo. Era impotente frente ao fascínio das fantasias dela.

Caminhando até a estante, pegou o diário vermelho com muito cuidado para que a rosa pressionada ali não caísse, e então se sentou na cadeira em que sempre invadia as fantasias secretas de Lauren.

Começou a abrir o diário, mas parou e ficou observando a capa lisa, passando a mão por ela.

A noite anterior parecia muito recente; o quarto estava tão perto. Tudo continuava como antes, mas ele sentiu algo diferente. Ela o amava. Dissera isso. E mostrara a ele. Para algumas mulheres, fazer sexo oral em um homem não era nada, mas, para Lauren, ele sabia – e havia sentido – ser o máximo do afeto.

Pensou por um momento para quantos homens ela já fizera aquilo. *Eu te amo. E quero mostrar a você, Nick.* E, caramba, não importava quantos – ele se sentia o único.

Por que você abriria esse diário de novo?, perguntou a si mesmo, espiando. *Ela já deu a você todo o coração dela; o que mais você quer?*

Ainda assim, uma tentação familiar corria pelas veias de Nick. Lógica e até emoção não eram suficientes para afastar algo que havia começado a parecer uma necessidade física e também mental. Seria tão fácil. E ela nunca saberia. E percebendo a surpresa que ela vivia sempre que ele inseria um elemento de suas fantasias no sexo, ele se perguntou se deixaria de ser especial para ela caso não o fizesse mais.

Mesmo assim, Nick respirou fundo, ficou de pé e caminhou devagar até a estante. Com o peito ardendo de ansiedade, devolveu com gentileza o diário vermelho ao seu lugar, então virou-se e saiu do escritório.

— Vai ficar? — perguntou Lauren, seus belos olhos brilhando para ele.
Pressionava as palmas das mãos na camiseta dele enquanto os dois permaneciam de pé do lado de fora das portas duplas.
— Eu... ia para casa hoje.
Eu ia espairecer, deixar você em paz, deixar nós dois em paz.
Ele pensou que fazia sentido. Afinal, nas últimas 24 horas, ela havia dito que o amava, mostrara a ele com seu corpo, o que o tocara intensamente, e ele havia de fato encontrado força suficiente para não ler os pensamentos secretos dela – uma força que não sabia ter. Como se tudo aquilo não fosse impressionante o bastante, ela havia despedido e tirado milhões de dólares em ações de alguém a quem considerava um amigo dois dias atrás. Parecia o momento ideal para recuar, antes que as coisas ficassem ainda mais sérias sem o consentimento dele.
— Pensei que você pudesse querer passar um tempo... sei lá... sozinha.
Ela inclinou a cabeça, de modo meio brincalhão, mas também pidão.
— A verdade é que, depois da coisa toda com o Phil... bem, eu gostaria de ter uma distração.
Nick ergueu as sobrancelhas de modo provocador.
— Sexo selvagem?
Ela deu de ombros em seus braços.
— Talvez ajudasse.
— Princesa – disse ele, esboçando um sorriso –, você está apenas me usando pelo sexo?
Nick ficou. Lauren temperou costelas de porco, Nick as colocou na churrasqueira do quintal e eles comeram à beira da piscina, enquanto o sol se punha atrás das árvores. Horas depois, estavam deitados na cama, lado a lado, nus e exaustos. E, apesar de tudo, Nick estava feliz por não ter ido para casa.

– Conte-me um segredo – disse ele.
A única iluminação vinha do luar, que passava pela janela com formato de meia-lua. Ela projetava um desenho parecido com meia roda de uma carroça que cobria as pernas de Lauren, escondidas pelos lençóis.
– Algo que ninguém mais sabe sobre você – ele acrescentou, esperando, torcendo... talvez ela contasse a respeito do diário vermelho, talvez confiasse nele, talvez o amasse o bastante para isso.
Ela olhou para ele com malícia no escuro.
– Certo. Está pronto?
– Sim.
– Meu traseiro – ela começou – é uma zona muito erógena.
Não era a resposta que ele queria ouvir, mas Nick gemeu baixinho e se aproximou da orelha dela.
– Conte mais.
Ela hesitou por um momento.
– É bom quando...
– Sim?
Os rostos dos dois estavam tão próximos que ele a viu morder o lábio antes de sussurrar em seu ouvido:
– Pode me beijar lá, Nick? Pequenos beijos.
Ela se deitou de bruços, os braços cruzados sob a cabeça, a silhueta de seu corpo projetando-se na sombra. *Pelo menos é um começo,* Nick pensou, quando se inclinou para dar o primeiro beijo delicado no traseiro dela. Ela suspirou e ele a beijou de novo. *O início de segredos, segredos sexuais. Talvez, se eu tiver paciência, ela me conte.*
Lauren cortou o silêncio noturno com seus suspiros de prazer enquanto Nick beijava suas nádegas com cada vez mais intensidade, até ela se erguer para ele, arqueada na cama. Em pouco tempo, ele não conseguiu resistir aos toques e desceu mais, afundando os dedos em sua umidade e beijando-a ali também. Cada som que ela emitia era uma música intensa e sensual para Nick, e quando ele enfim a penetrou, de frente para ela, movendo-se dentro dela, olhou dentro de seus olhos. Não conseguia vê-los

com clareza no quarto escuro, mas o brilho deles era o bastante: ele sentia o olhar dela, sentia a forte ligação que os unia quando os dois gozavam juntos daquela maneira.

Ele não fazia ideia de quanto tempo havia se passado até que encontravam-se de novo deitados lado a lado na cama e ela disse:

– Agora, você. Conte-me um segredo. Algo que ninguém saiba.

Nick fez uma careta, feliz por estarem no escuro. Que brincadeira ele havia começado, sem perceber. Porque quando *ele* pensava em segredos, os *seus* segredos eram...

– Meus segredos não são bons.

– Conte mesmo assim.

Como quando estava dentro dela, entreolharam-se no escuro. Ele não sabia por que, mas um peso invisível o pressionava, do nada. Segredos. Coisas nas quais ele não pensava, na maior parte do tempo. Coisas que havia aprendido a guardar e reservar. Segredos. A palavra os trouxe de volta e, por um motivo que ele não conseguia entender, ouviu a si mesmo começando a dizer:

– Meu pai batia na gente.

Havia sido dito sem cuidado e agora pairava no ar como uma âncora pesada que podia esmagá-lo se caísse. Lauren delicadamente cobriu a mão dele com a dela, e seu ímpeto foi se afastar – nunca quisera a empatia de ninguém, nunca. Apenas uma vida que fosse justa.

Mas ele não se retraiu. Deixou que ela o tocasse. E não sabia por que, mas continuou falando.

– Depois que minha mãe morreu, ele nunca foi o mesmo. Voltava para casa tarde, bêbado e irado. Acendia a luz de meu quarto, se aproximava e me arrancava da cama.

Ele sentiu Lauren tensa a seu lado. Ela nunca havia passado por tais horrores. Aquilo eram coisas que veria em filmes, coisas que aconteciam a desconhecidos. Algo nele odiava estragar o mundo perfeito dela com a feiura do seu, mas ela apertou a mão dele, e ele percebeu que não haveria problema.

– Ele batia mais em mim – disse Nick.

Pela primeira vez em anos, sentiu tudo de novo, a sensação de ser jogado contra uma parede, o punho do pai em seu rosto. Sentiu a paz da escuridão e do sono se transformar no caos de gritos, medo e dor.

– Às vezes, batia no Davy. Em Elaine, uma vez, quando ela tentou nos separar. Mas era mais em mim. Eu era rebelde, perdido, eu acho, e não fazia minhas tarefas. Acredito que, depois de um tempo, eu estava quase que o desafiando. Quase que o desafiando a bater em mim mais uma vez. Sempre planejei bater nele. Mas nunca consegui. Nunca fui capaz.

Os olhos de Nick ficaram marejados quando Lauren o abraçou e encostou a cabeça em seu ombro. Ele não tinha como saber, não podia ter imaginado como seria libertador contar a ela. Não poderia ter entendido o quão bom fosse sentir o seu abraço depois de tal confissão. Não, não era *bom*. Nada daquilo era *bom*. Era trágico. Mas era uma daquelas cicatrizes antigas que tinham se aberto quando chegou ali, na casa de Lauren, na vida dela, e a única coisa que Nick nunca imaginara era que ela amenizaria aquela dor.

– A única vez em que fui atrás dele – ele continuou em voz baixa – foi depois do que ele fez com Davy.

Uma imagem surgiu em sua mente.

– Entrei na garagem e vi meu irmão estirado no chão. Meu taco de beisebol estava ao lado dele, coberto de sangue.

CAPÍTULO 17

— A princípio, não consegui identificar o que havia acontecido, mas quando vi meu pai a alguns metros dali, com as mãos na cabeça, eu percebi. Corri na direção dele, derrubei-o no chão e bati nele muitas vezes, com toda a minha força. Bati até meus braços ficarem cansados, até não conseguir mais bater, e ele não revidou nenhuma vez, só ficou ali, deitado, apanhando. Então, ele me empurrou e disse que precisávamos levar o Davy para o hospital.
— O que... o que vocês disseram às pessoas no hospital? — era a primeira vez que Lauren conseguia reunir forças para falar, apesar de saber que sua voz estava fina como a de uma garotinha.

Nick balançou a cabeça lentamente no travesseiro.
— Não sei. Só que um acidente tinha acontecido, acho. Com certeza meu pai mentiu. Acho que naquela época era mais fácil sair impune quando se machucava um filho. Eu estava abalado demais para prestar atenção.
— Ai, Nick — ela sussurrou e o abraçou, e os braços dele lentamente a envolveram, e ele a abraçou com a mesma força.

O coração dela estava em pedaços. Que tipo de homem era John Armstrong? Como o homem bondoso e boa-praça que ela lembrava ter conhecido na infância havia se tornado aquele monstro? E pensar que Nick culpava o pai *dela* pela mudança no pai *dele*... não era à toa que o ressentimento por Henry fosse tão forte e profundo.

Ela queria dizer um milhão de coisas, como desejava poder voltar no tempo e mudar tudo, como desejava poder tirar a dor dele num passe de mágica, tudo o que Davy perdeu. Mas sabia que as palavras soariam ocas, e pensou que talvez Nick preferisse que ela se calasse.

– Escute – disse ele, por fim, parecendo um pouco mais tenso –, não sei por que contei tudo isso a você, mas...
– Fico contente que tenha contado – ela sussurrou.
– Mesmo assim, não vamos mais falar sobre isso, está bem?
Com outra pessoa, Lauren talvez tivesse insistido para que conversassem, para que falassem mais. Ela própria estava aprendendo que se sentia melhor quando se expressava. Mas, assim como com Carolyn na praia naquele dia, ela sabia que não deveria pressionar, e apenas se sentiu grata por ele ter contado, por ter confiado nela o bastante e por ter tirado aquilo do peito, pelo menos um pouco.
– Tudo bem.
O dia tinha sido de contar segredos, ao que parecia. Primeiro, os de Phil, depois os de Carolyn, e agora os de Nick, piores do que qualquer coisa que ela poderia imaginar.
– Amo você – ela sussurrou na escuridão.
– Obrigado – respondeu ele.
Então, deu um único beijo na testa dela e eles se calaram até adormecerem.

Quando Nick foi para casa na manhã do dia seguinte para pegar roupas de trabalho limpas, encontrou uma mensagem de Elaine na secretária eletrônica. Não parecia urgente, mas Nick se repreendeu por ser tão desleixado em relação à bateria de seu celular. Parecia que a tecnologia não era mesmo o seu forte. Também pensou em repreender-se por ter passado a noite na casa de Lauren, quando algo o havia alertado para voltar para casa. Ainda não conseguia acreditar no que havia dito a ela, no lado de si que havia aberto para ela o lado que ele tentava como louco manter fechado.
Pegou o telefone e ligou para Elaine. Quando ela atendeu, com voz sonolenta, ele disse:
– Lainey, sou eu. Está tudo bem?
Como sempre, uma mensagem que ele deixava de receber durante a noite fazia com que se preocupasse com Davy, mas agora tinha o problema de coração do pai também.

– Está tudo bem – ela pareceu divertir-se com a preocupação dele. – Só queria chamar você para jantar.
– Quando? Ontem?
– Não. Eu esbanjei comprando uma carne e pensei em fazer um churrasco amanhã à noite.
– O pai também vai?
– Sabia que você não viria se ele estivesse aqui, então não o convidei.

Normalmente, Nick diria um sim automático, e seria bom comer um churrasco, mas...
– Ainda não sei. Talvez eu esteja ocupado.
– Com o quê?
– Uma garota.

Nick não ficou surpreso com o silêncio da irmã; assim como nunca falavam sobre a vida amorosa de Elaine, raramente falavam sobre a de Nick.
– Que garota? – perguntou ela, por fim.
– Apenas uma garota com quem estou saindo.
– Venha com ela.

Aquela frase pegou Nick de surpresa. Ele nunca levara nenhuma mulher para casa, mas pensar em levar Lauren Ash, justamente ela, a sua casa era difícil.
– Nós não mordemos – disse Elaine.
– Eu sei disso – replicou ele.

E sabia que Lauren nunca torceria o nariz para a casa modesta de Elaine e Davy, e que provavelmente ficaria feliz em conhecê-los. Mas será que ele queria que ela entrasse tanto em sua vida, e com tanta rapidez?

Ah, droga, que diabos estava pensando? Ele próprio havia aberto as comportas mais íntimas na noite passada, não ela. Ainda assim, agora ele se sentia vulnerável, e vulnerabilidade era algo que Nick não experimentava há muito tempo.
– E então? Vai trazê-la?

Nick permaneceu ali parado, ainda buscando uma resposta.
– Vamos, Nick – disse a irmã, por fim. – Deixe de ser tão infantil.

Ele sorriu por dentro, lembrando que ela não era a única pessoa que tivera coragem de dizer aquilo para ele recentemente.
– Tudo bem, Lainey, vou levá-la.
– Ótimo. Como ela se chama?
– Lauren Ash – respondeu ele sem hesitar.
Quase ouviu o queixo de Elaine cair do outro lado da linha.
– Você está brincando.

Nick se arrependeu de concordar em levar Lauren ao jantar quase tanto quanto se arrependeu de ter contado a verdade sobre seu pai, sobre o acidente de Davy. No que andava pensando? Repreendeu a si mesmo enquanto pintava o lado direito do muro que cercava o quintal de Lauren – o que o deixava no quintal de *Henry*, por enquanto. Como se já não tivesse coisas ruins o suficiente em que pensar.

Quando virou-se para molhar o rolo na bandeja de tinta, viu algo se mover e olhou para trás. *Droga, pensando no diabo...*, ninguém menos que Henry Ash se apressava na direção dele pela parte de trás do quintal espaçoso. Usava uma calça casual e uma camisa polo, demonstrando determinação no olhar.

Nick olhou nos olhos de Henry quando se aproximou, sem paciência para qualquer coisa que ele quisesse dizer.

– Quero falar com você – disse Henry, parando a poucos metros dele.

– O que é? Estou ocupado – Nick virou-se para cobrir o muro com a tinta pérola.

– O que aconteceu entre seu pai e eu é coisa antiga, e você precisa superar.

Nick continuou pintando, observando seu trabalho.

– Não vai rolar.

– Você gosta da minha filha, gosta de verdade?

Ao ouvir aquilo, Nick respirou fundo e parou de trabalhar. Não podia dizer que o velhote não ia direto ao assunto, certo? Olhou para Henry.

– Sim, gosto.

– Então, é por isso que precisa superar – disse Henry, com a voz um pouco menos grave. – Ela não machucou a sua família, *eu* machuquei. Não posso voltar e mudar. Eu...

– Você faria isso se pudesse? – Nick o interrompeu.

Henry hesitou.

– Não sei ao certo, para ser sincero. Mas só Deus sabe o quanto sofri e me culpei pelo modo como as coisas aconteceram.

– Não venha me falar de sofrimento.

Aparentando uma tristeza surpreendente, Henry suspirou e abaixou os olhos, mas voltou a olhar para Nick.

– Não vim aqui fora falar sobre o passado. Vim falar sobre o presente. Se você se importa com a Lauren, não pode permitir que o passado fique entre vocês, não pode deixar seu ódio por *mim* ficar entre vocês. E isso vai acontecer, mais cedo ou mais tarde, se não resolver isso em sua cabeça.

Nick pensou nas coisas que poderia dizer. Poderia contar a Henry sobre seu sofrimento, como fizera com Lauren na noite anterior. Poderia insistir que Henry estava levando essa história entre ele e Lauren muito a sério, pensando muito adiante... mas, caramba, ele havia acabado de dizer ao homem que se importava com ela, e era verdade. Demais. Fossem quais fossem os pensamentos em sua mente, ela era o mais importante. Por fim, apenas disse:

– Certo.

Assentindo, Henry Ash se virou para se afastar, mas depois de apenas alguns metros, parou e olhou para trás.

– Obrigado por ajudar a Lauren a passar por essa situação com o Phil. E por falar sobre as notas falsas, teria sido fácil simplesmente não dizer nada.

Não, velho, não teria sido nada fácil.

– Já falei, não fiz por você. Fiz por ela.

– Obrigado por *isso*, então.

Nick não respondeu, nem mesmo assentiu. Talvez devesse ter respondido, mas esquecer o ódio que sentia não aconteceria em dois minutos. Talvez da próxima vez, ele pensou enquanto os dois se encaravam. Talvez da próxima vez em que conversasse com Henry tentasse começar a esquecer um pouco. Mas, naquele momento, só esperou Henry se virar e se afastar, e então voltou ao trabalho.

Enquanto Nick dirigia seu Wrangler até a casa de Elaine, com Lauren sentada ao seu lado em um vestido de verão que a deixava tão linda que ele já se sentia mal pela irmã, lembrou-se da sua conversa com Lauren no dia anterior.

– Ouça, a Elaine nos convidou para jantar, mas vou tentar nos tirar dessa.

Depois da conversa com Henry, começara a sentir cada vez mais que talvez as coisas estivessem indo muito depressa, fugindo do controle.

– Não, não faça isso – ela pediu. – Eu gostaria de encontrar a Elaine. E o Davy também.

Sabia que ela agiria assim, mas mesmo assim sentiu uma pontada no peito.

– É mesmo?

– Claro – ela parecia surpresa por ele pensar que não.

Agora, estavam estacionando em frente à casa deles, com Nick quase encostando o jipe na traseira do carro de Elaine. Então, Nick disse de um modo um tanto áspero:

– Aqui estamos.

Pelo menos, ele percebeu, a grama tinha sido cortada recentemente e Davy havia guardado a bicicleta.

– Você cresceu aqui? – perguntou Lauren enquanto eles saíam.

Ele assentiu.

– Mudamos para cá depois que minha mãe morreu.

Tentou imaginar se Lauren já havia caminhado por um bairro como aquele. Não era exatamente perigoso, mas era triste e o forçava a se lembrar das enormes diferenças nas vidas deles.

Quando se aproximou da casa, Nick fez algo que nunca fazia: bateu na parte de metal da velha porta de tela.

– Chegamos – disse ele, meio gritando e abrindo a porta para Lauren.

Ele entrou depois dela, momentaneamente cego por ter saído da luz do sol e percebendo que se sentia nervoso; talvez tão preocupado com o que *eles* achariam *dela* como com o que *ela* acharia *deles*.

– Estou indo, Nick – respondeu Elaine dos fundos da casa. – Só estou colocando a carne na churrasqueira.

Segurando a mão de Lauren, levou-a para a cozinha justo quando a porta de correr foi aberta e Elaine apareceu, praticamente irreconhecível, com uma saia comprida e esvoaçante. Davy estava logo atrás, arrumado e tímido, com os ombros encolhidos.

– Elaine, Davy, esta é Lauren.

Quando Lauren deu um passo à frente, Nick observou a interação de perto.

– Estou muito contente por conhecer vocês – disse Lauren, apertando a mão de Elaine com uma das mãos e cobrindo-a com a outra, transformando o que poderia ter sido um gesto mecânico em algo caloroso e sincero. – Obrigada por me convidarem.

Para alívio de Nick, Elaine sorriu e não pareceu falsa. Ele havia prometido à irmã que Lauren não era como ela pensava, mas não tinha certeza de que Elaine havia acreditado nele.

Elaine deu um passo para trás, recostando-se à mesa da cozinha e trazendo Davy para a frente.

– Ele fica um pouco tímido perto de pessoas novas – ela explicou.

– Oi, Davy – disse Lauren, com o sorriso refletido no olhar. – Fico feliz por finalmente poder conhecê-lo. O Nick fala de você o tempo todo.

Davy olhou para ela e Nick ficou tentando imaginar os medos e desejos que percorriam a mente do irmão ao se ver diante de uma mulher tão linda dentro de sua casa.

– Ele fala? – Davy lançou um olhar a Nick.

Nick inclinou a cabeça.

– Claro que falo.

– O que você disse a ela?

Davy prestava atenção total a ele agora, e Nick pensou que talvez, para o irmão, fosse mais fácil olhar para ele.

– Contei que você me ajudou a pintar o portão da garagem e arrumar a calha. Contei que você me ajudou com o nome da empresa. Você se lembra disso?

Davy sorriu.

– Lembro.

– Contei que você sempre traz animais para casa. E contei... que você torce para o Reds – ele piscou rapidamente para Lauren ao dizer aquilo, pois não havia mencionado o fato.

– Não torce para o Devil Rays, hein? – perguntou Lauren.

Davy olhou para ela e balançou a cabeça, negando.

– O Devil Rays não presta.

Todos riram e Nick disse a Lauren:

– Eu ensinei isso a ele.

Ela sorriu.

– Por que será que não me surpreende?

Nick notou que a mesa estava arrumada para quatro pessoas.

– Pensei que fôssemos comer lá fora – disse ele à irmã. – Está agradável lá. – O quintal era pequeno em comparação ao de Lauren, claro, mas pelo menos era cercado e reservado.

Elaine sorriu discretamente e balançou a cabeça, segurando a manga da camiseta de Nick, puxando-o para o lado, mas Lauren não pareceu perceber, porque Davy estava lhe perguntando se ela gostaria de ver os peixes na sala de estar.

– A mesa precisa ser pintada – disse Elaine a respeito da mesa antiga do quintal, enquanto Lauren acompanhava Davy até a sala. – Não tive tempo porque fiquei cuidando do pai e, além disso, ele teve uma consulta hoje cedo que acabou tomando metade do dia.

Nick adicionou a tarefa mentalmente a sua lista de afazeres.

– O pai está bem?

Elaine apenas assentiu.

– Há muitos formulários que precisam ser preenchidos para o cardiologista que, claro, atrasou a consulta.

– Você está bonita – disse ele, e ela estava mesmo ainda mais bonita do que da última vez em que a vira. – Não sabia que você tinha saias.

– Comprei esta no Walmart hoje, já que teríamos visita – ela olhou na direção da sala de estar. – Ela parece bacana.

Nick assentiu.

– Ela é.

Ela olhou para a mesa e mordeu o lábio.

– Pensei em comprar vinho, mas não sabia que tipo, e só temos guardanapos de papel.

– Elaine, não tem problema.

Ela olhou para ele.

– Ela provavelmente não usa guardanapos de papel, não é?

Nick suspirou.

– Às vezes. Às vezes, não. Mas eu como com ela muitas vezes e ela sabe até comer um Big Mac de vez em quando, então relaxe, está bem?

– É mesmo? Um Big Mac? Nunca pensei. Só queria que... as coisas saíssem legais.

Ela olhou para a mesa de novo, com os mesmos pratos que eles usavam na infância, e Nick pensou em mais uma coisa a fazer: comprar pratos novos para Elaine no Natal.

– Está tudo ótimo – ele garantiu.

E então, sem pensar, inclinou-se e beijou-a no rosto.

Ela olhou para ele como se tivesse enlouquecido e, para ser franco, ele também estava surpreso – apenas não demonstrava isso.

– Vou jurar que isso nunca aconteceu – disse a ela, e então seguiu para o cômodo ao lado, onde Davy mostrava a Lauren como alimentar o peixe.

Vinte minutos depois, sentaram-se para jantar, e Nick colocou um prato de carne de churrasco no centro da mesa. Elaine também havia assado batatas e espigas de milho, além de uma panela de macarrão com queijo, o prato preferido de Davy.

– Tudo isso parece ótimo, Elaine – disse Lauren, pegando a batata. – Adoro alimentos grelhados, mas quase nunca tenho tempo de preparar.

Nick ergueu as sobrancelhas para a irmã, como se dissesse *viu? Ela é normal*, e então lembrou Lauren das costelas de porco que haviam grelhado recentemente, o que deu início a uma longa conversa sobre grelhados e pratos preferidos.

– Fiz brownies de sobremesa – Davy comentou.

– Uau – disse Nick. – Você está se tornando especialista em brownies.

– Eu ia preparar algo um pouco mais requintado – Elaine sentiu que precisava explicar –, mas o Davy quis mesmo fazer os brownies.

Lauren sorriu para os dois com simpatia.

– Não tem nada melhor do que um bom brownie.

Se pudesse, Nick a beijaria naquele exato momento.

Uma batida na porta de tela interrompeu a refeição e, antes que Elaine pudesse se levantar, a voz do pai ecoou pela casa.

– Sou apenas eu. Estou sentindo cheiro de churrasco, Laine?

Sem dúvida, ele estava embriagado. O peito de Nick ficou apertado, e ele e Elaine entreolharam-se, ela tão surpresa quanto ele.

– Droga – ele murmurou.

Lauren entendeu as emoções dele no mesmo instante.

– Tudo bem, Nick – disse ela, apoiando uma mão em seu braço.

– Não, não está tudo bem. Queria que fosse uma noite agradável.

– Vai ser. Está sendo.

Nick ficou de pé e viu o pai na porta da cozinha, de pé, bem mais alto do que ele.

– Estamos jantando.

O pai olhou para ele com um sorriso torto.

– Nicky. Pelo visto, cheguei bem na hora.

Seu primeiro impulso fora mandar o velho embora, dizer que ele não havia sido convidado. Desde quando começara a dirigir embriagado? Pelo menos costumava ter o bom senso de ficar onde estava ou pegar uma carona. Pensar que John Armstrong podia atropelar alguém com seu Skylark velho foi o bastante para fazer Nick perceber que não tinha escolha.

– Temos visita – disse ele, olhando para o pai com seriedade como se quisesse alertá-lo. – A Elaine fez churrasco.

Elaine já tinha colocado uma das cadeiras de metal do quintal na porta quando Nick deixou o pai entrar na cozinha; felizmente, estava do lado oposto ao de Lauren na mesa. Ao vê-la, John pareceu envergonhado com sua aparência desleixada.

– Esta é Lauren – disse Nick, voltando a se sentar e evitou dizer o sobrenome dela de propósito. – Lauren, meu pai.

– Olá – disse Lauren, e Nick ficou feliz ao ver que o cumprimento não tinha sido exatamente caloroso.

Acreditava que ela estava pensando no segredo de sua família; estranho, já que às vezes ele se perguntava se todos da família já tinham esquecido e só ele se lembrava. O tempo, a negação e a dor varriam as coisas feias para debaixo do tapete. Era esquisito, mas ele acreditava que, quanto pior o crime, mais fácil era esquecer, porque a pessoa *queria* esquecer, por isso se permitia; seguia em frente, continuava vivendo como se nunca tivesse acontecido.

– Oi – disse John, apesar de parecer temeroso de olhar para ela, e Nick ficou contente por isso – ou porque ela era bonita demais para estar à mesa deles ou porque ele sentia, de alguma maneira, que havia diferenças ali.

Depois que o pai serviu o seu prato, Elaine direcionou a conversa para algo que havia visto no noticiário, e John comeu em silêncio enquanto falavam. O coração de Nick ainda batia forte, mas fez o melhor que pôde para esquecer que o pai estava ali, sentado bem à sua direita. Tentou pensar em Elaine e Davy, e em Lauren, e procurou participar da conversa.

Percebendo o desconforto de Nick, Lauren precisou se esforçar para encontrar seu ritmo na refeição depois da chegada de John Armstrong; apesar de parecer ser um homem calado, Lauren suspeitava que ele podia ser um barril de pólvora prestes a explodir a qualquer momento. Quando o silêncio parecia longo demais, olhou em volta procurando por um assunto – qualquer coisa, e logo encontrou. Havia notado assim que entrou na cozinha, mas não comentara porque estava ocupada com os cumprimentos.

— Que quadro lindo — ela indicou uma imagem do mar emoldurada na parede atrás de Davy e Elaine.

Os tons verdes e amarelados davam um ar calmo à cozinha, e Lauren ficou surpresa ao ver as pinceladas — não se tratava de uma reprodução impressa.

Elaine olhou para trás.

— Sabe, está pendurado aí há tanto tempo que quase não o vejo mais. Nick o pintou.

Lauren sentiu um frio na barriga ao descobrir mais um lado inesperadamente sensível do homem por quem havia se apaixonado. De repente, uma palavra do passado deles ocorreu a ela: *Monet*. Tudo fazia sentido agora. Surpresa, ela se virou para ele:

— Você pintou aquilo?

Nick deu de ombros, limpou os lábios com um guardanapo e não olhou para ela.

— No sétimo ano.

— Sétimo ano? — ela repetiu, ainda admirada. — Meu Deus, Nick, você era *tão* talentoso assim já naquela idade?

Ele deu de ombros de novo.

— Não é nada de mais. Faz muito tempo.

— Tentamos fazer com que ele pintasse mais depois disso durante alguns anos — disse Elaine —, mas ele não quis.

Nick estreitou os olhos levemente ao balançar a cabeça, e Lauren finalmente notou seu desconforto.

— A vida era meio atribulada para a pintura, foi...

Sua voz falhou, mas Davy terminou por ele.

— Foi quando a mamãe morreu.

O silêncio tomou o ambiente, pesado e estranho; ninguém se moveu. Lauren não soube o que dizer ou o que fazer, arrependida por ter comentado sobre o quadro. Havia um mundo dentro daquela casa, uma história enorme sobre a qual ela conhecia pequenas partes. Não era à toa que Nick não queria que tivessem ido. Ela estava contente por estarem lá, mas percebeu que aquele lugar e aquelas pessoas continuavam irreparavelmente unidas àquele acontecimento de vinte anos atrás: a morte de Donna Armstrong. Devido a tudo o que acontecera depois, eles nunca conseguiram superar a perda.

Por fim, Elaine tocou a mão de Davy.
– Sim, Davy, foi. Nick, pode alcançar os pães?
Nick fez o que ela pediu, mas John Armstrong empurrou a cadeira para trás e saiu pela porta de vidro. Alguns minutos depois, um gemido baixo e desesperado foi ouvido pela tela. Lauren precisou de um instante para entender que era John; Nick e Elaine tentaram continuar falando, Nick contando que havia se atrapalhado com a contabilidade na noite anterior, Elaine perguntando se alguém queria comer o último pedaço de milho.

Lentamente, os soluços ficaram mais altos e mais intensos, e Lauren quase não conseguia acreditar que estavam ali sentados agindo como se nada estivesse acontecendo, até Nick finalmente correr as duas mãos pelos cabelos.

– Jesus – disse ele devagar. – Quem vê pensa que só ele a perdeu.

– Nick – disse Elaine num tom apaziguador, mas, em vez de continuar, ela olhou constrangida para Lauren. – Meu pai nunca superou a morte de nossa mãe. Às vezes, ele ainda chora quando alguém fala dela.

Lauren apenas assentiu, e Davy disse com timidez:
– Desculpe.
– Não precisa pedir desculpa, Davy – disse Nick no mesmo instante. – Você pode falar sobre ela.

Em seguida, virou-se para Lauren. Entreolharam-se e, como antes, ela desejou poder ajudá-lo de algum modo.
– Sinto muito que as coisas tenham acabado assim.

Lauren segurou a mão dele.
– Nick, você também não precisa pedir desculpa por nada. Está tudo bem. Prometo.

Ele não parou de olhá-la enquanto erguia a mão dela para um beijo.

Infelizmente, conhecer o pai de Nick quase fez Lauren compreender melhor a decisão de seu próprio pai anos antes, principalmente porque sabia ter visto apenas uma ponta do enorme iceberg que era John Armstrong e sua vida. Mas ela não disse nada a Nick, claro, enquanto voltavam da casa de Elaine. Na verdade, havia decidido que não faria julgamentos. Era coisa do passado e não importava o que ela pensava, só se sentia triste pelo modo como John machucava seus filhos, no passado e agora.

Nick havia se desculpado de novo quando entraram no carro, mas agora percorriam as ruas próximas ao golfo em silêncio, exceto por Bruce Springsteen cantando "Brilliant Disguise" baixinho no rádio de Nick.

– Fiquei contente por ter me levado lá – disse ela.

Entreolharam-se no escuro antes de ele voltar a olhar para a estrada.

– Você só pode estar brincando.

– Não estou. Conheci o Davy e a Elaine. E a comida estava deliciosa. E aprendi a alimentar um peixe.

Nick sorriu suavemente, apesar de o resto de sua expressão permanecer triste.

– Você está falando sério?

– Sim.

– Até mesmo a respeito do peixe?

Ela sorriu ao perceber o tom divertido de sua voz.

– Sim! Por quê?

– Princesa, você nunca tinha colocado comida de peixe dentro de um aquário antes?

Ela balançou a cabeça.

– Não.

Nick riu baixinho, e Lauren não sabia o que era tão engraçado, mas não se importou; estava feliz por dividir um momento simples e feliz com ele. Os últimos dias tinham sido muito emotivos, de vários modos. Superar a situação com Phil, lidar com as questões jurídicas; Lauren havia recebido uma mensagem em sua secretária eletrônica, de Jeanne, dizendo que havia entrado com o pedido de divórcio e que estava se mudando para Sarasota para morar com a irmã. E Nick havia lhe contado a verdade horrorosa a respeito do acidente de Davy, e a cena desconfortável com o pai dele naquela noite.

Mas, infelizmente, quando pararam de rir, uma certa tensão tomou conta do carro de novo, e Lauren sentiu que Nick ainda estava irritado, apesar de ela ter garantido que o que havia acontecido durante o jantar não importava. Quando pararam na frente da casa dela, Lauren viu o pesar nos olhos dele, sentiu um aperto por dentro e uma vontade de bater em John Armstrong por ser tão egoísta, por colocar tudo antes de seus filhos nesses últimos vinte anos. Ela daria tudo para tirar a dor de Nick.

– Vai entrar? – perguntou ela.

Às vezes, nem precisava perguntar, simplesmente sabia que ele entraria. Outras vezes, como naquela noite, não tinha certeza.

Ele não respondeu logo em seguida.

– Não sei se seria boa companhia.

– Não me importo – disse ela suavemente.

– Eu me importo.

Apenas quando ela pousou a mão na coxa dele, ele se virou para olhá-la. Ela deixou que o tesão, o amor e o desespero se misturassem em seu olhar. Queria lembrá-lo de que ele era muito mais do que seu pai, do que sua família; queria salvá-lo.

– Nick, quero tanto fazer amor com você agora, quero tirar de você tudo o que o machuca.

Não costumava ser preciso nada além daquilo, do tesão, mas naquela noite Nick hesitou.

– Não é que eu não queira, linda, mas... já fiz muito sexo assim. Sexo para me esquecer das coisas.

Ele estava tentando alertá-la, poupá-la. Ah, que diferença uma ou duas semanas faziam.

– Vai ser diferente disso. Vai ser melhor do que isso – ela prometeu.

– Por quê?

– Porque vai ser comigo.

Claro que ele tentou esconder o sorriso, mas não conseguiu, apesar de continuar tomado de tristeza. Inclinando-se sobre a embreagem, puxou-a para si para beijá-la, um beijo que percorreu o corpo todo dela, até os pés.

– Você tem razão – disse ele, deixando de sorrir. – Vai ser melhor.

Uma hora depois, estavam deitados sob o ventilador de teto. Ainda estavam vestidos porque as coisas tinham sido rápidas e nenhum dos dois se dera o trabalho de se despir. O vestido de Lauren fora erguido, a calcinha abaixada, e a calça de Nick, aberta e abaixada. Algo naquele ato fez Lauren se lembrar das primeiras vezes em que haviam transado – a impaciência, as roupas –, mas *era* diferente. Porque os olhos de Nick agora ficavam repletos de afeto tanto quanto de tesão. Porque tinham passado por muita coisa juntos desde então. Porque ela podia dizer *eu te amo* quando terminavam e ser sincera. Ele ainda não dizia, e isso ainda não importava para Lauren. Ela só queria que ele soubesse.

Naquele momento, ela estava deitada sobre o peito dele, desenhando símbolos do infinito com a unha delicadamente pela barriga dele. Mesmo abraçados, ela ainda sentia a tensão nos músculos dele; o sexo podia ter feito com que deixasse de pensar no pai por alguns minutos, mas não havia conseguido relaxá-lo.

– Nick, sei que você não deve querer falar sobre isso, mas... já conversou com seu pai, de verdade, a respeito da dor que ele causou a você, Elaine e Davy todos esses anos?

– Ele sempre está bêbado – Nick parecia irritado, na defensiva.

– Sempre?

Hesitou brevemente.

– Não, não sempre. Mas não vou mexer no passado. Pra quê? O que passou, passou. Nada vai resolver.

– A verdade é que talvez você se sentisse melhor depois, apenas por tirar tudo de seu peito.

– *Você* é assim – disse ele –, *eu* não. Você quis confrontar o Phil quando ele estava traindo a esposa, você diz a Carolyn quando está brava com ela. E isso é ótimo para você, mas eu vejo as coisas de um modo diferente. Não vejo sentido nisso.

– Se não vê sentido, talvez devesse mudar o rumo, Nick. O que você tem a perder?

– Nada que ele pudesse dizer faria com que eu o perdoasse.
– Claro que não, mas faça por si mesmo. Foi por isso que comecei a confrontar as pessoas quando estou irritada com elas, para me sentir melhor, para resolver as coisas às claras. Não é fácil, nem é algo que eu faria duas semanas atrás, então também é novo para mim, mas acho que, quando guardo as coisas, elas me consomem. Seu pai está consumindo você por dentro, Nick.

Ele não respondeu, mas entreolharam-se na escuridão, e Lauren temeu ter ido longe demais.

– Não se arrependa por ter se aberto comigo, está bem? Só estou tentando ajudar. Esqueça que eu disse qualquer coisa.

Percebendo que ele assentira, aconchegou-se um pouco mais, querendo fazer com que se sentisse amado. Mas vinte anos era bastante tempo para compensar, e ela sentiu Nick se fechando um pouco, afastando-se dela de um modo que não fazia há algum tempo.

Ele levantou-se para ir ao banheiro, e Lauren não ficou surpresa quando voltou dizendo:

– Vou para casa.

Agora, aquela situação lembrava a primeira transa em mais de um sentido. Ele a estava deixando. E ela pensou que já estaria forte o suficiente para não se abalar e não sentir dor, mas sentiu.

– Tudo bem – disse ela, tentando parecer forte, mordendo o lábio na escuridão para controlar a emoção, enquanto olhava para o corpo grande dele do outro lado do quarto.

Ela o observou caminhar em direção à porta do quarto, tentando ignorar a sensação ruim.

Ele já passara pela porta quando ela ouviu os passos voltando; abriu os olhos e o viu sobre ela. Ele se inclinou, segurando seu rosto.

– Não é nada com você, está bem? É que eu... tenho umas coisas para resolver na minha cabeça.

Ele deu um beijo rápido, mas firme nos lábios dela antes de se virar para sair e, apesar de Lauren ter chorado um pouco quando ele se foi, percebeu que as lágrimas não eram por si, mas por ele.

NICK HAVIA PINTADO O MURO que cercava a casa de Lauren até a hora do almoço, quando percebeu que ela não estava em casa. Encontrou um bilhete nas portas duplas no qual leu que ela precisava trabalhar no escritório naquele dia, para assumir algumas das tarefas de Phil até treinarem outra pessoa.

A porta está aberta, se precisar entrar. Espero que esteja se sentindo melhor hoje. Com amor, L.

Nick balançou a cabeça, pensando que precisava alertá--la para que não mais deixasse recados na porta anunciando que a casa estava aberta. Claro, queria repreendê-la por confiar em *outras* pessoas, mas, quando entrou, o frio do interior da casa o cercando, lembrou que ela também não podia confiar *nele*.

Terminaria de pintar a casa naquele dia. Era bom, ele pensou enquanto usava o banheiro, porque tinha sido um trabalho difícil de realizar sozinho. Mas, ainda assim, seria estranho não estar ali todos os dias, não tê-la tão perto. Agora, arrependia-se por ter ido embora na noite anterior, ainda que, naquele momento, tenha parecido a única coisa sensata a se fazer. Ele sabia que não era uma boa companhia quando estava de mau humor.

O conselho de Lauren a respeito de falar com seu pai ficou rodando na cabeça de Nick. Aquele era o problema com a profissão dele, decidiu ao seguir para a cozinha: tinha muito tempo para pensar. Muito tempo para se arrepender das coisas. Muito tempo para deixar a raiva aumentar por dentro.

Mas as palavras de Lauren – *seu pai está consumindo você por dentro* – ecoaram na mente dele até perceber que era verdade. *Sempre* fora verdade, desde o dia da morte de sua mãe. E ele acreditava ter passado muitos anos tentando colocar a culpa em outra pessoa, ou pelo menos dispersá-la, mas a verdade era que o modo como a vida deles havia se desenrolado não era culpa de Henry. Nick havia passado a vida toda pensando que, se tivessem mantido a parte deles na Double A Construtora, as coisas teriam voltado ao normal, seu pai voltaria a se erguer, teriam enriquecido e sido felizes – mas, inferno, não era verdade. Nick havia passado a noite no quarto vazio, olhando na direção do mar escuro até que enfim tudo ficou claro.

Quando sentiu algo roçando seus tornozelos, Nick abaixou-se para coçar as orelhas de Izzy, e então encheu um copo de água gelada. Quando contara a Lauren a respeito de Davy, tinha sido bom desabafar, ainda que tivesse se arrependido depois. E quando aqueles sentimentos vulneráveis passaram, quando viu que nada havia mudado o modo como Lauren o via, não podia negar que ter aberto o jogo não fora ruim. Como aquela mulher que ele ressentira por quase a vida toda tinha a habilidade de tornar as coisas tão claras para ele?

Nick colocou um pouco de gelo no copo e seguiu de volta em direção à porta que ela deixara aberta para ele. Mas quando seus dedos seguraram a maçaneta, ele parou. *Esse é o último dia de trabalho, talvez a última vez que estará aqui sem que ela esteja.*

Se quiser ler o diário dela, se quiser ajudá-la a viver mais uma fantasia, esta é sua última chance.

Nick queria tudo aquilo. Queria como nunca, talvez ainda mais agora que as coisas tinham ido além do ressentimento e passado a ser... carinho. Queria ver os olhos dela arderem quando incorporasse parte de suas fantasias no sexo; queria saber que ela acreditava em algo místico e incrível entre eles por causa disso. Queria que ela continuasse a amá-lo.

De algum modo, ele temia estar arriscando aquele amor ao desistir do diário vermelho, mas respirou fundo e girou a maçaneta, sua força – naquele âmbito, pelo menos – intacta.

A BRISA SUAVE DO MAR ESVOAÇOU os cabelos de Nick quando ele bateu à porta oito do condomínio Sea Shanties; parecia que uma tempestade se aproximava com o pôr do sol. Era noite de sexta-feira, então não sabia se o pai estaria em casa. Na verdade, pensando bem, seu pai provavelmente estaria bebendo na loja de iscas com os outros caras de lá. Nick se lembrou de tê-los visto uma vez e pensado que aquele era o trabalho perfeito para seu pai: um monte de alcoólatras velhos sentados juntos, lamentando a vida enquanto vendiam minhocas e anzóis aos moradores da região.

Quando Nick se virou para ir embora, pensou que era melhor assim – não devia estar ali, de qualquer maneira. Talvez passasse na casa de Lauren; ainda não a vira naquele dia. Queria saber o que ela achara da pintura, agora que estava finalizada, e também queria se desculpar por ter sido tão idiota na noite anterior.

Estava quase no caminho que levava ao estacionamento quando escutou a porta se abrir.

– Tem alguém aí? – perguntou uma voz rouca de velho.

Nick pensou em não parar; seu pai nunca perceberia. Mas... por que fazer aquilo? Talvez Lauren estivesse certa, talvez tirasse um peso de suas costas. Era por isso que decidira ir até ali, não?

– Sou eu, pai – disse ele, voltando a se aproximar da porta.

O pai usava a mesma calça azul de sempre, e uma camiseta branca que marcava sua barriga.

– Nicky – disse ele, com os olhos vidrados brilhando. – Entre, entre.

Nick entrou no apartamento de teto baixo e sentiu o cheiro forte de mofo. Em um canto havia uma televisão, que ele reconheceu de sua época de adolescente, exibindo um *game show*, além de uma lata aberta de cerveja e um pacote de salgadinhos sobre a mesa de centro dos anos 70. Olhando na direção da cozinha anexa, Nick viu a fileira de comprimidos sobre a mesa, que havia aumentado desde sua última visita. Elaine dissera que o cardiologista havia prescrito mais alguns.

– Tem tomado seus remédios?

John olhou para eles também.

– A maioria. A sua irmã está de olhos bem abertos sobre mim.

– Ela ama você – disse Nick, com pouca sinceridade.

O pai assentiu, mas parecia não querer olhar nos olhos de Nick. Era quase como se ele tivesse dito, *eu não amo você*, Nick pensou.

– Ouça, pai, estou aqui porque tenho algo a dizer, algo a perguntar a você – Nick não fazia ideia de como começar, nem sequer havia pensado, droga, e deveria ter pensado. – Então, vou direto ao ponto.

O pai pareceu preocupado, quase como se desconfiasse do que estava por vir. Talvez, Nick pensou, John soubesse que não poderia passar o resto da vida sem que um de seus filhos perguntasse o que havia acontecido na garagem aquele dia. Talvez John soubesse que o dia de prestar contas havia chegado, enfim.

– Preciso que me conte o porquê – Nick disse.
– Por quê?

Nick sentiu a respiração rasa.

– Por que você bateu no Davy com o taco de beisebol?

Uma sombra de vergonha tomou os olhos de John, que, de repente, pareceu menor do que antes.

Ouvir a si mesmo dizer as palavras, fazer a pergunta, pronunciar a verdade que nunca fora expressa entre eles em vinte anos, fez Nick se sentir mais corajoso, e mais irado, e tão incrédulo como sempre. Cerrou os punhos.

– O que diabos deu em você para fazer aquilo? Seu filho, pai! Um menino. Você o agrediu com um maldito taco de beisebol, pelo amor de Deus. Por que fez isso?

O pai de Nick não desviou os olhos, mas ostentava o olhar de um homem condenado, com a respiração ofegante, o rosto marcado por novas rugas.

– Apenas me conte, pai – Nick disse com mais delicadeza.
– Conte para mim o que aconteceu. O que você estava pensando. Há vinte anos me pergunto por que você machucou o Davy, preciso saber.

John tinha a aparência de um animal assustado e acuado, e Nick, de certo modo, pensou que ele fosse fugir dali, deixando-o sozinho, mas, por fim, ele falou:

– Você o deixou lá fora.
– O quê? Do que está falando?
– Você deixou seu taco de beisebol fora de casa. Mandei você guardá-lo. Todas as noites eu dizia que você tinha de guardá-lo, mas fui à garagem naquela noite e pisei naquele objeto maldito, quase quebrei meu pescoço.

Nick estreitou os olhos. Ele sabia que havia deixado o taco fora de casa. Ele sempre fazia aquilo, o que gerava discussões constantes entre eles na época.

– Por isso você bateu no Davy?

Não fazia sentido, o que não surpreendia, mas ele perguntou mesmo assim.

– Nunca quis bater nele – o pai balançou a cabeça com veemência, e as lágrimas começavam a descer por seu rosto. – Ele era um bom garoto, o Davy. Eu nunca quis machucá-lo. Nunca quis machucar o Davy. De jeito algum.

Nick permaneceu ali, balançando a cabeça, indignado.

– Então por que, pai? Por que diabos fez isso?

Os lábios do pai tremeram quando ele respirou fundo e encarou Nick, com os olhos arregalados e tristes.

– Quando o escutei entrar na garagem atrás de mim – o pai parou, engolindo em seco com nervosismo, e respirou fundo – ...eu pensei que ele era você.

CAPÍTULO 18

Foi como um chute no estômago. Nick não conseguia respirar.
O pai dele ficou ali, chorando, se explicando, mas Nick não conseguia escutar, absorver, pensar.
– Eu não sabia o que estava fazendo, filho. Estava irritado, chateado, fora de mim. Não pensei, não planejei, simplesmente... fiz. E então, então...
Nick escutou suas próprias palavras sussurradas.
– Você pensou que ele era eu.
Em mim você batia, a mim queria machucar, a mim não amava. O Davy era inocente. E eu era culpado. Era para ter sido eu.
– Por favor, me perdoe, por favor, compreenda, eu não estava pensando direito, estava apenas descontando a raiva na primeira coisa que vi. Nunca pensei no que estava fazendo, só estava com muito ódio, só...
As palavras sumiram e, em algum momento, o pai de Nick se colocou de joelhos, o rosto molhado pelas lágrimas. Nick se sentiu estranho, fora do momento, como se aquele instante não existisse, como se seu corpo não fosse dele. Não podia mais ficar ali, não conseguia olhar para aquele homem que chorava, nem mais um segundo. Escutara tudo o que precisava, tudo o que conseguia aguentar. Virou-se e saiu.
Passadas longas e apressadas o levaram pelo caminho, pela chuva forte que ele mal sentiu. Subiu na moto, e nem teria se dado o trabalho de colocar o capacete se tivesse algum outro lugar onde deixá-lo. Sentiu vontade de jogá-lo no asfalto e ir embora, mas mesmo naquele momento foi capaz de lembrar que o

– Não, fico feliz por finalmente conhecer a verdade. Deus sabe como estava na hora.

Ela acariciou os cabelos dele.

– Como você está? – perguntou ela, com a expressão mais intensa do que as palavras, e Nick começou a se lembrar de mais coisas que havia dito a ela na noite passada, a respeito de se culpar pela vida toda de Davy, dizendo que nunca se perdoaria, e por que não tinha guardado o maldito taco?

Ela dissera coisas calmas e reconfortantes, mas ele não sabia exatamente o que, não havia escutado de fato, apesar de saber que ela havia chorado, e que ele havia chorado, e que não parava de dizer a ela, insistindo: "Eu não choro, eu nunca choro", porque não conseguia acreditar que estava fazendo aquilo na frente dela.

Nick tentou formular uma resposta.

– Melhor do que ontem à noite – foi o que conseguiu dizer.

– Já é alguma coisa – ela tentou sorrir.

– É só uma dor antiga que transformou-se de um jeito novo, só isso. Ela me machuca mais fundo agora, e talvez fique assim para sempre... mas vou sobreviver.

– Quero que você consiga mais do que apenas sobreviver, Nick – disse ela, preocupada.

– Venha aqui – ajeitou-se para puxá-la para seus braços, beijando a curva de seu seio, onde a seda não cobria –, vou ficar bem.

Ela o ajudaria a ficar bem. Ele não dissera aquilo, mas sabia que sim. Só de poder recorrer a ela, tê-la para abraçá-lo durante a noite... Ela via coisas nele, fazia com que *ele* visse coisas em si próprio, que nunca teria visto sozinho.

Lauren vestiu-se, segurou os pulsos de Nick e o puxou da cama. Já era quase meio-dia e ele não tinha se levantado, o que era compreensível, mas ela acreditava que já estava na hora.

– Vamos sair para tomar um brunch.

– Brunch? – olhou para ela com desconfiança.

– Você sabe, nem café da manhã nem almoço. Há um brunch delicioso no Yellow Hen.

– Yellow Hen, hein?

Lauren sabia que ele passava pela antiga construção vitoriana que havia sido transformada em restaurante quase todos os dias de sua vida, mas imaginou que nunca tinha parado ali. Ela assentiu, e então o empurrou na direção do chuveiro.

– Vou pegar as suas roupas na secadora, e então poderemos ir.

Enquanto Nick tomava banho, o telefone tocou; o pai de Lauren a convidava para uma festa de última hora na casa dele aquela noite.

– Achei que seria uma boa alegrar todo mundo de novo depois do fiasco com o Phil, mostrar que está tudo bem na Ash Construtora.

– É uma boa ideia, mas não vou poder ir, papai, desculpe – ela sabia que sua resposta não agradava a Henry, mas nem sequer pensara em aceitar.

– Você pode trazer o Nick, apresentá-lo às pessoas – respondeu ele.

Uma boa ideia, mas algo que Lauren queria deixar para um momento em que ela e Nick estivessem mais dispostos.

– Acho importante que você esteja presente – ele acrescentou. – Afinal, você é a peça principal de nosso futuro e está se tornando cada dia mais importante.

Lauren suspirou.

– Este fim de semana não será bom para isso. Outra hora, está bem?

Poucas vezes Lauren havia escutado o pai se irritar tanto como quando disse:

– O que é tão importante que não possa esperar?

Respirando fundo, ela decidiu que era hora de enfim contar a verdade ao pai e colocar as cartas na mesa.

– Papai, você sabe o quão importante a empresa é para mim, e sabe que eu sempre vou trabalhar duro e dar o meu melhor para a Ash Construtora, mas...

– Sim?

– Temo que, às vezes, as suas festas sejam meio loucas demais para o meu gosto, assim como eram as de Phil. Para ser franca, acho que devemos pensar em dar um tom mais profissional a qualquer encontro relacionado à Ash no futuro. Pelo mesmo motivo que não quisemos que a situação com Phil chegasse à imprensa. É importante preservar nossa imagem, mesmo entre nossos funcionários.

O pai permaneceu em silêncio por alguns segundos, antes de por fim admitir:

– Talvez você tenha um bom argumento.

– Também acho. Além do que não pode esperar que ninguém, inclusive eu, sinta-se obrigado a comparecer a uma festa tão em cima da hora. Então, mesmo que eu ache válida sua tentativa de levantar o moral e ame você e a empresa tanto quanto sempre amei, não poderei comparecer esta noite.

Após uma breve hesitação, o pai riu.

– Acho que você acaba de me enquadrar, docinho.

– Não é isso, papai. Apenas... estava na hora de eu falar por mim mesma, dizer o que penso. Senão, como poderei comandar a empresa um dia?

Do outro lado da linha, Henry soltou mais uma risadinha.

– Muito bem colocado, querida. Não a esperarei na festa e... bem, talvez na próxima vez em que nos encontrarmos você possa ajudar a me explicar o que entende por um evento profissional.

Ela sorriu.

– Será um prazer.

Quando estavam começando a se despedir, Lauren disse:

– Papai, mais uma coisa. Sobre Nick. Obrigada por... aceitá-lo como parte da minha vida.

– Como ele mesmo ressaltou, não creio que eu tivesse muita escolha – o tom dele permanecia amoroso, mas subjacente estava a longa e triste história entre ele e John Armstrong.

– Mesmo assim, não havia necessidade de convidá-lo para sua festa agora há pouco, mas você o fez, e na próxima vez prometo que vou aceitar o convite. Aliás – disse ela, suavizando o tom de voz –, conheci o pai de Nick.

Quase podia sentir o estômago do pai se embrulhando, mesmo pelo telefone.

— Como ele está?

Ela engoliu em seco, tentando mensurar o quanto de explicações devia dar. A maior parte, decidiu, não dizia mais respeito a Henry.

— Não estava nada bem. E, apenas para que você esteja ciente — ela manteve o tom de voz suave, apesar do que estava prestes a dizer —, tenho algumas questões em relação à maneira como você obteve a metade dele na empresa.

— Eu também — ele admitiu em silêncio.

— Mas tudo isso pertence a um passado distante, e talvez seja a hora de deixar para lá — ela garantiu.

Tinha esperança de que Nick deixasse para lá também. Não havia outra opção se desejava ser feliz.

Depois do brunch, Lauren convenceu Nick a passar na casa de Davy e Elaine, dizendo que queria conhecê-los melhor, e realmente queria, mas também acreditava que seria bom para ele naquele momento estar com outras pessoas que também o amavam, seria bom ver que a vida ainda seguia, e que nada havia mudado de ontem à noite para hoje. Ela e Elaine se sentaram a uma mesa velha e pesada no quintal, bebericando chá gelado, enquanto Davy e Nick brincavam de bola no quintal, e Nick comentou pelo menos três vezes que pegaria uma tinta spray para pintar a mesa e as cadeiras para Elaine. A irmã de Nick pareceu um pouco nervosa a princípio, mas se soltou conforme foram conversando a respeito do trabalho de Nick e da ótima pintura que havia feito na casa de Lauren, que aproveitou para dizer que eles precisavam ir à casa dela para um churrasco qualquer dia. Mas o mais importante é que Nick parecia relaxado enquanto ele e Davy jogavam a bola de um lado a outro, pela primeira vez nos últimos dois dias.

Mais tarde, acabaram na piscina da casa de Lauren. Nick admitiu a ela que ele, Davy e Elaine sempre sonharam em ter uma piscina como a dela, e ela rapidamente disse:

— Vamos fazer do churrasco uma festa na piscina.

— Churrasco? — ele estava deitado em um colchão inflável, segurando-se à beira da piscina enquanto Lauren se ajoelhava para entregar-lhe um refrigerante.

– Sim, convidei Elaine e Davy para virem aqui qualquer dia.

Ela não sabia se Nick gostaria da ideia, mas, em resposta, ele colocou uma das mãos na nuca de Lauren e a puxou para um beijo intenso.

– Você é tão boa para mim – disse ele, com a voz suave e baixa.

Lauren sorriu olhando para ele. O beijo dele, e a parte de seu mundo que ela havia visto na noite passada e naquele dia a envolveram em outro tipo de calor – algo tão confortável e seguro quanto ardente. Ela fazia parte da vida dele agora como não fizera até então.

– Tem mais de onde veio esse.
– É mesmo?
– *Ah*, sim.

Ela pegou a lata de refrigerante da mão dele e a colocou no chão ao lado dela, subindo em cima de Nick. O colchão inflável virou, jogando ambos na água. Depois emergiram, rindo, e Nick a perseguiu até a parte rasa da piscina, onde a puxou para um abraço molhado.

Seus olhos eram puro desejo quando alcançou as costas dela para desfazer o laço. A parte de cima do biquíni caiu sobre a barriga dela, deixando os seios expostos ao sol quente e às mãos possessivas dele. Ele os tomou nas mãos, apertando-os, amassando-os, fazendo-a gemer com um beijo sedento.

Descendo os beijos até estar lambendo, chupando e mordiscando de leve os mamilos dela, Nick mergulhou as mãos na água para empurrar a parte de baixo do biquíni. Ela também baixou a sunga dele, tomando a ereção em suas mãos assim que o pênis foi libertado. Ele gemeu, o calor em seu olhar transformando-se em puro fogo enquanto a posicionava à beira da piscina, com um braço de cada lado do seu corpo.

Inclinando-se, pressionou o membro rígido contra a fenda entre as pernas dela como uma promessa – até que ela abriu as pernas e ele a penetrou, cumprindo o juramento. Mesmo sem uma lagoa polinésia, ele havia tornado real mais uma fantasia dela.

Lauren jogou a cabeça para trás e sentiu o calor do sol enquanto Nick a acariciava de modo bem mais quente ali embaixo. Ela aproveitou o momento, as sensações sempre incríveis de senti-lo dentro dela, do sol, da água e da perfeição de sua vida. E enquanto ele transava com ela, ela se lembrou de algo que ele havia dito mais cedo, durante o brunch: *Sinto muito por tê-la abandonado naquela noite. Não farei aquilo com você de novo.*

Não era um *eu te amo*, mas, de certa forma, era igualmente bom, e lembrar-se disso naquele momento tornou o ato sexual muito mais doce.

— O QUE VOCÊ ACHOU DA NAMORADA DE NICK? — Elaine perguntou a Davy enquanto dirigiam em direção ao Albertson's. Estaria mais cheio em uma tarde de sábado, ela havia dito mais cedo, mas precisava comprar algumas coisas, já que não tinha conseguido entrar com Davy naquele outro dia. Piscou ao dizer essa última parte.

— Bonita — disse Davy.

Lauren era a mulher mais bonita que ele já tinha visto ou com quem havia conversado. Fazia com que pensasse em uma boneca perfeita de tamanho real.

— E legal.

Legal o bastante para que ele se sentisse instantaneamente confortável com ela, confortável o suficiente até para mostrar seu peixe sem que ninguém sugerisse. Ela não havia olhado para ele como se fosse diferente, e isso fizera com que gostasse dela imediatamente.

— Também achei — disse Elaine.

Enquanto estavam dentro do carro, Davy pensou que sentia a tempestade dentro de Nick enfraquecer um pouco. Não era algo externo, que as pessoas conseguissem ver — provavelmente nem mesmo Elaine conseguia perceber —, mas Davy conhecia Nick como ninguém mais conhecia, então para ele era fácil. Havia passado a maior parte da vida observando os movimentos confiantes do irmão, sua atitude de comando e os olhos escuros que se suavizavam apenas para ele. Mas algo naqueles olhos havia mudado ultimamente. Eles tinham se tornado mais delicados de um modo que Davy logo soube não ter a ver com ele. Não era uma coisa temporária, de momento. Era como se Nick tivesse feito um tipo de cirurgia plástica – mas por dentro. Talvez no coração. Davy pensou que talvez fosse por causa de Lauren, e compreendia melhor agora a maneira que uma garota podia afetar um homem assim.

Ele ainda estava pensando em Nick quando empurrou um carrinho para dentro do Albertson's, ao lado de Elaine, e viu Daisy. Ela olhou para ele, que também olhou para ela e sorriu. Não tinha sido a intenção, ele não havia planejado, apenas aconteceu.

E ela retribuiu o sorriso.

Era como se luzes de Natal tivessem sido penduradas em seu corpo todo e alguém as tivesse acendido, como se o paraíso tivesse se aberto diante dele e fosse um jardim com uma garota chamada Daisy sentada no meio dele. Elaine segurou o seu braço depois que haviam passado.

– Você viu?

Davy não fazia ideia do que ela estava falando; ainda estava ocupado sorrindo e torcendo para que seu coração não derretesse dentro do peito.

– O quê?

– Você viu sua moldura? Estava pendurada na parede atrás do balcão das flores.

– Estava?

Ela assentiu, animada, e apertou mais forte o pulso dele. Pararam de caminhar e Elaine fitou-o com olhos arregalados.

– Você devia voltar ali. Devia conversar com ela. Agora mesmo.

– O quê? – disse de novo.

Só pensar naquilo fazia com que todas aquelas luzes de Natal entrassem em curto dentro dele. Afinal, acabara de conseguir o que sonhara – um sorriso de Daisy Maria Ramirez. Não queria correr o risco de estragar um momento tão importante com algo tão sem importância – ou, no caso dele, tão arriscado – como palavras. Mas o olhar de Elaine era intenso.

– Ouça, sei que é assustador, mas, se fizer agora, sem ficar pensando muito, se apenas aproximar-se para dizer "oi", vai ficar tudo bem. Prometo.

A última parte foi o que o tocou. Assim como Nick, Elaine nunca mentia para ele.

– Sério? Promete?

Ela assentiu de modo lento e sério, e um incentivo tão firme de sua irmã fez com que se enchesse de coragem, fez com que acreditasse. Ela tinha razão. Ele podia fazer aquilo.

Então, sem qualquer outra palavra, Davy suspirou de modo profundo e nervoso, e caminhou em direção ao departamento de flores, sem diminuir o passo nem permitir-se planejar nada nem pensar em nada além das batidas fortes de seu coração. Um momento depois, estava na frente de Daisy Maria Ramirez, e ela fitou-o com atenção, e ele desejou nunca ter nascido. Mas então lembrou-se do sorriso que ela havia acabado de dar um pouco antes e permitiu que a nova coragem que sentia ganhasse espaço.

– Oi – disse ele.

– Oi.

A voz dela era suave e linda como seu rosto delicado. Ela nem sequer olhava para ele de modo esquisito... pelo menos, ainda não.

Ele apontou para trás dela, para a moldura de margaridas.

– Eu fiz aquilo para você.

Ela olhou para trás, e então se virou para Davy com os olhos brilhantes como se ele próprio tivesse tecido as margaridas de seda.

– Você fez o jardim da Daisy?

Seu peito esquentou por causa do modo com que ela olhava para ele. Pensou que poderia explodir a qualquer momento, por isso esforçou-se para ficar calmo, para se controlar.

Em seguida, assentiu.

Ela mordeu o lábio de modo pensativo, os olhos maiores e mais arregalados para ele.

– É lindo.

Você é linda.
– Eu... fico feliz que tenha gostado.
Naquele instante, ela olhou para o amplo corredor, para a mulher mais velha e de rosto sério que a observava.
– Não posso conversar agora. Tenho que trabalhar.
Pela primeira vez, Davy percebeu as flores espalhadas sobre a mesa diante dela. E ele nem sequer precisou repassar as frases que havia ensaiado em sua mente quando disse:
– Posso olhar? Gosto de ver você arrumando as flores.
Ela sorriu para ele mais uma vez, um sorriso que fez com que sentisse um frio na barriga.
– Sim, pode olhar.
E enquanto ela transformava as flores em obras de arte diante dos olhos atentos de Davy, o coração dele doeu, mas de um modo bom, porque ela ainda não havia olhado para ele de um jeito estranho ou com pena, e sabia que estava certo desde o começo. Sabia que ela não se importaria por ele ser diferente.

NA MANHÃ DE DOMINGO, Nick acordou e encontrou Lauren ao lado da cama, de banho tomado e vestida num horário absurdamente cedo.
– Preciso ir ao escritório.
Despertando, ele se apoiou em um dos braços.
– O que aconteceu?
– Acabei de descobrir que os cheques dos prestadores de serviços não foram postados na sexta depois que fui embora. A impressora quebrou e só foi consertada ontem. E Andrea, a mulher que normalmente faz as postagens, não pode ir.
– Não pode esperar até amanhã?
Ela balançou a cabeça, as mechas loiras dançando ao redor dos ombros.
– Quero colocá-los no correio hoje. Assim, todo mundo vai receber o pagamento com um dia de atraso, não dois. Sei que a maioria das pessoas precisa muito do pagamento.
Era verdade: ele não conseguia pagar seus subordinados enquanto não recebia da Ash.

– Quer que eu vá com você? Se for só postar envelopes, posso ajudar.

Lauren sorriu com doçura.

– Obrigada, Nick, mas Sadie também vai. Nós duas conhecemos a rotina, então, juntas, vamos conseguir terminar em uma ou duas horas. Continue dormindo e eu volto logo.

Mas quando ela saiu do quarto, Nick não conseguiu mais dormir. Tomou um banho e se vestiu, feliz por ter começado a deixar algumas roupas na casa dela, e então preparou o café da manhã e o comeu à beira da piscina.

Andava pensando bastante, e não apenas sobre a família dele. Além de Davy, e talvez de sua mãe, Nick nunca havia conhecido ninguém que desse seu amor de modo tão livre, com tanta confiança, como Lauren lhe dava o seu amor. E ali estava ele, sentado à beira da piscina, comendo a comida dela, como se morasse ali. Ela o havia transformado em algo fixo em sua vida sem nem ao menos saber quanto tempo ele permaneceria, o que daria em troca, se a amava. A única coisa que havia pedido foi que ele passasse a noite depois de fazerem amor.

E, caramba, ele havia se apegado àquela mulher. Não apenas pelo sexo, mas pela compaixão, paciência e fé que demonstrava ter nele, uma fé que... ele nem sequer sabia de onde vinha, apenas que ela lhe dava tanto e ele retribuía com tão pouco. Porque ele também havia tirado algo dela, algo que nunca poderia devolver. Havia tomado aqueles pensamentos particulares de seu diário. Muitas vezes ele tomara seus segredos, suas fantasias. E os usara para seduzi-la, e para que ela pensasse que ele era especial, que *os dois* eram especiais *juntos*.

E se havia algo que Nick havia aprendido com Lauren era que segredos não eram uma coisa boa. Mesmo depois do que arrancara do pai na sexta à noite, continuava feliz por tê-lo confrontado de uma vez, ainda que apenas para dizer: *Eu sei o que você fez, pai. Eu me lembro. Aconteceu.*

E assim como a raiva pelo pai o corroía por dentro, tomar os pensamentos de Lauren também o corroía. Enquanto fazia amor com ela na piscina, no dia anterior, sentia que estava tirando algo dela, como se estivesse dentro de seu corpo com pretextos, como se ela pensasse que ele era algo que não era, de fato. Temia que sempre sentiria que estava tomando algo dela, a menos que contasse a verdade.

Respirando fundo, Nick pegou os pratos do café da manhã, levou-os para dentro e subiu a escada devagar. Quando chegou ao andar de cima, entrou no espaço escuro e silencioso onde ela trabalhava, e a atmosfera ali, para ele, era de sexo, fantasia e emoção proibida de conhecer os pensamentos dela. Ele havia chegado ali com um plano.

Não sabia se era a atitude mais inteligente a tomar, mas foi a única maneira que conseguiu pensar para contar a verdade. Afinal, ele havia pensado em dizer antes, mas não conseguira encontrar as palavras, não conseguira forçá-las a sair. Então, ele decidiu, talvez pudesse contar a ela com sua *própria* fantasia. Se *ele* acrescentasse uma fantasia ao diário dela, uma fantasia do primeiro dia em que tinham se visto, uma fantasia que ela havia transformado em realidade, ela a encontraria ali. E talvez isso a ajudasse a entender o apelo que o diário tinha sobre ele, e, ao mesmo tempo, mostrasse que ela não devia ficar envergonhada, que devia conseguir perdoá-lo.

Ele sabia que estava correndo grande risco, mas, depois do modo como ela o havia abraçado na noite anterior, depois do profundo amor que dera a ele no momento de maior necessidade... cada toque, cada carícia o havia afastado do precipício, impedido que caísse. Nick apenas sentia não ter escolha senão dizer a verdade agora, e aquele era o jeito.

Quando terminasse de escrever, marcaria a página com a rosa seca e deixaria o diário sobre a mesa, onde ela pudesse ver, onde saberia que alguém o deixara ali. Então, ela descobriria a fantasia dele e perceberia que não havia problema, que os dois tinham fantasias e que ele não queria mais que aquele segredo ficasse entre eles.

Pegando uma caneta azul da mesa, Nick se aproximou da estante e alcançou o caderno vermelho. Colocando a rosa cuidadosamente de lado, sentou-se na mesma cadeira de sempre e abriu o diário nas folhas que já tinha visto, as vazias da parte de trás. Observou a primeira página em branco por um minuto, sem saber bem como começar... e então voltou às páginas escritas um pouco antes, em busca de inspiração. Ainda que nesse caso a inspiração significasse um último pecado.

Naquela fantasia, ela estava deitada em uma praia e um homem saía do mar para fazer amor com ela enquanto a maré subia ao redor deles. Cada detalhe sensual tomava os sentidos dele e, como sempre, ler o que ela escrevia o deixava extremante excitado. Também ajudou-o a aprender como transcrever sua fantasia para o papel.

Por fim, Nick voltou à primeira página em branco e começou a escrever, com o estômago embrulhado a cada palavra.

Entro na casa dela e ficamos frente a frente quando afasto o robe de seus ombros. Ela solta o laço na cintura e deixa a peça cair no chão. Por baixo, veste apenas uma camisola verde de cetim que desce até as coxas e marca seus seios, seios que sinto vontade de beijar naquele mesmo instante.

Levo as mãos às alças finas sobre seus ombros e as abaixo. A camisola escorrega até sua cintura e, em seguida, os pés, deixando-a nua, o corpo ainda mais incrível do que imaginei. Envolvendo seus seios com minhas mãos, eu os beijo e chupo enquanto ela geme e começa a passar a mão em minha ereção, por cima da calça.

Nos deitamos na cama, os dois nus, e ela sobe em mim, provocando-me com mãos, mamilos e dentes. Eu a desejo mais do que já desejei qualquer outra mulher. Soube disso assim que nossos olhares se cruzaram.

Os lábios dela são como seda deslizando por meu corpo, e não consigo pensar direito, mal consigo respirar. Ela olha para mim enquanto...

— Nick, o que você está...

O sangue de Nick congelou em suas veias.

Ele olhou para frente a tempo de ver o horror tomar conta dos olhos de Lauren ao perceber o que ele segurava nas mãos.

CAPÍTULO 19

Havia momentos na vida que moviam-se numa câmera lenta dolorosa. Quase sempre, durante um grande choque; às vezes, ao enfrentar uma dor agonizante. Para Lauren, aquilo era as duas coisas, e tudo ao seu redor parecia borrado, cada milésimo de segundo demorava a passar.

Nick parecia o que era – um homem flagrado fazendo algo terrível – quando fechou o diário dela.

– Eu... não escutei o portão.

Ele não escutou o portão? Era isso o que tinha a dizer em sua defesa? Ela sentiu mais uma onda de choque, mas, quando notou o horror ainda maior – ele já tinha feito isso *antes*, já lera o diário *antes*, e havia contado com o barulho da garagem para saber que ela estava chegando em casa.

Ela permaneceu boquiaberta, lábios trêmulos, sentindo-se fraca por dentro. Não se deu o trabalho de explicar que havia estacionado do lado de fora, com a intenção de entrar rapidamente para saber se ele queria sair para almoçar; seu humor feliz e livre era algo do passado distante.

Ele ficou de pé.

– Lauren, eu...

Ela deu um passo para trás, não queria ficar perto dele. Nem sequer sabia mais quem ele era.

– Meu Deus – ouviu as palavras sussurradas saírem pela própria boca quando o choque deu lugar à lógica e as peças começaram a se encaixar.

A rosa, a lavagem dos cabelos, o modo com que ele havia aberto suas pernas na piscina, tudo, tudo...

Ela pensou que era magia, uma conexão de almas, mas fora apenas *aquilo*, um homem mentindo para ela, todo aquele tempo, invadindo seus pensamentos, roubando seu mundo particular.

Até que ela se engasgou. *Uma vez, eu fiz em cima de um cavalo.* E ela havia acreditado nele! Isso era coisa antiga, do começo... antes de eles sequer terem se tocado.

– Lauren, linda... – ele deu mais um passo à frente, levantando a mão, tocando o rosto dela, mas ela se virou.

Saiu da sala, sem forças, caminhando sem rumo, rápido ou devagar, não sabia, até enfim estar em seu próprio quarto. *Não me siga, não me siga*, ela pensou, mas sentiu que ele estava atrás dela, perto o bastante para que ela o tocasse, ou estapeasse, mas só queria se afastar dele.

Jogou-se na cama, de bruços, segurando um travesseiro, e tentou impedir as lágrimas, mas elas escorreram. Fechou os olhos e tentou fingir que ele não estava diante dela, pedindo desculpas, pedindo perdão, tentando explicar – ela só queria que ele fosse embora, queria ficar sozinha, queria chorar e sofrer.

– Vá embora – disse ela entre lágrimas.

– Princesa... – o carinho agora a cortava como uma faca – por favor, linda, ouça o que tenho a dizer.

Após um momento longo e choroso tentando abafar a voz dele, ela enfim chegou à conclusão de que ele não iria embora, por isso rolou na cama e ficou de frente, encarando-o. Estava ali parado, os cabelos escuros soltos ao redor do rosto – seu deus do mar; tão mais do que só isso agora, e tão menos.

Nick olhou dentro dos olhos dela, reconheceu o ódio e o sentimento de traição, e sabia que estava perdido. Era o modo como ele olhava para o pai. Nada que pudesse dizer seria suficiente para que ela o perdoasse, talvez porque ele não devia ser perdoado.

Mas ela estava lhe dando uma chance, por isso, precisava tentar, ser totalmente sincero, encontrar um modo de ligar sentimentos a palavras. Ainda assim, o coração dele batia como um tambor dentro do peito, porque ele sabia que a verdade era arrasadora e terrível.

– Quando cheguei aqui, linda, eu... eu queria ver a sua vida, como ela era, o que eu achava que devia ser meu. Mas tudo mudou quando conheci você. Não consegui mais me sentir assim, e todas as coisas antigas apenas desapareceram. Quando encontrei seu diário, eu sabia que era errado ler o que você escrevia... – em um impulso, ele estendeu a mão para tocar os cabelos dela, porque a dor nos olhos de Lauren abria um buraco dentro dele – ...mas a verdade é que não consegui parar de ler, porque adorei conhecer esse seu lado, adorei poder transformar suas fantasias em realidade, adorei sua sensualidade e o modo como éramos maravilhosos juntos.

Nick torceu para que suas palavras a estivessem convencendo, fazendo sentido, mesmo sabendo que era impossível. Ela arregalou os olhos para ele e afastou sua mão.

– Então, você veio aqui com inveja de mim. Queria me machucar – sua voz estava embargada.

Não, nunca quis machucar você. Aquela era a resposta que ela precisava saber, a que fazia sentido dar. *Mas diga a verdade, droga.* Na opinião de Nick, ele só podia se apegar à verdade naquele momento, por mais fraca que fosse.

– Não era minha intenção machucá-la... até que você fez eu me sentir como um escravo, alguém abaixo de você – ele respirou, repleto de vergonha. – Mas mesmo assim eu não *planejei* machucá-la e não poderia ter levado isso a cabo porque comecei a gostar de você. Ainda não provei isso?

Ela pareceu abismada.

– Provou como? Lendo meus segredos?

– Estando a seu lado. Ajudando você a entender o que Phil estava fazendo, acompanhando-a ao ir falar com seu pai, permanecendo ao seu lado depois – a voz dele ficou mais suave. – Fazendo amor com você.

Aquilo quase tocou Lauren. Nick não era o tipo de homem que usava palavras como *fazer amor*. Mas a ferida era muito recente, pensava em quanto tempo aquilo havia durado e como, sempre que dormiam juntos, Nick permitia que ela acreditasse que dividiam algo forte, mas que no fim era falso. Pensava que ele devia considerá-la muito idiota, tola. Pensava que Nick devia ter sentido muito prazer em vê-la sucumbir a ele, tudo porque sabia exatamente o que queria – porque ela havia lhe contado com caneta e papel.

– O que você provou, Nick, é que tudo que eu pensei que tínhamos era mentira. Mentira em cima de mentira.

E então, quando Lauren pensou que a ferida não podia ficar maior, ficou. Ele havia acabado de lhe dar a resposta, a explicação. *Eu queria ver a sua vida, o que eu achava que devia ser meu.* Ela se sentou na cama, olhando em seus olhos escuros, olhos tão bons em esconder coisas, tão bons em mascarar a verdade. Ela falou devagar:

– Você veio aqui para pegar o que pensava ser seu, não foi? Veio aqui para roubar a Ash Construtora. Pensou que se casaria comigo e conseguiria fazer com que tudo fosse seu, Nick? Era isso? Era esse o grande plano?

Nick abriu a boca, as sobrancelhas erguidas pela incredulidade.

– Lauren, não. Eu nunca nem pensei em... – ele hesitou, balançando a cabeça.

Para dizer a verdade, Lauren nunca o vira tão abismado, mas Nick Armstrong provara ser um bom ator, e ela não acreditou naquela reação.

– Pare de mentir, Nick.

– Linda, quando estamos juntos na cama, quando estou dentro de você... Meu Deus, você sabe que não é mentira. Você *sabe.*

– Não sei mais nada – ela balançou a cabeça com veemência. – Só sei que nunca me senti tão humilhada na vida. Nunca mentiram para mim assim. Nunca me usaram assim.

Ah, droga, as lágrimas encheram os olhos dela de novo quando a verdade a atingiu mais uma vez. Todas as vezes que transaram tinham sido tão sem sentido... como a primeira vez. E mesmo aquilo, até aquele dia, tinha parecido especial de seu próprio modo, por causa daquela maldita flor cor-de-rosa. Mas, agora, todas as vezes que tinham se tocado, se abraçado, trocado olhares, tudo aquilo significava menos do que nada.

– Saia da minha casa, Nick.

Ele parecia desesperado.

– Você não está ouvindo o que estou tentando dizer. Não está nem tentando entender.

Ela balançou a cabeça, sentindo-se muito firme, cheia de razão. Não conseguia acreditar que ele tinha a audácia de agir como se ela devesse algo a ele, muito menos compreensão.

– Quero que saia. Agora. E nunca mais quero ver você. Entendeu?

– Então é assim? Simples desse jeito? É assim que você quer deixar as coisas?

– É assim.

Nick estreitou os olhos enquanto se afastava devagar, falando baixo e com tristeza.

– Eu sabia que nunca seria bom o suficiente para você.

– Não tem nada a ver com isso e você sabe.

Nick balançou a cabeça.

– Eu também achava que não, mas agora não sei. Eu estava aqui escrevendo no seu diário, tentando contar a verdade. E acho que em algum lugar bem lá no fundo pensei que você me perdoaria, porque pensei que conhecesse você; pensei que sua gentileza seria o suficiente para perdoar meus erros. Mas você é tão ruim como eu agora... olhando para o passado, e não para o presente. Julgando-me por isso, julgando quem eu era quando vim aqui em vez de analisar quem sou hoje.

Nick se virou e saiu, e Lauren voltou a deitar na cama. Não conseguia entender as palavras dele, não conseguia dar lógica a elas. Só sentia uma tristeza que engolia todas as outras emoções. Ele realmente pensou que ela poderia perdoá-lo? Por aquilo? Pensando bem, ela tinha sido muito tola, então era claro que ele esperaria que ela continuasse sendo.

Lauren passou o resto do domingo num estranho torpor. Cochilou mais de uma vez, comeu junk food e passou muito tempo sentada no sofá segurando Izzy, que permitiu, por mais incrível que parecesse. Lauren imaginou que a gata conseguia sentir, de certo modo, seu desespero, e sabia que não podia abandoná-la naquele momento.

Na segunda-feira, ela acordou e se sentiu sozinha no mesmo instante. Não havia ninguém a seu lado na cama, nem usando o chuveiro enquanto ela permanecia deitada escutando o barulho da água; não havia ninguém lá fora pintando a casa. O trabalho estava acabado. *Tudo* estava acabado. A solidão, algo que ela já tinha valorizado, parecia quase insuportável.

Havia trabalho a ser feito, então Lauren o fez, apesar de quase não prestar atenção às tarefas. Sequer se importou em tirar o pijama. Ao entrar no escritório, rapidamente desapareceu com os vestígios da recente presença de Nick ali. Depois de pegar o diário, ela encontrou a rosa no chão e colocou os dois dentro do cesto de lixo. Em seguida, dedicou-se à contabilidade até o meio-dia, quando sentiu que já havia trabalhado o suficiente para poder tirar o resto do dia de folga.

Por mais que tentasse superar, o rompimento com Nick pesava dentro dela. Agir como se não tivesse acontecido, como se aquele fosse um dia como qualquer outro, não estava dando certo. Ligou para Carolyn no salão, e ela prometeu levar um almoço bem gordo e algo de chocolate para a sobremesa.

Quando a amiga chegou, franziu o cenho ao ver Lauren ainda de pijama e subiu a escada, exigindo que ela vestisse um short. Lauren simplesmente suspirou e disse:

– Que bom que você está aqui.

Sentaram-se no sofá com Izzy e comeram Big Macs e batatas fritas. Em vez de contar a Carolyn toda a verdade a respeito de Nick, que envolveria revelar seu diário de fantasias sexuais, Lauren apenas contou a história da Double A Construtora, concluindo assim:

– Ele acabou não sendo a pessoa que eu pensei que era. Simplesmente veio aqui para me espionar, para me usar por causa do que meu pai fez ao dele vinte anos atrás.

Carolyn ficou boquiaberta.

– Que idiota. Pegue, coma o resto de minhas batatas.

Lauren aceitou e enfiou-as na boca.

– Escute – disse Carolyn, com um sorriso esperançoso. – Mike e alguns outros rapazes vão se encontrar no Howard Park hoje à tarde. Vôlei, windsurf, churrasco. Quer ir? Vai animar você, fazê-la esquecer o pintor safado.

Lauren sabia que a intenção era boa, e gostava mais de Mike do que da maioria dos amigos de Carolyn, mas...

– Chega de festas para mim, obrigada.

– Quê? – Carolyn parecia confusa. – Isso quer dizer que você vai hibernar pelo resto da vida por causa de um cara?

– Não. Não é nem por causa do Nick. É que... descobri que não gosto de festas. Esse tipo de lugar não é para mim. Então, não vou me forçar mais a ser quem não sou.

– Ah.

Carolyn parecia chateada, então Lauren disse rapidamente.

– Mas vá você. Não tem que ficar aqui comigo, de verdade. Ter almoçado e conversado por um tempo ajudou muito.

Carolyn suspirou e puxou Lauren para um abraço nada comum.

– Não vou a lugar algum, Laur.

Lauren inclinou a cabeça.

– Você não vai sentir saudade do Mike, e ele de você?

– Provavelmente – Carolyn sorriu. – Para seu conhecimento, ele e eu somos meio que... exclusivos agora. Eu... eu gosto mesmo dele, e ele também gosta de mim. Acho que ele consegue enxergar além do que o resto das pessoas vê a meu respeito. Sabe o que quero dizer?

Lauren devolveu o sorriso.

– Que maravilha, Carolyn, mesmo. Estou muito feliz por você.

– Porém – Carolyn inclinou a cabeça com uma risadinha reconfortante –, você precisa de mim mais do que ele, no momento, então vamos fazer coisas de mulherzinha.

Lauren ergueu a sobrancelha com curiosidade.

– Vamos comprar revistas femininas e ficar lendo à beira da piscina, experimentando as amostras de perfumes que vêm dentro e fazendo testes de moda. Mais tarde, podemos pintar as unhas, enrolar os cabelos uma da outra e assistir filmes.

Lauren riu. Para sua surpresa, aquilo parecia uma programação para um dia totalmente perfeito e terapêutico.

Depois que Carolyn telefonou para Mike para dizer que não iria ao encontro, Lauren disse:

– Sabe, antes de conhecer o Nick, minha vida era meio vazia, como se eu sempre estivesse querendo coisas que estavam além de meu alcance, deixando a vida me levar de qualquer jeito, pensando que, se eu fosse na onda do resto do mundo, encontraria o que me faltava. Mas depois de me apaixonar por ele, e de conhecer sua família e sua vida, percebo como sou sortuda e não valorizo as coisas. Conhecê-lo... tornou minha vida mais completa.

– Porque você estava apaixonada.

Lauren assentiu, retraindo-se por dentro ao mesmo tempo.

– Eu fui tão tola.

– Não, você foi tão *sortuda* – Carolyn a corrigiu. – Ainda sinto um pouco de inveja, sabe. Até agora. Eu daria qualquer coisa para ter algo assim, mesmo que fosse por um tempo.

– Talvez você tenha em breve, com Mike.

Já era tarde quando enfim Carolyn foi embora, e Lauren não podia negar que ficar com a amiga havia ajudado muito. A vida de cada uma seguia rumos diferentes, mas não a amizade.

Depois de se despedir, fechar a porta e acariciar Isadora, Lauren olhou para o andar de cima, na direção do escritório. Não quis ver ontem durante o dia, nem à noite, nem de manhã – sentia-se anestesiada e irada e tudo o mais –, mas lembrou-se do que Nick havia dito antes de sair. Ele havia escrito algo no diário dela.

Quando começou a aceitar o que havia acontecido, o que tudo aquilo representava, começou a ficar curiosa a respeito do que podia estar escrito, da mensagem que ele deixara para ela.

Então, respirando fundo, ela subiu a escada.

Pegou o diário vermelho do cesto de lixo, sentou-se e se preparou. Então, abriu o caderno nas últimas folhas, onde viu uma caligrafia não familiar que enchia a página, e começou a ler.

Ombros... seios... boca... a fantasia dele.

Leu várias vezes, tentando entender por que ele havia escrito aquilo ali. De certo modo, parecia a maior invasão de todas impor uma fantasia dele onde só havia lugar para as dela. Certamente, por mais motivos do que conseguia pensar, ela não seria capaz de escrever nem mais uma palavra naquele diário. Mas, claramente, escrever em seu diário de fantasias sexuais tinha sido uma admissão de culpa, dizia: *Estive aqui, dentro de seus segredos.*

Os olhos de Lauren voltaram a ficar marejados enquanto ela tentava entender tudo aquilo, e se lembrou de como tinha sido feliz com ele, de como sentia confiança, de como olhar nos seus olhos e fazer amor com ele tinham sido coisas mágicas, com ou sem rosas claras e deuses do mar. Ele estava longe de ser perfeito, mas ela via além de tudo aquilo, via o homem que se escondia ali. Ainda assim, ele havia traído sua confiança de modo profundo, e agora amá-lo apenas doía. Ela nunca havia pedido nada dele; nunca havia pedido para que a amasse. Pensou que não poderia se machucar se não pedisse nada, se não esperasse muito. Enganara-se redondamente.

Leu o relato mais uma vez e sentiu-se uma tola por demorar tanto para entender que aquilo descrevia a manhã em que se encontraram, a primeira vez em que ele havia batido a sua porta. Lauren suspirou, lembrando-se de como havia se sentido naquela manhã depois de ver seu pintor bonitão; silenciosamente, renovara a promessa de não se envolver com caras sensuais que só queriam uma coisa.

Talvez, por fim, Nick tivesse desejado mais, mas ela devia ter mantido a promessa. Acontecimentos recentes tinham provado a Lauren que ela era muito mais capaz, muito mais independente do que jamais percebera, mas perder Nick daquela maneira fazia com que ela questionasse se conseguiria se recuperar daquela dor.

Nick havia passado a segunda-feira cuidando das notas fiscais, assim ficaria com a noite de terça livre para ir à loja de ferragens, comprar tinta spray e ir à casa de Elaine.

Ele tentava se convencer pensando que, se procurasse manter-se ocupado, não pensaria tanto em Lauren, não se sentiria tão vazio sempre que lembrasse que ela não estava mais em sua vida. Não podia ir à casa dela quando quisesse, não podia conversar com ela sobre o dia dele ou o dela, não podia lhe dar um beijo de oi, de tchau, nem de boa-noite. *Pare com isso*, disse a si mesmo, balançando a lata de tinta branca quando se sentou no quintal de Elaine, perto de uma cadeira deitada de lado sobre uma camada de jornal.

Quando começou a pintar, pensou que o problema, como sempre, surgira do que ele fazia na maior parte do tempo: pintar. Tempo demais para pensar, maldito tempo demais. A noite anterior não fora tão ruim, pois ficara no O'Hanlon's e anotara números, fizera contas, conferira seu trabalho; era preciso ter concentração e deixava menos espaço na mente dele para divagações.

Não que ele não tivesse pensado nela, porque pensou. Pensara em como as notas de suas mãos logo passariam pelas dela, e tentou imaginar como ela se sentiria quando visse o nome dele, sua caligrafia. Sentiria saudade ou ainda se sentiria traída? Mais estranho ainda tinha sido emitir uma nota fiscal pelo trabalho que havia feito na casa dela, escrever o nome e o endereço, enfiar a nota em um envelope com abertura, sabendo que as últimas semanas não passariam de uma conta. Quase não cobrara o serviço, em um esforço maluco de compensar a situação, mas não levou a ideia adiante por dois motivos. Ela talvez não gostasse da atitude, pagando a ele de qualquer modo. E as últimas palavras que lhe dissera haviam sido verdadeiras: estava irritado com ela também. Não sabia se tinha o direito de estar; provavelmente não. Mas apesar do que dizia a si mesmo, no fundo pensava que ela acreditava nele. O suficiente para entender, para perdoar, para seguir em frente. Doera perceber que estava enganado.

Apesar de tentar colocar parte da culpa na princesa, seu estômago se retorceu, lembrando-o de que a havia ferido, lembrando-o do modo horrível como ela havia olhado para ele, como se fosse o diabo em forma de gente.

Quando Nick virou a cadeira para ter um ângulo melhor, a porta de correr se abriu atrás dele e ele olhou para a frente. Droga. Seu pai. Quando Nick apareceu na casa de Elaine sem avisar, ela contou que o pai chegaria mais tarde para comer frango frito, e que ela não havia convidado Nick porque sabia que ele diria não. Ele sentiu vontade de ir embora, mas pensou, *droga, não posso passar o resto da vida correndo do homem, evitando sua presença.* Nunca dava certo mesmo.

– Nicky, posso falar com você por um minuto?

Nick suspirou e não olhou para a frente.

– Claro.

De soslaio, ele viu o pai tentar se agachar ao lado dele, mas o esforço foi grande demais, por isso ele ficou de pé, abaixando apenas o volume de sua voz.

– Eu nunca deveria ter dito a você o que disse naquela noite.

Pare de evitá-lo. Nick parou de pintar e olhou para cima, mas manteve o rosto inexpressivo.

– Achei bom você ter falado. Foi bom conhecer a verdade.

O pai dele parecia nervoso, o que era compreensível.

– Fiz muitas coisas horrorosas em minha vida, mas o que fiz com Davy... foi a pior.

Nick só revirou os olhos.

– Com certeza.

John Armstrong apoiou o peso do corpo na outra perna coberta pela calça puída.

– Você me odeia, Nicky?

Nick quase podia ouvir os batimentos acelerados do coração do pai. Ou seria *seu* próprio coração?

Pensou na palavra *odiar*. Parecia uma emoção muito próxima do amor para Nick considerar, e longe demais de pena, o que seria mais adequado.

– Não – disse ele por fim, voltando a se concentrar em seu trabalho.

Balançou a lata e observou o metal diante de seus olhos ficar branco e brilhante, enquanto escutava o pai respirando com sofreguidão e emoção perto dele. Por fim, seu pai soltou um longo e profundo suspiro antes de dar um tapinha no ombro de Nick:
– Você faz um excelente trabalho cuidando de Elaine e Davy.
Nick apenas assentiu e voltou-se à pintura, enquanto John encontrava o caminho de volta para dentro de casa.

– NICK, SERÁ QUE VOCÊ PODE FICAR COM O DAVY na próxima sexta-feira à noite? – perguntou Elaine, passando o guardanapo nos lábios.
Todos estavam sentados à mesa, comendo em silêncio, então o pedido pareceu bem inesperado.
Nick colocou o pão dentro do prato.
– Claro. Por quê?
Elaine corou levemente.
– Eu... tenho um encontro – Nick ergueu as sobrancelhas, e Elaine balançou a cabeça com nervosismo. – Nada importante, na verdade, só um homem que trabalha no Albertson's. É açougueiro. O nome dele é Paul.
Nick assentiu, surpreso, porém alegre.
– Que bom, Lainey.
– O olho esquerdo de Paul treme quando ele fala com a Elaine – disse Davy, sorrindo –, mas ele sempre sorri quando entrega a carne para ela.
Na ponta da mesa, até mesmo o pai se intrometeu.
– Você deveria sair com mais frequência, Elaine.
– Bem, isso foi graças ao Nick – lançou a ele um olhar tímido de agradecimento. – Talvez eu dissesse não, continuasse sendo muito nervosa, se você não tivesse me feito pensar... no que posso encontrar por aí.
– Então você *não* está nervosa? – perguntou Nick.
Elaine revirou os olhos.
– Claro que estou nervosa.

– Use aquela saia – disse Nick –, aquela que você usou semana passada.

Elaine assentiu em silêncio em agradecimento, e Nick pensou que era incomum e bacana ver sua irmã animada com alguma coisa.

– Talvez você e Lauren pudessem levar o Davy para ver um filme – Elaine sugeriu.

Nick sentiu o estômago embrulhado ao enfiar uma garfada de purê de batata na boca. Concentrou-se no saleiro e no pimenteiro bem a sua frente, duas conchas de vidro sorridentes que Davy havia escolhido em uma loja em Tarpon Springs.

– Não. Nós terminamos.

Para sua surpresa, Nick sentiu a reação das pessoas, apesar de ninguém dizer nada por um instante.

– Por quê? – perguntou Elaine.

Nick queria que ela não tivesse perguntado, ou queria ter uma resposta além da verdade. Mas não sentiu vontade de inventar nada.

– Porque ela pensa que eu a usei para me vingar de Henry Ash.

O pai dele se retraiu.

– Henry Ash?

Nick lentamente olhou para o pai.

– Ela é a filha do Henry, pai.

John Armstrong olhou para ele com olhos cansados e vermelhos.

– E comecei a sair com ela porque queria saber como era a sua vida. E porque me ressentia com ela devido ao que Henry fez a você e como isso arruinou o que sobrou de nossas vidas depois da morte da mamãe.

Ali estava, acabara de colocar a verdade sobre a mesa, para variar. Nick sentiu o olhar da irmã e a confusão do irmão, mas concentrou-se no pai, cujo lábio inferior havia começado a tremer, o que costumava converter-se em lágrimas.

– Não faça isso, pai – disse Nick com suavidade, pousando o garfo no prato.

O pai não disse nada, não fez nada, apenas ficou ali, parado como uma pedra, e Nick soube que estava tentando ser forte uma vez na vida. Respeitava aquele esforço – talvez porque fosse a única vez em que seu pai se dera o respeito em muito tempo.

Talvez devesse ter se calado então, mas enquanto permanecia sentado à mesa com sua família, uma família que levava a vida adiante às cegas sem nunca reconhecer a verdade, Nick percebeu que ele ainda estava guardando coisas dentro de si – coisas grandes, difíceis, complicadas –, e não queria mais fazer aquilo.

– Eu devia ter dito isso no quintal, sem estragar o jantar, mas preciso falar agora, e então podemos terminar.

Nick respirou fundo e olhou nos olhos vidrados do pai.

– Você é meu pai... não importa o que faça, ainda será meu pai. E quando eu era pequeno você era ótimo. Aqueles dias parecem ter acontecido em outro mundo, em outra vida... mas não consigo deixar de amá-lo, velho

Nick parou, percebendo que sua voz havia ficado trêmula de repente. *Vá até o fim com isso.*

– Apesar disso, você tem que entender que nada do que fizer vai compensar o que houve com Davy ou o que me disse naquele dia.

Elaine sussurrou:

– O quê?

Mas Nick a ignorou.

– Você me transformou em um homem duro, pai. Um homem que só vê o lado negativo da vida em vez do positivo, e que também só vê o lado ruim das pessoas. Um homem que procurou o lado ruim de uma mulher inocente sem motivo algum. Isso nem sequer faz mais sentido na minha cabeça, mas foi o que fiz.

Nick se sentia mais forte agora que dissera tudo o que queria dizer, e estava certo de que o pai começaria a chorar a qualquer minuto – mas, para sua surpresa, ele não chorou.

Em vez disso, o pai o encarou:

– Sei que sou culpado, Nicky, de várias coisas. Mas não seja como eu, não deixe as coisas que perdeu destruírem você. Você é mais forte do que eu, sempre foi. Não deixe a vida arrastar você.

íntima. Não haviam transado, mas lembrava de ela ter tirado as suas roupas molhadas, enrolando-o em uma toalha grossa. Lembrava-se de ela tê-lo beijado, no rosto, na sobrancelha, e também de ter retribuído os beijos, quentes, intensos e fortes, porque às vezes as palavras ainda eram mais difíceis de sair do que os beijos, e cada beijo o afastara ainda mais do apartamento do pai.

Ainda assim, ele estava *feliz* por não terem transado, porque sexo com Lauren nunca fora para escapar da dor, nem uma vez, nem na primeira e nem na última, depois do jantar na casa de Elai-[illegible] Mesmo quando ele não pretendia que fosse ligado a sentimen-

Deposi[illegible]ento, calculado. Nick notou as unhas longas, vermelhas, ousadas.

– Você está bem? – perguntou ela.

Nick olhou para ela com relutância, tentando imaginar se aparentava sua tristeza, tentando imaginar se havia chorado e se parecia que sim, ou se apenas parecia que a chuva havia molhado seu rosto.

– Sim.

– Você não *parece* bem, coração – ela inclinou a cabeça, olhando para ele com olhos verdes sugestivos. – Precisa de companhia? Além dessa garrafa?

Nick pensou no que havia dito a Lauren na noite passada, a respeito de fazer sexo para diminuir a dor. Às vezes, era *assim*, uma mulher disponível quando ele estava magoado, alguém sem nome, sem rosto, um lugar para ele se esvaziar e ir embora. Outras vezes, era um pouco menos trágico – alguma moça que ele conhecia, sem qualquer dor específica além daquela que sempre vivia dentro dele, algo para fazer, um lugar para estar, algo que o tirasse da realidade por um tempo.

Nick manteve o olhar na ruiva o tempo todo enquanto pensava naquilo tudo, e ela deve ter pensado que ele estava analisando a oferta. Mas Nick não respondeu, por fim pegou a sacola marrom e saiu porta afora.

Sentou-se na moto, mas, em vez de colocar o capacete, abriu a garrafa e tomou um longo gole. Queimou sua garganta e o esquentou por dentro, o calor espalhando-se por seu peito, objeto tinha sido caro, e os Armstrong haviam aprendido a não estragar as coisas, a não desperdiçá-las, pois o dinheiro era valioso e escasso.

Um minuto depois, atravessou a Alternate 19 sem se preocupar com o limite de velocidade, quase sem notar que havia entrado na frente de um carro, dando-se conta disso apenas graças à buzina que ouviu tocar quando saiu do estacionamento do Sea Shanties. A chuva pesada batia com força em seus braços, mãos, como pequenas adagas, mas Nick a ignorou, ganhando velocidade na estrada brilhante e escorregadia em direção a lugar nenhum.

Fizera aquilo depois de voltarem do hospital também, lembrava-se. Davy ainda estava internado, mas foram para casa dormir um pouco. Nick abrira a porta do carro e, sem dizer nada a ninguém, começou a correr pela noite quente da Flórida, desceu a rua, entrou na avenida. Deve ter corrido por quilômetros sem parar, sem diminuir a velocidade, sem sequer saber o motivo. Voltou para casa tarde, depois de ter caminhado todo o trajeto de volta. A casa estava silenciosa, seu pai e Elaine dormiam, e ninguém nunca lhe perguntou a respeito daquilo.

Ninguém nunca perguntava nada a ninguém na casa deles e, por causa disso, Nick havia passado vinte anos sem saber que fora um alvo, sem saber que Davy havia sido apenas a pessoa errada. Davy havia salvado a vida de Nick ao entrar naquela garagem. E Nick havia estragado a vida de Davy por não ter guardado um taco de beisebol.

As luzes fortes de uma loja de bebidas iluminavam a noite chuvosa e atraíram Nick impulsivamente para dentro do estacionamento vazio. O lugar parecia uma espelunca. Não era à toa que nunca havia reparado no estabelecimento antes, não era à toa que ninguém mais estivesse comprando bebidas ali naquela noite. *Aposto que Davy já reparou. Aposto que eu poderia perguntar a ele sobre este lugar amanhã, poderia dizer: "Ei, sabe aquela lojinha de bebidas na Alt 19, com placa amarela e letras vermelhas?", e Davy diria: "Sim", sem pestanejar.*

Nick entrou encharcado da chuva, tirou o capacete e viu uma ruiva de trinta e poucos anos atrás do balcão, olhando para

Nick escutou as palavras com clareza, introjetou-as, absorveu-as. Mas não tinha o que responder, por isso apenas assentiu, mordeu sua coxa de galinha e murmurou:
– Desculpem ter perturbado a refeição.
– Tudo bem, Nick – disse Elaine.

Eles não falaram mais sobre aquilo, mas, depois do jantar, Elaine serviu pedaços de uma torta que havia comprado no Albertson's, e Nick se lembrou de que a irmã tinha um encontro com o açougueiro, o que fez com que ele sentisse um pouco de esperança em relação ao futuro dela. Os quatro se sentaram na sala de estar e assistiram a um seriado, e então Nick e Davy jogaram buraco na mesa de centro enquanto Elaine os observava e o pai adormecia na antiga poltrona do outro lado da sala.

Nick não podia dizer que aquela cena fazia com que se lembrasse de épocas melhores, mas de tempos *conhecidos*. Tempos depois de perderem tudo, mas quando seguiam em frente juntos, vivendo um momento de cada vez, com pequenas alegrias e satisfações aqui e ali, como uma sobremesa compartilhada, um jogo de baralho, uma noite silenciosa sem gritos ou dor.

Nick foi embora naquela noite com uma sensação de aceitação. Porque seu pai havia dito algo que ele já sabia, mas ouvir aquilo deixava tudo mais real. Ele era mais forte do que o pai. Mesmo não tendo agido assim com Lauren, usando mentiras e enganando-a para forjar um relacionamento com ela. Daria qualquer coisa para voltar no tempo e mudar aquilo, mudar várias coisas.

Eu te amo. Teria sido tão difícil dizer aquilo? Teria feito diferença se ela soubesse que era assim que se sentia? Enquanto os faróis iluminavam a noite quente da Flórida no caminho de casa, ele soube que era verdade, ainda mais agora que a havia perdido.

Mas, droga, talvez não tivesse feito diferença alguma. Ela teria pensado tratar-se apenas de mais uma mentira. Queria saber como mostrar a ela as coisas que não conseguia dizer, mas, claro, fracassara nisso também.

O DIA SEGUINTE ERA QUARTA-FEIRA, três semanas desde que Nick havia aparecido na casa de Lauren pela primeira vez. Parecia muito mais tempo, ele pensou enquanto pintava um cômodo de um novo condomínio de luxo em Sand Key. Parecia impossível que ela tivesse entrado e saído de sua vida em menos de um mês.

Enquanto Nick enchia a bandeja de tinta alguns minutos depois, pensou em sua vida nos últimos dias. Exceto pela noite anterior, quando jantara com a família, havia trabalhado sem parar, dia e noite. Quando não estava pintando cômodos dentro daquele prédio enorme ou o conjunto de mesa e cadeiras no quintal de Elaine, estava em casa, no quarto vazio, olhando para o mar e enchendo as velhas telas dentro do armário. Depois das primeiras duas pinturas, ele chegara a providenciar um conjunto de tinta acrílica como os que usava quando garoto, para não precisar se preocupar com rachaduras na tela. O que começara como um modo de se distrair, de acalmar sua alma, de deixar seu consciente mais tranquilo, havia se tornado uma missão. Azul, cor-de-rosa e violeta explodiam na tela no que parecia um deslocado trabalho de amor.

No fim, teria uma coleção de quadros sem significado para ninguém além dele. Talvez, em algum momento, ele pensara que pudessem significar algo para Lauren, se tivesse coragem de mostrar a ela. Estranhamente, até mesmo aquilo tornara-se uma ideia concreta apenas quando já era tarde demais. Nick pensou que era como dirigir loucamente por uma estrada que levava a lugar nenhum, mas continuou seguindo mesmo assim, preenchendo a tela, cobrindo o espaço em branco.

Quando olhou de novo no relógio, já passava da hora de ir embora. Estava trabalhando longe dos outros homens, e acreditava que eles tinham se acostumado a não tê-lo por perto naquelas últimas semanas a ponto de nem o avisarem quando encerravam o expediente.

Nick limpou tudo meio por cima, já que voltaria na manhã do dia seguinte, continuando de onde havia parado, e então atravessou os corredores vazios e pegou o elevador até o térreo.

O calor e a umidade o receberam quando saiu à luz do sol e passou pelos escombros da construção que tomavam o espaço do estacionamento ainda não pavimentado. A parte mais quente do verão havia começado e só diminuiria quando o outono começasse.

Acabara de abrir a porta da van quando ouviu o som de pedregulhos e olhou ao redor. Dois adolescentes amarfanhados jogavam pedras em um gato malhado acuado contra uma parede.

– Ei! – Nick gritou com eles.

Por um segundo, ele se perguntou por que, mas então pensou – *ah, droga, o Davy finalmente conseguiu me contagiar.*

Os dois garotos pararam de jogar pedras e olharam para ele assustados. Nick os encarou, satisfeito por ver medo em seus olhos.

– Deixem o gato em paz.

– Vá para o inferno! – um dos garotos gritou.

Bem, talvez não estivessem com medo.

Qualquer um deles poderia ter sido Nick naquela idade, mas agora ele estava irritado e queria assustá-los. Quando voltaram a perturbar o gato com pequenas pedras, ele procurou com calma na parte de trás da van e pegou a chave de roda do veículo. Caminhando até onde os garotos pudessem vê-lo, ele disse:

– Deixem o gato em paz. Agora.

Os dois garotos se entreolharam, e um deles abriu a mão, deixando as pedras caírem no chão em uma nuvem de poeira.

Nick seguiu na direção deles.

– Saiam daqui – ele ergueu a voz e a barra que segurava. – Saiam daqui, porra!

Por fim, os dois moleques mostraram um pouco de juízo – o outro também soltou as pedras, e ambos partiram em direção à estrada, apesar de terem murmurado uns palavrões.

Nick guardou a ferramenta na van, fechou as portas e, quando estava prestes a tomar o assento do motorista, viu que o gato não havia se mexido, permanecia congelado no canto.

– Miau – foi a reação do gato quando Nick olhou para ele.

Nick fechou a porta e deu a partida. Ligou o ar condicionado e o rádio. Olhou para o gato. Viu, pela janela, o miado silencioso que não conseguia mais ouvir.

– Droga – murmurou, abrindo a porta.

Um momento depois, ele voltou à van com o gatinho dócil nos braços. Colocou-o no banco do passageiro, onde ficou, apesar de ainda parecer um pouco nervoso. Nick olhou para o gato enquanto desviava dos buracos no chão da construção e viu que uma das orelhas estava ferida, além de partes do corpo estarem sem pelos.

– Você passou por bastante coisa, não é? – perguntou ele, entrando na rua principal. – Bem, não permita que elas o façam desanimar, amigo.

Quando chegou à ponte para Clearwater Beach, Nick pensou, *o que diabos vou fazer com este gato?* Pensou primeiro em Davy, claro, mas Elaine teria um ataque. Em seguida, pensou no gatil da cidade, mas já ouvira dizer que eles matavam os animais que ninguém queria. Não se dera o trabalho de salvar o gato para assinar sua sentença de morte.

Balançou a cabeça. *Quando aquilo acontecera? Quando tornara-se tão humano?*

Enquanto atravessava a ponte e tomava a cidade, Nick pensou na única amante de gatos que conhecia. E por acaso passaria pela Bayview Drive em alguns minutos.

Fez a volta sem pensar muito, mas, enquanto atravessava o belo bairro residencial e se aproximava da casa dela, sentiu um nó na garganta. *Nunca mais quero ver você.* Ela dissera aquilo, e ele ainda tinha a cara de pau de aparecer na casa dela três dias depois? E só fazia mesmo três dias? Pareciam três semanas, três meses, até.

Não estacionou na entrada da garagem, mas na rua. De certo modo, parecia menos invasivo. Tentou imaginar se ela estava em casa, se olharia pela janela e veria a van dele, se sequer abriria a porta.

Só estou aqui para entregar um gato, ele disse a si mesmo, pegando o animalzinho. *Não estou aqui para perturbá-la, implorar perdão, seduzi-la com meus olhos. Só estou aqui para entregar um gato.*

– Tem uma gata bonita aqui – disse ao gatinho malhado enquanto passava o braço por ele –, mas não se anime: duvido que você seja o tipo dela. Vocês são de dois mundos diferentes.

Nick se sentiu um desconhecido de novo enquanto subia o caminho de paralelepípedos da casa de Lauren, entrava cuidadosamente na varanda e apertava a campainha. O lugar parecia enorme e desconhecido para ele mais uma vez – era a casa da Princesa da Ash Construtora.

Quando Lauren abriu a porta, ficou surpresa; certamente não tinha olhado pelo olho mágico. Nick sentiu vontade de repreendê-la por isso, mas controlou-se e decidiu dizer por que estava ali.

– Ouça, sei que não quer me ver nunca mais, e não a culpo, mas encontrei este gato – ele ergueu o animal. – Dois meninos estavam o perturbando e você é a única pessoa que conheço que tem um gato. Posso levá-lo ao abrigo, mas fiquei com medo de ele acabar sendo morto. Além disso, pensei que talvez a Izzy pudesse querer um homem em sua vida.

Ele olhou para a gata branca, que agora observava entre os tornozelos de Lauren, e falou mais baixo:

– A menos que você o considere vira-lata demais para ela.

Lauren desviou o olhar de Nick para o gatinho, e então estendeu os braços, pegando-o com delicadeza.

– Não, ele não é vira-lata demais – disse ela, enquanto Nick pensava como tinha sido bom sentir o toque suave dela em seu braço.

Esperava não se sentir assim, queria conseguir olhar para ela sem desejá-la de coração, corpo e alma, mas, infelizmente, vê-la apenas escancarava o quanto a amava e como havia perdido a melhor coisa que já acontecera em sua vida. Por um breve momento, chegou a pensar em dizer isso a ela, mas estava ali para entregar um gato, não para implorar por um perdão que não merecia.

– Bem, obrigada por pegar o gato – disse ele. – Até mais.

E então, virou-se para ir.

Quando reuniu coragem para olhar para trás alguns passos depois, viu que a porta já se fechara em silêncio atrás dele.

Sentiu-se solitário ao voltar para a van, sem ao menos um gatinho para lhe fazer companhia. Pensou em passar para ver Davy e Elaine, mas não era do que precisava no momento. Então, foi para casa, comeu qualquer coisa, abriu um tubo de tinta e pegou os pincéis.

NICK NÃO SABIA DIZER EXATAMENTE quando tinha acontecido, se fora de uma vez só, como o Big Bang tomando conta de sua cabeça, ou se havia se desenvolvido ao longo do tempo, pecinhas do quebra-cabeça que lentamente se encaixavam. Passara a noite de quarta-feira pintando em casa, e a noite de quinta também – quando trabalhara até bem depois da meia-noite, sem pensar na manhã seguinte, ansioso para terminar a última obra de sua coleção.

Talvez tenha sido então que realmente entendeu, ao perceber com certeza que era a última. E como em uma das primeiras, várias semanas antes, tons de azul dominavam, mas aquela pintura parecia mais intensamente viva, mais cheia de movimento, ondas brancas espumantes espalhando-se sobre a areia pálida. Não que as cores fossem o foco em qualquer dos quadros de Nick, não que as ondas ou a areia fossem o que tornava a pintura viva. Sim, se não havia ficado claro para ele antes, aquele momento era o definitivo. Saber o que as tornava vivas.

E saber o que as tornava vivas, de certo modo, deixava claro para Nick o que devia fazer, por que as havia pintado. Não fora uma estrada para lugar nenhum. Uma estrada para a derrota e a dor, talvez, mas não para lugar nenhum.

Além de Lauren, a única pessoa realmente rica que Nick conhecia era Dale Gold, dono da Gold Homes, um empreiteiro que construía casas em Pasco County. Nick havia feito poucas coisas para ele – sua sede ficava muito longe para seus rapazes –, mas, cerca de um ano atrás, trabalhara durante um feriado prolongado no lado de fora de uma das casas de Gold, fazendo um favor quando ele precisou de um serviço com urgência. Nick ficou satisfeito com o pagamento recebido, mas Gold gostara dele e chegara a convidá-lo para algumas confraternizações da empresa na casa em frente ao mar perto de Tarpon Springs. Sempre que encontrava o homem de meia-idade, os cabelos grisalhos conferindo-lhe um ar de dignidade, ele dava um tapinha nas costas de Nick, dizia que ele era um ótimo trabalhador e garantia:

– Se precisar de alguma coisa, Nick, qualquer coisa que seja, conte comigo.

Bem, Nick não costumava pedir favores, mas na sexta-feira, na hora do almoço, deu um telefonema a Dale Gold e teve a sorte de encontrá-lo no escritório.

– Lembra quando disse que eu poderia contar com você se precisasse de alguma coisa?

– Claro, Nick. Como posso ajudar?

A atitude sempre positiva de Dale fazia Nick se lembrar de Phil Hudson, mas Dale dava a impressão de ser mais competente, além de mais sincero.

– É um favor importante – disse Nick. – Preciso pegar algumas coisas emprestadas com você. Por um ou dois dias.

– Pode dizer – Dale não parecia nem um pouco preocupado, o que deixou Nick tranquilo.

– Uma das lanchas – Nick começou cuidadosamente – e sua ilha.

Certa vez, Dale mencionara ter uma pequena ilha no golfo, a muitos quilômetros da costa, para onde levava a família quando queriam se isolar.

– Não precisa dizer mais nada, meu camarada. Estarei em casa às seis da tarde. Depois desse horário, pode passar quando quiser.

Droga, Nick pensou quando desligou o telefone um minuto depois, *aquilo tinha sido fácil demais*. E talvez, no fundo, ele esperasse que Gold tivesse dito não e, assim, o impedisse de seguir em frente com o plano maluco que seus quadros haviam colocado em sua mente.

Mas tudo estava acontecendo, então precisava acreditar em si mesmo e não se deixar deter pelas dúvidas de uma vida inteira. Precisava mostrar a Lauren exatamente como se sentia, de uma vez por todas.

– Bem, Davy – disse ele quando chegou para buscar o irmão naquela noite –, espero que você não tenha nada em mente para hoje, porque planejei uma aventura e preciso de sua ajuda para colocá-la em ação. O que me diz?

– O que você quiser, Nick – disse Davy com o sorriso de sempre.

Enquanto trabalhavam naquela noite, transportando os quadros cobertos para a ilha, Nick e Davy conversaram sobre muitas coisas. Nick ficou surpreso por saber que Davy gostava de uma garota que trabalhava no Albertson's e que até chegara a fazer um presente para ela, algo que parecia tão lindo a ponto de apenas Davy poder ter feito. Davy disse que estava criando coragem para convidá-la para ver os golfinhos na Sand Key Bridge qualquer noite, e Nick se ofereceu para levá-los, sentindo o coração apertar pelo irmão mais novo de um jeito que nunca sentira antes. Davy também disse que havia acabado de ler *A ilha do tesouro* e perguntou se Nick poderia levá-lo ao festival de piratas em Tampa no mês de fevereiro, um pedido que pegou Nick de surpresa, assim como a novidade sobre a garota.

– Desde quando você gosta de festivais?

– Não sei. Acho que é o que você sempre me diz: preciso sair mais.

A conversa estava tão boa que Nick começou a explicar um pouco do que faria no dia seguinte para tentar reconquistar Lauren, sem alguns detalhes íntimos e sem mostrar as pinturas a Davy.

– Você acha que sou maluco? – perguntou.

– Não – disse Davy. – Acho que ela acalma a tempestade que existe dentro de você.

Nick nem sequer precisou perguntar a que Davy se referia quando disse aquilo; ele sabia. E se apegou às palavras de Davy, e à fé inabalável que o irmão sentia por ele, esperando e torcendo para conseguir, de alguma forma, recuperar a fé de Lauren também.

Quando Nick bateu corajosamente à porta de Lauren na tarde do dia seguinte, ninguém atendeu. Seu coração batia mais forte enquanto pensava *por favor, esteja em casa*. Fazer aquilo não era fácil para ele, mas, agora que chegara até ali, não conseguia se imaginar voltando atrás sem colocar o plano em ação. Precisava fazer Lauren vê-lo por inteiro, ver como ele a via, precisava fazê--la entender tudo o que não era capaz de expressar em palavras.

Suspirando, Nick deu a volta na casa como havia feito uma vez antes, uma sexta-feira à noite, quando levou a rosa. Mas nada de truques desta vez. *Apenas diga o que sente*. Se havia conseguido falar com o pai na outra noite, certamente conseguiria com Lauren.

Ela estava boiando na piscina, um biquíni de estampa floral familiar agarrando-se a suas curvas. Ao vê-la, Nick foi tomado por uma forte sensação de alívio, mas ainda era só o começo.

Em vez de assustá-la, ele atravessou o quintal em silêncio e se recostou em uma das portas, preparado para ser paciente, pronto para esperar o tempo que fosse preciso para fazer as coisas do jeito certo com ela dessa vez.

CAPÍTULO 20

Quando Lauren rolou do colchão inflável para dentro da água, deixou-se afundar para refrescar o corpo e então voltou à superfície. Usando as mãos para colocar os cabelos para trás e caminhando em direção aos degraus, olhou para frente – e viu Nick de pé junto às portas francesas. Apesar do calor, seu coração congelou.

Em seu peito, várias emoções se misturaram, mas a maioria delas foi encoberta pela lembrança da última vez em que o vira daquele modo. Tinha sido diferente, claro. Ela estava nua e ele levava a rosa de sua fantasia. Mas, de algum modo, ela não conseguiu deixar de pensar que os dois estavam muito mais nus agora do que ela estivera daquela vez, mas de maneiras diferentes.

A água escorria pelo corpo dela quando saiu da piscina e caminhou até onde ele estava. Como antes, ela se movia de modo firme e suave, determinada a não parecer assustada ou surpresa. Ele estendeu uma toalha, que ela usou para secar o rosto e o peito.

– Se veio ver seu gato, ele está bem – disse ela. – Izzy tem ignorado um pouco a presença dele, mas é o jeito dela.

Bem, menos quando Nick estava por perto, claro – com ele, Isadora era muito dócil –, mas Lauren não viu motivos para lembrar ambos dos momentos em que suas vidas estiveram interligadas.

– Acho que no fundo ela gosta dele, tenho certeza de que eles se darão bem.

– Fico feliz pelo gato – disse ele –, mas não é por isso que estou aqui.

Lauren prendeu a respiração. Por que ele estava fazendo aquilo? Por que sempre aparecia? Esquecê-lo já era bem difícil

sem precisar vê-lo ali, em carne e osso, com sua presença incrivelmente masculina e... acessível.
— Por que, então?
— Preciso de mais um favor seu, dessa vez para mim mesmo. Preciso que vá a um lugar comigo.
Ir a um lugar com ele? Estava maluco?
— Aonde?
— É... segredo — ele parecia estranhamente tímido, mas aquilo não era o suficiente naquelas circunstâncias.
— Segredo, Nick? Já não houve segredos demais, não?
Nick se retraiu, mostrando-se ferido pelo comentário.
— Sei que estou pedindo muito, mas estou contando com sua gentileza. Estou contando com você para ser gentil comigo mais uma vez. Preciso mostrar-lhe algo importante, e sei que não lhe dei motivo algum para confiar em mim, mas peço que confie, só desta vez. Confie em mim.

A ideia inicial de Lauren era começar a gritar e berrar todos os pensamentos tomados de ira e dor que viveram dentro dela durante a última semana. Mas tinha a sensação de que Nick já lera todos eles em seus olhos. Os dois sabiam o que ele tinha feito.

Sua segunda ideia foi apenas recusar. *Não, Nick, me desculpe, não posso me arriscar assim de novo.*

Mas uma certa curiosidade cresceu dentro dela. Não tinha a menor intenção de perdoá-lo nem de confiar nele, mas tentou imaginar que mistério poderia ser aquele, o que ele tinha para mostrar a ela. Se não descobrisse, ficaria eternamente curiosa. Sempre alimentaria um pouco de arrependimento por não saber o que era a última coisa que ele tinha a dizer. Superá-lo era um objetivo ainda muito distante para que dissesse a si mesma que não se importava.

Além disso, sempre se lembrava da última vez em que *ela* havia pedido a Nick um enorme favor, para acompanhá-la a um lugar. Havia pedido para que ele fosse à casa do pai dela. E ele fora.

Ela manteve a expressão séria.
— Vou ter que tomar um banho e trocar de roupa.
Para sua surpresa, Nick balançou a cabeça.

– Seremos as únicas pessoas lá, e você está perfeitamente vestida para o lugar aonde iremos.

Era incômodo pensar em sair de casa sem saber o destino vestindo um biquíni.

– Bem, pelo menos deixe-me pegar alguma coisa na qual eu possa me enrolar – ela se desviou dele para abrir a porta. – Encontro você lá na frente.

– Lauren – disse ele, com o olhar mais suave que ela já havia visto nele –, obrigado.

Ela não respondeu, apenas entrou e fechou a porta na cara dele. Correu pela casa, praticamente tropeçando em Izzy, totalmente afobada. Para onde ele a levaria? E por que concordara com aquilo? *Não significa nada*, ela disse a si mesma, *nada. É apenas para satisfazer sua curiosidade, nada mais*. Mas vê-lo quase a paralisara, como no dia em que ele fora entregar Leopold, como ela havia batizado o novo namorado de Izzy. Ah, se apenas conseguisse ser tão forte com Nick como havia aprendido a ser em outras áreas de sua vida.

Abrindo uma gaveta de peças de verão, Lauren pegou uma saída de praia preta e lisa que chegava ao meio das coxas. Vestiu-se, olhando no espelho enquanto amarrava a faixa. Não cobria muito de seu corpo, mas era *algo*, e não conseguia pensar direito para procurar outra coisa.

Quando saiu pela porta da frente um minuto depois, Nick estava recostado em um dos pilares que havia pintado recentemente.

– Você está linda.

As palavras a tocaram porque Nick Armstrong raramente dizia coisas daquele tipo com facilidade, nem com tanta sinceridade nos olhos acinzentados. Quem era aquele homem mascarado? Ela controlou as emoções.

– Vamos lá.

Enquanto seguiam no jipe de Nick, ele tentou puxar conversa, mas Lauren respondia de modo sucinto. Ah, as posições haviam se invertido, ela pensou. Não seria cortejada com algo tão simples como falar sobre amenidades, por mais que Nick, numa atitude um tanto incomum, insistisse naquilo.

– Você precisa de um alarme – disse ele.
Ela se surpreendeu.
– O quê?
– Estou querendo dizer isso há muito tempo. Você confia demais nas situações, deixa a casa aberta para qualquer um.

Lauren suspirou, descontente, e finalmente lançou a ele um olhar de desdém.

– Pois é, acho que tornei as coisas incrivelmente fáceis para você, não foi?

Nick não respondeu, simplesmente lançou a ela um olhar repleto de arrependimento.

Quando enfim pegou o lado norte da pista de Tarpon Springs em direção ao quintal arborizado de uma casa muito maior do que a dela, ela perguntou:

– Onde estamos?
– Na casa de Dale Gold. Ele é dono da Gold Homes.

Lauren assentiu, mas estava totalmente perplexa.

– Já encontrei com Dale uma ou duas vezes. Mas...
– Ele vai nos emprestar seu barco hoje.

Lauren vinha tentando evitar olhar para ele o máximo possível, mas agora fora obrigada a virar-se para ele.

– O barco dele? Aonde vamos, Nick?

Na verdade, por que confiara nele? Por que permitira que ele a levasse nesse passeio misterioso? Sabia a resposta, mas não gostava dela. Era fraca no que dizia respeito a Nick, como sempre. Nada mudara nesse aspecto, quer ela gostasse ou não.

– Apenas confie em mim. Por favor.

Lauren suspirou, ainda olhando para ele. Alguma vez já ouvira Nick Armstrong dizer *por favor*? Mesmo que sim, nunca fora tão repleto de alma e coração como agora. Maldita fraqueza. Voltou a olhar para a frente, pelo vidro do para-brisa.

Nick estacionou e então a levou por um caminho ao redor da casa, do outro lado do quintal silencioso e descendo até o píer, como se conhecesse o local muito bem. Ele foi em direção à menor das três lanchas dispostas em fileiras, e Lauren o seguiu. Silenciosamente, ele a ajudou a entrar.

Ela ocupou o assento de couro ao lado de Nick e começaram a atravessar as águas tranquilas do golfo. A mente dela estava tomada de curiosidade e até mesmo um pouco de temor, mas não fez mais perguntas. Não confiava nele; mas, no fundo, sabia que confiava, de certa maneira. Confiava que ele cuidaria dela, caso contrário não estaria ali.

Poucos minutos depois, aproximaram-se de uma das pequenas ilhas desertas que às vezes apareciam nas vastas águas, e Lauren percebeu que Nick diminuía a velocidade. Conforme chegavam mais perto, ela apenas esperou, observou, imaginou por que ele a havia levado até ali.

Nick ancorou o barco em águas rasas e os dois foram para a praia, com Nick levando uma cesta de piquenique que Lauren não notara até então. A ilha era o tipo de lugar sobre o qual Lauren... *fantasiara* a respeito. A praia ampla se estendia branca e suave ao redor deles, mas a vegetação tropical e a profusão de palmeiras, juntamente com uma floresta mais afastada, faziam com que parecesse selvagem e intocada.

Só quando subiram mais à praia Lauren viu que havia coisas inseridas por mãos humanas. Um cobertor estava estendido, com as pontas presas na areia. Mas o que mais despertou a curiosidade de Lauren foram os itens planos cobertos por lençóis e dispostos ao redor do cobertor como espectadores em torno de um palco, alguns apoiados sobre cavaletes, outros sobre as palmeiras próximas.

Nick levou Lauren até o cobertor, onde ela se sentou sem nada dizer. Então, caminhou ao redor, e começou a retirar os lençóis um por um, revelando... pinturas.

– Não sou bom com palavras, princesa; há coisas que não consigo dizer. Mas antes de nos separarmos para sempre, eu queria... precisava... mostrar o quanto amei suas fantasias e vivi todas elas, através de você, com você, assim.

Lauren olhou ao redor, sem conseguir dizer nada. Cada pintura delicada e detalhada que Nick revelara mostrava uma das fantasias dela sendo encenada pelos dois. Em uma delas, ela estava boiando na água quando ele surgia diante dela, emergindo na superfície. Em outra, ela estava deitada em uma cama cheia de pétalas claras e ele estava sobre ela, espalhando mais pétalas sobre sua barriga, vindas de uma rosa com pétalas sem fim. Em uma terceira, seda roxa prendia os pulsos dela aos pilares da cama enquanto ele moldava seu corpo ao dela.

Lauren observou cada tela, totalmente emocionada e surpresa.

– Você... pintou tudo isso?

Nick ajoelhou-se diante dela na areia. Olhou em seus olhos, indescritivelmente triste.

– Sim.

O olhar de Lauren voltou à cor e ao sexo que emanavam de todas as telas. Queria odiá-las. Queria odiá-lo por ter feito aquilo, por ter transformado suas palavras íntimas em algo maior, mais incrível e corajoso do que ela jamais pretendera que seus pensamentos particulares se tornassem. Queria considerá-los horríveis, invasivos, pornográficos.

Mas ela nunca tinha visto o sexo parecer algo tão lindo.

Ele havia transformado as fantasias dela em algo muito além de corpos, muito além da paixão, até. Ele as tornara fluidas e vivas, ao mesmo tempo frágeis e inquebráveis, claras e escuras, às vezes com apenas sussurros de cor, às vezes gritando cores. Quando viu as pinturas dos dois juntos, algo em seu coração se aqueceu e contorceu, pulsando por seu corpo até os dedos das mãos e dos pés formigarem. Percebeu que Nick vinha guardando mais um segredo dela: era um verdadeiro artista.

– Você as odeia? – perguntou ele, por fim.

Lauren engoliu o nó na garganta quando se virou para ele, tentando encontrar palavras. Por fim, falou:

– Odiá-las? Elas são... lindas. Elas fazem com que *eu* me sinta linda.

Nick esboçou um sorriso no rosto tomado pela barba rala.

– Então, talvez você veja o que eu queria que você visse. Talvez você veja como é linda para mim, em todos os aspectos.

Lágrimas marejaram os olhos de Lauren, mas ela não queria chorar. Por fim, apenas assentiu.

– Você vê algo mais nelas, princesa?

Mas não podia mais olhar para os quadros: não podia deixar de olhar nos olhos intensos de Nick, entrar na profundeza deles, tentar ler sua alma, algo que havia acabado de se abrir para ela um pouco – muito – mais.

Não respondeu, e ele se aproximou dela sobre o cobertor, estendendo um braço para tocar o seu rosto, ambos perigosamente próximos.

– Você vê o quanto eu te amo?

Lauren soltou um gemido, e então voltou a olhar para as pinturas.

Em uma delas, ele fazia amor com ela sobre um cavalo, a grama alta balançando ao redor de seus tornozelos; em outra, ela estava imersa em uma banheira com ele ajoelhado atrás, lavando seus cabelos, samambaias ao redor deles. Mar, campo, floresta, quartos vazios, quartos suntuosos – Nick fazia amor com ela em toda parte e – ah, Deus – sim, ela via, não tinha como não ver, que ele a amava. Por isso as pinturas eram tão lindas, por isso tocavam seu coração com tanta intensidade. Eram sexo e eram beleza, mas também eram *amor*.

Queria dizer um milhão de coisas, mas suas emoções saíam em forma de lágrimas e soluços, e enfim ela deu a Nick o melhor que podia naquele momento: um leve assentir.

– Nunca consegui dizer – sussurrou ele. – Eu sabia que estava lá, mas a palavra simplesmente não fazia parte do meu vocabulário, sabe? Passei a vida bloqueando tanta coisa, sendo amargo, sem... viver de verdade. Mas você me fez começar a viver, princesa. E eu *amo* você. E sinto tanto por tudo, por todos os erros que cometi.

Lauren apenas olhou nos olhos dele. Não queria ser enganada de novo. Mas... ah, Deus, ela o amava. E os quadros eram tão absurdamente lindos. E quando pensou nas horas que ele devia ter gastado, nas emoções e no amor que devia ter colocado neles... ah, ela o queria. Por mais que *fosse* uma atitude tola.

Lauren ergueu as duas mãos em direção ao rosto de Nick e o beijou. Pretendia que fosse um beijo leve, suave, algo cuidadoso. Mas, em vez disso, ela o beijou com força, vontade e entrega, enfiando a língua entre os lábios até encontrar a dele, até ele abraçá-la, até os dois estarem deitados sobre o cobertor, o rosto lindo dele sobre o dela.

– Eu te amo – disse ele.

Uma felicidade plena se misturou ao desejo que pulsava dentro dela. Jurara a si mesma que não importava se ele não dizia aquelas palavras, mas importava, sim.

– Eu te amo tanto.

– Mostre para mim – sussurrou ela.

Ela pensou que ele faria amor com ela ali mesmo, mas, em vez disso, Nick ajoelhou-se e pegou-a nos braços.

– Segure-se em mim – sussurrou, e ela passou os braços pelo pescoço dele.

– Aonde vamos?

– Para a beira da água. Eu poderia ter mostrado as pinturas em qualquer lugar, mas trouxe você aqui porque queria ajudá-la a viver mais uma fantasia, se me desse a chance.

Nick deitou-a na areia um pouco antes de onde as ondas chegavam, e ela o puxou para si, cheia de desejo por ele. Seu corpo havia sentido saudades dele tanto quanto seu coração.

Enquanto se beijavam, ele a acariciou sobre a parte de cima do biquíni antes de levar as mãos às costas dela para desfazer os laços e jogar a peça na areia. Encarando-a com um brilho intenso e familiar nos olhos, Nick inclinou-se e passou a língua com firmeza por seu mamilo intumescido, seus olhares nunca desviando um do outro.

– Quero você – disse ela.

O tesão estava claro no sorriso dele enquanto esfregava a ereção entre as coxas dela.

– Não provoque – ela pediu. – Quero você dentro de mim.

– Também quero isso, linda – disse ele no ouvido dela, beijando seu pescoço em seguida. – Também quero.

Os beijos de Nick desceram do pescoço aos seios enquanto ele tirava a parte de baixo do biquíni dela. Lauren levou as mãos ao zíper dele, puxando-o para baixo, abrindo suas calças enquanto Nick tirava a camiseta. O coração dela batia com um desespero que ela nunca tinha sentido – agora que ele era dela de novo, agora que ele a amava e ela sabia disso, ela o queria com mais intensidade do que jamais quisera antes.

– Por favor, depressa – ela gemeu.

Ele abriu as pernas dela, olhou em seus olhos e então a penetrou. As pernas de Lauren enroscaram-se ao redor dele, recebendo a intrusão bem-vinda, a sensação sempre mais forte do que ela conseguia se lembrar.

– Ah, como é bom ter você dentro de mim.

Nick sussurrou acima dela.

– É tão bom para mim também, linda.

Então, ele encarou-a com o olhar um pouco menos intenso.

– Mas depois de ficar longe de você por uma semana... acho que não vai durar tanto quanto eu gostaria.

Lauren queria apenas mergulhar naquele momento, a conexão entre os dois corpos; curta ou longa, a duração não importava.

– Apenas venha. Deixe-me sentir você dentro de mim o máximo possível.

A expressão de tesão no rosto de Nick a excitou ainda mais. Depois disso, não houve mais palavras, apenas os sons de Nick penetrando-a, os gemidos dela de prazer, os grunhidos guturais dele. Lauren se retraiu na primeira vez que uma onda molhou seus corpos, aumentando a intensidade do sexo. Na segunda vez, ela não reagiu, mas mais uma vez deixou a água passar por baixo e ao redor de suas coxas, nádegas, costas, aumentando todas as sensações.

Quando Nick gozou, gemendo, Lauren permaneceu imóvel, querendo, como sempre, senti-lo esvaziar-se dentro dela. A onda subiu mais leve em seguida, a água chegando apenas até seu quadril e voltando, sem fazer barulho.

– Eu te amo, princesa.

Lauren sorriu para ele, extasiada frente à nova facilidade dele em relação àquelas palavras e ao homem transformado que tinha ali, o homem que sabia que poderia dar a ela tudo de que precisava agora.

– Eu também te amo, Nick. Do fundo do meu coração.

Quando Nick saiu de cima dela, ficaram lado a lado por um momento, aproveitando o sol, até Lauren se sentar e perceber que a onda subia a um ponto que ficava a pelo menos cinquenta centímetros de seus pés, como estava quando ele a colocou ali, não mais alto como quando faziam amor. Ela sabia que aquilo acontecia às vezes, algumas ondas quebravam com mais força, subiam mais à praia do que as que vinham antes ou depois; a onda nem sempre subia ou descia de modo constante. E ainda assim... Lauren pensou que talvez estivesse certa desde o começo. Talvez, apesar de tudo, houvesse mesmo algo cósmico em ação ali.

Quando a ideia começou a se estabelecer em seu coração, Nick puxou-a para cima dele, os rostos separados por poucos centímetros.

– Case comigo – pediu ele.

O coração de Lauren se acelerou com a surpresa. Ouvira as palavras, mas ainda não conseguia acreditar. Cósmico, sim.

– Isso não fazia parte da minha fantasia, Nick – sussurrou ela, com um sorriso.

Nick pousou um beijo leve nos lábios desejosos dela e olhou dentro de seus olhos.

– Não, mas faz parte da minha.

Impressão e acabamento
Imprensa da Fé